U0533487

泥菜饿骨

鹿瓷——著

下 册

青岛出版集团 | 青岛出版社

第十二章
与你一起的目标

海洋公园是新开的,因为正处假期,人特别多,洛欢和江知寒带着恬恬排队检票入园。

场馆内面积很大,他们一进馆便看到各种娱乐设施,迎门就是一座很大的喷泉池,水花在午后阳光的照射下变成了漂亮的水雾。

恬恬第一次来这种地方,兴奋得不行,看到前面的海盗船就吵着要去玩。

恬恬还小,他们自然不敢带她玩海盗船,只能按照原先买好的海洋馆和极地馆的套票,带她去这些地方。

还好有趣的海象和海狮表演很快吸引了小孩子的注意力。

看台上大多是家长带着孩子来看表演的,他们俩和其他人相比,学生气十足,简直就是异类。

甚至有个小孩子天真地问洛欢是不是家长。

洛欢很不开心,心想自己哪里有那么老啊?

逛接下来的几个场馆时,恬恬活泼好动,一路上吃喝拉撒差点儿把洛欢折腾到腿软。

尽管大部分时候是江知寒接手恬恬,但洛欢陪着走还是很耗费精力。

洛欢对人类幼崽的喜欢暂时降低了一点点。

眼花缭乱的海底生物消耗了恬恬很多精力,逛到后面,恬恬就没什么力气了,到最后甚至走不动了,要起了赖皮。

洛欢才不抱这小胖妞，江知寒弯腰抱起了小丫头。
　　海象表演舞台的前面有一段长长的海底隧道，他们之前赶场子没有来得及看，直到恬恬睡着了才有机会来看。
　　透明的玻璃上方，深蓝色的海里游着许多鱼群，他们仿佛置身于海底世界，这里美丽极了。
　　洛欢像个小孩，趴在玻璃上惊呼着。
　　少女穿着吊带衫，搭配浅色的短袖衬衣，下面是条格子裙，脚上穿着一双白色运动鞋，露出她又细又白的两条腿。
　　她的头发编成两根粗辫垂落在肩，玻璃的蓝光照着她白皙精致的小脸，浅色衣服被深蓝色的海水映成蓝色，有种朦胧的感觉，洛欢整个人看上去青春气十足。
　　路过的男性投过来目光。
　　江知寒抱着睡着的恬恬走过去，站在洛欢的身边。
　　洛欢从鱼群中收回视线，看向霸占着江知寒的怀抱睡得正香甜的小胖妞，带有醋意地打趣道："怎么样，抱着小姑娘的感觉还不错吧？"
　　江知寒笑得无奈，眼里带着温柔的光。
　　洛欢强迫自己收回目光，不大自在地暗骂自己没出息。
　　她重新看向鱼群，细白的手指在玻璃上无意识地蹭着，嘴里咕哝了句："我不大开心。"
　　"怎么了？"江知寒柔声问。
　　"刚刚看海豚表演时，居然有个小孩子问我是不是恬恬的妈妈，你看我像是一个当妈的人吗？"
　　洛欢愤愤不平，扭头凑过来让他看她的脸。
　　女孩一张瓜子脸白皙光滑，五官秀气，睫毛很卷，琉璃般的眼珠清澈剔透。只是此时她的眼角向下弯着，表情透着点儿委屈。
　　女孩伸手攥着他的衣服，扯了扯。
　　江知寒用左手揉了揉她的头发，思考片刻，说："现在的你一点儿都不像一位母亲，以后就说不准了。"
　　洛欢一开始没明白这是什么意思，直到看见江知寒脸上的笑才慢慢反应过来。
　　江知寒居然会戏弄别人了？！
　　洛欢的脸颊涨红，她扑过来打他："好啊你，敢我的玩笑，学坏了是不是？！"

· 270 ·

江知寒怀里抱着恬恬，也不敢吵醒她，只能忍着笑意轻声求饶。

路过的人看了过来。

好在洛欢也不喜欢被人围观，很快便收了手。

"这小屁孩真烦人，我以后绝对不要这么烦人的小家伙。"洛欢走着走着，揪了揪恬恬的小辫子说了一句。她说完就觉得有些不对劲儿，一抬头看见江知寒笑而不语地看着她。她顿时脸颊爆红，转身便走。

恬恬休息够了总算醒了，但还是不愿意下来。

洛欢看到江知寒换手的次数多了，有点儿心疼他了，于是和恬恬软声商量："恬恬，你下来自己走，或者姐姐抱你会儿，行吗？"

恬恬一摇头，把头埋进江知寒的怀里："我才不要。"

洛欢吓唬她："那我就跟别的小男孩说，你这么大了还让人抱，让他们过来看你了啊。"

三四岁的小姑娘自尊心已经特别强了，被洛欢这么一威胁，恬恬立马撇起嘴，不情不愿地下来了。

恬恬满脸写着：这个姐姐欺负人。

洛欢得意扬扬，像个小霸王，凶巴巴地说："这已经是我能忍耐的极限了。"

江知寒看着她笑，伸出手轻轻握住洛欢的手腕，低声叹道："走吧。"

洛欢满意地点点头，笑得格外灿烂。

恬恬活像只失宠的小猫，噘着嘴跟着他们。

两个人又带着她玩了会儿，到了傍晚，恬恬饿了，三个人在外面吃了晚饭，然后江知寒让物理老师把恬恬接了回去。

坐地铁回去的路上，洛欢活动着自己发麻的双腿。

洛欢拿出手机，将一只耳机塞进自己的耳朵，把另一只给了江知寒，两个人一起听着歌，感受着地铁里的凉风拂过双腿，跑了一整天的疲惫感逐渐消失。

5月和6月学校又进行了两次月考和几场小测验，洛欢的成绩依旧是班上第一，年级排名有进有退，但总体还是进步的。她的成绩已经能够保持在年级前四十名了。

7月初，会考结束，期末马上来了。

班上开始传分班的事情。

有人想选文，有人想选理，但班上大部分人选文科。

下午课间的时候，谷雨拿着刚发下来的文理分科表，转头凑过来说：

"你什么时候写好,要不我们下节课去交吧?"

在她的印象里,洛欢该和她一起学文的。

谁知洛欢拿着分科表趴在桌上,喃喃道:"让我想一会儿。"

谷雨一顿,看她:"什么意思?"

"我不知道选什么。"

要是在一年之前,洛欢绝对想也不想地就选文了,毕竟她的成绩烂得一塌糊涂,文理差不多。

可现在,她成了班上其他人口中的好学生,理科对现在的她来说也不难,而且还有江知寒辅导她。

但是,万一……

她到了高二,开始跟不上怎么办?还有,她可能被分到一个陌生的班级里。

晚上回到家,洛欢跟蒋音美和洛国平商量了这件事情。

洛国平对洛欢学什么不在意,只想她能按照自己的想法学就行,蒋音美则建议她学理。

蒋音美说:"你这一年来的进步你自己知道,相对来说,理科将来就业的选择会更多,不过这些只是爸爸妈妈的建议,最根本的还是看你。"

洛欢点了点头,说:"我知道了。"

深夜,复习结束后,洛欢主动问起了江知寒关于文理分科的事情。

"你先别讲,我说三二一,我们一起说!"

"好。"

洛欢发了两个数字后,深吸了一口气,按下最后一个数字:

"一。"

"文。"

"理。"

两个人几乎同时发出信息。

洛欢愣了愣,连忙打字:"你选文做什么啦?"

"你呢?"

"我……我……你先讲。"

她以为江知寒必选理科,他将来想学医,学文怎么当医生?

江知寒那边安静了两秒,他发了一句话过来:"我以为你会选文。"

洛欢的心跳漏了半拍。

原来他想和她一个班吗?

"你傻啊！你学了文，怎么当医生啊？"

"文科虽然医学类专业少，但还是有的，适合我爸爸病情的专业也包括在内。"

那也没有理科的多啊？……

洛欢不想别人因为自己把未来发展的范围缩小了。她喜欢他，本来就影响他了，不能再影响他以后的发展了。否则，她就真的成罪人了。

洛欢打字："不行不行，我们还是一起学理！"

"真的？可你不喜欢理科。"

"谁说我不喜欢，不就是算数吗？那些比背政治、历史好多了，我才不喜欢背书。"

"你确定？你选了理科，将来计算的题不会少。"

"当然喽。"

洛欢很有信心："不是还有你吗？"

电话另一边，江知寒看着这几个字，感觉自己的心仿佛软成了一片。过了半晌，他才将手指重新落在键盘上，认真地敲下了一个字："嗯。"

"啥？你要选理？！"第二天，知道洛欢要选理时，谷雨的惊叫声差点儿将房顶掀了。

洛欢满脸淡定："我想了一晚上，还是觉得理科不能少了我这颗明日之星。"

"那……那我怎么办？"谷雨问道。

"你这个叛徒，说好的一起学文呢？！"

洛欢说："我又没说不管你，你跟我一起学理吧？"

谷雨"哼"了一声，趴到了桌上："我得再考虑考虑……"

最后，谷雨没能战胜对理科的恐惧，选择了文科。

把表交上去时，谷雨抱着洛欢哇哇大哭，像生离死别。洛欢无奈，安慰谷雨，答应了她一页纸的"闺密条约"和请她吃几顿饭，谷雨才作罢。

期末考试结束后，便到了暑假。

高二就开始分班了，蒋音美怕洛欢高二跟不上，继续给她报了班，让她预习高二的内容，打好基础。

洛欢只好放弃偷懒，每天早上背着自己的小挎包，在路边买好早餐，一路边吃边慢悠悠地往地铁的方向走。

暑假的日子她过得简单又悠闲，听听新课，写写作业，空闲的时候和江知寒出去玩。

就这样，日子到了高二开学。

开学前一天，洛欢跟谷雨约好去学校看分班表。分班表贴在高一和高二教学楼旁边的校报栏里，那边已经围了不少人。

听说这个表是按照成绩分的，洛欢上学期年级排名是第三十八，于是她估摸着自己的成绩，从5班开始看。

德川高中历来是按照成绩分班的，前三十肯定会被分到1班和2班，剩下的学生随机分配。

她初中就是在德川的初中部上的，小学和初中成绩都很烂，只有高一那一年突飞猛进，所以就没奢望进前面的班级。

洛欢看着5班的分班表，没有发现自己的名字。

于是她挪到了4班。

她正看着，前面的谷雨挤了过来，大声问："你看完没有？你在哪个班？"

"还没。"洛欢头也不回，"我还在看，你在哪个班？"

"我还在原来班啊，我帮你看。"谷雨嫌洛欢慢，直接从1班开始看。

她没想过洛欢会被分到1班，本打算一目十行看过去，谁知刚扫一眼，整个人就愣住了。

只见1班第二行的第三个位置上明晃晃地写着"洛欢"两个大字。

他们学校还有谁叫洛欢的？没有……

姓洛的学生本就不常见，更何况还得跟洛欢是同一级。

谷雨立马瞪大了眼，飞快地拨开人群朝洛欢跑去。

"洛欢，你知道你被分到哪个班吗？1班，你在理1班！"

洛欢一愣，而后平静地开口："你说的是真的？"她的声音有些飘忽。

"我骗你干吗？不信你自己看！"谷雨将呆愣在原地的洛欢拉到1班的分班表前，指着上面的"洛欢"两个字说，"你自己看，清清楚楚，整个年级还有别人叫洛欢吗？"

洛欢盯着白纸上清晰无比的两个字，不禁吞了下口水。

她这个姓，还真挺稀有的……

以往高二分班时被分到1班的人也不是没有，只不过大多是3班和2班的学生，再不济就是4班和5班的，还没听过一个平行班的学生被分到1班的。

1班分班表前人少，本来就留在1班的学生不用看，零星有几个前面班的学生来看看自己有没有被分到这个班。

所以此时站在 1 班分班表下面的洛欢和谷雨两个人显眼极了。

周围人都看了过来，带着异样的眼光打量她们。

"我，洛欢，终于被分到 1 班了！"洛欢开心笑道。

她做梦都想能和江知寒被分到一个班上，没想到这个愿望成真了！

以后她可以大大方方地和江知寒做同学，想找他也不用再找理由了！

谷雨的内心有种臭女儿终于出息了一把的感觉，笑着说："你创造历史了啊姐们儿，苟富贵，莫相忘。"

"嗯！"洛欢开心死了，拉着谷雨就去楼上找江知寒。

今天还没正式开学，学生的主要任务就是打扫卫生，老师检查得不严，所以学生在打闹。

谷雨半路去了 8 班教室。

洛欢到了 1 班门口，发现里面多了几个不熟悉的面孔，想来是新被分到 1 班的同学。

洛欢一眼看到教室前面正擦着黑板的少年。

少年穿着白色的 T 恤和长裤，露出的手臂肤色白皙，线条十分流畅好看。

教室里有几个学生在打扫卫生，还有几个坐在座位上说话打闹。

也许是学校偏心，1 班很洁净，设备也挺新，干净的窗户折射着窗外的阳光，似乎连空气都比别的班好。

洛欢有种进了"大观园"的感觉。

这就是 1 班，她以后学习和生活的地方……

洛欢按捺住心里的激动，看了看江知寒，从后门走了进去。

见一位女生走进来，班上说话打闹的人都静了下来。

洛欢对 1 班不算陌生，但之前都是站在外面等江知寒出去聊天儿，今天竟然堂而皇之地走了进来。

难道今天不开学，她就胆子大了？

主要是她的穿着也很惹眼。

她上身穿着白色的小开衫，里面穿着黑色的吊带，下面穿了一条红色的格子裙，脚踩一双白色的球鞋，发质极好的长发披散在肩，发尾微卷，头上别了一个蝴蝶结，身上还斜挎一只奶黄色的小皮包，整个人漂亮极了。

不同于班上其他女生的 T 恤长裤或者及膝裙子的打扮，她这一身完全不像一个好学生的穿着。

她没管其他人的目光，径直朝前面讲台上擦黑板的少年走去，然后，在讲台下方的桌上坐下，晃着两条白皙纤细的腿。

班上的人都倒吸了口气，这女孩是疯了吗？

班里顿时陷入安静之中。江知寒认真擦着黑板，做着自己的事，完全不受外界影响。

洛欢抱着双臂，笑盈盈地望着他。傻子，他还是这么专注。

班上的人面面相觑。

顾婉珊跟几个女同学打了水笑着走进来，见班上气氛不太对，这才发现教室的最前面坐了一个女生。

"她是谁啊？"

"她还穿成那样？……"

几个女生互相看了眼，语气里带着几分嫌弃。

顾婉珊一眼认出来了洛欢，当即眉头一皱，脸色难看了许多。她把水盆"砰"地往旁边一放，走了过去。

"顾婉珊……"

"你来我们班上干吗？"

听见耳边语气不善的一句话，洛欢脸上的笑僵住了。她转过脸，看到顾婉珊正目光冷冷地盯着她，眼神里带着嫌恶。

听见这话，江知寒的动作一顿，他转头看过来。当看到洛欢坐在他身后时，他愣了一下，有点儿意外地说："欢欢？你怎么来了？"

听到江知寒熟稔地喊出女孩的小名，顾婉珊的脸色更加难看了，她语气不善地对洛欢说："请你出去，我们班不欢迎你。"

江知寒看向顾婉珊，表情冷淡下来，他说："顾婉珊，请你把语气放尊重点儿。"然后他又看向洛欢说道："你等等，我马上打扫完。"

洛欢笑眯眯地点头："好的，你快点儿呀。"

洛欢完全不把顾婉珊刚才的警告放在眼里。

顾婉珊被洛欢挑拨得早已被江知寒厌恶了，如今看着洛欢得意扬扬的样子，心里恨极了，手指都攥紧了几分。她忍着脾气对洛欢说："姓洛的，这里是1班，你再不走，我只能告诉校卫把你请出去了。"

原本还算喧闹的教室彻底安静了。

班上人的目光都被这一幕吸引了过来。

江知寒眉眼冷漠："顾……"他只说了一个字，就被洛欢拦住了。

江知寒看向了洛欢。

洛欢依旧坐着没动，盯着顾婉珊，眼神透出几分犀利。

顾婉珊戗道:"你看什么看?"

洛欢盯着她看了几秒,懒懒地笑了,甜软的嗓音透着满不在意:"你去告诉校卫啊,不告诉不是人。"

顾婉珊的脸色微变。

周围的学生面面相觑着,都在想洛欢是什么意思,她不怕校卫来了丢脸啊?

连江知寒也有些不理解洛欢的话。

顾婉珊没想到这个女生竟然这么不要脸,非要把事情闹大。于是顾婉珊冷笑着点头:"好、好,你等着,我这就去叫校卫!"

既然洛欢不要脸,那她顾婉珊怕什么?正好事情闹大了,让所有人看看这个狐狸精的本来面目!

顾婉珊扭头就走。

洛欢依旧笑着,满不在乎地回过头。

江知寒走到她的面前,微微靠近她:"欢欢。"

"没事啊。"洛欢笑着伸手扯了扯他的衣服,跳下来站直了,说道,"你还有哪里要弄的卫生吗?我来帮你!"

江知寒说:"不用,你坐着吧,反正我快干完了。"

洛欢一挥手:"没事,这也是我的义务嘛。"

江知寒不知道洛欢在搞什么鬼。他微微凑近她,低声说:"分班情况你看了吗?你被分到哪个班了?"

洛欢漂亮的眼珠转了转,她故作神秘地抿唇说:"我不告诉你。"

"快点儿,你还有哪里要搞的卫生?我们一起搞完卫生去吃饭,我快饿死了!"洛欢不想说什么的时候就习惯打哈哈,江知寒没逼问她,只好叹了口气,说了一句话。

洛欢点点头,跑到教室后排放卫生工具的地方,不顾众人的目光,拿起一把扫帚,然后走到第一排开始打扫卫生。

周围的学生全蒙了,同时又有点儿敬佩她。

这个女孩的心理素质可真牛,她竟然不怕别人的闲言碎语。

江知寒看了她一眼,放下抹布走到后排拿了把扫帚,帮她清扫。

蒋音美要求严格,洛欢从小在家没少干家务,所以这点儿清扫任务不算什么。洛欢刚把一个包装纸从角落扫出来,前门便进来了两个人。

"校卫叔叔你看,就是她不回自己班,非赖在我们班不走,还对我出言不逊!"顾婉珊将校卫带进来,指着洛欢指责道。

全班同学的注意力都被吸引了过来。

校卫是个身材魁梧的男人，被学生私底下封了个"德川胡汉三"的称呼，人很严厉，说话中气十足，学校里怕他的学生不少。

为了让洛欢在众人面前丢脸，真是辛苦顾婉珊了。

校卫皱眉问道："这位同学，她说的是真的？"

江知寒正要说话，却被洛欢拦住。

在全班同学的担忧和顾婉珊得意的目光下，洛欢忽然可怜兮兮地出声了。

"叔，可能这1班是这位同学开的，我不过是分班后来提前认识新同学，她就要把我赶出去……"

全班陷入了安静。

洛欢是来认识新同学的？

周围有同学忍不住问："这位同学，你被分到我们班了？"

"对啊。"洛欢随意地点点头。

"……"班上不少人神色惊讶。

厉害啊，她从后面班直接升到了他们1班，莫名其妙地有种热血动漫的感觉！

顾婉珊更是瞪大了眼睛："不可能，你怎么可能被分到我们班？"

洛欢笑了，拿出手机操作了一下，然后走过来，让校卫看："校卫叔叔，您看这个分班表。"

幸好她早有准备。

校卫看了一眼她的手机，脸色缓和了几分，顾婉珊的心里稍稍"咯噔"了一下。顾婉珊也看过去，只见1班的分班表上明晃晃地写着两个字：洛欢。

这……怎么可能呢？

"叔叔，我真没有对她出言不逊，她不知道我是1班的，一看到我就赶我出去，班里很多人都能做证。我只是说她不信可以去找保安，如果这也叫出言不逊的话，那我什么都不敢说了。"

洛欢无辜的声音在校卫的耳边环绕。

校卫看了眼洛欢，她的模样倒是乖巧，就是穿着不像学生。不过今天也不是正式开学，他也不好严格要求什么。

校卫看向顾婉珊，说道："以后自己弄清楚了再来汇报，我没那么多时间，同学之间要好好相处，就算不是同学，你也不能这么排外。"

顾婉珊被当众教训，脸色惨白没说话。

"还有你，开学了别穿这样了。"校卫又看向洛欢说了句。

洛欢心里吐槽，面上模样乖巧，她说："好的，校卫叔叔。"

"好好搞卫生。"校卫说了一句便走了。

全班同学的目光似有若无地投向顾婉珊。

顾婉珊看向洛欢。洛欢白嫩的小脸上露出一抹无辜之意。

顾婉珊的脸色更难看了。她攥了攥手，强撑着神情黑着脸转身，像只战败的高傲的孔雀。

洛欢笑了，转身回到江知寒的身边。

江知寒将她的扫帚递给了她。

见他神情平静，洛欢看看他，伸手接过来扫帚，然后低头清扫起来。

周围那些同学看看他们那边，然后互相对视了几眼，原本以为洛欢是个"学渣"，他们班的江知寒是被她拉下神坛的，没承想，一年后人家靠实力转到了他们班。

她真厉害。

直到打扫结束，登记报名完，江知寒始终一脸平静。

走在路上，洛欢狐疑地看看他，心想难道他已经提前知道她被分到1班了？

不可能啊，当初江知寒让她看完分班结果给他发消息，她还没发消息，他不可能提前知道的。

还是说，他早就想到了，所以很平静？洛欢越想越觉得这一点最有可能，心里失望极了，不过很快调整过来。

江知寒永远这么冷静。

真没什么乐趣，洛欢摇摇头，包里的手机忽然振动了一下，她拿出来接听。

江知寒便在她的面前等她。

电话是洛国平打的，语气带着抱歉："欢欢，我跟你妈妈还要留在学校整理新转来同学的学生资料，来不及回去做饭了，你先对付吃点儿东西，等下午我跟你妈妈回去给你做好吃的，行吗？"

洛欢知道就是这样，每年都习惯了，熟练地应下就挂了电话。

见江知寒看她，洛欢无奈一笑："我爸妈在学校忙，来不及做饭，那我们一起吃？"

江知寒点点头，说了句"好"。

附近有家饺子馆，两个人进去点了两份饺子，洛欢还要了两杯酸梅汤。

吃完饭，两个人从饺子店走出来。

洛欢食量不大，勉强吃完饺子，抱着剩下的酸梅汤喝着，一边喝一边慢慢地走。

江知寒配合着她，走得不快。

洛欢喝完酸梅汤，把垃圾袋扔到垃圾桶里然后跑过来，说："走吧。"

两个人穿过一条小巷，前面就是公交站了。

眼看她快回去了，江知寒还是没什么表示，洛欢不禁有点儿不甘心，看着前面这道挺拔俊秀的身影，伸手扯了扯他的衣袖。

"喂，江知寒，你就真的不惊讶……"

话未说完，她忽然被人一把拉过去。

洛欢惊讶了一下。

"明天见。"她的头顶上面忽然响起江知寒低低的声音，语气里似乎藏着几分感情。

原来他一直忍着。

她的心跳不可抑制地加速，洛欢的眉眼控制不住地弯起，她说："好呀。"

她也很期待他们一起上学的时光。

接下来的时间，江知寒送洛欢回去，这一路上他的耳根都红红的。

洛欢忍不住想笑。

"明天见。"上车之前，洛欢回头对他摆了摆手。

迎上少女笑盈盈的目光，江知寒怔了一下，勉强平静地冲她点了点头。

他真傻。

洛欢开始期待着第二天正式和他做同学了。

当然，他们能成为同桌就更好了。

由于洛欢昨天那么一闹，第二天，整个1班都知道他们班来了一位不拘一格的转班生，还是从后面班来的一个女生。

刚开学，加上还有几个新来的学生，班主任没排位置，同学们便暂时随便坐。

洛欢没有客气，看到江知寒的后面有空位，便坐了过去。

全班人看着她，洛欢也不在意。趁着还没上早自习，她拍拍江知寒让他转过身，和他说笑着。

"她这是直接不避讳了？"

前面，顾婉珊周围的几个女生看着洛欢小声议论着。

顾婉珊气恼，黑着脸说："你们看什么看，要看别吵我！"

知道昨天顾婉珊丢了面子，几个人互相看了看，没敢再说什么，赶紧转过身去。

早自习铃声敲响，洛欢赶忙让江知寒转回去，然后翻开了书。不一会儿，班主任走了进来。

以前洛欢只是在门外偷偷看江知寒，如今真成了他们班的学生，想给老师留个好印象，没敢三心二意，低头认认真真看书。

班主任尽职尽责地转了一圈，快到下课时，让他们先这么坐，等这周班会课再分座位。

洛欢看着班主任走出去后，拍了拍江知寒的肩。

江知寒微侧头，洛欢起身凑过来问："江知寒，你们班以前是怎么排座的？"

江知寒看着洛欢的脸，耐心地向她解释："按考试成绩，不过前十名可以自己挑选座位，老师会根据身高再调整一下。"

"考试成绩啊……"

以洛欢的成绩，在1班她肯定没有自主选择座位的机会了，她的身高放眼1班，在女生里算出挑的，到时候应该会被分到后面。

所以他们俩想做同桌，江知寒的选择最重要。

他个子高，肯定坐不了前排。去年一年里，她就没见他挪过位置。

她现在这个位置算是整个1班的好学生最嫌弃的位置，抢都没人抢。

"江知寒，到时候你选我旁边的位置，我们坐在一起，好不好？"洛欢笑眼弯弯地问他。

他们坐在一起？江知寒的长睫颤抖了一下。他压着情绪，平静地笑了笑："好。"

周一他们正式上课。进这个班以后，洛欢才明白1班的节奏有多快。1班真不愧是年级里"学霸"最多的班。

老师讲得飞快，面对一些同学们跟得上的内容，老师就会跳过，不讲，一节课的内容往往是平行班两三节课的内容，还是在平行班的学生不捣乱的情况下。

尽管洛欢被江知寒辅导了一年，第一节课还是听得七七八八，差点儿跟不上节奏。

一节课听下来，洛欢差点儿自闭了。

一下课，洛欢就丢了书，趴到桌上。

江知寒转过身，见她这样，关切地问："怎么了？"

洛欢安静了一会儿才抬头，可怜巴巴地摇摇头，说："我听不懂啊。"

江知寒浅浅地笑了笑，语气温柔地说："没关系，你哪里听不懂？我教你。"

洛欢想了想，摇头说："我先自己琢磨一会儿，实在不懂了回家再问你。"

课间休息只有10分钟，加上老师拖堂，她担心江知寒需要去洗手间什么的，就不占用他的时间了。

江知寒没异议，说："好啊。"

勉强上完上午的几节课，洛欢彻底晕了，趴在桌上不肯起来。

江知寒抬手，用手指轻轻地揉了揉她的头发，也不催她，趴在桌上耐心地等着她。

洛欢："我好想回8班，想继续当'咸鱼'，呜呜呜。"

江知寒："你已经回不去了。"

坏蛋！洛欢抬头，瞪了他一眼。

江知寒垂眸看着她，轻笑了声："你陪着我不好吗？我们一起考大学。"

她就是嘴上说说，不可能真回去，学校建校以来没有人进了1班又主动逃走的。要是她成了第一个"叛徒"，真的丢死人了。

听到他说要一起考大学的事情，洛欢眨了眨眼睛，有些不自然地开口："考……考哪里啊？"

"你想去哪里？"江知寒没说自己的想法，而是先问了她。

"当然是首都！"

年少轻狂时，谁没做过翱翔天空的梦呢？可能那时的他们才最无畏、最勇敢，不像成年人要经过深思熟虑。

洛欢说，她这辈子做梦都想去首都念书，顺便远离"蒋王母"的统治范围，放肆一次。

江知寒垂眸轻笑，漆黑的眼睛闪着温柔的光泽，他说："嗯，那我们一起考到北京，好不好？"

洛欢开心地说："嗯！"

周三是新学期的班会，班主任特意用了一节课的时间换座位。

洛欢抱着书包，站在后面的人群里。

江知寒说的是正确的，班主任照例先让上次期末考试排名全班前十的人挑座位。

第一名是江知寒。班主任知道江知寒的习惯，原本要跳过他，谁知江知寒突然转头和老师说了句："老师，我想换座位。"

班主任有点儿惊讶，不过还是点点头，让他先选。

底下的同学们瞬间哗然。

"江知寒想干吗？他今年怎么突然想换座位了？"

"谁知道？可能原来的座位他坐烦了吧。"

几个人小声地议论着，顾婉珊有点儿烦，脸色不大好。她上学期没发挥好，只考了班上的第十五名。不然，她也有选择的权利，可以和江知寒坐在一起。

最后，在洛欢亮亮的眼睛注视下，江知寒平静地选了最后一排那个无人问津的位置。

那个位置是今年班上人数被调整后多出来的，因为太靠后了，平时根本没什么人坐。

不过江知寒个子高，一个假期过去又长了些，坐在后面也没关系。班主任想了想，便答应他了。

洛欢暗自高兴了一把。

"他怎么挑那么靠后的位置啊？"

"他那么高，坐在前面不是挡着人吗？"

"成绩好的人就是任性。"

顾婉珊看到江知寒选了最后角落的那个位置，眉头一皱。

他选那么靠后的位置干吗？那里离黑板那么远，她有点儿近视，都看不清黑板。

在全班同学的注视下，江知寒神情平静地回到座位上整理书包，然后坐到了后面一桌的后面。

江知寒选完座位，接下来轮到第二名到第十名的同学选，之后是其他人按照成绩被分座位。

洛欢被分座位，该坐到后面。她被分在靠近门那边的倒数第二个位置上，前面的调整与她无关。

她后面是一个个子比她矮的男生，男生比她瘦，看起来像她的弟弟。

男生被分到这么后面，看到后面还有一堆散发着味道的卫生工具，有点儿想哭。

洛欢转过身对他勾了勾手指，商量道："你想跟我换座位吗？"

男生有点儿蒙，不敢相信地说："你……你想换吗？"

洛欢说："没问题，反正我不爱坐在前面。"

男生立马点点头，起身和班主任一说，班主任便答应了。

于是，洛欢收拾书包和男生换座位。

班主任看到后面堆放的卫生工具，又看了看洛欢，当即改变主意，环视一圈，目光在江知寒旁边的空位上停留，对洛欢说："你坐在那儿。"

洛欢感激道："谢谢老师。"

最终，洛欢顺利地挪到了靠窗的位置，和江知寒成了同桌。

"她居然和江知寒坐在一起了？！"

"这太巧了吧！"

"她还真不避嫌……"

前面的几个女生压低声音议论着洛欢。

顾婉珊看着江知寒和洛欢谈笑自若的画面，忍不住黑了脸。

高二和高一有一个很大的不同之处，就是高二有了晚自习。他们7点20分上晚自习，9点5分放学。洛欢来不及回家，就在学校里吃晚饭。本以为会不适应，但她发现其实还行。

每天他们吃完晚饭，吹吹晚风，看看夕阳也挺美的，只不过要在学校里多学习一段时间。

开学不久，作业不多，洛欢基本上在学校里就能完成作业。

1班不像8班，1班的自习课安静得很。

洛欢不想上晚自习时影响别人，就尽量上晚自习前问江知寒习题，实在不行，就上晚自习时偷偷地戳江知寒，让他把解题过程写在纸上。

1班的效率高，课程进度快，洛欢不得不放弃当"咸鱼"，勤勤恳恳地学习。

高二分班之后，课程就全是理科了，虽然她弄懂一道题能胜过百道，比文科有效率多了，但一道弯弯绕绕的题也能把人弄自闭。再加上1班要求严格，平行班里某些可能被跳过的题，在1班里都不会被放过。

好在洛欢的脑子还算够用，在江知寒的辅导下，洛欢渐渐地跟上了1班的节奏。

她真不知道以前江知寒是怎么在这个班里过的。

洛欢总觉得他面对学习很从容，他能次次考试考第一名，真不愧是大神。

洛欢沉迷学习时就有点儿废寝忘食，直到谷雨抗议。洛欢无奈，这天下午只好答应谷雨陪她去外面吃饭。

江知寒很大度地抬手揉了揉她的头发，自己出去吃了。

洛欢和谷雨点了道酸菜鱼，谷雨一边吃一边控诉洛欢见色忘义，到了好班里认识了别人，就忘了她这个难姐难妹。

洛欢知道谷雨是刀子嘴豆腐心的人，谷雨吐槽出来就好了。洛欢笑着听谷雨讲着，顺便拿了两瓶豆奶给她，服务周到。

"你别怕，就算你将来要进单身公寓了，姐们儿也不会不管你的。"

"去你的。"谷雨拿起瓶盖往洛欢的身上丢。

"哈哈哈。"

两个人打打闹闹地吃完了饭，一路溜达着往学校的方向走。

洛欢回到教室里坐到座位上，从江知寒的书桌里摸索一番，摸出一根橘子味的棒棒糖，撕开包装将糖塞进嘴巴里。

离上课还有一段时间，洛欢索性拿起江知寒书桌上的笔记翻看。

她坐姿随意，两条腿在桌下随意地垂着，嘴里叼着糖，一只手撑着脑袋，歪头翻看着笔记，面孔雪白，五官精致，神情放松。

薄薄的脊背弓着，外套的拉链有些低，隐约能看见她里面穿的白色的雪纺衫，发丝垂下来衬着白皙的肌肤，她有种又纯又欲的感觉，与1班的学习氛围格格不入。

顾婉珊几个人吃完饭回到教室里，看到的便是这幅画面。

"确定她是自己考进来的吗？"

"跟不良少女似的，她哪里有学生的样子？"

"我真同情江知寒，每天要和她坐在一起。"

几个女生小声地议论着。

"我们操心什么？反正过几天月考到了她不就现形了吗？到时候她考了倒数第一，立马就能收拾书包滚回他们班了。"

几个女生笑了起来，连顾婉珊也有些快意地扯了下唇。

许是听见笑声，洛欢抬头看了过来。

她的睫毛卷翘，眼睛黑白分明，清澈透亮，脸上没显露什么表情。

几个女生连忙收起笑，各自回到座位上。

洛欢看了她们几眼，又低下头继续看笔记。

不一会儿，班上的人渐渐多了，江知寒回来了。

江知寒见洛欢揪着头发盯着他的笔记，坐下后问道："你哪道题看不懂？"

他一坐下，一股清新的气息便扑面而来。

洛欢吐了口气，把桌上的其他东西推开，将笔记本放到中间，用秀气的手指点了点第二道题。这是一道圆周运动求向心力的题。

江知寒扫了眼题，便拿过笔温声地给她讲题。

洛欢双手叠起将头枕在手上，认真地听着。

到了7点，走廊里的读书声渐渐大了起来。

江知寒依旧给洛欢讲着题，两个人都挺认真的，仿佛不受影响。

在晚读之前，江知寒讲完了一道题，问洛欢还有哪儿不明白。

洛欢眉眼舒展，用余光看到班主任进来了，笑着摇摇头，说"没有了"。

她正要转身，忽然被江知寒伸手按住了肩膀。

洛欢疑惑地看向江知寒，只见江知寒耳根红透。他伸手捏住洛欢的拉链，往上提了几分。

"……"洛欢没忍住，笑了笑。

下周就是高二的第一次月考，这关乎班主任对他们这些转班生的印象，要是他们考得太差，有被老师劝退的风险。

洛欢丢不起这个人，晚上回了家还拉着江知寒给她补课。

转眼到了周五，下午生物老师请假，生物课就变成了自习课。教室里没多闹，但也不算安静。

洛欢遇到不会的题，就让江知寒给她讲。

"他们靠得太近了吧，小心被班主任看见。"

"这下让班主任抓到他们，听他们怎么说。"

顾婉珊周围的那几个女生看看后面，笑着议论着。

她们正说着，有女生用余光看到有人过来，连忙小声地提醒："班主任来了。"

于是几个人赶忙坐好，各自做起题来。

班主任对这种自习课要求不高，只要别太吵就行。他转了一圈，看到江知寒和洛欢在交流学习的事情，有些诧异江知寒竟然会给新来的转班生讲题。关于学习方面的事情班主任一向支持，就没怎么管他们俩，看了两眼便走了。

班主任转了两圈，走出了教室。

那几个女生互相看了看，满脸惊讶之色。

"怎么回事，班主任没看到他们吗？"

"对啊,他们那么明显。"

"班主任难道早知道了?"

顾婉珊心浮气躁,忍不住压低声音说:"你们能不能闭嘴?你们整天在我的耳边嗡嗡叫,烦死了!"

几个女生被吓到了,笑得有些尴尬,转过了身。

她们在心里吐槽着:你不是也挺好奇的……?

顾婉珊黑着脸,强迫自己忍着,心想等到月考就好了。

月考在周四、周五这两天进行。

月考不分班级,在本班里进行,学生只需要把多余的书搬到后面的柜子上,然后把书桌翻过来。

月考结束后的下午,洛欢咬着一个从谷雨那儿抢来的棒棒冰,从后面把自己的书搬了回来。

"辛苦了,过几天我们还要再搬这些书。"

洛欢正搬着书,一个抱着书的女生走过来,她看洛欢的眼神里透着些许怜悯。

洛欢皱了皱眉,那个女生意味深长地笑了笑,然后径直回到了座位上。

她有毛病吗?洛欢没搭理她,搬好书便坐下来,一边撑着脑袋发呆,一边等江知寒从老师那儿回来。

两三分钟后,江知寒从外面走进来。

洛欢看到他,立马把棒棒冰拿下来,把试卷推到中间,让他看看自己的答案有没有错。

江知寒有点儿意外。洛欢对着他狡黠地一笑,说:"防止考倒数第一名被当众赶走,我打算自己提前滚了。"

江知寒闷笑了一声,说:"不会啊。"

最终的月考成绩下来,洛欢考了班上第三十名。

1班总共就40个人。之前那个嘲讽过她的女生竟然考了倒数第一名。

原因是那个女生把选择题的答案抄错了位置,把第一题的答案写到了第二题的位置上,依次往下推。不过规矩就是规矩,尤其是在1班里。

当那个女生听到自己被分到3班时,露出不敢相信的表情。

她忍不住转头看洛欢。洛欢和她对视,不客气地扬了扬眉。

那个女生瞬间黑了脸。

"洛欢真是自己考上去的?"

"肯定有江知寒辅导的原因,不然以她的能耐,连3班都进不去。"

"是啊,听说她原本在8班里,要不是整天缠着江知寒,她能进我们1班吗?"

几个女生语气微酸地议论着洛欢。

不过这回,旁边有学生听见她们的话,觉得有点儿烦,冲她们说:"我说你们几个人怎么这么像八婆,人家追求进步有错吗?"

"人家脑子好,自然被辅导辅导成绩就能上去,不像有些人。你们当中已经有人落后于她了,还是管好你们自己吧,小心下回走的就是你们之间的一个人。"

那几个女生被说得脸一阵红一阵白。

顾婉珊听着他们的话,差点儿将手里的笔记本撕烂。

夏天的日子同样过得很快。期中考试过后,洛欢又前进了几名,成了班上的第二十七名。

洛国平现在跟人聊天儿时,对方已经从"你闺女真标致",或是"你女儿舞跳得真棒,以后能走艺术路子吧"变成了"你女儿文、舞双全,真没浪费你们俩的好基因"等夸赞的话。

洛国平心里又喜又忧,同时有些疑惑,一次吃饭时忍不住看着洛欢,喃喃道:"欢欢,你这是突然开窍了还是怎么了?"

洛欢低头扒饭的动作一顿,她抬头看了眼蒋音美。

蒋音美给洛国平盛汤,语气淡定地说:"她不是开窍还能是怎么了?你希望你的女儿当一辈子'学渣'啊?"

洛国平连忙嘴上应和几声,不再纠结闺女这件事。

洛欢每周有几天是和江知寒一起吃饭的。

毕竟在一个以严厉出名的班主任的手下,他们俩不能太过分了,能在一个班里已经很幸运了。

为了不被调走,洛欢每天拼命地学习,结果还算尽如人意。几次大考、小考,她的成绩都在班上的中上游。

这天中午,两个人吃完饭回来,在走廊里打闹。

洛欢像个小流氓,不时欺负江知寒一下,逼江知寒说一些难为情的话。

"魔镜啊,江知寒这辈子最在意的人是谁?"

"哦,是中国千城德川高中1班38号洛欢。"

江知寒:"……"

洛欢一路上拿着一面平时用来臭美的小镜子,神神叨叨地说着。

江知寒跟看傻瓜似的看了她一眼。

·288·

从镜子里捕捉到那道眼神，洛欢扭头看过去："你那是什么眼神？你在嘲讽我？"

洛欢将江知寒逼到了角落里。

"没有。"江知寒偏过头，轻轻地呼出一口气。

洛欢用猫眼一样的眸子盯着他，踮起了脚，伸手揪住他的两只耳朵，凶巴巴地说道："说！不然我就揪掉你的耳朵！"

和洛欢柔和的五官轮廓不同，江知寒的两只耳朵硬硬的，长得也漂亮。

洛欢从小就听过这么一种说法，耳朵硬的人，别人不容易走进他的心里。但他要是喜欢上一个人，就会一辈子对她好。

江知寒被迫微微低下头，俊朗的脸上带着淡淡的笑意，用略带无奈的眼神看着她，带着些许的纵容之意。

洛欢更得意了，说："你说不说？你不说我就问魔镜了！"

江知寒动了下唇，刚准备说什么，便看见前面有扇门被打开，有人走了出来。

洛欢正"虐待"着江知寒，身后忽然伸出一只细瘦柔软的手，揪住了她的耳朵。

"谁？"洛欢一扭头，看到来人时立马蔫了，"妈妈。"

蒋音美穿着职业套装，看了眼江知寒被自己女儿捏红的耳垂，伸手将洛欢揪过来，语气冰冷地撂下一句话："不许欺负人家小寒。"

小……小寒？

什么情况？

洛欢：妈妈，您什么时候叫他叫得这么亲密了？到底谁才是您的亲生孩子？妈妈您能先把手放开吗？我洛欢不要面子吗？

在蒋音美的面前，洛欢就像一只见了猫的小鹌鹑，一改刚才的嚣张态度，乖得不行，被揪着帽子带走了。

蒋音美叫江知寒"小寒"是有原因的。

江知寒能让她女儿的成绩提高这么多，能让她的女儿"改邪归正"，而且江知寒知礼，做事情有分寸，绝不多踏出一步。哪个家长会不喜欢他？

洛欢的语文不太好，好几次考试都是拉分项，主要错在给病句纠错的题，她总是不知道到底错在哪里。于是，江知寒花了一下午的时间专门给她讲解病句题。

"很多同学投了简历，但最后公司只录取了……两个……"

洛欢不明白，抬头看他："为什么'录取'和'名额'不能搭配？"

江知寒说："这属于动宾搭配不当，'录取'的对象不能是'名额'，应该是'人'。"

洛欢依旧不明白："名额不就是人吗？"

江知寒捏了捏眉心，感叹道："你的语文是不是体育老师教的？"

洛欢眨了眨眼。

洛欢的父亲正是一名光荣的体育老师。

许是意识到说这句话好像对未来的岳父有点儿不尊重，江知寒瞬间脸僵硬，轻咳一声，开口说道："继续。"

11月底又进行了一次月考，洛欢的成绩已经稳定了，排班上二十多名。

洛欢对这个成绩已经很满意了，但江知寒不满意，他希望洛欢能再进步一点儿。这样他们能上同一所大学的概率就更大。

她还没有完全发挥出她的潜力。

可洛欢骨子里是一个懒人，有点儿小进步就想偷懒，没有成为"学霸"的兴趣，所以就没太配合江知寒。而且，她发现江知寒最近越来越爱管着她了。

某天一早，当江知寒发现他昨晚布置的复习题洛欢一道都没有看时，他终于忍不住生气了。

洛欢的心里"咯噔"了一下。

她昨晚借口看复习题，其实在和谷雨连麦追剧，毕竟最近那部吸血鬼题材的美剧实在太火了，第六季刚刚播出，她作为忠实的粉丝，不能不追啊！况且那些复习题她之前都做过，脑子里还有印象，第二天早一点儿到学校里扫几眼就会了。

可她高估了自己的自制力，电视剧已经播出了5集，她没忍住就熬夜看完了。

熬夜的后果就是第二天她跟谷雨两个人差点儿起不来。

洛欢偷偷地瞥了眼江知寒的脸色，心里没太当回事，总觉得江知寒生会儿气自己就好了。

以前江知寒也生过气，但很快就好了，最多洛欢撒一撒娇。可这次，洛欢好像低估了事情的严重性。

因为江知寒整整两节课没跟她说过一句话了！

江知寒本来就沉默寡言，要不是被洛欢刺激着能多说几句，估计一整天都不会主动讲话。

之前洛欢就担心，如果江知寒一直不爱讲话，以后他的声带不能发声了怎么办？今天她总算尝到了恶果。

江知寒脾气好，生气了最多不搭理人，但他不理人的态度已经很打击人了。

毕竟在教室里，洛欢不好意思动静太大，只能小声地问他："你真的生气了？"

"我昨晚……昨晚本来是想复习的，但吃饭的时候看了一集美剧，它实在太好看了，剧情特别精彩，我真的特别推荐你看……"

洛欢说着，见江知寒的神情一顿，他的眉眼间冷了几分，她果断地闭了嘴。

江知寒别过脸，抿了抿薄唇，继续低头做题。

他更不理她了。

洛欢："……"

洛欢叹了口气，心想再等等吧，等过一会儿江知寒就会消气的。

她不急，他总不能自己跑了吧？

洛欢原本没多在意，可是，直到中午下课，江知寒也没和她说话。

洛欢有点儿急了，很不习惯，她作为一个话痨快憋死了。

她这下总算知道沉默寡言的江知寒有多厉害了。

他能不说话就不说话，就算洛欢目不转睛地看着他，他也不为所动。

洛欢觉得江知寒太小题大做了，不就是一晚上没看复习题吗？她又不立刻参加高考，现在离高考还远着呢！

他这么认真干吗？

可洛欢受不了江知寒不理她。

下午，洛欢总算憋不住了，看着江知寒，想和他搭话。

"江知寒，你说句话呗！"

…………

"我错了还不行吗？我下次尽量不这样了。"

…………

"我下次绝对不这样了。"

…………

江知寒依旧如一株雪山上的高岭之花，安静地垂眸看书。

洛欢还想说什么，听见自习课的铃声响了，看见门外有巡查的学生，只好端坐起来，摊开书。

她今天因为想着这件事，效率不高，很多知识没听懂。

化学老师布置了几道课后习题,今天他们学到化学反应这章,洛欢有几个知识点没听明白。

她偷偷地瞥了眼旁边的男生,心想这会儿问他肯定自取其辱,自己一定会吃闭门羹,于是摸了摸头发,拍了拍前桌的男生。

男生转过头来,问怎么了。

洛欢身体前倾,拿着习题册,指着上面的一道题,问他怎么做。

男生看了眼江知寒,心想:你旁边就坐着一个理科大神,你平常不都是问你同桌的吗?你怎么今天问我了?

难道这两个人吵架了?

男生动了动脑筋,没想明白,于是低头给洛欢讲起题来。两个人的脑袋几乎靠在了一起。

江知寒用余光看到这一幕,握着笔的手不自觉地握紧了几分。

"氧化银是中间产物,银单质是催化剂,所以B……"

洛欢正点着头,忽然听旁边传来一道声音:"学生会的人来了。"

前面的男生原本在讲题,吓得一哆嗦,立马说了句"抱歉",然后转回了身子。

洛欢:"……"

她扭头看了眼窗外,心想没有人啊,再次回头看向江知寒。

"你骗人。"

江知寒做题的动作顿了一下,他淡淡地说:"他们已经走了。"

洛欢翻了翻白眼,鼓了下腮,泄气地趴到桌上,瞪着还没被讲完的化学题发呆。

洛欢:学生会的人有那么可怕吗?他们又不会吃了你。

她正默默地在心里吐槽前桌胆小,江知寒扭头看了看她,轻声问:"哪里不会?"

洛欢侧头看他,动了动唇:"你愿意跟我讲话了?"

江知寒顿了一下,淡淡地说:"我们晚自习的时候就要交作业了。"

化学老师还是很恐怖的。洛欢立马坐起来,推开她桌上乱七八糟的东西,把习题册摆到了中间。

虽然他们的课桌并在一起,但有的同学会把桌上的东西摞得高高的,生生地用书隔出一条三八线,男生和女生同桌时这个情况更严重。

相比之下,江知寒的桌面就清爽多了。

"这道题。"洛欢伸手指指第三道题。

江知寒看也没看，直接讲起题来。

他的声音低低的，没有太多变声期的沙砾感，像一捧清泉，干净又好听。

他的身上也没有奇奇怪怪的味道，很清爽。

洛欢发现，自己还是习惯听江知寒讲题。

女孩两手交叠，将下巴放在手臂上，仔细地听着江知寒讲题。

他的鼻子能嗅到少女身上淡淡的果香味。

江知寒神情不变，眉眼里的冰雪却消融了许多。

他思路清晰，很快就讲完了几道题，效率很高。

洛欢终于把知识点弄懂了，放松地呼了口气，对他明媚地笑着说了句："谢谢。"

江知寒淡淡地应了一声，继续低头做题，好像那堆黑白分明的试卷比她还好看。

"……"洛欢撇了撇嘴，慢慢地直起身，拿起笔，在笔记本上乱写着什么。

"也对，化学都听不懂的小笨蛋不该打扰要考状元的大'学霸'学习……"

她软绵绵的略带幽怨语调的声音在空气里响起。

她的声音很小，只有他们两个人能听到。

江知寒侧头看了她一眼，随后敛下眸光，掩去眼底的神色。

江知寒硬是一整天没怎么和她说话，洛欢快憋疯了。

她从没想过在教室里会这么无聊。

以前她无论说什么，江知寒都会回应她，如今江知寒不理她了，她终于尝到苦果了。

这次就算她错了吧。她诚恳地道歉就好了。

于是，下午放学之后，班上的人走得差不多了，江知寒合上书，起身去吃饭。

洛欢看准时机，立马追上去。

远处的天空燃烧着一片红色的晚霞，整栋教学楼笼罩在夕阳的余晖中。

出了教学楼后，江知寒走在前面，洛欢跟在后面。

"那个……江知寒。"

前面的人脚步没停。

洛欢不禁有点儿生气，跑上去："江知寒，你等——"

她跑得有点儿急，没看脚下，被拐弯处的水泥护栏绊了一下，整个人摔到了地上。

听见"砰"的一声，江知寒脚下一顿，转过头，马上大步流星地走了过去。

洛欢用双手撑着粗糙的水泥地，忽然被人握住胳膊，从地上抱了起来。

"哪里摔疼了？"她的头顶上响起一个急切的声音。

洛欢闻着熟悉的味道，眼角有点儿湿，但没吭声，就这么站在原地。

校裤的膝盖部位全是泥土，她的头发也乱了，整个人狼狈得不行。

江知寒上下检查了一下她有没有受伤，不确定她到底摔到了哪里，见她也不说话，沉默了一阵，忽然俯身，把她扶了起来。

洛欢心想：这是什么情况？

洛欢连呼吸都忘了。

他这是在干什么？

江知寒扶着洛欢走到就近的长椅处，让她坐下来，然后在她的面前蹲下来。

他抬起墨色的眼睛看着她，温声问："你到底哪里摔疼了，膝盖吗？"

洛欢正处于震惊之中，又不想很快妥协，于是绷着脸。

她的鼻头有些红。此时她被他这样专注地盯着，心里的矫情劲儿慢慢地涌了上来。于是她将脏兮兮的手往他的身上蹭，发泄似的。

江知寒没阻止她，叹了口气，任由她发泄。

"让我看看手，是不是破皮了？"江知寒低下头，握住她的手腕观察着。

他的手温热，指腹柔软。

洛欢僵着脸，没舍得将手抽离。

江知寒检查完一只手，又拉过她的另一只手开始检查。

好在她的两只手除了脏点儿，并没有被磨破。

"我看看膝盖，好不好？"江知寒放下她的两只手，轻声地问道。

洛欢的脸上热热的。她抬头看了看他，然后语气有些生硬地说："你不是……不管我了吗？"

江知寒："我什么时候说过不管你了？"

"你就是这么想的。"洛欢噘嘴，忍不住提高声音控诉道，"你今天一整天不跟我说话，也不搭理我，就是烦我了。"

她的情绪一上来，眼角更湿了，洛欢想伸手擦泪。

江知寒一把拉下她脏兮兮的手，从口袋里掏出一张干净的纸，抬手轻轻地给她擦眼角。

他动作轻柔，声音带着点儿无奈之意："我没这么说过，你别多想。"

"那你为什么不理我？"洛欢睁大眼问。

江知寒思考了一下，说道："我觉得你的态度有问题，想让你反思一会儿。"

"我不就一晚上没复习吗？你用得着这么小题大做？"

江知寒看着她："你熬夜看电视到半夜，第二天上课差点儿睡着，我算小题大做吗？"

洛欢的眼神飘忽，她有些不自然地垂下眼，不自在地说："没忍住嘛，我又没有天天看。"

江知寒认真地说："以后的课业会越来越重，你从高一就喜欢熬夜，如果再这样，到了高三怎么办？再喜欢的东西也要节制。"

洛欢低着头，不吭声。

"我……错了。"

"你不需要跟我道歉，只是不应该撒谎，欺骗你自己，欺骗别人。"洛欢的头顶上方响着他冷静的声音。

洛欢的小脑袋垂得更低了。

耳边的发丝落下，她像只落水的小鹌鹑。

江知寒站起身，轻声问："膝盖破了没有？"

"不知道。"半晌后，洛欢用气声回答。

于是，江知寒伸手，轻轻地把她的裤子卷起来。她的右膝盖稍稍蹭破了点儿皮，有些血丝，左边的膝盖只是有些红。

"你还能走路吗？"

洛欢点点头，被江知寒扶了起来。

校医室内。

校医给洛欢清洗、消毒并包扎了伤口，跟她说，如果她想的话，就在床边休息一会儿。

洛欢抬头看了眼站在床边的江知寒，抬手轻轻地扯了一下他的校服袖子："你还在生我的气吗？"

江知寒眼神柔和，摇了摇头，表情很无奈。

洛欢笑了，坦诚地认错："我真知道错了！我一定端正态度，再也不欺骗你了。"

江知寒看了一眼时间，而后低头问她："你想吃什么？我去食堂给你打包。"

洛欢的眼睛亮了亮，她笑得很甜："我想吃八号窗的牛肉粉，辣椒放得越多越好！"

江知寒瞥了一眼她受伤的腿，淡声说了句能噎死人的话："辣的东西你想都别想。"

洛欢："……"

经过这件事情，洛欢再也不敢骗江知寒了。毕竟他太聪明了，一下子就能发现她有没有骗他。

他安排的习题她都努力地完成。有时候她犯懒了，跟江知寒请假，他基本也会答应。

12点之前，他就会准时催她去睡觉。

12月底，学校又进行了一次月考。月考结束，洛欢的成绩排到了全班第二十五名。

月考之后是元旦晚会，每个班都要出一个节目，1班也不例外。

以往这种时候，都是班委最头疼的日子，因为他们班里多数是爱学习的"学霸"，没什么人报名，也没人爱出风头。

每次他都要三催四请，甚至威胁才有人答应表演一两个节目，但今年来了个洛欢，班长果断地把这个任务交给了她。

洛欢答应得很爽快。她每天抽空在家里练一练舞蹈，几天后通过了初审。

元旦晚会当天，洛欢一身暗黑系朋克风的造型，扎了两条长长的马尾，马尾中间用彩色的皮筋绑着，带着显眼的欧美风妆容，翻跳了一首近日在欧美大火的爵士舞。

舞蹈节奏强烈，又甜又酷，当即引起台下无数的学生拍手、尖叫，晚会的气氛热闹得不行。她下场之后，掌声经久不息。

"天啊，洛欢太勇敢了吧！"

"你们快看，论坛里有人把偷拍的成主任的照片发了上去，你们看到他的脸色了吗？"

"这水平真高，我以为她就是跳民族舞的，没想到这种现代舞她也会跳！"

"哈哈哈，这下看别的班的人还敢不敢说我们班里全是书呆子了！"

……………

台下 1 班的学生笑着议论纷纷，别的班的同学看了过来，1 班的学生第一次在这种场合里有一种被瞩目的感觉，简直爽爆了。

角落里，顾婉珊几个人的脸色都挺难看的。

在她们的眼里，只要你学习好别人自然会捧着你，可洛欢改变了这一点。她不仅学习好，而且还有特长。

她站在台上，能自动吸引所有人的目光。

人群里，江知寒的手机振动了一下，一条消息弹了出来："江知寒，我出来啦，你在哪里？"

江知寒起身，微弯着腰，快步地从后门出去了。

洛欢裹着棉衣，站在音乐厅后门的路灯下哆哆嗦嗦，看到远处一抹高大的身影朝她走过来，忍不住弯起了眼。

"你跑出来干什么？快进去。"江知寒伸手裹紧她的棉衣，将她的帽子盖在了她的头顶上。

洛欢只来得及卸妆，发饰还没拆，衣服也没有换，小脸素面朝天，显得十分清纯。

凛冽的寒风中，白炽灯映着女孩晶亮的眸子。她弯了弯眼睛，踮起脚，说："我知道了，跟你说一句话我就回去。"

"江知寒，新年快乐呀，以后的每一年我们都会一起度过的，好不好？"

女孩手心的温度似透过皮肤蔓延到了他的心底。

江知寒俯视着少女雪白的杏脸，长长的睫毛颤了一下，点点头，嗓音仿佛沾了水："好。"

洛欢因舞蹈表演在整个德川一中声名大噪，甚至连隔壁学校的人都听说了，德川一中的元旦晚会上有个特别精彩的节目。

一、二、三等奖这些传统奖注定与洛欢无缘了，不过也不知是谁主张的，在颁奖的时候，原本在站台上凑数的洛欢获得了个"最受欢迎节目奖"。

听到自己的名字时，洛欢还有点儿蒙，被周围的人推搡着走上前，瞬间引起台下一阵欢呼声和掌声。

平时神龙见首不见尾的校长亲自给她颁发奖状，望着她笑眯眯地说道："小丫头还挺有个性，新的一年继续加油啊。"

洛欢有些受宠若惊地接过奖状，笑眯眯地点头："我会的，校长。"

洛欢在元旦晚会上大出风头，一晚上整个贴吧都是求她联系方式的帖子，她一时间风光无限。

在这些追捧声中，当天夜里，一个特殊的帖子出现在了首页，帖子的题目是：你们别想了。

题目下配了几张照片，全是元旦晚会结束当天一个男生和一个女生在室外的模糊照片。

周围冷风呼啸，周边是未化的积雪，头顶上的路灯发着暖橘色的光，灯光下站着一对年轻的男女。

这些照片的主人公正是元旦晚会上大出风头的洛欢。男孩是全校没有人不认识的江知寒。

这篇帖子一被发，立刻引来不少人围观。

此时洛欢正窝在床上吃炸鸡追剧，手机忽然振动起来，是谷雨的来电。

洛欢扯了张纸巾擦擦手，随手接了电话。

谷雨着急的声音传了过来："你现在干吗呢？你看没看贴吧？"

洛欢盯着屏幕，说道："怎么了？我正追剧呢。"

谷雨暴躁地说道："这都什么时候了，你还有心思追剧？！你跟江知寒的事被人在贴吧上爆料了，你知不知道？"

洛欢下意识地捂住手机，往门口方向看了一眼，幸好门的隔音效果不错。

洛欢回过神，连忙说："知道了，我这就去看。"

挂了电话，洛欢赶紧打开了贴吧。

说实话，洛欢平常不爱关注这些帖子，贴吧不算学校官方的论坛，上面的正经事没几件，八卦倒是不少。

因为帖子都是匿名的，所以帖子里经常飘着一些匿名的爆料帖。

这些爆料帖假得不能再假，偏偏有人相信，因为帖子迎合了那些人扭曲阴暗的心理。

洛欢行事作风向来洒脱，贴吧里关于她的帖子不少，但大部分假得她没兴趣看。

之前初二的时候，因为某篇帖子严重地扭曲她的形象，她直接上大号跟那篇帖子的楼主吵了起来。后来那个楼主不想把事情闹大，匿名道歉删帖，她也没再追究。不过自那件事情以后，她再没登过贴吧。

还好之前登录过的信息还留着，洛欢的大号还能上，一点进去，她便看到首页的那篇帖子。

帖子下面已经"盖了"上百层的"楼"。

"哇，那个男生就是1班的江知寒吧，他俩居然……"

"楼上你才通网吗？很多人早就知道了。"

"这保密工作做得牛。"

"听说两个人都是1班的，女的死皮赖脸缠上江知寒的。"

"爷梦碎了。"

"有些人明明那么普通，却那么自信。"

"我长得怎么了？我再不行也比那个江知寒好吧？他除了学习好还有什么优点？"

"他还长得帅呢。"

"呵呵，他长得再帅有什么用？他那种家庭，听说他妈以前是做那种生意的，说不定他爹还被戴了绿帽子。"

"可能他还有那种病。"

"洛欢好好的一个'校花'，为什么想不开？"

…………

洛欢完全想不到平日里人模狗样的学生披了匿名皮后的面目会这么令人恶心。

他们凭什么高高在上，仅凭流言评判一个人？

她知道，江知寒才不是他们说的那种人。

洛欢有些气不过，当即就想打字和他们对骂。就在此时，她的手机来了一通电话。

洛欢手指微顿，点了接听。

电话里传来少年低沉悦耳的声音："你看贴吧了吗？"

他应该知道这件事了。

洛欢垂眼，有些自责，轻启唇："看了。"

"你别生气，他们说的都是假的，都在酸你……对不起，都是我不好，不该大冷天叫你出来，如果……"

"我没有生气。"江知寒的声音低沉干净，他轻声地安慰她，"所以你也不用和我道歉，反倒是我连累你了。"

"才没有！"洛欢连忙说，"要不是你，我可能还在8班的中下游挣扎，每天浑浑噩噩，混吃等死，不可能进入这么好的班级，体验以前从没有过的学习乐趣，这一切都是你带给我的。"

洛欢有些羞赧，低说声："江知寒，你知道吗？你就是我的光。"

那边倏地安静下来。

电话两端安静得不行，但谁也没有挂电话。

半晌后，电话一边的人才低低地咳了一声，声音里带了一些不自然之意。江知寒说："这些都是你自己努力的结果啊。"

"不，你就是我的动力啊，我每天看着你的脸才有动力学习。"

江知寒："……"

洛欢说话越发直接了，尽管江知寒已经习惯了，每次听到还是有些受不住。

江知寒沉默片刻，转移话题："我已经联系吧主删帖了。"

洛欢撇撇嘴，说："咱们学校那个吧主效率低，三天内能删帖就算好了。"

而且，贴吧里各种匿名的黑帖不断，就有这位吧主纵容的因素。

"江知寒，为了以后的安宁，我得用大招儿了。"

"什么？"

洛欢"嘿嘿"笑了两声，说："举报啊，既然这位吧主这么废物，那我就向学校反映反映，换个负责的吧主上来。"

江知寒在那边笑，说："随你。"

他的语气挺轻松的。

洛欢小心地问："江知寒，你不生气帖子这件事了吗？"

江知寒沉默了一会儿，再开口时哑声笑了一下，声音带着少年特有的慵懒感，如电流般丝丝地传入她的耳朵。

"我还挺开心的，毕竟有男生酸我。"

直到挂了电话，洛欢觉得脸颊还滚烫着，心跳快得很不正常。

爆料帖子红了没一天就消失了。

与此同时，德川一中的学生发现，贴吧重新换了一位吧主，置顶帖改了规矩，之前那些被举报多次依旧删不掉的下水道帖子全被清空了。

有学生不死心，发了以前的爆料帖子，结果不到一会儿就被禁言了。

这些还是洛欢听她在学生会里认识的人说的，是成主任亲自让吧主删帖子治理贴吧的。

毕竟洛欢和江知寒都是"学霸"，而且就像洛欢保证的那样，两个人并没有因为这种事情成绩退步，反而不断地进步。

惜才如命的成主任才不会因为这种帖子就打击两个好学生。

最后这件事情不了了之。

元旦放假过后，他们便开学了。

300

上晚自习之前，洛欢一来到教室里，便感受到周围人的异样目光。

洛欢的脚步顿了一下。她平静地坐下来，整个人非常淡定。

只要她不尴尬，尴尬的就是别人。

倒是前桌的男生转过头来，带着颇有深意的笑容来回看他们："你们俩真……"

江知寒抬起眼，薄唇轻轻地抿着，漆黑的眼睛没流露出什么情绪。

男生忍不住哆嗦了一下，正要放弃，洛欢笑了笑说："啊……嗯……你的三套阶段检测卷做完了吗？"

男生倒吸一口冷气，说了句"没有"，便赶紧转头去做题了。

"你做完了吗？"洛欢收回目光，小声地问江知寒。

江知寒直接将做好的卷子放到了她的桌上。他的字迹工整清秀，有些地方他还做了标注。

洛欢眉开眼笑，说了句"谢谢"，便把卷子拿过来跟自己的卷子对答案。

两个人仿佛丝毫没受影响。

顾婉珊看这场面看得胸口起伏，又束手无策。

洛国平没有想到，他知道女儿的事情，是通过同事的嘴。

"听说你闺女结识了一个学神，成绩才突飞猛进的啊，恭喜恭喜，哈哈哈。"

同一个办公室里的老师们纷纷调侃他。

洛国平心情无比复杂，面上装出女大不由爹的样子，其实心里早就打翻了醋坛子。

想到女儿低头认错的态度，他到底下不去手，于是偷偷地调查那个男生的情况。

上学期最后一节体育课，外面下了雪，于是体育课改成在室内上。

这是最后一节体育课，其他科目的老师们好心地放了学生一马，没有占课。

这节体育课上老师会念一念同学们之前的期末测试成绩，总结总结问题，然后说一下下学期的课程规划。

原本这种课就是同学们难得的放松机会。

上课铃声响起，洛欢把书放到前面挡住自己，正准备看从谷雨那儿借来的日漫时，便听到格外熟悉的男性嗓音——

"上课！"

天啊？！

洛欢猛地瞪大了眼。

一个夹着文件、穿着宽大的蓝白色的运动服、个子高大的男人迈步走了进来。

冬天教室的窗户都关着，热气循环，原本因为热气有些昏昏欲睡的同学们被这振奋十足的声音吓到了。

"你们的体育老师身体不舒服，由我代课。"洛国平放下文件，抬头扫视了一圈后说道。

谁能告诉她，她老爸为什么会来给他们班代课？！

洛欢有点儿崩溃，飞快地低下头，抬手轻轻地扯了一下旁边人的校服袖子，压低了声音说："你别看了，写你的作业！"

江知寒看向她，不明白她为什么这样说，不过还是"嗯"了一声，回头看向讲台，恰好对上洛国平的目光。

洛国平看着他，见少年看过来，赶紧轻咳一声，装出忙碌的样子，低头翻成绩册。

其实这种测试无论怎样学生都会通过的，只是成绩高低的问题，洛国平啰唆了几句，便拿起成绩册有模有样地念起来。

洛国平个儿高腿长，是整个学校体育组里最高的人，自然能看到女儿自他进来后便低着头像鹌鹑的画面。

你小心把脖子扭了！洛国平走下台，路过洛欢时，随手把她捞起来。

"……"洛欢忙四处打量，还好刚刚没被人看到。

没有人知道她老爸是洛国平。

洛欢赶忙拿起笔，"唰唰"地写了几个字。趁着洛国平又转到这儿的时候，她偷偷地把字条塞给他。

洛国平睨了女儿一眼，趁人不注意打开字条。

"是不是我妈让你来监督我的？"

洛国平轻咳一声，摇头。

于是洛欢胆子就大了，无声地对他比口型：你小心我告诉我妈！

洛国平："……"

这倒霉孩子！

洛国平知道得太晚了，等他发现，蒋音美已经跟洛欢沆瀣一气了。

连老婆都罕见地倒戈，他半点儿支持都得不到。

被女儿威胁后，洛国平心里很不忿，但没敢在下面再晃悠，很快就走开了。

他在讲台上念完成绩,只能站在讲台上随口总结起来,顺便观察观察那个和自己女儿传绯闻的少年。

以洛国平带有偏见的眼光来看,他觉得江知寒长得还行,但是觉得江知寒看着不让人放心!而且,江知寒上课不好好学习,老跟他女儿说话。江知寒是不是想故意拉下他女儿的成绩,好让自己高枕无忧?

于是洛国平把脸沉了下来。

1班的学生不知谁惹到了这位老师,整节课乖得不行,连瞌睡都不敢打。

"我觉得老师在看我。"江知寒写了张字条,推到洛欢的面前。

洛欢扫了一眼,随后抬头凶狠地向洛国平瞪过去。

洛国平:"……"

洛国平赶紧收回目光,看向另一边。

下课了。

当天洛欢就向蒋音美告状,说爸爸跑到他们班恐吓她、威胁她。

蒋音美淡声训道:"你以后别打扰两个孩子学习。"

洛国平:"……"

这家里他没地位了。

少了洛国平捣乱,时间过得飞快。一月底,德川高中进行了期末考试。学生考了三天试,考完下午便放假了。

假期开始后下了两场雪,天气冷得厉害。洛欢除了参加补习班,能不出门就不出门,整日赖在小房间里,做做题追追剧,找人聊天儿。就这样,马上过新年了。

"江知寒,你今年寒假有什么安排?"洛欢坐在地毯上,披着小毛毯,面前的小桌上放着一杯刚热好的牛奶,旁边是一碗草莓。

她正在打电话。

"我可能和父母一起过年。"电话里的声音依旧好听,"怎么了?"

"啊,没什么。"洛欢揪着厚厚的睡裤上的绒毛,"我问问而已,提前祝你生日快乐。"

"谢谢。"

"那你有……"洛欢挺想给江知寒准备一个像模像样的礼物的,话说到一半忽然卡壳了。

"怎么了?"

"没什么，没什么。"说出来就没惊喜了，洛欢抿唇笑了笑，赶忙转移话题。

每年过年的准备活动大同小异——打扫屋子，买年货等。

除夕前一天的下午，吃过饭，蒋音美和洛国平便带着洛欢去超市采购。

超市里的人超级多，洛欢推着购物车跟在他们的后面。他们在蛋肉区里停下来挑选东西，洛欢便把胳膊搭在栏杆上等他们。她摸出来电话，给萧萧发了一条消息："明天他爸妈如果不在家里，你就告诉我。"

假期里她和萧萧互相加过联系方式。不一会儿，萧萧给她回了个"OK"的手势。

洛欢合上手机。从超市出来，她把买好的东西放进后备厢。

坐车路过路口的一家精品店时，洛欢忽然坐起身，跟前面开车的洛国平说了句："爸爸，停下车。"

"怎么了？"

洛欢抿唇，然后说："我和谷雨约好了，今天逛会儿街。"

洛国平和蒋音美对女儿和谷雨玩没什么异议，只让她注意安全，天黑之前回来。

车子停在了路边。

洛欢下了车，目送车子离开，这才转身进了路边的精品店。

她之前在网上定制了一对杯子，没找到心仪的包装，打算在这儿附近看看有没有合适的。

店里装修得温暖明亮，洛欢在放着包装礼盒的书架上挑了半天，总算挑好了一个包装礼盒，然后付款打包。

除夕当天，洛欢一家早早地到了奶奶家，热闹过后，一家人吃着水果和零食等待春晚开始。

洛欢虐完几个熊孩子后，便窝在沙发里边吃水果边回信息，顺便等待萧萧的消息。

虽然她表面上不显露任何情绪，但时不时地点开与萧萧聊天儿的界面。

晚上接近9点，萧萧终于给她发了条消息："江知寒他爸妈又不知道去哪儿野了，我们准备给他过生日，你要来吗？"

洛欢心里一喜，立马打字："来！"

洛欢知道这个时间点自己要出去长辈可能不答应，没办法只好求助谷雨。

谷雨正和家人玩斗地主，被打断后哇哇大叫。洛欢答应请她喝一个学期的奶茶她才罢休。

好在谷雨的表哥在附近的一家卡丁车馆里组了局,他们就当提前来玩了。

洛欢被谷雨亲戚的车送到市区时,时间还算早,蛋糕店开着。洛欢进去拿了预订好的8寸蛋糕,然后坐车前往江知寒家。

"我看你真是被他吃得死死的。"谷雨吐槽道。

洛欢笑嘻嘻的。

萧萧的奶奶年纪大了,睡得早。没到12点,萧萧他们早早地就给江知寒庆祝了生日。

萧萧送江知寒出了门。

"你回去就要睡觉了吗?"

江知寒点点头,侧脸很标致,在路灯下更是好看得不像话。

巷子里安静得厉害。

萧萧盯着他,张了张嘴,想说什么时,口袋里的手机振动了一下。她顿了顿,拿出来手机看了一眼,抿了抿唇,而后一笑,说道:"今天除夕,你别那么早睡了,好歹守守岁。"

也不知他听进去了没有,看着江知寒回了家,萧萧便转身往巷口走。

房间里,江知寒正铺着床铺,听见门外有敲门声,停下动作,起身去开门。

他本以为会是江伟或者杨艳娇,没想到,刚打开门,一抹纤细的红色身影便扑了过来。

"江知寒!"

江知寒下意识地伸手接住她。

他低下头,对上女孩亮亮的双眸,女孩的声音中带着雀跃之情:"我来陪你过生日!"

江知寒愣了半晌,随后低头问:"你家人……"

"你不高兴吗?"女孩穿着红色的棉袄,皮肤被衬得白皙如雪,小裙子和雪地靴看起来很不保暖,戴着手套的右手提着一个蛋糕和一袋像礼物的东西。

有寒风吹来,她忍不住哆嗦了一下。

女孩启唇,因为寒冷声音带着点儿鼻音。一双漆黑的眼如星,她目不转睛地看着他,眼里面全是真挚的感情。

江知寒一言不发,将她带进来。

进屋后，江知寒将取暖器打开。

洛欢伸手在取暖器前取暖，蹦蹦跳跳地说："好冷……"

江知寒倒了杯热水，走过来递给她。

洛欢接过水。

洛欢怔怔地抬头，看着他好看的脸，对他咧了咧嘴。

"你笑什么？"江知寒的语气有些无奈。

洛欢鼓了鼓嘴，依旧傻乎乎地笑着。

等暖和得差不多了，洛欢看了看时间，已经11点多了，便催着江知寒拆蛋糕。

这是个8寸的画着哆啦A梦的蛋糕，蛋糕师的画功很好，卡通人物被画得极为生动。

江知寒："……"

"好看吗？这可是他们店里最畅销的一款蛋糕。"洛欢很期待地说。

洛欢显然把"男生"和"儿童"混淆了。

江知寒安静了好一会儿，然后很真诚地点点头。

洛欢便很开心地插蜡烛。蜡烛总共三根，代表他永远年轻，哈哈哈。

灯光昏暗下来，照映着少女盈盈含笑的脸。她声音柔和地说："我之前说过会给你准备一个生日礼物，今年我做到了，以后你的每个生日，我都会陪着你过的。"

她会陪着他一起长大，变老，他们永远不分开。

"江知寒，生日快乐。"时间到了12点，吹灭蜡烛的时候，他听到了少女让人温暖的声音。

那一瞬间，江知寒的眼角泛红，他的喉结暗暗地滚了滚。

她带给他的感动太多了。

尽管已经不早了，江知寒还是吃了很多蛋糕。

洛欢催促他拆礼物。礼物是一对马克杯，黑色的。

"你别看它普通啊，它可是有秘密的。"洛欢炫耀似的说着，跑过去，分别往两个杯子里倒了一点儿热水。

原本黑色的杯子从下面慢慢地变成白色，然后露出了杯子上的图片，是两张男生和女生的图片。

男生的杯子上是一张自拍照。男生是被偷拍的，在阳光明媚的午后安安静静地做题，阳光落在他的发梢上，他的头发闪着淡淡的光。

他握着笔的手指白皙修长，侧脸干净。

女孩杯子上的照片则是女孩趴在桌子上盯着镜头，大大的杏眼又黑又亮，巴掌大的小脸上漾着明媚的笑意。

她拿着手机，将身后的男生也拍了进去，照片看起来特别有青春感。

洛欢将带有女生照片的那个杯子给了江知寒，说道："这个是你的，另一个是我的，这是我第一次正经送你生日礼物，你可不要弄丢哟。"

江知寒克制着情绪，伸手接过杯子，哑声说了句"谢谢"。

闹到快1点，洛欢困得不行，江知寒的家里没别人，于是洛欢理所当然地留下来了。

江知寒依旧让洛欢睡在他的房间里，他去外面睡。

也许因为今晚的情绪起伏太剧烈，江知寒突然没有了睡意，正准备看一眼手机时，忽然听见隔壁传来"咚"的一声。

江知寒愣了一下，想也没想便掀开了被子。

洛欢没想到自己睡在床上都能摔下来。

可能是这床板有些硬的缘故吧。

洛欢正揉着额头，门忽然被推开，江知寒大步地走了进来。

"没事吧？"他蹲在她的面前，那张白皙俊秀的脸上满是焦急的神色。

他还没睡吗？洛欢愣愣地看着他。

他身上还带着卧室外的寒意。

洛欢忍不住打了个寒战。

她嘟囔着："好冷！"

江知寒愣了一下。

洛欢柔声地问："江知寒，你能陪我睡吗？我有点儿怕。"

江知寒说："那你睡吧，我陪你。"

…………

没一会儿，她浅浅的呼吸声传来。

周围重新安静下来，喧闹的万物归于宁静。

第二天，太阳从冬日的云层里破出，窗帘的缝隙里透出一抹微光。

生物钟让睡在旁边沙发上的江知寒率先醒过来。刚醒来的他意识还有些不清醒。

他低下头，看到少女睡得沉沉的模样。

柔软的发丝半遮住她的侧脸，睫毛卷卷的，鼻息浅浅。

许是睡梦中感受到被人看着，洛欢迷迷糊糊地睁开眼。

江知寒略微有些不自在，正要说什么，洛欢忽然软乎乎地跟他一笑，又把脸埋回去。

江知寒:"……"

江知寒在清醒的时候，所有的理智瞬间回归。她可以放肆任性，但他不行。

她和他不一样。

她是女孩。这是江知寒早就刻在骨子里的认知。

睡梦中的女孩轻轻地蹙了蹙眉，不得不再次睁开眼，迷迷糊糊地问："几点了？"

"8点。"江知寒轻声说，"你先睡，我去买早餐，好吗？"

此时，门外传来"砰砰砰"的声音，像是门撞在墙上又反弹了回来。

接着，一道熟悉又尖锐的女人的嗓音传来，也不管会不会吵到人，伴随着咒骂声："要你别喝这么多，你偏要喝，要死啊？！老娘上辈子倒了什么霉才嫁给你？你就折腾我吧！我看你哪天喝死了有没有人管你……"

"小寒！小寒你醒了吗？你来帮我把你这个死鬼爸扶进去！"

接着是一阵"噼里啪啦"的响声。

洛欢正打闹的动作一顿。

看到江知寒的脸色明显冷了几分，洛欢张了张口，问："是叔叔和阿姨吗？"

他们竟然这么早就回来了？

洛欢以为他们中午才回来。

门外，江知寒的妈妈还在喊着。江知寒回过头看着洛欢，说："你先在房间里待着，别出去，我出去一会儿就回来。"

洛欢赶紧点头。

江知寒穿了衣服出门，拉开门后一阵寒风扑面，门很快被他关上。

洛欢坐了起来，顶着一头乱糟糟的头发，下床穿好鞋子，跑到门边听着外面的动静。

江伟又喝醉了，整张脸都红了，醉醺醺的样子像条丧家犬，被杨艳娇扛着胳膊，走得歪歪扭扭。

他骂了杨艳娇一路。

"你还管起老子来了，给老子滚……"男人醉醺醺的，还知道反击，一巴掌扇过去力道不小。

杨艳娇气得不行，但不能不管他，只好忍气吞声。

两个人看上去挺狼狈的。

杨艳娇看见江知寒拉开门走过来，立马说："你快过来把你爸扶进去！"

江知寒走过去，一言不发地从杨艳娇的手中接过江伟。

这个年纪的少年力气够，杨艳娇顿时感觉浑身轻松了，赶忙跑过去在一旁帮忙照顾着江伟。

屋子里一晚上没有开任何取暖设备，冷得如同冰窖，杨艳娇哆嗦了一下，赶紧从床下拿出取暖器。

取暖器的旋钮掉了一个，杨艳娇骂了一句"破东西"，然后看向江知寒说："你把你屋里的那个取暖器先拿过来，给你爸用用。"

江知寒刚将江伟放到床上，闻言看了看她，垂下眼帘，朝屋外走去。

洛欢正凑在门边听外面的动静，听到有人朝这边走过来。她后退几步，看到江知寒推门走了进来。

他的身上带着寒气。洛欢连忙让他取暖。

"洛欢。"江知寒用漆黑的眼睛看向她，说，"我送你回去吧。"

天太冷了，要是他把取暖器拿走，她会受不住的。

洛欢本来打算再缠一会儿江知寒，但他的父母提前回来了，洛欢就不好再待着了。于是她"哦"了一声，抓抓头发，说："你等等……"

"欢欢。"江知寒忽然出声。

她看向他。

"新年快乐。"江知寒对她说。

洛欢微微心动，对他咧了咧嘴，点了点头。

江知寒关了取暖器，将取暖器拿到了江伟跟杨艳娇的房间里，便回来了。

江知寒将她的帽子盖在她的头上，然后握住她的手带她出了门。

杨艳娇正给江伟擦脸，一起身余光瞥见门外有个穿着红衣服的女孩和她的儿子一起走了出去，不禁一愣。

雪天里一抹红色的身影十分惹眼。洛欢整个人裹在红色的棉袄里，白皙的肌肤胜雪，黑色的眼睛明亮，在雪天里格外娇俏，雪地靴踏出一串长长的脚印。

到了路口，有早餐店开着，江知寒进去买了早餐给她。

热腾腾的生煎和粢饭团，让人特别有食欲，还有豆浆。

洛欢把豆浆抱在怀里暖手，仰头冲着他甜甜地笑："谢谢。"

有车过来，江知寒拦住车，让她坐进去。

"你也快回去,好冷。"洛欢趴在车窗上对外面的少年说道。

江知寒轻轻地点点头。

目送车离开后,他才转身,往巷子里走。

江知寒提着早餐回来,刚走进去,杨艳娇走过来,夹了一个生煎吃了。她看了看门外,有些八卦地说道:"昨晚咱家来人了?"

江知寒顿了一下,没说话,要往外走。

杨艳娇很感兴趣地问:"是不是之前那个经常来咱家店找你的女孩?我看她穿得不错,她家里是做什么的?"

一股黏腻潮湿的感觉涌了上来。江知寒脚步微顿,微蹙了一下眉,声音低沉,冷淡地说道:"你别问了。"

他说完便打开门走了出去。

杨艳娇不禁有些气噎,但她很清楚自己儿子的性格,他不想说谁也没办法让他开口。

洛欢回到家里时,蒋音美和洛国平还没有回来。

屋内的暖气瞬间驱赶了她身上的寒气。洛欢放下早餐回到房间里,洗了个澡。

出来后早餐已经凉了,洛欢把早餐放进微波炉热了热,而后端出来放在餐桌上,一边吃,一边回消息。

洛欢拍了张照过去:"我回来啦,粢饭团好好吃。"

她还附带了一个可爱的表情。

很快,江知寒那边回了消息:"嗯。"

洛欢接着打字:"你用没用杯子?"

过了几秒,江知寒发来一张照片。

桌上是正在缓慢变色的杯子,杯子上面飘着白色的雾气。少女趴在桌上,可爱的笑容慢慢地露了出来。

洛欢忍不住笑了起来。

她正吃早餐的时候,蒋音美跟洛国平回来了,两个人都带着一宿未睡的疲惫感。

看到女儿穿着睡衣、长发披肩正低头吃饭,洛国平愣了一下:"你回来得这么早?"

洛欢努了努唇:"嗯。"

蒋音美跟洛国平都困得不行,也没多想,随便吃了点儿东西便去睡了。

洛欢吃完早餐,抱着手机蹑手蹑脚地回了房间。

寒假过后，便是高三前的最后一个学期。

所有的新课都会在这个学期里结束，所以这个学期的内容逐渐增多。

每周的卷子很多，尽管洛欢以现在的水平已经不像高一那会儿吃力了，但大量的内容还是让她有些吃不消。有时候，她周末去补习班都带着作业。

当初，蒋音美让洛欢补习，是为了提高她的成绩，如今洛欢已经完全不需要补习了，补习反而成了她的负担。

蒋音美和洛国平两个人一商量，就给洛欢停了补习班的课。至于舞蹈班，因为洛欢喜欢，加上每周能放松放松，便没停。

不过她已经不像班上的其他学生，把舞蹈当作一年后高考的门路，拼命地练习了。

孟琪琪就不止一次地酸她。

在高二越发忙碌的生活里，日子过得飞快，其间学校组织了一次月考和一次期中五校联考。洛欢的成绩进了班上前二十名。

放完劳动节假期，夏天渐渐到了，洛欢换上了轻薄的衣服。

没了周末补课，洛欢轻松了不少，上学时在学校里读书，到了周末，就跟江知寒或者小姐妹谷雨逛街买东西。不过，每周末的舞蹈班她还是如期报到。

5月下旬，各类舞蹈比赛接踵而至，其中规模最大的，要数华东五省举办的第六届"霓裳杯"舞蹈大赛。

舞蹈老师特意跟他们说了这件事，意思是让他们多刷奖。奖多多益善，而且将来对他们有好处。

洛欢本来已经放弃了走舞蹈这条路，加上这种比赛确实耗费精力，有时候还要请假，所以没打算报名，但舞蹈老师特意让她再考虑一下。

毕竟洛欢跳得好，不多拿几个奖太可惜了。

上学期她就拒绝过一次，这学期是最后一次机会。华东五省联办的比赛，两年举办一次，舞台大，机会不可多得。

她明年上高三，这学期不去，高中就没什么机会了。

洛欢只好说自己回去考虑考虑。

蒋音美跟洛国平向来尊重她的意见，考虑到现在女儿长大了，很多事尽量让她自己做主。

孟琪琪得知洛欢可能报名后有点儿坐不住了，这几天时不时地就"轰炸"她一番，问她决定报名了没有。

洛欢嫌烦了，说："你这么关心我干吗？"

"没了你我就少一个竞争对手了呀。"

洛欢："呵呵，不好意思了，我要报名。"

"什么？"

"别啊，你又不艺考，报这个是觉得闲吗？！"

洛欢发了一个"滚"的表情包。

....

洛欢虽然这样说，但还是有些犹豫，这个比赛挺浪费时间的。

晚上学习结束后她问了问江知寒。

江知寒没当即发表意见，只是问她："你想去？"

"想……我去年因为一些事耽误了全省比赛，只参加了全市的比赛，所以挺想挑战一下，但是感觉比赛特别浪费时间。而且我也不参加艺考，感觉报名也没什么用……"

洛欢啰唆地发了一大堆自己担忧的问题。

江知寒静静地看着她发来的信息，等她发完之后才回了消息："那你就去参加吧。"

洛欢有些心动，但紧接着又打字："可是……"

"你不是怕浪费时间吗？没关系，我帮你补回来。"

简单的几个字，洛欢看得心跳加快。

他窥探到了她内心最真实的想法。

她顾虑重重。他帮她把问题清晰地提了出来，还会为她解决后顾之忧。

洛欢的眼睛里发着光，她发了个"好"字。

于是，这周末上舞蹈课时，洛欢向老师说了参加比赛的事情。舞蹈老师显然很开心，让她好好地做准备。

五省联赛是区里的比赛，在5月中旬进行，区里的比赛较为简单，选手们只需要提交VCD（影音光碟）至组委会，预选通过后便可去现场参加比赛。主要的比赛还是五省联办的"霓裳杯"舞蹈比赛，参赛者先要进行省市区选拔，通过后才有资格参加决赛。

洛欢已经决定参加，就会好好地对待比赛，和舞蹈老师商量好跳什么舞后，每晚学习完功课就自己在房间里练一会儿舞蹈。

天气越来越热，区赛最先开始。好在比赛是周末上午在隆盛广场举行。

江知寒专门陪她来比赛。

洛欢的节目排在第十个，比赛结果在比赛结束后被公布。

洛欢获得了第一名的成绩，如愿入围接下来的全市比赛。

比赛结束后时间尚早,两个人在附近吃了午饭,然后坐地铁悠闲地回了家。

全市比赛在一周后进行。在全市比赛上,洛欢一路过关斩将,最终获得了少年组一等奖的成绩。

全省比赛在5月下旬举行。

还有两周左右的时间,洛欢依旧不敢放松,每天晚上在楼下小区里练习,后来蚊子实在多得不行,她才回到了楼上,把练习的地方改到了安全通道。

有时周末上完舞蹈课,洛欢也会留在班里接着跳一会儿。

初夏的傍晚,窗外的天边燃烧着火烧云,暖风通过开着的窗户吹进来,整个教室带着点儿槐花的香味。

洛欢穿着舞蹈服在舞蹈室里练舞,江知寒就坐在边上的长凳上安静地看着她。

夕阳光影里,少女脸颊边的发丝仿佛染了色。她身形纤长,犹如一只优雅的小天鹅,又像一只灵动的小鹿,在江知寒的眼里绽放着,美得惊人。

当落下最后一个节拍时,洛欢抬起头,看向江知寒的方向。江知寒正静静地望着她。

眉眼俊秀的少年,眼里带着温柔的笑意。

洛欢忙别开眼,心跳得好快好快。

5月底的时候,全省比赛拉开了帷幕。在经历报名初评后,洛欢同样顺利地进入了选拔赛。选拔赛在省大剧院里举行。

当天还是周三,洛欢向学校请了假,然后独自收拾行李去比赛。

比赛地点较远,蒋音美不放心,但因为管着毕业班脱不开身,便让时间相对宽裕的洛国平陪洛欢去。

洛欢没办法,只好答应了。

为了防止江知寒跟上次一样突然跑来看她表演,出发的前一夜,洛欢在电话里特意叮嘱他,让他好好上课,不要偷偷地过来看她,她告诉他在电视上看她比赛是一样的。

江知寒觉得有些好笑,说了句:"好。"

洛欢这才满意了。

聊到11点,洛欢还有些意犹未尽,被江知寒赶去洗漱睡觉了。

第二天一早,洛欢跟洛国平父女俩早起洗漱,然后收拾行李准备出门。蒋音美特意晚了一个小时去上班,给父女俩整理东西,同时叮嘱洛国平:

"你多拍点儿欢欢的照片,别只顾着自己玩。"

洛国平努努嘴,满口答应。

蒋音美送两个人出了小区,看着两个人打车离开。

剧院较远,他们打车用了一个小时才到。

他们在附近预订好的酒店里放了行李,然后去现场签到,领取节目号码牌。

洛欢在业余少年组里,在开赛的第二天比赛,她的号码牌是15号。洛国平领了一张家长免费观摩券,领取完后洛欢回去化妆换衣服,顺便吃饭。

到了比赛当天的下午3点,洛欢提前在后台等候,幸好她的号比较靠前,轮到她比赛时才4点左右。

听到主持人喊她的名字,站在候场区里的洛欢深吸一口气,抬步往舞台中央走去。

下面一片昏暗,台下坐满了人,最前排是评委。

洛欢快速地扫了一眼观众席,很轻易地在台下的人群中看到了洛国平。他坐在最后,高举着写着"小公主加油,老爸永远爱你"的夸张横幅。

洛欢隐隐地抽动了一下嘴角,也不知在期待什么,期待落空后依然保持平静,听见音乐前奏响起便很快地回神。

洛欢这次跳的是一段名叫《如梦》的芭蕾舞,舞蹈动作的难度很大,包括几个高难度的大跳和连续性的滑步动作。

有些选手为了求稳会适当地降低难度,但洛欢不会。她认为参赛的选手很多,如果在这种场合里想要晋级,没有特点根本无法获胜。

一段难度技巧超高的舞蹈被她表演得很精彩,赢得台下不少的掌声。

随着音乐结束,洛欢最后一拍落定,向台下所有人90度鞠躬,然后从下场门退场。

后台剧场大厅里,有专门的大屏幕实时直播赛场情况。洛欢刚比完赛下来,周围有不少人认出了她。学生跟家长上前跟她搭话,还带着各种目光,有惊艳的,也有神色不明的。

洛欢态度很好地回应着他们。

洛国平从后台出来,连忙从储物柜里取了衣服给她。

洛欢回到安排好的化妆室里休息。

离最后一个人比赛完还有些时间,洛欢便靠在椅子上边玩手机边等结果。

她正玩手机的时候,收到了孟琪琪给她发来的消息:"天啊,你怎么跳这么难的舞？是不是王老师私底下给你加课了？"

洛欢得意扬扬地回消息："没，人家天赋异禀。"

孟琪琪给她发了一个双手向下表示鄙视的表情。

"你不好好跳舞，炫什么技？嘚瑟不死你！"

"嗯哼，你也可以炫啊。"

孟琪琪气得丢给她一个白眼。

气完孟琪琪后，洛欢笑了笑，拿起手机打开拍照模式，拍了一张自拍照发了出去。

照片里的少女带着妆，笑盈盈地看着镜头，眉眼盈盈，看起来十分乖巧，明媚动人。

她低下头满意地看了看照片，而后发给江知寒。

现在5点多，江知寒应该还在上课吧。等他一回到家里，就能看到她给的"惊喜"。

洛欢发了照片便退出去，美滋滋地刷着网页，没想到没一会儿手机便跳出来一条消息："嗯，自拍很漂亮。"

洛欢差点儿没拿稳手机，赶忙打字："你没上学？"

过了一分钟，江知寒回道："上了，我拿了手机。"

洛欢心底隐隐地浮起一个想法："那你这会儿……"

"我在上课。"

"……"原来江知寒是上课时给她回的消息。

一想到她竟然骚扰"学霸"，让他上课偷偷摸摸地回信息，洛欢便觉得格外有罪恶感。

但同时，一想到向来守规矩的大"学霸"竟然破例带了手机，还偷偷地上课给她发消息，洛欢不知怎么了，心"怦怦"乱跳。

然而就在这时，身后忽然响起洛国平酸溜溜的声音："你又在和那个小子聊天儿呢？"

洛国平有自己的想法，所以任凭蒋英美和洛欢两个人再坚持，洛国平依旧称江知寒为"那个小子"，要不就是"那个人"。

他至今不肯叫江知寒的名字。

洛欢吓了一跳，飞快地关掉手机，威胁道："爸爸，你再这样我就跟老妈暴露你的藏烟地点了。"

"你这丫头……"洛国平一向怕蒋音美，闻言哼哼两声赶紧走了。

在老妈的面前，爸爸完全就是纸老虎。

洛欢重新回过头，目光落到手机上。她看了看时间，心想江知寒这会儿应该已经下课了。

于是她继续打字，有些明知故问："你拿手机干吗？你不是劝我上学不带手机吗？你居然带头破例？！"

她不知道他这会儿在干什么，他会不会去上洗手间了？

"我怕你给我发消息我不能及时看到，所以就带了手机。"

洛欢看见跳出来的这句话，瞳孔微微放大，不禁咬住下唇，心里甜滋滋的。

她心花怒放地敲字："你怎么知道我会给你发消息？难不成你和我有心灵感应？"

"也许。"

哒……

她的心像水果突然混合了汽水，开始"咕嘟咕嘟"地冒泡。

洛欢的脸微微发热，手指忍不住捏紧了手机。

"所有人集合，比赛结束去台上领奖！"走廊里有工作人员在喊着。

洛欢回了神，赶忙站起来，咬咬唇，给他回了个"哼"字，然后含着笑跑出去。

所有参赛人员在候场区里集合，身上都穿着演出时的服装，有的人紧张，有的人在和别人轻松地聊天儿。

洛国平抱着洛欢的东西，在队伍外给她加油。

洛欢默默地伸手挡住了脸。

"喂，你就是之前那个跳《如梦》的女生吗？"旁边有个长发的女孩像是认出了洛欢，和她搭话。

洛欢朝女生点点头，"嗯"了一声。

女孩笑了笑，说："你跳得挺好的，不过评委们都是有多年经验的舞蹈家，可能更喜欢踏踏实实的舞蹈，太炫技的在他们的眼中得不了高分……"

洛欢挑挑眉梢，朝她一笑说："谢谢啊。"

"不过你已经跳得很好了，下回参加比赛尽量踏实一点儿，我相信你会走得更远的。"女孩仿佛已经看到了最终结果，安慰着洛欢。

这意思是洛欢太嘚瑟了，不规规矩矩地跳舞，剑走偏锋，只能被刷下去了。

洛欢脸色不变，只说："谢谢。"

很快人都到齐了，工作人员示意他们上台。

灯光与音乐同时启动，台下响起一片雷鸣般的掌声。

主持人发言过后，便到了颁奖环节。

"获得本次大赛业余少年组一等奖的是——洛欢！"

掌声雷动。

洛欢愣了一下，便上前去领奖，从省舞协副主席的手中接过奖杯。

副主席在颁奖时，还说了些鼓励她的话。

洛欢大方地点头，记下了主席说的话。

刚才那个女生只获得了业余组的三等奖，和洛欢对视一下，朝洛欢笑了笑，便尴尬地移开了目光。

洛欢通过了选拔赛，被推荐参加8月底的华东五省总决赛。

因为比赛在暑假进行，还有差不多两个月的时间，洛欢便空闲了一段时间。

6月初高考来临，高一和高二放假四天。

因为不需要补课了，洛欢平常和江知寒待在一起的时间就少了许多，现在好不容易有了假期，洛欢便整日缠着他。

江知寒不大愿意洛欢来他家的店，本想约定在某个书店里见面，但抵不过洛欢撒娇，只好无奈地答应了。

一开始他们是在对面阿婆家的铺子里，两个人坐在角落里，点些吃的喝的，然后对着学习，一坐就是一整天。

他们有时候坐在一起看书，看漫画。阿婆的店里有网，洛欢打游戏，通不了关的时候就让江知寒给她打通关。

巷子里栽了树，夏天枝叶繁茂，人们偶尔能听见知了懒散的叫声，每天的日子仿佛被拉长，悠闲又漫长。

阿婆很和蔼，店里人不多，难得有人气，便经常笑眯眯地看着这两个小年轻打闹着。

然而就算江知寒再怎么不想他的家人和洛欢接触，杨艳娇还是发现了洛欢。

杨艳娇平时不来阿婆的铺子。她不爱吃这些糕点，可这天不知怎么，突然有点儿嘴馋，便走了进去。

"你要买什么……？"阿婆下意识的话哽在喉咙口。

阿婆不太喜欢杨艳娇。

杨艳娇穿着轻薄的碎花吊带裙，胸前松垮，披着一头不知染了多少次的干枯鬈发，涂着红唇，一进来别人就能闻到她身上十分浓郁的杂牌香水的味道。

杨艳娇不在意阿婆的看法，看了一圈后随便挑了几种糕点，一抬眼，顺着阿婆的目光看过去，正好看见角落里并排坐着的少男和少女。

那不是她的儿子还能是谁？

他旁边坐着的人应该就是过年那会儿来他们家住的那个女孩吧？

之前她打听过几次，但她儿子一直不想说，她也不知道那丫头的情况，最后只好不了了之。这次她总算找到机会了。

于是她立马朝他们走去。

"哎……"阿婆想拦却没拦住她。

"小寒，你带朋友过来，怎么不回家里坐坐，坐在这儿干吗？"洛欢正看着江知寒替她打游戏，便听见身后传来的声音。

洛欢抬起头看过去。

江知寒细长的手指微微一顿。

洛欢虽然没有正式见过江知寒的母亲，但也认得杨艳娇。眼前的女人涂着红唇，满眼笑意地望着他们，眼里还有对江知寒的淡淡的责备之意。

洛欢忙站起来，礼貌地问候了句："阿姨好。"

"你好，你好。"杨艳娇望着面前面容姣好的少女，眼里露出满意的神色，语气有些嗔怪，"叫什么阿姨呀？应该叫……"

"时间不早了，她要回家了，妈你先回去吧，我送她回家。"江知寒忽然站起来，打断了杨艳娇的话。

他打完一局游戏，将手机还给洛欢，然后帮她整理桌上的各种习题册，侧脸平静冷淡，丝毫不给洛欢说话的机会。

飞快地整理完习题册后，江知寒低头看向洛欢，对她说道："走吧。"

洛欢有点儿蒙，看了看他，又看看杨艳娇。江知寒干脆一把抓住洛欢的手腕，带着她离开，动作快到让人来不及反应。

杨艳娇愣了愣，反应过来之后连忙追了几步，尖声冲他大喊："江知寒，你这个混小子什么意思？你嫌弃你妈是不是？我生你、养你，你竟然嫌弃我？！你对得起老娘辛辛苦苦地拉扯你长大吗？"

江知寒握着洛欢的手紧了几分。

杨艳娇的声音惹来周围人注目，可她丝毫不管。与此同时，周围人也看着洛欢。

他不该把她带到这里的。

他不该心软。

江知寒停下了脚步，深吸一口气，刚要牵着洛欢的手继续往前走，他的手被一只软软的手扯动了一下。

江知寒僵了一下，扭过头，对上女孩的双眸。

"江知寒。"洛欢深吸一口气，说，"阿姨又不是什么洪水猛兽，让我去见见她吧。"

洛欢隐约猜到，江知寒不愿意让自己过多接触他的家庭，可能是因为怕她沾上所谓的流言蜚语。

可是，这没关系的。她和他的父母迟早要见面，不是吗？她就是个孩子，在乎这些干什么？

洛欢用温柔的眼神望着他。

江知寒的眼底流露出挣扎的情绪。

洛欢是第一次正式到江知寒的家里的。

不同于之前两次她来去匆匆，这次院子里的桂花树开了，盛夏时节丝丝沁人的凉风吹来，满院都是淡淡的香气。

院子里还挺整洁的。

屋里，杨艳娇殷勤地拉着洛欢坐下，笑着准备了些干果和饮料，还问了她好多问题。

洛欢交际能力不错，所以应付得不错，哄得杨艳娇时不时娇笑。

"欢欢，你爸妈是做什么的啊？他们在哪里工作？"杨艳娇开始打听。

"妈。"江知寒蹙起眉，淡声提醒。

"干什么？我问问都不行了？我了解了解怎么了？"

江知寒的侧脸染上薄红，他像在忍着什么。

洛欢咬着蜜瓜，眨了眨眼抢着说道："没关系，这不是什么秘密，我爸妈都是老师，都在德川一中教学。"

"德川一中好啊！"

德川高中是区重点中学，很多家长挤破头都没法儿让自己的孩子进去上学，好在江知寒争气，自己考上了，还能让校长亲自发奖学金。

杨艳娇的眼睛亮了一下，她又迫不及待地问："那你爸妈每月的工资能有多少？"

"妈！"江知寒微微提高声音，眼神冷淡了下来。

杨艳娇表情一滞，随后咕哝了句："我就问问，怎么了？这些不都要了解吗？你这个傻小子！"

杨艳娇看洛欢平时穿得不错，想来她的家境应该也是不错的。

洛欢轻咳了一声，笑着说道："没什么没什么，其实我爸妈的工资都不高，一个月加起来也就五六千吧，刚刚够吃饭。"

"什么？！"杨艳娇惊讶地看向她，吃惊地说，"你爸妈不是德川的老师吗？"

洛欢表现出有些无奈的样子来："我爸妈都是大专学历。当年我爷爷跟当时的校长有交情，才想法子把我爸妈弄进去。可是他们俩学历不够，这些年也升不了职，只能拿着最低的工资。"

"啊……"洛欢像是忽然想起什么来，慢悠悠地叹了口气，说道，"我们家现在住的那套40平方米的老房子，13年了父母还在还贷款，快还不起了。"

洛欢说得一本正经。杨艳娇听得目瞪口呆，像吃了苍蝇。

"阿姨。"洛欢看向她，眼睛亮了亮，问，"你们这儿附近有便宜的房子出租吗？"

杨艳娇像是被触碰到了什么神经，强撑着表情说了句"不知道"，然后跟躲瘟疫一样借口做饭就出去了。

杨艳娇走后，洛欢终于忍不住笑出声来，结果一回头，目光撞上江知寒那双纯黑色的眼睛。

洛欢抿了抿唇，娇气地装模作样："江哥哥，要是我家还不起房贷，我流落街头了，你会收留我吗？"

江知寒的眼神很温和，他垂下眼帘，笑着"嗯"了一声。

他们坐了一会儿，闻到厨房隐隐约约传来的烧焦的味道。江知寒叹了口气，站起身来："你先坐着，我去做饭。"

洛欢很捧场地说："你还会做饭啊！"

这一声很突然，惊得江知寒跟跄了一下。而后他站稳，尽量神色平静地点头，随后叮嘱她："你乖乖地坐着，我很快回来。"

洛欢笑眯眯地点头："好。"

大概半小时后，饭好了。

江知寒口味淡，做的是很清淡的家常菜，唯独给洛欢做了一道水煮肉片，里面放足了辣椒。洛欢吃得挺满足。

杨艳娇自从知道洛欢"家境很差"之后，脸色一直不好看。

洛欢偷偷地对江知寒咬耳朵："我猜你妈想把我赶出去，她怕我以后缠着你骗吃骗喝。"

江知寒漂亮的唇角轻扬。他轻笑，随即低声说了句："没事啊，吃饭吧。"

洛欢美滋滋地吃完了饭,摸了摸鼓鼓的小肚皮,很有眼色地准备回去了。

告别之前,洛欢看似真心实意地说:"阿姨,您太热情了,下次我有空的时候还来看您。"

杨艳娇神色一僵:"其实不用了,你一个女孩子总跑这么远不安全。"

洛欢挺义正词严地说:"没关系阿姨,您不必客气。"

"什么?"

江知寒低头闷笑了一声,说:"走吧,我送你回去。"

洛欢笑眯眯地点头:"嗯。"

他们俩欢欢喜喜地出了院子,正要推门,门忽然被一只大手从外面推开。

原来是江伟。

江伟这次倒是没喝醉,人还清醒着,看见洛欢也是一愣。

洛欢退后了一步,礼貌地问好:"叔叔好。"

江伟打量了她几眼,随即笑了笑,看上去挺和蔼:"你就是小寒的同学吧,来我们家串门?"

江伟不醉的时候,看上去挺正常的。

洛欢看了一眼江知寒,点了点头。

江伟还想说什么:"这么快就走了?那到我们……"

没等他把话说完,江知寒便打断了他的话,说道:"她来得挺久了,她的父母刚刚打电话让她回去。爸、妈,我送她回去了。"说着,江知寒便牵着洛欢的手往外走。

洛欢只好匆匆地说了句"叔叔再见"。

江伟回头看了看,杨艳娇开口:"你吃饭了吗?还有饭,我给你热热。"

江伟回过头,走了进去。

路上,江知寒的脸色不太好,他一路上都很安静。

洛欢抬头看看他,很聪明地保持沉默。

直到到了公交站,等车的时候,洛欢才伸手轻轻地拽了一下他的衣袖。

江知寒垂眸看她。

洛欢噘起嘴,语气轻松地说:"你别不开心呀,没什么。"

江知寒乌黑的眼睛静静地看着她。

两旁有午后的风吹过,伴随着汽车驶过发出的声音。

半晌后,江知寒叹了一口气,跟她说道:"对不起……以后,我还是尽量不带你来我家了。"

他不想让她被人用异样的眼光对待。

洛欢乖巧地点头:"好吧。"

江知寒伸手摸摸女孩柔软的发,他的指腹很温暖。洛欢仰起脸,望着少年略带歉意的面容,心里有些悸动。

"对不起。"江知寒皱了一下眉,带着歉意说,"你再给我一点儿时间,等到了大学,情况就会慢慢地变好了。"

等到了大学,他们应该就能远离这个地方,远离这里的这一切。

洛欢望着他,漂亮的杏眼温柔。她弯了弯眼角,说:"好呀,你别急。"

江知寒愿意牵住她的手,已经算迈出很大一步了,她不能逼他太多。

世事无常,有些人们总以为弹指一挥间的事情,却到达不了终点。

高考一结束,高一、高二便重新开始上课。

少了高三一整个年级的学生,学校空了许多,高二的学生看着街上解放了的学长和学姐,心思也跟着飞了出去。

为此成主任专门找时间开了好几次大会,一通教育,学生才有所收敛。

天气渐渐热起来,教室里闷得厉害。每天晚自习前的那段时间,洛欢吃了饭,便在走廊的阳台上站着,吹吹晚风,跟江知寒聊聊天儿。

有时候她听江知寒讲几道题,有时候被谷雨拉着去下面玩,吃个冰激凌。

接近期末,夏日的时光仿佛被拉长了许多。

6月下旬,学校又进行了一次月考,高中的新课内容基本学完了,这次考试的范围扩大了许多,难度也比以往高,洛欢考了全班第十五名。

月考过后,期末的脚步就更近了。

高三的学生毕业了,加上临近期末的原因,高一、高二的学生都有些心浮气躁。但因为快到期末了,老师们也没有太压制他们。

许是向成主任许诺过的原因,江知寒和洛欢两个人的成绩非但没有退步,反而越来越好。有时候在校园里,成主任撞见他们也只当没看见,睁一只眼闭一只眼。

洛欢觉得成主任这样特别搞笑,于是在学校里越来越肆无忌惮。

江知寒因为抵不过洛欢撒娇,也慢慢地陪她去很多地方,比如食堂、操场。

这天下午,放学铃声响了,洛欢趴在桌上,一边吃着板栗,一边等着江知寒整理笔记。

"饿了吗?走吧。"江知寒有些抱歉,整理完试卷忙站起身。

快到高三了,江知寒最近开始整理高中阶段的笔记,方便到了高三两个人用，有时候实在来不及去吃饭，便让洛欢自己先去吃。但洛欢一次都没有答应。

"还好，我不太饿。"洛欢说道，跟着他起身。

洛欢胃口不怎么大，但饿得快，喜欢吃小零食，有时候吃零食就能吃饱。

江知寒的桌肚里除了书跟卷子，塞满了给她准备的零食，不过都是些板栗、酸奶、红薯干之类的比较健康的零食。

两个人出了教室。

太阳快落山了，橘色的余晖铺满了天边，操场上已经没什么人了，估计大家都去吃饭了。

以往还有点儿人，如今高三的学生一走，操场就越发安静了。

晚风吹着，让人觉得很惬意。

洛欢一路上闹着江知寒，嘻嘻哈哈的。

江知寒对此早已习惯，只要洛欢不太过火，他都能忍。

洛欢就喜欢看平日里清冷温和的江知寒变得失去分寸。

她闹得有些凶，没注意脚下，往后退时脚跟碰到地砖上一个凸起的地方，整个人往后摔："啊！"

江知寒伸手，慢了一步，洛欢已经摔了个屁股蹲儿。

"呜呜呜，好疼……"洛欢坐在地上，用双手撑着地面，龇牙咧嘴地叫着。

"很疼吗？"江知寒忙上前蹲下来，神色关切。

"当然疼了，呜呜呜，不然你摔下试试。"洛欢撒着娇，边在心里痛骂这块碍眼的砖，边用幽怨的眼神看着他，"你怎么不拉住我？"

江知寒沉默了一会儿。

他走在前面，身后又没长眼睛。

江知寒不知道洛欢摔得到底严不严重，也不方便看，只好说："那你上来吧，我背你去校医室。"

她摔个屁股蹲儿就去校医室，校医不笑她？

其实她就是摔疼了，骨头一点儿事没有，不过江知寒已经打算起身背她了。

他起身的时候，那张俊秀白皙的脸靠近了洛欢一下。洛欢盯着眼前这张脸，不知怎么头脑一热，鬼使神差般忽然伸手钩住他的手腕。

江知寒一瞬间僵住，微凉湿润的触觉一闪而逝。

空气忽然陷入一片寂静。

洛欢也是慢慢地回过了神。

天啊！她刚才在干什么？！

自从两个人的关系比较亲近以后，她从来没这样过，江知寒也从没动过这方面的心思。

一开始，她真是在内心里把江知寒当成"高岭之花"的。

江知寒也很绅士。

他们俩每天的日常就是学习、学习、再学习，跟兄弟似的。

方才的感觉似乎还残留着，只是她刚刚动作太快，还没来得及好好感受，现在她的心脏跳得很厉害，脸颊也不受控制地灼烧起来。

洛欢慢慢地拢了拢撑在地上的手指，忍不住偷偷地抬眼瞄他。

江知寒的脸色……她有点儿形容不出来，说不上好，也说不上不好。

他像是……在发呆？

在一阵令人窒息的沉默里，洛欢清清嗓子，开口小声地说："你……"

江知寒这才回了神，没说什么，只是背过身在她的面前蹲下，偏头对她说了句："上来吧。"

他这是什么意思？

这就……完了？他的反应这么平淡？

洛欢不理解他的反应，有些泄气，但这会儿她害羞得厉害，不敢再问，只能慢吞吞地爬起来，趴到他的身上。

她把两只弄脏的手尽量往前伸，不碰到他干净的校服。

可这样一来，两个人就靠得更近了。

洛欢闭上眼，低头埋进他的肩窝里。

江知寒面容僵了一下，两秒后垂下眼帘，把手搭在她的腿上，背着她往校医室走。

风吹起少年耳侧的头发，他的耳根很红。

两个人到了校医室里，果不其然被校医训了。

校医："你绊了一跤而已，来什么校医室？"洛欢是因为害羞所以犯糊涂了，江知寒一说她便下意识地爬上去，可江知寒怎么也糊涂了？

"现在的孩子这么娇气，摔了一跤就来校医室，那干脆以后都活在温室里好啦……"

年长的校医不客气地唠叨着，但没轰他们走。

身为当事人，洛欢要尴尬死了，赶忙站了起来，不敢再坐下。

"对不起老师，给您添麻烦了。"江知寒面色平静地道了声歉。

从校医室出来，洛欢看看江知寒，尴尬地小声说："我真没什么事啊。"

江知寒应了一声，也没看她，抬步往前走。

洛欢站在原地，看了看他的背影，然后跟上他。

两个人在食堂里吃完饭，回了教室。

一直到上晚自习，洛欢都感觉江知寒有些不对劲儿。尽管周围有人问他题，他还是会语气温和地回答，但她总觉得他有点儿说不上来的不对劲儿的地方。

哦，可能是因为他今天没主动看她。

平常上晚自习时，洛欢偶尔无聊抬头，能看到江知寒在看她。他见她看过来就又低下头写题，好像在刻意等她。

可今天，他一次都没有看过她！

洛欢有些摸不准江知寒的想法。她想问他，但这会儿害羞得不行，没好意思开口。

于是，这种诡异的气氛就一直延续到了晚自习结束。

洛欢慢吞吞地收拾着书包，听见旁边传来一道低沉清润的少年声音："走吧。"

洛欢有点儿迟钝地抬起头，连忙点头："哦，嗯。"

夏夜的暑气扑面而来。

傍晚的校园里路灯亮起，照得天上和地下都像有一颗颗闪亮的星星。

校园里，洛欢盯着前方少年高挑颀长的身影，低垂下眼眸，咬了咬唇。

第十三章
最后一面

他这是什么意思？

是不是因为她咬了他，所以他不开心了？他觉得被冒犯了？

可他刚刚还让她一起回家啊。

以前江知寒放学后送她到公交站，现在有了晚自习，他就下了晚自习送她。

洛欢非常幽怨地瞪着江知寒的后脑勺儿。

江知寒的面色依旧很平静，等公交车到了，他就让洛欢坐进去。

当晚，洛欢故意"噼里啪啦"地打游戏，无视放在桌上的手机不时闪烁两下。

好不容易打完一盘游戏，等结算的间隙，洛欢终究忍不住，拿过手机看了眼。

手机里面有几条未读消息："作业做完了吗？"

"在忙啊？"

"今晚不补课了？"

"洛欢，看到了回消息。"

最后一条消息是他两分钟前发来的。

他叫得那么好听……洛欢撇撇嘴，飞快地回了一个"忙"字。

那边的江知寒隔了几秒，回道："嗯，那你早点儿休息，别熬得太晚，晚安。"

他如常叮嘱着她，没提下午的事，仿佛下午什么也没发生过。

洛欢盯着这句话，心情郁闷地放下手机。

洛欢有点儿失眠，第二天早上起得晚，到学校的时间也比较晚。她一进教室，便看到坐在座位上正低头看书的男生。

晨光柔和地勾勒着他的轮廓，他的侧脸线条十分柔和，气质一如既往，清新俊逸。

似是注意到她的目光，江知寒偏过头，看向她。

下一秒，两个人都下意识地别开了眼。

洛欢的眼神闪烁着，她再次抬头看过去，江知寒已经重新低下头，继续看书。

洛欢伸手摸摸头发，走过去，拉开椅子坐下，偷偷看他，很快又收回目光。

两个人之间诡异的气氛一直延续到了放学。

最后一节课是体育课，所有人会直接去食堂。洛欢没什么胃口，干脆一个人回教室休息，也没管任何人。

回到教室，洛欢便趴在桌上，耳边各种脚步声响来响去，然后消失。

洛欢正趴在桌上，模模糊糊听见有脚步声传来。她也没管这些，依旧趴在桌上一动不动。

她感觉那个人停在了她的桌边，正在静静地望着她。

洛欢不说话，静了几秒，便听见头顶上响起熟悉的声音："你不吃饭了吗？"

洛欢清醒了，没吭声。

江知寒的座位在里面，但他没有打扰她，她听到他轻轻地叹了一口气。接着，他站在旁边，轻轻拉开旁边的凳子坐下。

洛欢能明显感受到他还在看着她，像是很安静地在等她睡醒。

洛欢心里的那股又委屈又做作的情绪浮了起来。她又倔强地趴了几分钟，这才像睡醒了，慢慢坐起来。

江知寒坐在她的斜对面，漆黑沉静的眼眸一眨不眨地望着她。

不过洛欢并没有看他，伸了个懒腰起身往教室外面走。不多时，她听见身后椅子响动和跟上来的脚步声。

走廊里十分安静，洛欢一个人抱着手臂神情冷漠地下楼，身后的人便安静地跟着她，仿佛在安静地等待着，任她撒气。

两个人一前一后地下楼。

洛欢透过走廊的玻璃窗瞥了一眼身后的少年。

走到楼梯间，快到三楼时，洛欢终于忍不住了，不走了。她转过身，没好气地说："你跟着我干吗？"

他不是不喜欢她那样吗？他还跟着她干什么？

江知寒的目光很柔和。他看了她一会儿，问出了声："你怎么了？"

语气一如既往地柔和，纵容她的小脾气。

他在明知故问吗？不知怎么了，洛欢觉得特别委屈，忽然蹲在了地上。

江知寒愣了一下，走过来在她面前蹲下："怎么了？"

洛欢捂着脑袋，不肯说话。

洛欢没说话，缓了一会儿，才充满怨气地开口："你什么意思啊？我都没生气，你生气什么？你要是觉得委屈，我赔你就是了……"

她"噼里啪啦"地说了一大堆，空气安静了下来，然后听到头顶传来一道轻轻的叹息声。

江知寒低下头，看着她软软的、表情不满的脸。

洛欢猛地睁大了眼睛，眼前一半光线暗了下去，近在咫尺的是他身上干净好闻的气息，以及他线条好看的侧脸。

洛欢睁着眼睛，呆呆地望着他。

江知寒撤开几步，干净动听的嗓音沾染了些许低哑："别生气了，好不好？"

这声音，除了以往的冷静，掺杂了些其他的情绪。

洛欢忽然抿了抿唇，眼睫飞颤，故作平静地咕哝："明明是你先不理我。"

"没有。"

"明明就有！"洛欢垂下眼去，"我以为你不喜欢我这样。"

"没有。"江知寒低声轻叹，"你也不给我解释的机会。"

"真的？"洛欢不相信地抬头看他，"那你为什么不理我？"

江知寒的神情有点儿不自在，过了一会儿他出声："我只是，有点儿……不习惯而已。"

这些话他本说不出口，但又不得不说，他不想让洛欢误会。

可能是洛欢平时大大咧咧惯了，忘记了江知寒是个心思细腻的男生。

倒也是，他们之间有过的那些稍显过分的事，好像一直是她在主动……

洛欢诡异地安静了几秒。

洛欢的眼睛亮了亮,像沾了诱人的亮光。

"……"江知寒看了她一眼,默默地别过了脸。

他害羞了。

洛欢的心情骤然从乌云蔽日变成烈日当空,语气更欢快了,心像冒着泡的跳跳糖,她说:"江知寒,你又害羞了是不是?"

江知寒:"……"

洛欢这人情绪来得快去得也快,缠着江知寒非要问清楚。江知寒最后被缠得没办法了,只好害羞承认。

日子慢慢地过,天气越来越热,有时候教室里整天开着电风扇,一上午的课上下来学生都汗流浃背。

所有人期盼着期末快点儿到来。

到了 7 月中旬,慢慢进入了一年中最热的季节。

天气热得像潮湿的蒸笼。

洛欢娇气得很,怕冷又怕热,天气一热,就变得越发懒,有时候除了上厕所这些必要的行为,一整天待在教室,让江知寒给她带饭。

自从上次他们说清楚之后,洛欢总喜欢在没人时逗他,但江知寒很聪明,几乎没上过当。

洛欢不泄气。

于是江知寒经常无奈地红着脸埋头写作业。

期末考试定在了 7 月中旬,15 号是最后一个双休日。

紧绷了一个学期,这个双休日上午洛欢提前写完了作业,和江知寒约着去一个大型游乐场玩。

周末的游乐场人很多,因为是新开的,有活动,几十块钱就能玩很多项目,对学生党很友好。

游乐园里有卖发箍的商店,洛欢买了一个米奇的发箍,还想让江知寒戴一个。

关键这东西太少女了,江知寒有些不自在地拒绝了。

洛欢忍不住"扑哧"一笑,自己戴上了发箍。

女孩穿着白色 T 恤和背带裙,裙摆下露出一双纤细白皙的腿。她披着长发,一张白净的瓜子小脸,五官精致,配上可爱的发箍,整个人萌得不行。

旁边的少年穿着白 T 恤和休闲裤,个子高挑,整个人十分清爽。

尽管来这个游乐场的家长和情侣不少,但一路走过去,两个人还是吸引了很多人的目光。

洛欢捧着一杯饮料,和江知寒随意逛着,遇到感兴趣的项目,就过去排队玩。

洛欢在江知寒面前还挺注意淑女形象的,没去玩那些容易让人形象崩塌的项目,而是选了几个不太刺激的项目,比如双层木马、碰碰车、海盗船和迪斯科转盘。

排队加上玩的时间很长,已到黄昏时分,橙红色的天空给整个游乐场染了一层薄薄的金色光,有种油画般的质感。

所有游乐场的项目中,她最感兴趣的还要数摩天轮。

摩天轮的排队时间较长,他们玩这个的时候天色已经暗了下来,游乐场里的夜灯都亮了起来。

他们上到摩天轮区的三楼,赶上了一个摩天轮,两个人坐了进去。

起初摩天轮的位置并不高,甚至才到一旁的树的中间,但随着机器开动,摩天轮慢慢往上升,他们四周的视野就变得开阔起来。

周围的景物慢慢下落,头顶深蓝色的天空越来越近,仿佛一伸手就能碰到星星和月亮,下面则是波光粼粼的湖水与豪华的湖景别墅。

在摩天轮快升到最高点时,趴在玻璃上的洛欢忽然扭过头,唤了江知寒一声。

"怎么了?"江知寒问。

洛欢忽然凑过来。

江知寒微微一愣。

漆黑的夜幕恰到好处,给他们提供了一个天然的昏暗背景。

在这高空之中,无人打扰。

夏天的气温将摩天轮里的温度升到最高点。

江知寒的睫毛颤动了一下,风将他额前的碎发吹起来。

两颗怦然跳动的心脏慢慢地靠近。

10分钟后,两个人从摩天轮上下来。

少男与少女的脸颊不约而同都很红,好在因为夜色,不算太明显。

他们玩完摩天轮后,已经晚上了。

洛欢没想到游乐场里竟然有烟火表演。烟花从树后骤然升起,在夜空中炸开,接着如无数颗星星洒落,让人仿佛来到了童话梦境里。

周围的人都停下来拍照、欢呼。

洛欢也拍了不少照片,还拜托别人给她和江知寒在烟花下拍了一张合照。

巨大的烟花从两个人的身后散落，美不胜收。

两个人都很上相，洛欢看了照片还算满意。

照片里的少年高挑俊秀，精致的眉眼带着温柔笑意，身形被周围的灯光勾勒得十分好看。

而他身边的少女靠着他的肩，一只手比着剪刀，笑得甜美灿烂。

照片里有举着荧光棒的游客，画面因为灯光有些昏黄，有胶片的质感，看上去青春气十足。

洛欢正准备把照片收起来，江知寒用修长的食指轻点了一下屏幕，说："你给我也发一张。"

"怎么，你也想收藏照片啊？"洛欢抬头看他，促狭地说道。

江知寒轻点下颌，眼神温柔地笑了笑。

"嗯。"

"好吧。"

当晚，洛欢就把照片发了过去。

第二天是周末，洛欢上午没事，下午有两节舞蹈课。

在上课前，洛欢给江知寒发了消息，问他下午来不来接她。

江知寒是过了几分钟才回的信息，说来。

洛欢抿唇笑了笑，发了个"OK"的手势，吃完剩下的半个西瓜，回房间收拾了一番，便去上课。

下午两小时过去，洛欢流了一身汗，坐在垫子上喝水，捞过手机看起来。

孟琪琪知道洛欢在等谁的信息，擦了把脖颈上的汗，看到洛欢微微有点儿着急的样子，就故意喊了一声"哟"刺激她。

"你男神呢？他今天怎么不来了？他是接你接得不耐烦了吗？"

洛欢对她翻了个白眼，没说话。

"我有点儿事耽搁了，你还在教室里吗？我马上到。"

洛欢的眼睛亮了一下，她连忙打字："在，你别急啦，我才下课不久。"

"啧，某人都急疯了吧？"孟琪琪在一旁调侃道。

洛欢不理她，一扫之前的阴郁，飞快地收拾东西，往外面跑。

孟琪琪看着她欢快的背影，忍不住摇了摇头。

洛欢刚下去，便看到江知寒大步跑了进来。

他额头上有汗，看上去有些急。

"对不起，我有点儿事来晚了。"江知寒解释着。

洛欢关切地问："怎么了？"

江知寒抿了抿唇："没事，我送你回去吧。"

洛欢"哦"了声，但总觉得他眉间展露出一丝焦躁的情绪。他一副心事重重的样子，还不时望向不远处。

洛欢抬眸时装作不经意，朝他望的方向看了眼，正是商场的方向。

怎么了？

洛欢没提去哪儿玩的事情，径直往公交站走。

江知寒也许因为心里有事，也没发现什么异常，将洛欢送到了公交站。

到了公交站，江知寒也没告诉她究竟发生了什么事情。

"上去吧。"看到一辆公交车停下，江知寒对洛欢说道。

洛欢抬头看看他，随后低下头"哦"了一声，乖乖上了车。

她坐下后，扭过头，看到江知寒依旧站在原地看着她。

洛欢摆了摆手。

公交车开动起来，洛欢回过头。

过了几秒，她再次回头，看到少年大步向来的方向跑去。

那是商场的方向。

洛欢扭回头，在下一站下了车。

洛欢在往回跑的途中，先给江知寒打了一通电话，电话没人接，洛欢便收起手机，匆匆赶往商场。

洛欢进去后，先在一楼搜寻了一圈，然后坐了扶梯上去。

在五楼，她用余光看到正要坐电梯下去的少年，赶忙喊了一声："江知寒！"

江知寒猛地顿了一下脚步，侧头看到对面正坐电梯上来的女孩，有些惊讶，下意识地转身上来："你怎么来了？"

洛欢三两步跑上来，拉住他问："先别说这个，你怎么了？你在找谁吗？"

江知寒压了压急促的气息，抿了抿薄唇，才压着声开口："我爸不见了。"

"江叔叔？"洛欢赶紧问道，"怎么回事？"

江伟昨天晚上出了门，到今天还没回来。有人告诉杨艳娇，江伟喝醉了跟人起了冲突，杨艳娇整个人差点儿疯了，立刻喊江知寒出来找人。

洛欢赶紧问："你报警了吗？"

"报了。"但在警察来之前,他们得先自己找人。

听人说江伟是在这个商场里喝了酒,才跟人起了冲突。

"江知寒!"另一边突然传来杨艳娇崩溃的尖叫声。她跑过来,抓住江知寒便急切地问:"你打听到什么没有?你爸被人弄去哪儿了?"

洛欢立马安抚着说:"阿姨您先别急,这附近没什么大的动静就说明……"

"他不是你的亲人,你当然不急了!"杨艳娇整个人有点儿癫狂和崩溃,大声朝洛欢吼道。

洛欢惊得一愣。

"妈,你别冲她发火。"江知寒挡在洛欢面前,说,"有人说看到我爸他们往夕水街方向走了。"

杨艳娇立马被转移了注意力,慌慌张张地转身跑了。

"对不起,我妈妈情绪不太好,你别……"

洛欢点头说:"没事,我理解的。"

她虽然和江知寒的父母打交道的次数不多,但也能看得出来,杨艳娇对江知寒父亲的感情很深。

虽然洛欢不是特别理解杨艳娇为什么会对那样一个人那么死心塌地。

江知寒的神情略显歉疚,他深觉自己今天不应该见洛欢,把她牵扯进来。

"我送你回去……"

"不用。"洛欢打断了他,抬眸说道,"反正我这会儿没什么事,就帮你们找江叔叔吧,多个人多份力量啊。"

"走吧,别耽误时间了。"洛欢伸手拉起江知寒,他们一起坐电梯下楼。

千城说大不大,说小也不小,要在茫茫人海里找几个人,谈何容易?

他们问的人越来越多,逐渐有了眉目。

江知寒让洛欢跟着他一起找,之后洛欢提议两个人分开,一人跟着几个警察。

江知寒有些担心,洛欢便认真分析两个人找起来更快的原因,她认识江叔叔,如果看到了江伟会第一时间给他打电话,江知寒才勉强答应,又叮嘱了她一堆事情。

两个人在路口分开。

洛欢不太熟悉这里,往巷口走了几步,忽然听到前面有什么响动。

她停住脚步,回头看。

她刚才隐约听到痛苦的闷哼声，像是有人发出来的。

巷子里的门是锁着的，还传来断断续续的呕吐声，夹杂着几个人的咒骂声。

"跑啊，你个浑球刚才不是挺横的吗？怎么这会儿你跟个孙子似的？"

"老子让你跑，欠老子的钱就一天天地拖着，是吧？你还敢跟个大爷似的跟我横，嗯？"

说话间伴随着棍棒落在人身上的声音。

"嗯……"男人的闷哼中夹杂着哀鸣。

洛欢的心脏微跳，她立刻顺着声音跑过去。

眼前的铁门关着，她靠近了听，那声音显得更大了。

"还……我还……别打……别打……"

"不打你不长记性！"

洛欢听得心惊肉跳，手有些颤抖地摸出手机，跑回去靠在拐角的一堵墙的树后，赶忙打字发消息："江知寒，我好像看到叔叔了，在花溪巷子附近，这边有棵大槐树，在槐树前面第三家。"

洛欢刚发出消息，便听见身后忽然响起"砰"的一声，有人撞开铁门跑了出来。

那个人的身后跟着几个男人。

洛欢刚抬眼，便看到被打得鼻青脸肿的江伟从她的身边冲过去。

可这条路是死胡同，江伟跑了几步才发现跑错了方向，便要往回跑。

而这时，身后那些追着他的男人也追了上来，为首的那个人的手里拿着一根棒。

那个人身后的几个人都冷笑地看着江伟。

那个人的眼里闪着狠意，掂量着手里的木棒，朝地上啐了一口，狠狠地骂道："妈的，还想跑，你跑啊！"

江伟喘着粗气，浑身发着抖，脸上的肉也恐惧地颤了几下。他向后跌撞了几步，余光瞥到树后面的一抹身影。

和江伟的目光对上的那一秒，洛欢心里"咯噔"了一下。

"兄弟们，把他抓回去！"为首的男人忽然喊了一句，朝江伟冲过来。

江伟神色慌张，忽然想也没想，就朝洛欢冲了过去。

在洛欢来不及反应之时，江伟伸手，将洛欢挡在了自己身前。

几个男人差点儿没收住手。

"你……你干什么？"

334

江伟伸手箍住少女单薄的脖颈，将其贴紧自己，仿佛那是他唯一的救命稻草，瞪着眼珠子冲他们大吼："别过来，我说了我会还钱，今天让我离开，不然你们就先打死我吧！"

洛欢的脑子一片空白，脖颈上粗糙的手让她有些喘不过气，耳边是江伟疯了一样的声音，充斥着她的耳朵。

她的脸被勒得泛红，她想要推开江伟，可两个人的力量实在太悬殊，她根本挣脱不开，只能被拖着往前走。

几个男人只想教训教训这个猖狂的孙子，让他老老实实地还钱，没想过要把别人扯进来，更别说伤人命了。

没想到江伟这孙子狗急跳墙了。几个男人有点儿不甘，但也不敢贸然动手，只能紧紧地盯着他们。

江伟一边推着洛欢往前走，一边注意着他们。

窒息感越来越强烈，洛欢甚至有一瞬间感觉眼前发黑，她嗓子发痛，说不出话来。

她的耳边是男人不顾一切的沉沉呼吸声，连往日柔和的风，现在都像蒸笼蒸着她。

呼吸在这个时候竟变成一种奢侈的事情，冷汗顺着她的额角慢慢滑下去。

她像是被推到了一片开阔处，身后的男人将箍着她的脖颈的力道加大，洛欢的眼睛被刺激了，眼泪流了出来。

江知寒，你在哪儿？……

我好难受……

江伟仗着他们不敢真动手，拽着洛欢往前走。

他看到前面便是巷子出口，放慢呼吸，挟持着女孩继续往前走。

前面几个男人不停地后退着。

快到巷子出口时，地方更大了，江伟便要扔开洛欢逃跑，靠他很近的一个男人反应很快地挥着木棒朝他砸过去。

江伟瞳孔一缩，立刻拉回洛欢去挡木棒。

余光看到有东西砸下来，洛欢条件反射地剧烈挣扎，不知从哪儿来的劲儿，拼命地扯出了自己的手臂。

江伟没料到会这样，手里一空整个人跟跄了一下，脑袋便结结实实地挨了一棍子。

江伟只觉得脑袋上一阵剧痛，还未彻底弄清楚发生了什么，便眼前一黑,整个人砸在了地上。

对,他砸在了地上,甚至能听见"咚"的一声。

空气仿佛死寂了一瞬间。

洛欢有些恍惚地看着江伟,下一秒便听见身后响起一道撕心裂肺的哭叫:"江伟!"

挥木棒的人脸都白了,手里的木棒掉到了地上。

追江伟的几个人正蒙着,看到对面来了人瞬间全慌了,也不知是谁先行动的,总之几个人瞬间四散跑开。

"你们别跑,站住!"杨艳娇疯了一样跑过来,抱起倒在地上流着血的男人,发着抖,哭着说道:"老公,老公,你醒醒,别吓我啊,别吓我啊……"

"你们这些凶手!凶手!"

洛欢的双腿仿佛被灌了铅,她浑身僵硬地站在原地。

杨艳娇的话在她的耳边炸开,刺得她头皮发麻,她半晌发不出声音来。

杨艳娇哭着转头,看着洛欢的眼里带着恨意,哭着冲她大喊:"你也是凶手,凶手!"

洛欢脸色发白,感觉天旋地转。

她不知道杨艳娇哭了有多久,仿佛很久,又仿佛没有多久,眼前的景物来去匆匆,有警车,也有警察,还有渐渐围上来的路人。

直到一抹熟悉的身影忽然靠近,他伸手抹掉她脸上的东西,在她的耳边哄着:"没关系,没关系,已经没事了。"

胸前的温暖让洛欢渐渐冰冷的身体逐渐热起来。洛欢伸手抓紧眼前人的衣服,低下头闷声哭了出来。

警察已经去追逃跑的那几个男人了,涉事者全被警察带走了。

临上警车前,洛欢看了一眼江伟,救护车已经来了,医生们正在把担架上的他抬上去。

杨艳娇跟在江伟的后面哭个不停。

江知寒低头看着被送抬上车的江伟,脸色是猜不透的低沉。

"小姑娘,跟我们上车吧。"女警察在洛欢的身边公事公办地说了句。

在学校里的蒋音美和洛国平从没想过他们会有接到警察电话的一天。

两个人蒙了好一会儿,才赶忙向学校请了假赶过来。

彼时洛欢还在审讯室内。

审讯室不大,却很空,光线很亮,照得洛欢有些心慌。

他们问了她好几个问题,她都尽量用平静的语气回答着。

"当时江叔叔推着我走,快到巷口的时候,江叔叔把我推开要跑,结果有人突然挥起手里的木棒砸了过来,江叔叔又想拉我挡,我躲了一下,结果木棒就砸到了江叔叔。"

警察做着笔录,一脸严肃地开口:"你说的挥木棒的是一个男人?你能再描述得清楚些吗?"

洛欢点点头:"是个长得有些矮的男人,年纪30岁左右……"

洛欢的身上还留有被江伟掐出来的痕迹,尽管小姑娘努力保持镇定,但脸上没有一点儿血色,还是能看出来被吓坏了。

像她这个年纪的孩子,应该在学校里无忧无虑地学习和玩耍,而不是来警局。

警察在木棒上找到了血迹和手印,可以判断不是小姑娘动的手。

警察录完笔录,带她去做了几个检测,排除了她的嫌疑,便放她回去。

蒋音美跟洛国平等人在审讯室外面,见女儿被带出来,向来冷静的蒋音美眼眶红着,赶忙上前抱住了她:"欢欢,是不是被吓到了?没事了,没事了。"

"妈妈。"洛欢靠在妈妈的怀里,慢慢释放出自己的紧张,咬着唇点头。

洛国平走上前,拍拍母女二人的肩膀,然后跟警察礼貌地道谢:"麻烦你们了。"

民警点头,说道:"医院那边传来消息,江伟暂时没有生命危险,但需在医院里治疗。还有,您的女儿暂时不能离开千城,以确保我们警察随时能传唤她。"

洛欢现在还在上学,自然不可能离开千城。洛国平点头答应:"好,谢谢你们了。"

民警又嘱咐了他们几句,便让他们回家了。

蒋音美伸手握住洛欢的手,以往洛欢软软的暖暖的手指这会儿冷得厉害,像被泡在了冰水里。

洛欢的脸上脏兮兮的,像是有泪痕,脖颈上还有瘀青,衣服也有点儿乱,以往活泼的女儿这会儿脸色煞白,整个人很狼狈,让蒋音美心疼得厉害。

"没事了欢欢,跟爸爸妈妈回家。"蒋音美柔声说着。

洛欢抬了抬眼睛,轻轻点头。

警局外面停着一辆车,蒋音美和洛欢坐在后面,洛国平坐上了驾驶座,开动车子。

直到车子离开警局，洛欢一直悬着的心才慢慢落下。

"我们先去附近医院，带你看看你身上的伤。"蒋音美的声音少了以往的清亮，多了几分柔意，她生怕再次惊到女儿。

医院里。

洛欢有些迟钝地反应过来，开了口，因为长时间没有喝水嗓子有些干涩："妈妈，江知寒在哪儿？"

蒋音美还未说话，洛国平便重重地哼了声："他还能在哪儿？我就说他们江家不行。我早就说过，让你别跟他接触，他有那样的爸妈，他能好到哪里去？你看看你沾的麻烦事……"

蒋音美抬头轻斥了他一声，示意他别在孩子面前说别人的家长，洛国平这才住了嘴。

蒋音美重新低下头，跟洛欢说："江知寒这会儿在医院，他的爸爸没生命危险，等他爸爸情况稳定了，我们去医院看看他们。"

虽然洛欢一家也是受害者，但毕竟他们两家也算有关系的。

洛欢闭上眼，抿住毫无血色的唇，点了点头。

医生处理完洛欢的伤口，蒋音美和洛国平便将洛欢带回了家。

他们原本想给洛欢请两天假，但洛欢想着下周就要期末考试了，就拒绝了。

当晚，蒋音美担心洛欢的情绪，一直在外面等着，直到女儿房间里的灯灭了，她才去睡觉。

洛欢听见门外传来关门声，这才偷偷拧开床边的台灯，摸出手机点开屏幕，联系江知寒。

这会儿已经12点多了，她不知道江知寒还在不在医院，他们明天要上课。

"你还在医院里吗？"

洛欢打下这几个字，反复地看了看，手指悬在键盘上，犹豫了好久，才点击了"发送"按钮。

江叔叔在医院里，江知寒应该会很忙，她也不知道他这会儿有没有睡着，会不会看到她发出的消息。

她没想到江知寒会立刻回信，一分钟后收到对方回信时，她的眼睛瞬间亮了。

"你还没睡吗？"

338

洛欢屏住呼吸，赶忙打字："我还没睡，有点儿睡不着……你也没睡？"

对面没有回信息，却很快打了电话过来。

洛欢吓了一跳。

她有点儿手忙脚乱地挂掉电话，看了一眼门口，然后盖上被子躲进去，重新拨通了号码。

"喂？"电话那头传来少年略微疲惫的嗓音，还有点儿哑。

电话里隐隐约约有哭声。

洛欢听得心里有点儿发紧，小声说道："你这会儿还在医院里吗？"

"嗯。"江知寒顿了一下，问，"你这会儿不方便吗？"

"不是，只是我爸妈睡了，我还没睡。"洛欢舔了舔唇，心里被那似有若无的哭声弄得有些急躁，忍不住问，"江叔叔现在怎么样了？"

"他还在医院的重症病房。"江知寒的声音低了几分，说，"对不起，我爸的事情把你牵扯进来了。"

"没关系。"洛欢赶紧说，"你别自责，其实该道歉的人是我。要不是我当时躲开，江叔叔可能就不会……"

洛欢没说完就被江知寒打断了，"你做得没错，你没有义务为别人牺牲自己，况且，我爸爸如今这样，也算他自作自受。"

他的声音很冷静，并没有偏向江叔叔来指责她为什么不帮他父亲挡那一下。

洛欢还是觉得有点儿愧疚。

空气安静了两三秒。

许是感觉到洛欢的情绪有些低落，江知寒先开口，低缓地吐出一口气，温和地说："没什么事情了，时间很晚了，你明早还要上课，快睡觉吧。"

洛欢连忙问："那你呢？"

"我再陪会儿夜。"

"那你注意休息。"

"嗯。"

"江知寒……"洛欢又斟酌了几秒，问，"你明天来上课吗？"

"我明天应该会请假。"

"那我帮你请假吧。"

"好。"江知寒顿了一下，习惯地说了声，"谢谢。"

洛欢挂掉电话，看着重新返回首页的屏幕，抿抿唇，放下手机安心地闭上了眼。

第二天，夕水街那边发生的打人事件已经被人们传得沸沸扬扬。

但因为地点相对偏僻，加上警察来处理的速度快，所以围观的群众拍到的可用信息很少，甚至没有拍到两个主角，只是拍到了医生抬着担架进救护车的画面和地上的血。

学校里也开始有人议论这件事情。

洛欢听着周围的议论声，不禁低下头，觉得手脚有些冷。

她低头将脖颈上的丝巾往上扯了扯。

洛欢的脖子上还留着印记，为了防止被人看到，蒋音美给洛欢找了条少女风的小丝巾。

好在洛欢平时穿衣大胆，加上今天穿衣的风格和丝巾很搭，倒也没什么人觉得奇怪。

江知寒今天没来上课，中午洛欢就去找谷雨吃饭。

"你脖子上围的是什么？"谷雨大大咧咧地就要扯她的围巾看。

洛欢迅速地按住她的手，有点儿不大自然地说："没什么，你别看了。"

"咦？"谷雨的眼神变得促狭，"有什么不能让我看的啊？"

"蚊子包。"

"蚊子包你遮什么啊？难不成……"

"……"洛欢差点儿咳出来，白了谷雨一眼就大步走了。

洛欢一路上和谷雨打闹着，心情总算放松了点儿。

下午，江知寒依然没来上课。洛欢有点儿担心，所以这两天破例拿了手机，一下课便问他的情况。

江知寒回答完后便让她好好听课。

洛欢："我知道，我上课没玩手机。江叔叔醒了吗？"

下节课上课时，她收到了江知寒的消息："还没。"

洛欢把手机收起来，心事重重的。

第二天，江知寒依旧没来上课。

班里的人有些惊讶。因为江知寒自高一开始，很少请这么长时间的假，但谁也没往前几天在夕水街发生的那件事情上联想过。

洛欢有点儿担心江知寒，虽然和江知寒聊天儿的时候看不出来他有什么不对劲儿的地方，但他连着两天没来上课，她能看出问题有点儿严重。

打人的那个人下手可真狠。她不知道那个人被抓到了没有。

洛欢打算下午请假去医院看看江知寒，还没等到放学，班主任便过来打断了他们正在上的课。

当时洛欢正认真地听着课，被喊到名字时，还有点儿蒙。

她看到门外站着几个穿制服的男人，一时心跳停了半拍。

班主任的语气透着严肃，她对洛欢说："洛欢，你出来一下。"

在全班同学的注目下，洛欢的脸色有些发白，她放下笔，慢慢地站起来，朝着门口走去。

等她出去，班主任便把门关上了。

教室里安静了几秒后，一下子炸开了锅。

"我的天，我没看错吧？门外居然有几个警察！"

"他们找洛欢干什么？"

"难道洛欢犯什么事了？"

…………

学生交头接耳，直到生物老师喊了好几声"安静"后教室内才勉强安静下来。

门外走廊里，警察对面前脸色泛白的女孩说："我们抓到了那几个嫌疑人，其中一个人承认了罪行。但他指控是你把江伟推过去，才让江伟的头部受到重创，让江伟变成了植物人。"

"植物人"几个字像颗鱼雷在洛欢的脑海中炸开。

洛欢瞪大了眼："不……不可能……"

"目前江伟的妻子也指控是你推了她的丈夫。"警察看了看她，继续说，"所以我们来找你跟我们走一趟，重新调查那天的情况。"

蒋音美正上课，有老师匆匆地跑来推门，告诉她洛欢被警察带走的事。

蒋音美手中的教案掉在地上，她忙跑出了教室。

向来认真严谨的蒋老师居然当堂离开，瞬间引起了学生骚动。

蒋音美边跑边给洛国平打电话，让他赶紧去警局。等两个人到警局的时候，洛欢已经被带到了审讯室里。

"怎么回事？你们凭什么不明不白地抓我女儿？"蒋音美的情绪有些激动。

"这位女士，您安静一下，这里是警局。"一名男警察伸手拦住她，开口说道，"嫌疑人指控，那天是您女儿推了当事人，才导致当事人头部重伤。我们的人正在讯问她，请您不要妨碍公务。"

"你们胡说八道！我的女儿怎么可能故意害人？她当时完全是出于自保，难道应该替那个人挨一棍子才对吗？"

蒋音美气得发抖,男警察的脸色也有点儿难看,他只说:"请您保持安静,不要再妨碍公务,否则我们只好把您请出去。"

"你们——"

"老婆,你先冷静一下,我们等欢欢的结果出来,好吗?欢欢一定是清白的。"洛国平尽量安抚着蒋音美。

蒋音美攥了攥手,呼吸急促,余光看见江知寒飞快奔过来的身影。

洛欢没有想到,自己会在两天后重新回到这个冷冰冰的地方。

"请交代一下事件发生当天你的所有经历。"

审讯室里灯光很亮,洛欢有些不适地眯了眯眼。她咽了咽口水,轻声说:"警察叔叔,我那天已经全交代了。"

男警察面色不变:"把你遗漏的部分交代出来。"潜台词是,她交代的内容有隐瞒的地方。

洛欢听出来这话的意思,看向对面的两个人,说道:"警察叔叔,我该说的那天已经全部说了,我没有任何隐瞒的地方。"

警察皱眉:"嫌疑犯和当事人的妻子都指认你,暂且不说嫌疑犯,当事人的妻子作为目击者,如果你真的没动手推江伟,她又有什么理由害你?"

洛欢哑口无言。半晌后,她摇摇头,喃喃道:"我不知道……"

"可我也是受害者。他当时劫持我的时候,我只是出于自保,把手从他的禁锢中抽开。我只是想逃,并没推他。江叔叔也是我好朋友的父亲,我有什么理由伤害他?"

警察目光如炬:"这么说你承认自己推人了?"

洛欢否认:"我没有。我为什么要承认我没干过的事情?监控,有监控可以证明的!"

"那个地方没有监控。"

洛欢张了张口:"那……那还有其他目击者吗?"

"暂时没有,不过我们还在搜寻,你先交代一下你当时的情况吧。"

事情又绕了回来。

洛欢有些憋闷,说:"我说了,我没有推他。"

审讯进行了差不多两个小时,因为洛欢一直否认,审讯没有任何进展,进入了僵局。

由于没有其他目击者,洛欢又被当事人的妻子指控,所以警察将洛欢暂时关押了起来。

得知这个消息,蒋音美差点儿当场昏倒。

洛国平红了眼，随即狠狠地甩了面前的江知寒一巴掌，愤怒地说道："这下你满意了吗？你们全家满意了吗？你看看你们家把我女儿害成什么样子了？！"

洛国平大骂着江知寒。狼狈的江知寒沉默地站在原地任由洛国平发泄着，垂在身侧的手指被自己攥得发白。

涉及刑事案件，家属暂时不能见面，只能委托律师来办理。于是洛国平和蒋音美连夜寻找千城有名的律师来为女儿处理此事。

洛欢从没想过，她的人生里竟然会有这么一天。明明是夏天，却似乎比冬天还冰冷。面前银色的铁门隔绝了外面所有的光亮。

洛欢不知道自己是怎么熬过这两天的。

到了夜晚，她仿佛掉进了冰窟，抱着膝盖缩在角落里，除了哭还是哭。她昏昏沉沉的，仿佛记忆错乱了。

直到第三天，有几个人走了过来。

"欢欢。"

蓦地听见一道熟悉的低沉嗓音，洛欢有些茫然地睁开了眼，抬头看去。

下一秒，她迅速地朝门口跑去。

"江知寒！"洛欢用细白的手指抓着栏杆，眼泪不受控制地掉了下来，连忙解释道，"我没有推江叔叔，是他自己不小心撞的。你要相信我！你相信我好不好？"

洛欢原本饱满圆润的脸瘦了一圈，整个人看起来清瘦了不少。

洛欢委屈地哽咽着："我不想待在这里，我想回家。江知寒，你让阿姨出来澄清好不好？她为什么要诬蔑我？我什么都没做，不想坐牢。我好想回家……"

江知寒布满血丝的眼里满是心疼之意，他哑着嗓子说："我相信你，你别怕，你很快就能出来了。"

这一切都是他欠她的。

江知寒不知道哄了洛欢多久。

时间有限，律师只能让两个人结束话题，然后对洛欢交代着什么。

探视时间结束，警察让两个人分开。

没过几天，原本一口一个凶手的杨艳娇不知怎么了，忽然改了口，称那天是她情绪激动看错了，不再控告洛欢是凶手。

警察终于找到几个在场的目击者，他们证明当时洛欢没有推江伟。

而死咬着洛欢不放，企图自己能减点儿罪的那个罪犯，说的话也因此站不住脚。由于有人保释,洛欢终于从警局里出来了。

洛欢提笔签了字,被满脸憔悴的蒋音美抱进怀里。

"欢欢,没事了,没事了,以后都没事了,跟爸爸妈妈回家。"

洛欢的眼睛湿润了,她伸手回抱住妈妈。

洛国平红着眼眶,抬手抱住母女二人。

他们出了警局,傍晚的空气依旧燥热,这是洛欢以往很讨厌的天气,如今她却觉得珍贵极了。

正是周末,洛欢便在家里休息。

这几天,江知寒没给她发过一条消息。连那天她出来,也没有看到江知寒的身影。

洛欢慢慢地察觉出来些奇怪的点。

她发消息,他也没有回信。

她忍不住问蒋音美,一旁的洛国平却忍不住"哼"了一声,沉声说道:"你问他干什么?你还嫌他们一家害咱家害得不够吗?"

洛国平原本就对江知寒不太满意,经过这件事,对江知寒的印象更糟了。

洛欢只好闭嘴。

周末的两天里,洛欢不时给江知寒发消息,但信息都石沉大海。

她想去医院里看看他。可是,她有些抗拒,不想碰到杨艳娇。

蒋音美也不再提去医院看望江伟的事,连江家半个字都不提,不知是怕勾起洛欢不好的记忆,还是因为不喜欢提起江家。

在他们的面前,洛欢尽力不表现出来什么,只是偶尔看一看手机,然后接着复习。

毕竟下周二她就要参加期末考试了。

想着江知寒也有很多事情要处理,她尽力忍着,不打扰他。

可是,到周末的晚上,洛欢快睡觉时,忽然收到了江知寒的消息。

洛欢忍着困意打起精神,一个激灵坐了起来。

她分辨得出那个提示音,是她专门给江知寒设的。手机屏幕亮着,上面静静地躺着一条消息:"这几天很忙,一直没有时间……对不起。如果你睡了,晚安,明天说。"

洛欢揉了揉眼睛,立刻敲字回他:"我还没睡,你这会儿还在忙吗?"

没过一分钟,他发来了消息:"这么晚了,你还没睡?"

洛欢不想让江知寒担心,便说:"晚上我吃得好撑,这会儿还在消化。"

那边的他顿了两秒，发过消息来："嗯，我这会儿有空了。"

洛欢意识到，他是在回答上一个问题。

她的手指在键盘上悬了悬，接着敲字："江叔叔情况怎么样了？你们还在医院里吗？"

"他还是那样，希望以后能醒吧。"

"我妈还在医院里，我刚到家。"

"对不起，把你牵扯进来。"

江知寒不太想讲江伟的事情，几句话带过。

这是江知寒不知第几次道歉了。洛欢抿抿唇，安慰他说："没关系啦，江叔叔是把我牵扯了进来，可我现在不是好好的吗？所以没关系，你不用太自责了。"

洛欢现在平平安安的，他却间接让她有了平常女孩不会有的不好的经历，这个经历对她的影响可能会伴随她一辈子。

洛欢不想说这个了，主动岔开话题："你母亲……不是之前死咬着我是推了江叔叔的人吗？她怎么突然反口得这么快？你是怎么劝她的？"

过了几秒，江知寒发来消息："我没怎么劝，因为你原本就是清白的。"

看到这几个字，洛欢心底不由得泛起一丝涟漪，眼角不受控制地弯了一下，笼罩在心头的阴郁彻底消散。

"嗯。"

江知寒又发来消息，劝她去睡觉。

"知道了，知道了，我就再问最后一句！"

"什么啊？"江知寒很有耐心地问。

"就是……"洛欢打字，"你明天还来上课吗？"

洛欢等了等，然后看到了让她唇角向上弯起的一句话："我明天下午去上课。"

"好，我等你！"

到了周一，洛欢回到学校里，果不其然收到来自周围人的各种目光。

她在学校里被警察带走，这件事已经传遍了全校。这件事上了当地好几家报纸，但因为当事人是学生，加上警察叮嘱，报纸才没有特别曝光她的身份。

但舆论的力量还是很大的，肆意地存在于每个角落里。

甚至有人传言，说她就是那天夕水街事件的当事人，或者说，那天的受害者和她有关。

洛欢尽量努力保持平静。

顾婉珊她们几个人看着洛欢那边。

"我叔叔那天路过警局,看到一家人从警局里出来,好像就有她。"

"难道报纸上说的其中一个年纪较小的嫌疑犯就是她?"

"不是吧,她不是好好地在学校里上课吗?"

"如果不是她,那天警察在她上课时带走她干什么?"

…………

流言纷纷扰扰。

中午,谷雨来了,去吃饭的路上,看了看洛欢,有点儿担忧地开口:"洛欢,你……没事吧?"谷雨也听到了风声。

好在洛欢的心理素质还好,她语气平静地说道:"我要是真有事就不会来上课了。谷雨,你放心吧,我没什么的。"

谷雨看她这样子,说:"好吧。"

两个人去了食堂。四周有人认出洛欢,开始有意无意地看她。

洛欢依旧很淡定。

谷雨有些忍不了了,伸手扯扯洛欢的校服,凑到她的耳边小声说道:"欢欢,要不我们去校外吃吧?"

最起码在校外,不会有这么多人看着洛欢。

洛欢拒绝了,一边取筷子,一边垂眸,语气平淡地说:"他们爱看就看,我又阻止不了他们。流言而已,迟早会散的。"

洛欢不想改变的事情,谁也阻止不了她。

谷雨原本担心洛欢会因此出现问题,但事实上,洛欢比她想象的要坚强。

好在临近考试,大家的注意力很快就被考试分散了。

下午,让人惊讶的是,连着请了很多天假的江知寒终于回来上课了。

班里不少人惊讶地看着他。

江知寒始终面色很平静,仿佛什么都没发生过,也没有解释自己为什么会突然消失这么多天。

洛欢挺开心的,但在人前她还是努力地忍着,只是扭过头来小声说:"他们都在看你,这万众瞩目的感觉。"

江知寒没说话,只是温柔地看着她。

下午第二节课是大扫除,洛欢被分配到擦窗台的任务,江知寒则是扫地。

洛欢低头在盆子里洗好抹布，然后起身去擦窗户，身后忽然伸过来一只手，将她手里的抹布拿走了。

当洛欢看到是江知寒时，愣了愣，看了一眼周围。

"剩下的我来，你去休息。"江知寒低眸看了她一眼，说道。

"哦，嗯。"洛欢有些迟钝地点点头。她见盆里的水脏了，端起盆去水房换水。

江知寒个子高，洛欢需要踩板凳才能擦到的地方，他直接能擦到。

少年肤色白皙，他今天穿着有衣领的白色短袖，纽扣系得很紧，神情认真。

洛欢没打扰他，站得远了点儿，看教室里有什么能干的活儿就去干。

过了一会儿，江知寒走了过来，低头问她："能走了吗？"

"你擦完了？"洛欢朝窗户的方向看了一眼，果然窗户非常明亮，于是她抿唇笑了，放下手里的抹布点头说，"好呀。"

这个点儿校园里人渐渐少了，阵阵和风带着夏日的暑热感，空气里还夹杂着淡淡的花香。

今年毕竟是高中能悠闲度过的最后一年，到了地狱般的高三，说不定他们就不能享受这么悠闲的时光了。

洛欢抬头看向旁边的人，轻声说道："江知寒，我们再逛逛校园好吗？"

江知寒垂眸笑了笑，说："好啊。"

"这么好？"洛欢挑了挑眉，以往他多少顾及着她的名声，不怎么会答应的。可能因为他们快要放假了吧。

最后，两个人去了西边的一个篮球场。

这里离教学楼远，平时没什么人来打球，周围的野草长得很杂乱，挺有生命力的。

橙色的夕阳柔柔地照着他们，清凉又静谧，边上还有几个因年久废弃的健身设施。

洛欢喜欢这里的秋千，坐在上面用双手抓着链子晃啊晃。

江知寒在她的身后推了她一会儿，就被她赶到旁边。

男生的力气好大，她还是喜欢慢悠悠地玩。

夕阳的光勾勒着少女纤细的身形，柔风轻轻地将她额前的碎发吹到脸旁，她那漂亮的双眼仿佛住了星星，美不胜收。

江知寒靠在一旁的健身器材的立柱上，静静地看着她。

洛欢自娱自乐够了，才察觉到他的目光。

见他盯着自己，她有点儿害羞地摸了摸头发，咕哝道："怎么了？"

江知寒淡淡地笑了，说了句"没什么"。

他穿着干净的校服，身材挺拔，眉眼精致，眼睛格外漂亮。尤其当他这么专注地盯着一个人时，能让人心跳加速。

洛欢的脸颊染上红晕，她轻笑了一声，把脸撇向另一边，握着铁链的手指下意识地收紧。

下午5点多，洛欢荡完秋千，便起了身。

本以为江知寒要赶去医院，快到车站时洛欢便大度地说："好啦，我要回家了，你去……"

她未说完话，忽然被江知寒拉住，他说："时间还早，我们去逛逛吧。"

洛欢虽然有点儿意外，但还是点点头，说："好啊。"

总之，那天的江知寒比往常更温柔，几乎有求必应。洛欢原本暗戳戳地安排好的暑假计划，也因为他的突然要求而提前进行。

即使她玩得很疯，江知寒也陪着她，没有半分不耐烦的痕迹。

到了8点多，江知寒看时间不早了，才催着洛欢回家。

怕路上不安全，江知寒也坐上公交车，把洛欢送到了小区门外。

洛欢走的是北门，这边人少，不至于被太多人看到。

门口的路灯勾勒着少年的身影，仿佛连他的睫毛都清晰可见。

江知寒垂眸笑着说："进去吧。"

"拜拜，你也早点儿回家吧。"跑进去前，洛欢笑着朝他挥了挥手。

她看见少年的眼睛注视着她，忘了听他回答。

洛欢原本期待着明天和他再见面，却没有想到，那是她高中时期见他的最后一面。

第十四章
原来，他是"灰姑娘"啊

江北大学，101 教室。

"今天的课就上到这里，大家回去以后多多练习……"下课铃响了，身韵课老师夏静拍了拍手，说道。

洛欢放下腿，擦了擦脸上的汗，朝放在教室角落里的水杯走去。

同样一身汗的孟琪琪也走过来，拿起毛巾擦着脖颈，用胳膊推了推身旁正在喝水的少女。

"明天就是劳动节假期了，你打算去哪里玩？"

每个学生最喜欢的就是放假。虽然她们都是大学生了，但平时在学校里出不去，和中学时代差不多，只有放假了才能天南海北地玩。

这次放四天假，她们宿舍里的其他人提前定好了行程，就差她们两个了。

"我哪儿也不去。"洛欢喝了口水，语气淡淡地回答。

孟琪琪叹了口气："这说不定是大学里最后一次旅行的机会了，你别这么扫兴行不行？"

女孩低头拧好水杯盖，浓密的睫毛垂着，素净精致的脸上没什么情绪。

她一贯没什么兴致，自高三开始，好几年了。

洛欢想了想，又说："我不去，没什么想玩的。"

"我回宿舍了。"洛欢穿好了衣服。

"那等等我。"孟琪琪只好跟上她，路上问她，"那你假期打算干什么啊?"

"在宿舍里。"洛欢没去食堂,在学校的小超市里买了水果和酸奶回了宿舍。

宿舍十分安静,没什么人。洛欢拿出平板电脑,塞上耳机,打开昨天没看完的《舞动亚洲》,靠在座椅上,边吃水果边看节目。

她的平板电脑里全是各种舞蹈学习资料。

转眼之间天色渐晚。等两个室友带着吃的回来,洛欢已经把视频看得差不多了。

"我的天,欢欢,你又吃这么点儿啊?"见洛欢桌上依旧是水果盒,其中一个室友有些夸张地说道。

洛欢"嗯"了声,回道:"我不饿。"

"你都这么瘦了还减肥,真是不给我们活路……"另外一个室友说道。

两个人将饭放在各自的桌上,她们带的饭是香喷喷的炸鸡、卤粉之类的。

她们是舞蹈专业的,控制饮食是常态,不过还是会适当地吃点儿肉和碳水。加上明天劳动节放假,她们就放开了吃。

诱人的香气在空气里散开。

洛欢看完视频,摘了耳机,去阳台上收拾东西,准备洗漱。

等洛欢关了门,正整理着发型的女孩看了洛欢那边一眼,然后低声问正吃着鸡排看综艺的笑着的女孩:"杨艺莹,洛欢劳动节假期去哪里玩?"

杨艺莹摘下耳机,茫然地说道:"啊?我不知道,要不你去问问?"

"好吧。"女孩扯了扯唇角,转回头去。

傍晚的天空绚丽又温柔,风柔和地吹着。

洛欢从洗手间出来,把脏衣服丢进洗衣机,然后站在阳台上吹头发。

她不喜欢用吹风机,跳舞生又必须留长发,所以只能在阳台上将头发自然晾干。

洛欢穿着吊带和热裤,露出白皙的皮肤,身材纤细,一眼望过去,白得十分晃眼。

洛欢正站在阳台上发呆,身后忽然有人叫她:"洛欢。"

洛欢扭过头看她。

陈静怡的手里拿着洛欢的手机,她将手机递给了洛欢:"周学长给你发消息了。"

洛欢伸手接过来手机,低头看了一眼。

"你劳动节假期有安排吗？社团有活动，专门为假期留在学校里的同学服务。"他还是这么彬彬有礼，毫不越界，却又让人一眼看透他的心思。

陈静怡站着没动，忍不住瞟了一眼洛欢，半开玩笑似的问道："洛欢，周学长给你发的什么？不会又想找你出去玩吧？"

周学长是隔壁人文学院的学生会主席，之前他们在学校里一起做过一次活动才相互认识的。

洛欢淡声说道："可能吧，你还有什么事吗？"

陈静怡张张口，摇摇头说"没事了"，便转身走了。

洛欢重新低下头，随意地回了句"有事"，便关了手机。

过了一会儿，头发干得差不多了，她转身回了寝室。

晚上10点多，快到熄灯时间了，但宿舍里还吵闹着，几乎整个宿舍楼都没人睡。

明天放假，这会儿大家都兴奋得不行，在商量着要去哪里玩。

杨艺莹跟陈静怡坐在下面商量着去看偶像的演唱会，要买票、订酒店。

"欢啊，你睡着了吗？"床上，孟琪琪伸手扯扯对面的帘子，问道。

没有人回应。

她又这么早睡？孟琪琪摇摇头，躺回去继续和网友聊天儿。

宿舍楼实在太闹，宿管阿姨直接一层层地巡逻，整个楼才慢慢地安静下来。

第二天，上午没课，寝室里的人都睡得很沉。

洛欢按时起床，洗漱后拿起手机想看时间，这才发现，昨晚9点多的时候，谷雨给她发了好多条消息："欢啊，你劳动节有什么安排吗？我假期想过去看你，我们一起出去玩！"

"在吗？"

"你失踪了？"

"这友情我问你要还是不要？！"

"算了，没爱了，让我一个人自作自受，舔舐伤口吧，谁都不要管我。"

…………

谷雨还是这样戏精。洛欢轻叹了一口气，拿了昨晚收拾好的包背在右肩上，然后动作很轻地关上门，走了出去。

去食堂的路上，洛欢低头回谷雨消息："你发消息的时候我睡觉了。"

"以后你早点儿发。"

"我假期不想出去。你也别来了，来回太麻烦。"

洛欢没收到消息，估摸着这会儿谷雨还在睡觉，就收了手机去食堂。

上午学生上完课，学校就放了假。

洛欢收拾好书包，看了眼手机，半个小时前才收到谷雨的消息："天啊，快放假了，你能不能不要还是老年人作息？你还是个二十出头的现代青年吗？"

"我不管，老娘已经买好票了，下午就杀过去，你乖乖地等着给我接风洗尘！"

洛欢只好取消了下午的训练活动回到宿舍里，发现其他人已经走了，只有孟琪琪还在吃饭。

"回来了。"

"嗯。"

孟琪琪咽下米饭，问她："你下午就在寝室里睡觉吗？"

洛欢放下书包，说："谷雨来了，让我去陪她。"

孟琪琪笑嘻嘻地点头："行，我还怕你一个人在宿舍里出什么事，我们全寝保研。"

她还是这么毒舌。洛欢懒得怼她，喝了口水，问："那你呢，你下午有什么安排？不然……"

"别，本小姐自有安排。"孟琪琪立马拒绝她，随即脸上露出一丝甜蜜。

"怎么了？"

孟琪琪犹豫了一下，有些不好意思地开口，说："这周，他想跟我见面。"

孟琪琪最近和一个游戏中认识的网友聊得火热，经常聊到凌晨，看样子越来越甜蜜。

洛欢皱眉："他靠谱儿吗？万一……"

"哎呀，我都这么大了。"孟琪琪摆出一副她想多了的表情，"你琪姐我见过的狗子比你吃过的盐还多，你放心，我会注意的。万一对方是个猪头，那我提前跑。"

洛欢这才点了点头。

下午睡醒，洛欢起床，简单地收拾了一下，收到谷雨的消息："本姑娘到北城啦，哈哈哈！"

"我已经打上车了，大概半个小时后就到！"

"我快饿死了，已经等不及要吃江北的美食了！"

她还发了很多张在高速公路上拍的照片。

洛欢加快收拾的动作，往谷雨预订好的宾馆走去。

谷雨预订的宾馆就在江北大学老校门外的不远处，她隔着马路走几百米就到了。

洛欢穿过马路，等在宾馆前的路标处。

江北的气候比千城更热，夏日的风轻轻地吹着，树影摇曳。

洛欢等在路口处，低头看着手机，一辆车停在她的面前，对面传来熟悉又兴奋的叫声："欢欢！欢欢啊，我来了！"

洛欢抬起头，看到出租车里正朝她挥着手的女孩，嘴角上扬，收起手机快步走过去。

谷雨坐了一路的车，穿着连衣短裙，头发有些乱。

她整个人看上去风尘仆仆的，但依旧活力满满，下了车就从后备厢拿行李，行李不少。

"你怎么拿这么多东西？"

谷雨理直气壮地说："女孩子出门旅游，不多拿点儿东西怎么行？"

当年高考两个人考了不同的学校，天南海北，但谷雨依旧把洛欢当最好的朋友，两个人从没有断过联系。

洛欢失笑，帮她接过另一个行李箱。

"快进去，你们江北也太热了，我快受不了了。"谷雨催着她，两个女孩拖着行李往宾馆跑。

办了入住手续，到楼上放下行李，谷雨总算活了过来。

房间内空调喷着冷气。

洛欢把温度调高了点儿，然后放下遥控器，点开手机上的外卖软件。

"你想喝什么？"

"冰的！越冰越好！"跟条死狗一样瘫在床上的谷雨振臂高呼。

洛欢点了两杯常温的水果茶。

因为她点的是附近的店，饮料很快就被送了过来。洛欢说了声"谢谢"，提着水果茶走回去。

谷雨微微起身，看着女孩拿出饮料把吸管插进去。

洛欢耳边的几缕发丝散下来，更为她的眉眼平添几分温柔，神情透着认真。

谷雨恍惚之间，仿佛看到了高中时候的洛欢。

那时候的洛欢啊，眼睛可亮了，整个人既灵动又有些骄傲。尤其被那个人宠着，她娇气得要命。

从前她一直是被照顾的，很少有机会照顾别人。现在她倒是很会照顾别人了，只是眼里没有光了。

谷雨的小腿被洛欢轻轻地拍了一下，一杯葡萄柚橙汁被递到谷雨的面前，洛欢说："喝吧。"

"嘿嘿，你真好。"谷雨接过来饮料，喝了一大口。

直到喝了大半杯，她才觉得口渴缓解了一些。

"你等等，我去换件衣服，然后我们去吃饭！"喝完饮料的谷雨仿佛充了电，拍拍洛欢的胳膊，拿了些洗浴用品进了浴室。

酒店的地板和床上铺满了谷雨的东西，洛欢蹲下来整理。

"亲爱的，把我的浴巾给我！"浴室里传来谷雨的喊声。

洛欢微微叹气，起身帮她找浴巾。

谷雨出来后，换了一条荷叶边的短裙，打扮得花枝招展。

洛欢觉得无奈："我们只是去吃个饭啊……"

谷雨一瞪眼："怎么，吃个饭老娘就不能打扮得漂亮一点儿啦？你要记住，艳遇可是会随时随地发生的，我们不能只是傻傻地等，要学会做好准备。"

许是中学时期听洛欢的"单身魔咒"听怕了，到了大学，谷雨一改中学时的老实作风，减肥、染发、学化妆，这几年变化挺大。

谷雨一边化妆，一边吐槽洛欢："你说你，明明才二十出头，还是学跳舞的，穿得敢不敢再保守一点儿？你说说你这条素裙子，又长又宽，把全身的优点遮没了，对得起你这张脸吗？"

高中时谷雨劝洛欢穿得老实点儿，到了大学反倒劝洛欢穿得好看一点儿。

谷雨要是有洛欢的脸跟身材，恨不得出门扔垃圾都穿紧身裙。

洛欢低头看手机，好脾气地应着谷雨。

她肯定没把谷雨的话听进去。

谷雨刷睫毛的手微微一顿，她在心里叹了口气。

谷雨慢吞吞地收拾好，喷了点儿勾人的"无人区玫瑰"香水，又强迫洛欢也喷了点儿，这才高高兴兴地挽着洛欢的手臂出门。

谷雨来之前就把江北大学附近的所有好吃的摸清楚了，不用洛欢介绍，就拉着她去打卡附近新开的一家日式烤肉店，之后又继续逛了酒吧和甜品店。

等谷雨觉得累了，已经晚上9点多了。

洛欢得回学校。谷雨拉着她不让她走，在大街上撒泼："不行，不行，你这几天必须跟我睡，不然我一个客人千里迢迢地赶到这里来找你玩，你还把我一个人扔在宾馆里，你好意思吗？"

周围很多人看了过来。

洛欢注视了她几秒，叹了口气，说："我没说把你一个人扔在酒店里，我得回学校收拾一下吧？"

"嘿嘿，你真好！"

宿舍里其他人不在，洛欢皱了皱眉，低头收拾了几件衣服和一些洗漱用品。

一路上，谷雨兴奋得不停地说话，安排着这几天和洛欢的游玩计划。

洛欢应着谷雨，又不太放心孟琪琪，路上给孟琪琪发了好几条信息，孟琪琪都没有回复。

"这哪儿来的车，这么漂亮……"

不远处的三星级酒店的门口停着一辆黑色的车子，好几个男人围在周围，弯着腰殷勤地攀谈着。

不一会儿，一个穿着西装、像是助理模样的男人下了车，友好地跟那几个人说了几句话，几个男人惋惜又尴尬地点点头后离开了。

洛欢低着头，注意力都在手机上，看孟琪琪没有回信，干脆打电话过去。

不远处的那辆黑色的轿车动起来，重新进入车流中，后座的玻璃窗上映出一抹清瘦的身影。

那辆车经过她们时，那道身影忽地朝这边转过来。

"知寒，怎么了？"身旁忽然传来一道苍老的声音。

江知寒回头，看了看身边的老人，淡声说了句："没什么。"

老人睁开眼，转头看他。

窗外飞逝的橙色光影落在他的脸上，周正精致的脸庞上依旧没什么表情。

头发花白的老人眼神敏锐，半晌后才说了一句："过几天就是校庆，到时候你要好好准备。"

"嗯。"

直到那辆车离开，谷雨才有些恋恋不舍地收回目光。

江北这地方富豪云集，真是到哪儿都能看见豪车，只不过刚刚那辆车她没见过，她只认识宾利的车牌。

355

谷雨和洛欢进了宾馆，直到进了电梯，回到房间里，洛欢也没有打通孟琪琪的电话。

谷雨不在乎地说："人家都这么大了，又不是小孩子，还能不注意自己的安全？说不定人家这会儿没空呢，你怎么比她爹妈还操心？"

"那她总不能不接电话啊。"洛欢叹了口气，说，"她去见网友了，我不放心。"

高三的时候，孟琪琪曾经拉过洛欢一把，洛欢现在对孟琪琪很关心，谷雨也不好再说什么。

于是，谷雨摆了摆手，说："行吧，你先打电话，我去洗澡了。"

她说着就从行李箱里拿出洗漱用品，往浴室走。不一会儿，轻快的歌声从里面传出来。

洛欢坐在床边，看着窗外的灯火，等了几秒，再一次拨了孟琪琪的号码。

这回电话响了十几声，总算被接通了。

"喂？"那边的声音很吵，还有音乐声。

洛欢下意识地松了口气，问："你在哪里，怎么还不回寝室？"

"你说什么？我听不清，我在打游戏呢！"

"啊，救我救我，我要死了！"

"欢啊，我先不跟你聊了，我和我朋友约好打一个通宵游戏，今晚不回寝室了啊，拜拜。"

孟琪琪飞快地说完便挂了电话。

她通宵打游戏，那应该就不会去其他的地方了吧。

洛欢只好挂了电话，发了"注意休息，别熬太晚"几个字。

谷雨洗完澡出来，洛欢也拿起洗漱的东西进去。洛欢出来时，谷雨正趴在床上认真地写着攻略，见洛欢出来便叫她赶紧过来。

"洛欢，你快过来看看，我安排的这些项目怎么样，有什么雷吗？"

洛欢扫了一眼，说："你不打算要腿了吗？"

谷雨鼓了一下腮帮子："我有什么办法？谁让咱们俩没在一个大学里，劳动节假期只有这么几天，我来都来了，不多玩点儿怎么行？这山我上次没来得及爬，这次我一定要爬上去！"

早知道这样，她当初在志愿里多填个江北的大学就好了。

江北的大学对成绩要求很高，她没有洛欢当初那样的勇气，怕自己考不上，不然现在也不会留洛欢一个人来离家这么远的地方上学，一个人舔舐伤口。

洛欢点点头："好吧，那我舍命陪君子了。"

谷雨"嘿嘿"一笑，让开位置让洛欢也躺下来，两个人一起看攻略到深夜。

第二天一早，睡懒觉的谷雨就被洛欢叫起来。两个人洗漱完简单地收拾了一下，下楼去外面吃早餐，然后直奔今天的旅游地点。

第一站是江北市的天香山，这里是不少网红打卡的地方，还好两个人来得早，这里还没什么人，两个人早早地扫码进去了。

买了缆车票，两个人坐进去，一路晃晃悠悠地到了山顶。

洛欢早在大一时就跟同学们玩过这些景点了，今天主要是来陪谷雨玩。谷雨来一次不易，一路上看到什么都很兴奋，不停地拍照。

江北的天气阴晴不定，半途忽然下起了毛毛雨，游客都去附近的店里躲雨。

谷雨早就听说天香山的观望台那里有一处卖爱情锁的地方，适合情侣一起去。谷雨非要去一次，冒着雨拽着洛欢去了。好在附近有其他商铺，除了爱情锁还有雨伞。

谷雨一个"单身狗"，非要买两把锁，一把写自己，一把写了未来的男朋友。

她祈祷男朋友快点儿出现，然后他们锁死在一起。

"洛欢，你真不要啊？"谷雨一边"吭哧吭哧"地往栅栏上挂锁，一边扭头问洛欢。

没有收到回复，于是谷雨扭过头。

洛欢很安静地举着伞，注意到谷雨的目光才回了神，弯了一下嘴角，露出很淡的笑容——

"我不用了。"

这几年她一直对这种事情讳莫如深。谷雨身为闺密，知道大学三年来，追洛欢的人不少，可她一个也没有答应。

谷雨的心口猛地一酸，她回过头，忽然有点儿后悔把洛欢拉到这里了。

"你的另一半要挂到别的女孩身上去了。"洛欢好心地提醒道。

谷雨回过神，见自己的锁差点儿挂错，倒吸了口气，赶紧把锁换回来。

挂完锁后，谷雨也不提拍照的事情，赶忙拉着洛欢离开。

山顶上有商业街，两个人便在那里吃了午饭。

下午雨小了点儿。谷雨拉着洛欢继续逛，闭口不提之前的话题，努力逗乐、找话题。洛欢也陪她聊着天儿，丝毫看不出有任何被影响的地方。

谷雨小心地观察着她，这才放了点儿心。

索道下午5点就关闭了，两个人赶在索道关闭前买了票下山。下来后谷雨饿得不行，洛欢正找着附近的美食店，有人打电话过来了。

洛欢看了一眼手机，抬头看谷雨："是付和西。"

谷雨瞪了瞪眼，没好气地说："他打电话干吗？"

谷雨抱怨他打扰她们两个人玩了。

洛欢笑了笑，接通了电话。

付和西的声音通过话筒传来，听着挺急的，不知道他在哪里，周围很嘈杂，他说："喂？欢欢，你在哪儿呢？我打你们宿舍的电话没人接啊。"

洛欢说："我和谷雨在天香山上玩，这会儿才下来。"

"您乘坐的UR2025次航班现在开始登机，请您带好随身物品……"听到电话里传来的广播，洛欢顿了顿，说道："你在机场里？"

"啊……我已经到了，你们在天香山上啊，太好了。你们在附近找个店随便坐坐，等着我，我半个小时后就到！"

付和西乱七八糟地说了一通，根本不给洛欢说话的机会，飞快地挂了电话，怕她会拒绝似的。

"付和西也来这里。"

谷雨朝天翻翻白眼："天……"

不过，既然客人远道而来，她们两个人也不可能真的丢下他不管，正好天香山离机场近。

谷雨知道付和西大学时就开始创业了。他在弄一款陌生人交友的软件，软件开发得不错，目前在市场上闯出了点儿名堂，公司正在准备第一轮融资，他大小也算个老板了。

于是谷雨没客气，直接拉着洛欢选了一家她以前路过很多次都没下决心进去的西餐厅，然后点了一大桌的菜品。

付和西到的时候风尘仆仆的，但还是很帅，比高中时期多了几分成熟。他还带着一个小行李箱，看来是一下飞机就直接赶来了。

"不会吧，你们俩'宰'我呢？"

谷雨一本正经地说："这是你打扰我们两个美女约会的惩罚。"

付和西跟谷雨原本交流并不多，是在高三那一年才慢慢地熟悉的。

"行，我今天就算荷包大出血了，给你们俩赔罪。"付和西一点儿也没抠门儿的意思，还叫来服务员又点了好几道菜。

洛欢无奈地说:"菜够了吧?我们也吃不完,太浪费了。"

付和西看了看她,笑着说:"没事,你们吃,吃不完的我来解决。"

谷雨的表情一言难尽,她说:"才不要你吃我们的口水。"

"……"付和西差点儿把喝进嘴里的饮料喷出来。

好好的气氛被她破坏了。

一道道菜被端了上来,三个人都有点儿饿,于是动筷子吃起来。他们吃了一半,话痨的谷雨主动打听付和西的事情。

"对啊,我来这边出差,打算跟这边的一家投资机构当面谈谈。"付和西真是饿了,吃了好几口才停下来说话。

谷雨对此很感兴趣,追问:"投资机构?这说明投资已经有着落了?"

"差不多吧。"付和西说,"如果顺利的话,将来我们公司……"

他正说着,突然打住,飞快地看了眼洛欢的方向。

洛欢低头专注地吃着东西,似乎对他们的谈话内容一点儿也不感兴趣。

"怎么了?"谷雨追问道。

付和西扶额,扯开话题:"吃饭吧,这些我说了你也不懂。"

谷雨气得瞪眼,他竟然欺负别人没创过业!

外面的天色逐渐变暗,三个人吃吃喝喝,就到了晚上。

得知谷雨跟洛欢住在江北大学附近的宾馆里,付和西也在那儿订了间房。

出租车上,谷雨故意调侃副驾驶座上的人:"哟,你怎么像跟屁虫似的啊,非要跟我们住在一起?"

付和西装没听见,只用眼睛瞟洛欢。

洛欢正靠坐在后座上,侧头望着窗外。窗外的光影明明灭灭,跳跃在她白瓷般的脸上,脸颊边的发丝被风吹着,她好似在发呆。

付和西在心里叹气。

三个人回到宾馆里,付和西办了入住手续。

付和西订的是和她们同一层的房间,他们的房间离得不远。进屋之前,付和西叫住了洛欢。

"欢欢。"

洛欢停下脚步,转过头看他。

谷雨看了看两个人,麻溜儿地先进去了。

付和西说:"明天……你有空吗?"

洛欢抿了抿唇,说:"我下个月要参加一个比赛,有训练。"

她这意思就是在委婉地拒绝他,付和西怎么会听不懂?可他要是能听懂,也不至于单恋了洛欢好几年。

于是他到嘴边的话就改成了:"那明天我们能一起吃早饭吗?我这几天会很忙,想忙之前再跟你们吃顿早饭。从高三以后,我们几个人就很少一起吃了,我还挺怀念的。"

洛欢沉默了一会儿,说了声"好"。

付和西如释重负地松了口气,笑了笑说:"时间不早了,我就不打扰你们了,早点儿休息,明天我带你们去附近有名的早茶店吃早点。"

谷雨正躺在大床上玩手机,看见洛欢回来,揶揄地问:"你们说了什么悄悄话啊?"

洛欢如实地告诉她。

"就这些?"

"你想什么呢?"洛欢的神情很平静,一点儿心动害羞的样子都没有,她说,"我去洗澡了。"

谷雨玩手机的动作顿了顿,她有些迟钝地点头:"哦,好。"

入夜。

洛欢作息很规律,一到点儿就困了。谷雨不舍得让她跟着自己熬夜,便主动结束了话题,关了灯。

洛欢几乎一沾枕头就睡了,也没有玩手机。

黑暗中,望着女孩熟睡的侧颜,谷雨不禁发出一声幽幽的叹息。

现在的洛欢,她说好听点儿是平和,说残酷点儿就是无欲无求。

现在的她,和过去那个有了好剧恨不得熬到半夜但依然充满活力的洛欢判若两人。

只有经历过的人才知道那件事情对她的伤害有多大,知道洛欢是怎么熬过那一年的。

她将自己心里的某一个角落完全封闭起来,不再触碰,谁也进不去,她也不让别人进去。

爱情真的有毒。

谷雨想,早知道这样,当初就应该坚决反对他们在一起。

第二天,三个人早起去吃了早茶,其间付和西的手机一直响。可付和西没看手机,耐心地陪她们吃完了早茶。

他还像个"田螺王子"一样起身来来回回地为她们服务。谷雨知道,自己是那个沾光的人。

谷雨在心里感叹，付和西是个很不错的男生啊。他和洛欢从小认识，家世也相当，他对洛欢也很痴情，他们要是能在一起就好了。

可有些人注定没有缘分。

吃完饭，洛欢就催他去工作。付和西没办法，许诺干完这单就来看她。

之后的两天里，谷雨依旧拉着洛欢到处玩，还逛了洛欢的学校。

恰逢谷雨关注的一个乐队来江北参加音乐节，谷雨便拉着洛欢买了票入场。

谷雨在里面跟着音乐蹦得不亦乐乎。

夜幕降临，烟火升空，舞台上的灯光不停地闪烁，照亮漆黑的夜空。

周围人跟着唱歌，挥舞着手臂。

有个男歌手在唱了几首劲爆的歌曲后，以一首抒情的《夏天的风》结束了表演。

男歌手的脖颈上全是汗，他握着话筒闲适地吟唱着，曲风很配这初夏气候宜人的傍晚。

"夏天的风，我永远记得

"清楚楚地说你爱我

"我看见你酷酷的笑容

"也有腼腆的时候

"…………

"吹成了山风

"为什么你不在

"问山风你会回来

"…………"

这首歌流传度很广，现场几乎成了全场大合唱，连谷雨也挥舞着荧光棒跟着大声地唱。

空气里充满了甜蜜的初夏晚风的味道。

洛欢恍惚之间，想起了高中时期，某个少年似乎也对她唱过这首歌。

男歌手的嗓音很好听，可洛欢总不自觉地将这嗓音跟记忆里的嗓音对比。

那时的那个人比这个男歌手年龄小，声音更青涩，也没有太多的演唱技巧。

这些年，她快要记不住他的脸了。她一直刻意地不回忆他，渐渐地，像忘记了他。

可总有些不经意的巧合再一次残酷地撕开她封闭的那个地方。

她好像真的忘不了他。

谷雨跟着唱得喉咙发哑，一扭头，看见洛欢怔怔地盯着舞台，眼里湿漉漉的。

洛欢没哭，只是眼睛红红的。

谷雨愣住了，张口："欢欢……"

她的声音太小，淹没在了人群里。

音乐节在晚上9点多结束。洛欢低着头安静地往宾馆走，谷雨一路上没敢说话，纠结得厉害。

回到宾馆里，洛欢进去洗澡，出来后，发现谷雨订了许多外卖——炸鸡，低度数的鸡尾酒，还有烧烤和奶茶。

洛欢顿了顿："你这是……干吗？"

谷雨挑眉："明天我就要回去了。怎么？今晚你不给我意思意思，说不过去吧？"

洛欢沉默了几秒，笑了下说："行。"

洛欢跟谷雨的酒量都不怎么样，她们喝了许多鸡尾酒，有了微醺的感觉，地上一片狼藉。

谷雨揽着洛欢，举着酒瓶说："去他的爱情，我们单身最珍贵！"

洛欢醉眼迷离，重重地点头："对！"

那晚，两个人不知道几点睡的。

第二天，洛欢饿得受不了了，忍着头痛欲裂的感觉，把在地上睡得很不雅的谷雨扶到床上，洗漱后出门买早餐，回来后叫醒谷雨吃早餐。

谷雨的航班是晚上7点，5点多谷雨就提着行李箱要出发了。

她们吃完晚饭，在宾馆门口，谷雨眼泪汪汪地抱着洛欢说："暑假你一定要回来，知道吗？"

洛欢："可能不行，我还要参加比赛……"

沉浸在悲伤中的谷雨打了她一下。

洛欢笑了笑，说："嗯嗯，我尽量。"

"是必须！"

"好。"

谷雨这才拖着行李箱上了出租车。

黄昏时分，出租车扬长而去。

洛欢静静地站在原地看了许久，才转身离开。

她重新回到宿舍里,其他的三个人回来了。

孟琪琪穿着清凉的衣服盘腿坐在椅子上,贴着面膜,看了洛欢一眼:"回来啦。"

洛欢"嗯"了一声,放下背包,整理里面的东西。

"你这个姐们儿真够黏你的,跟高三时一样。"孟琪琪吐槽着谷雨。

洛欢笑了笑,没有说什么,收拾好东西去洗手间洗漱。

过了会儿,她从洗手间出来,把脏衣服放进洗衣机,回到位置上坐下。

"周主席又给你发消息了。"孟琪琪把洛欢的手机推到她的面前。

洛欢拿起手机看了一眼。

对面,正趴在桌上看综艺的陈静怡忽然暂停了视频,扭头看过来。

见洛欢没怎么看信息内容就把信息删了,孟琪琪挑挑眉:"不回啊?"

洛欢扎起头发:"回什么?"

"啧,人家周哲歹也是一院的学生会主席,你就这么不给面子?"

洛欢拿出耳机插入平板电脑,熟练地点开没看完的舞蹈视频,语气很淡地说:"我回信息才是对他不负责。"

"校庆那天下午的联谊你去不去啊?"

"不了。"

"啧,你还是这么绝情。"

女孩的脊背单薄,天鹅颈纤细,落下几缕未被扎起的头发,衬得肌肤越发白皙。洛欢一动不动地看着视频,没再回应什么。

过了会儿,陈静怡才收回了目光。

劳动节过后,学校继续上课,转眼就到了校庆的日子。

校庆时学校会表彰本学期成绩优异的学生。洛欢三年的专业成绩都是全系第一,自然在表彰之列,还要准备各种表演。

"洛欢,等一等。"

下午校庆结束,洛欢正准备回寝室,班主任忽然叫住了她。

洛欢顿了一下,转身。

班主任对她说:"晚上有联谊晚会,有几个大人物校友也会参加,之前的那个礼仪小姐身体不舒服,你去顶一下。"

洛欢抿抿唇,放弃了卸妆练晚功的打算:"好的,老师。"

晚上,洛欢穿着礼仪服到了会场。早就候在后台的孟琪琪得意地笑了:"哟,这是谁啊,最后不还是来了吗?"

洛欢无奈,过了几分钟,晚会开始,她们各自上场了。

礼仪小姐虽然工作不多，但得一直等到晚会结束。

洛欢站了一天，已经忙得有些头昏脑涨，穿着高跟鞋的双腿也有些酸痛。她趁没人注意，打算等晚会一结束，就从后门回到后台的化妆室里。

"洛欢。"身后忽然有人喊她。

洛欢脚步一停，扭回头，见是副校长，便走了过去。

"张校长。"

大腹便便的男人对她笑了笑，然后伸手介绍身边的人："你是咱们学院最优秀的舞蹈生。这是天联集团的董事长，也就是你们奖学金的发放人，想认识一下你。"

洛欢一转头，看到一位眉目温和的老人，然后却被站在他身边的年轻人夺去了所有的注意力。

当看清年轻人的脸后，洛欢整个人脸色微变。

她的耳边是不知情的副校长热情的介绍声："这是 A 大医学系的江知寒，天联集团的大公子，你们互相认识一下。"

几年不见，他长得更高了，眉眼更精致了，气质也更好了。

他穿着一身简单的休闲服，看不出牌子，质感却很好。

什么大公子……原来，他是"灰姑娘"啊。

洛欢感觉浑身的血液在往上涌，心跳得很快，仿佛有无数碎片扎进了心脏，疼得手指颤抖起来。

她从没想过这一刻会来得这么猝不及防。

老人盯着面前神色不太对劲儿的女孩，又看了看自己身旁的孙子。

晚会结束，是他的孙子执意带他来这儿的。

"洛欢，你怎么回事？"副校长在一旁急忙压着声音提醒她。

她怎么一点儿礼貌都没有？

洛欢终于回过了神。她调整了一下表情，落落大方地伸手，漂亮的眼睛平静得没有一丝波澜，她说："你好。"

江知寒目不转睛地看着她。

那双深沉似墨的眼睛终于一点儿一点儿地变红了。

气氛有些诡异，直到江知寒垂着的手指有些僵硬地抬了抬。

那一瞬间，洛欢忽然朝他身旁的老人躬了躬身，平静地说道："谢谢江老对我们学生工作的支持，只是我现在有点儿事情，不太方便留下，如果江老没什么事情，我先走了。"

这番话看似是询问，实则是通知，说完，洛欢便转身揪着裙子离开了，纤细的背影仿佛被风一吹就跑了。

江知寒的手悬在半空中。

"洛欢！你……"副校长蒙了，怒目而视，冲着她的背影低喝道。

这个学生今天怎么回事？人家大集团的江老亲自过来见她，她竟然一点儿面子都不给？！她不怕得罪了江老，江老给她停了奖学金吗？

这丫头抽的哪门子风，万一江老因此迁怒他们学校怎么办？

副校长见洛欢没应他，不得已迅速地看向一旁的江鹤为老先生，汗津津地说："江老，我们这个学生可能临时有事，您千万别计……"

青年修长的手指无意识地攥起来，他紧盯着那个快要消失在门口的人，一股紧迫感袭来，忽然迅速地朝那边追了过去。

"哎……"

副校长的声音一时卡住了，他蒙蒙的，有些摸不清眼前的状况。

江老眯着眼睛，看了看面前的状况，转头朝表情有些惶恐的男人笑了笑，说道："年轻人自己的事而已，让他们自己去处理吧。张副校长要不继续带我去看看其他的地方？"

"哦，好……好的……"副校长赶忙应声，心里却忍不住犯嘀咕。

这两个年轻人，一个是他们学校的学生，一个是天联集团的大公子。

难道这两个人认识？

可天联集团明明是最近才把业务拓展到他们江北的。

狭长的走廊里很安静，静得仿佛洛欢能听到自己的心脏几乎从胸腔里跳出来的"咚咚"声。

洛欢的手指紧紧地攥着裙摆。她穿着7厘米的高跟鞋，步伐很快，到了后面几乎在跑。

就在她快要出去时，身后骤然响起一道有些焦急的男声。

"欢欢！"

这个声音仿佛穿越了时空，有点儿低沉，令人觉得熟悉又陌生。

洛欢攥紧裙子的手指倏地错位，手指碰撞的疼痛感蓦地袭来。

洛欢脚步一顿，而后走得更快了。

身后的脚步声越来越近，就在她的一条腿迈出门口时，一双手从她的背后伸过来，将她抱进了怀里。

几年不见，他的胸膛结实了不少，两只胳膊紧紧地箍住她。

"欢欢。"江知寒小心翼翼地从后面抱着她，生怕一不小心她就再次消失了。

他把头慢慢地埋在她的脖子里,开口轻声道:"你别走。"

这话是什么意思?当初明明就是他先一声不吭地离开的啊!

她找了他许久,最后逼自己放弃。

她快忘记他了,他如今为什么又出现了?

他们各自好好的,彼此不打扰不好吗?反正,她对他一点儿也不重要。

他只是随便玩玩,她却当了真,是她活该。

初恋本来就容易失败。

洛欢的眼前似乎聚了层水汽。她捏着裙子的手指慢慢地放开,冰冷的指尖抵住他的胸膛,一点儿一点儿地将他推开。

"欢欢。"江知寒漆黑的眼睛看着她。

洛欢抬眼看他,脸上的表情冷得厉害。她竭力控制着情绪,语气平静地说:"同学,我们不太熟,请你不要再对我做这种事了。我很不舒服,也不想被别人说闲话,谢谢。"

江知寒感觉心口像被什么东西刺到了,脸色越发苍白,声音也低了下来,他说:"欢欢,我……"

"抱歉,我挺忙的。"洛欢客气地对他笑了笑,匆匆地打断了他的话,转身走了。

自始至终,她没给他任何开口说话的机会,只留青年一个人站在盈满余晖的长廊里。

过了许久,江知寒才有些僵硬地回过神,手指还残留着那一丝熟悉的温暖感。

他低头,久久地看着自己的手。

初夏的晚风吹着,柔和的风拂去了燥热。

洛欢低头走着,脚步很快。

尽管她想忘掉刚才发生的事情,刚刚的画面还是怎么也挥不去。

他站在那里默默地看着她,想说什么?

如果他是想忏悔,那没必要了。

如果他是想问好,那也没必要了。

不管是什么对话,她都不想听了,因为一点儿意义也没有了。

无论你如今怎么样,都和我没有关系。我们就好好的,继续当彼此世界里的陌生人吧。

洛欢回到了寝室里。

孟琪琪刚卸完妆,正对着镜子涂爽肤水,见洛欢回来后说了句:"回来啦。"

"超市水果大减价，我买了好多吃不完，放在你的桌上了。"

洛欢走过来，低声说了句"谢谢"，便准备好东西去洗澡。

孟琪琪拍脸的动作一顿，她转头看去。

这……怎么回事？

洛欢一整晚安静得厉害，出来后把衣服洗了，头发没有晾干就爬上床睡了。

孟琪琪瞥了眼她上床的背影，把电脑的音量关小了点儿。

第二天，连续热了好多天的江北终于迎来了阴天，天空灰蒙蒙的，风里夹杂了些许清凉感。

昨晚吹了一路的风，洗完澡没吹头发就睡了，洛欢起来后有些不舒服，但坚持去上课了。

孟琪琪有些不放心地看着她："你没事吧？要不你今天别去了，反正现在也没多少课了。"

洛欢沉默着摇了摇头，整理好了东西："没事，我们走吧。"

她不喜欢旷课。自从高三浪费了一段时间后，她就很少再请假。

到了舞蹈教室里，洛欢脱了外面的衣服，里面穿着贴身的单薄的练功服，加入热身之中。

今天下雨，请假的人不少。大三下学期，大多数的学生开始为未来打算，有的人安心地等毕业，有的人考研，也有的人准备各种考试。再加上大三的课程已经少了，有些人看没重要的课就不来了。

洛欢的成绩够保研的分数，大学时她参加过不少国内外的活动和比赛，资历也足够。班主任之前就找过她，跟她说过保研的事情。

洛欢也在准备着考研，还要准备之后的比赛。原本这些不重要的课她可以不来上。

上课铃响了，基训老师走了进来。

台上十分钟，台下十年功。即使他们已经大三了，这种基训还是每天得练，一遍遍地拉筋。

一节课下来，洛欢已经累得汗流浃背，趴在垫子上起不来了。

有不知情的同学过来喝水时，顺嘴调侃了句："洛欢，你今天怎么回事啊，这么虚？"

孟琪琪扔了衣服过去："滚滚滚，关你什么事？你闲的吧！"

那个男生鼓了鼓嘴："这么凶，你以后能找到男朋友吗？"

"找死是吧？"孟琪琪起身找人算账。

窗外天阴阴的，风里夹着雨。洛欢坐起来靠在墙上，低头慢慢地揉着自己的膝盖。

"膝盖又疼了？"孟琪琪闹完回来坐下，见状问道。

洛欢高三那年练得太狠，关节着了凉，一到这种阴雨天膝盖就疼。

"还行。"洛欢低头说着，许是不太舒服的缘故，脸色有些泛白。

孟琪琪正要说什么，上课铃响了，老师又走了进来。

于是洛欢放下手，站了起来。

一上午的课程结束，到了中午，开始下雨了。尽管雨不大，"淅淅沥沥"的，但练习室离食堂太远，不少人还是选择订外卖。

有些人以为不会下雨，就没拿伞，现在只得来蹭伞。

洛欢的伞下站了四个人。

洛欢本打算去食堂的，剩下的几个人不去，洛欢只好和她们一起回寝室。

洛欢的伞平时刚好够两个人撑，这下多出两个人，伞就显得有些小了。

她们刚出教学楼，被风吹得倾斜的雨水便洒过来。

风吹着，雨微凉。

"洛欢。"不远处有人喊她的名字。

洛欢脚步一停，扭过头。

她看见前面的银杏树下站着一个撑着伞的高大男生，他的另一只手还提着什么东西。

他快步朝她们这个方向走了过来。

"噢……"其他的几个人发出了看热闹的声音。

"是周学长啊，什么风把您吹到我们古典舞系来了？"

"是啊，这雨天不好好在寝室里打游戏，为什么来我们系啊？"

"难不成是我们这里风水好？"

"哎哟，还有暖宝宝啊，真贴心！某人怎么知道我们当中有人腿不好啊？"

…………

几个人笑着调侃他。周哲耳根发热，求饶道："你们别调侃我了，我就是来给洛同学送点儿东西。"

周哲是隔壁人文学院的学生会主席，长相端正，白白净净的，挺有书卷气。

· 368 ·

传闻他的母亲是大学教授，父亲是教育局的领导，家里是书香世家。他当年还是以高考第一名的成绩进学院的。只不过因为他是舞蹈生，看起来有些像女生。

陈静怡听到这话，脸当即拉下来，转身冒着雨就走。

其他的两个人见状，张了张口，说："那个……你们先聊，我们就不打扰了，先走了。"

看其他人走了，孟琪琪一个人也不好待着，当即说："那我也走了，不打扰你们了，拜拜。"

她们一个个跑得挺快。

洛欢撑着伞，静静地站在原地，拢了拢衣服拉链，垂眸轻声说："周哲，我没有不舒服。你把东西拿回去吧，别再给我买了，我真的不需要。"说完，她便撑着伞转身要走。

"等等。"周哲下意识地伸手拉住她。

洛欢有些敏感地躲开他的手。

周哲的手僵在了半空中。

他的眼神黯了一下，随即他笑了笑，张口说："洛欢，好歹我们也是校友，你能不能……"

"周学长。"洛欢抬起眼看着他，冷静地直说了自己的内心想法，"我没有谈恋爱的想法，以后也不会有。学长还是不要在我的身上再浪费时间了，没意义的。"

周哲微微愣住，看着她。

"学长再见。"洛欢朝他轻轻地点了一下头，然后撑着伞转身，独自一个人往前走。

走了几步，她忽然感应到什么，转头看过去。

不远处的花坛边静静地站着一抹颀长的身影，那个人撑着伞立在雨中，不知道看了他们多久。

看清他的脸后，洛欢愣住了。

他怎么来了？

他等了多久？

他的目光仿佛能看到她脸上的每一个细微的表情，无端地让洛欢的心底生出一丝慌乱感。

洛欢握紧伞柄，低头快步往前走。

她走了一会儿，伞下出现了一双修长的腿。

他穿着深色的鞋子，鞋子被雨水沾湿。

洛欢低着头，手指捏紧了伞柄，她没动。过了几秒，她转身绕开他，想走。

"欢欢。"身后响起清润的声音，音调比高中时候低了几分。

"我们谈一谈，好吗？"

他们有什么可谈的？昨天她已经说得很清楚了。

桥归桥，路归路，她不想和他再续什么同学前缘，没必要。

许是早上只吃了一点儿东西，有些饿了，洛欢有些不舒服，加快了脚步继续往前走。

"我们找个地方谈谈，不然在这里也行。"身后的声音轻轻的，透着平静。

洛欢猛地停下脚步，半晌后，转头看着他。

雾蒙蒙的雨中，黑色的碎发间，江知寒的眼神越发深沉，让人看不清里面的情绪。

他在威胁她？

高中时江知寒的外形就很优秀，如果不是他家里的那些烂事，估计他早就成了"校草"。如今他改头换面，气质更出众。可以说，他们学校里没有几个气质比得过江知寒的男生。

他撑着把黑色的雨伞，目不转睛地望着洛欢，早就有不少热爱八卦的人好奇地往这边看过来。可他似乎一点儿也不在意。

但洛欢在意，她还要在这儿上课。

他们两个人几年未见，各自的性格竟然和高中的时候截然相反。如今害怕流言蜚语的人变成了她。

洛欢的手指紧紧地攥着伞柄。

人相对少的南门前停着一辆白色的车。洛欢不用看车标，光看车的外观就知道这车价值不菲。

他什么时候学会开车的？哦，他的变化太大了，她不知道的地方肯定还有很多。

江知寒亲自上前替洛欢打开副驾驶座旁的车门。洛欢顿了一下，没矫情，收起伞坐了进去。

江知寒深深地望了她一眼，轻轻地关上门。

车内弥漫着浅淡的松香木的气味，像清澈的冰泉。旁边传来开门的声音，接着，江知寒坐了进来。

他一进来，洛欢莫名其妙地觉得车内的空气立刻稀薄了许多。

洛欢垂眸，低下头将安全带系上。

她能感受到江知寒转过头在看她，但她不想开口，故意沉默着。

洛欢属于清纯里掺着一丝艳丽的类型，一笑很软萌，面无表情时就显得有些高冷，让人觉得难以接近。

高中的时候，江知寒很少见洛欢面无表情。她见到他总是开心地笑着，如今却冷淡着一张脸，望着窗外。

江知寒收回目光，启动车子。

他掉转车头，驾车离开了南门。

窗外雨势渐大，大雨打在车窗上，模糊了外面的世界，连同窗外其他的声音，一起被隔离。

车内仿佛是另一个世界。

身旁的女孩虽然不说话，却像散发着带着淡淡馨香的热气，轻而易举地将四周的寒冷驱散。

江知寒望着前面，喉结滚动了一下，握着方向盘的修长的手指慢慢地收紧。

"这几年，你过得怎么样？"他的声音低低的。

洛欢望着窗外的眼眸迟缓地动了动。

他在回忆什么吗？洛欢转过头，看着他，讽刺地一笑："这话你应该没资格问吧？"

江知寒的脸色变白了几分。

洛欢伞上的水珠沿着伞面滴落在脚下厚重昂贵的脚垫上。

"对不起，弄脏你的脚垫了。"洛欢语气冷冷地说。她虽然这样说着，但丝毫没有道歉的诚意。

江知寒有些迟钝地转头，看了一眼说："哦，没关系。"

洛欢点点头，又靠回了椅背上，有些疲乏地闭上了眼。

她没兴趣问他究竟想带自己去哪儿，反正只是吃一顿饭。一顿饭后，他们就没关系了。

江知寒开车带她来到市中心的一家法式餐厅里。

这家餐厅是江知寒预订好的。经理似乎认识他，热情地迎上来，带着二人去二楼的私人包间。一路上，经理用眼神偷偷地打量着两个人。

包间内装修精致，空间很大。

服务员拿着菜单过来，江知寒直接把菜单推到洛欢的面前，让她点菜。

洛欢接过菜单，随便点了一道烩饭和一个甜品。

她饭量不大，点太多也吃不下。

她点完就把菜单推了过去，可以说是很敷衍了。

她表情冷漠，像陌生人。

正在记录的服务员愣了愣，带着询问的眼神看向经理。

他们不是情侣吗？

经理无声地瞪眼，眼神像是在说：你管那么多干吗？

服务员赶紧点头，示意江知寒点餐。

洛欢低头玩着手机，听到旁边响起江知寒低沉的声音。他和她点的一样，又额外点了很多吃的。

经理不停地应下，还不时跟江知寒搭话，洛欢悬在键盘上的手指顿了顿。

江知寒这几年应该过得很好，那时候的他根本来不了这种地方。

等经理跟服务员离开后，包间里恢复了安静。

洛欢垂着头，面无表情地盯着手机。

他的目光落在她的脸上，她感觉自己被他看过的地方有些发烫。

等第一道菜上来时，洛欢便拿起勺子低头吃起来。

鲍汁烩饭还有些烫，洛欢都没怎么吹，强行咽下去。她只想快点儿吃完饭，然后回学校。

"你说吧，谈什么？"

江知寒将其他的菜轻轻地推到她的面前。

洛欢没有理会他，只顾低头吃自己面前的东西。

江知寒的长睫微垂，漆黑的眼睛盯着女孩，他开了口："欢欢，你不用说，听我说就行。当年不辞而别，是我不对，你怎么……"

"打住！"洛欢终于抬了头，轻微地蹙着眉，耸耸肩，用无所谓的语气说，"没关系，这些事情都过去了，别再叙旧了，没意思。"

江知寒便不说了，只用那双漆黑又漂亮的眼睛看着她。

洛欢不想再被影响，低头继续吃饭。

听出来她的抗拒之意，过了半晌，江知寒重新点头："好，我不说以前的事情了。"

"我在A大，我们学校和你们学校有个生物医学相关的暑期交流项目。前不久，团队里的一个师哥中途有事退出了，我就主动申请来这儿了。我现在是神经生物学系的学生……"

他简简单单地说着，没有说自己的各种光环，也没有说改变的家庭，只是在介绍自己。

洛欢吃着饭，漫不经心地听着。

医学生啊，医学生挺好的，她记得他当年曾和她说过，他将来想当医生。

"以后……"见洛欢兴致缺缺的样子，江知寒中断了话，盯着她说，"以后我们就是校友，可以经常……"

"我们还是别见面了。"洛欢忽然打断他的话，吃了最后一口饭，站了起来。

"你慢慢吃吧！我下午还有事情，先回学校了。"洛欢深吸了一口气，说完后，便拿起伞离开了。

江知寒的眼眶有些红。

半晌后，他起身追出去。

洛欢一口气跑到餐厅门口，外面的雨势已经很大了。

空气中弥漫着一股带有雨腥的潮湿感，刺激着她的鼻腔。

她怕自己再待下去会失控。她不想让自己陷入被动的境地。

洛欢平复了一下心情，撑开伞，就要跑进雨中，手臂却忽然被人拽住。

"雨太大了，我送你。"

"不要。"洛欢下意识地挣扎，江知寒却将她的手臂握得很紧，她怎么都挣不开。

两个人的争执引来不少周围人的目光。

"你不答应，我们就一直站在这儿。"

洛欢咬着唇，气恼地盯着他。

最后，他们俩还是坐进了车里。

洛欢自从上了车，就闭着眼靠在椅背上，一副不想搭理任何人的模样。

雨点砸在玻璃上，扰得洛欢越发生气。江知寒好像比高中时强势了好多。

雨刮器不停地刷着前面的车窗。

"你能不能小点儿声？吵死了。"洛欢忽然睁眼，冲他发脾气。

江知寒看了她一眼，放在换挡杆上的手指顿了一顿，默默地将雨刮器的频率调慢了。

洛欢皱着的眉慢慢地展开，她重新扭过头闭上眼。

江知寒将车开得很慢，半小时后到了学校的南门。

车子一停下，洛欢便撑着伞跑下了车，往宿舍楼的方向跑去。

江知寒坐在车里看着她。

"你怎么了，一副谁欠你八百万的模样？"洛欢一进来，孟琪琪就忍不住问道。

洛欢愣了一下。

她看起来很生气吗？

洛欢一瞬间像被一盆水当头浇醒，抿了抿唇，说了句"没事"。

孟琪琪转头，用奇怪的眼神看着她。

洛欢默不作声地坐下，拿起桌上的一面镜子照了照。

镜子里的女孩脸色微微泛白，一双杏仁般的眼睛却很亮。

洛欢整个人怔住了。

孟琪琪有点儿好奇，凑了过来问："你这是怎么了？谁又招惹你了？不会是周……"

话音未落，宿舍门忽然被敲了两下，孟琪琪起身去开门。

门外是个同系的女孩，和她们住同一栋楼，手里提着一袋药，将药给了孟琪琪。

孟琪琪大叫："我又没病，你咒我啊！"

那个女孩翻了个白眼，说："这是给洛欢的，对方让我带上来。洛欢，你生病啦？"

洛欢觉得茫然了。她的确是有些不舒服，但还没到生病的地步吧？

"这里面还有暖宝宝跟奶茶，好贴心。"女孩揶揄地对洛欢眨了眨眼。

孟琪琪问："哟，哪个男的啊，这么细心？"

那个女生摇摇头，一副守口如瓶的模样："不能说，对方说了别告诉洛欢，大帅哥的话我得听是不是？"

此地无银三百两。

洛欢低下了头。

孟琪琪替洛欢把东西接过来，跟那个女孩聊了两句，然后关门走了过来。

"啧，到底是我们系的'系花'，就算整天摆着张扫人兴致的脸，还是会被帅哥注意到。"

孟琪琪放下袋子，故意调侃她："我身为你最好的闺密，怎么着，你不向我交代一下？"

洛欢看着袋子里满满当当的东西，一种无比复杂的情绪忽然涌了上来。

于是，她扭头不看那些东西，语气淡然地说："不知道。"

孟琪琪盯着她，眯了眯眼睛。

当晚，洛欢没用那些药，连暖宝宝都没用，还把奶茶给了孟琪琪。

孟琪琪有些受宠若惊。料这么多的奶茶，再来一杯，她都不嫌多。

洛欢洗了澡就上床睡觉了。

她关了手机，本以为会跟之前一样，很快就能睡着。然而，她闭上眼快半个小时了，还是没睡着。

脑子里乱七八糟的，白天的各种画面来回闪过。

她有些心烦，强迫自己平静下来，入睡。结果第二天，洛欢顶着一对熊猫眼上课。

这节课是理论课。洛欢听着台上的老师讲课，偶尔低头记下重点。

她放在一旁静音的手机忽然亮了亮，洛欢的注意力被吸引过去。

她犹豫了一下，看了一眼台上的老师，然后点开手机。

手机显示了一条陌生人的好友申请消息。

头像是一片蓝色的海，像是对方拍的照片，构图挺好看，简介里却什么都没有。

洛欢这些年来收到的加好友的消息太多了，于是也没放在心上，随即点了删除键。

她抬手撑住额角。

孟琪琪的眼珠转了转，她凑了过来："欢欢，你不舒服吗？"

洛欢："还行。"

孟琪琪伸手摸了一下她，发现她的额头有些烫，说道："让你逞能！你不喜欢对方至少把人家的药喝了啊！为什么跟自己的身体过不去，你傻不傻？"

洛欢任由她唠叨，低着头，不吭声。

孟琪琪见状，叹息了一声，说道："行了，待会儿下课我陪你去趟校医室。"

洛欢这丫头有时候倔得厉害，高三快过半了才重新拾起舞蹈，最后硬是考上了江北大学。

下了课，孟琪琪带着洛欢去校医室。

江北大学很大，校医室和教学楼隔着好多条路，昨晚下了雨，今天气温有所回升。

洛欢发低烧了，好在体温不是太高。校医给她开了点儿药，让她回去按时吃，然后让她盖着被子睡一觉。

她本打算下午去训练，这会儿只能放弃此事。

吃完饭回寝室后，她看见桌上依旧放着那袋东西，里面的药很多。

她只是发了低烧，不知道那个人为什么买这么多药。

孟琪琪问了声："这怎么处理啊？"

洛欢扭头，提起那袋药："我去扔了。"

"别啊。"孟琪琪都觉得肉痛了，一把抢过药，"你这个败家的人，这么多东西得多少钱啊？说扔就扔，还是放着吧，万一你哪天想通了呢？"

洛欢抿抿唇，任由她把东西放了回去，什么也没说。

洛欢吃了药，然后上床睡觉。

这一觉睡到了下午6点多，洛欢觉得整个人清醒了不少。

其他人不在，孟琪琪戴着耳机看剧。洛欢觉得肚子有些饿，下床后去洗手间洗脸。

她刚打湿脸，屋外就传来一阵敲门声。

孟琪琪跑去开门。

"哇，这又是谁给的啊？"孟琪琪看到外卖之后眼睛都亮了。

门外的女孩翻了翻白眼，说："还有谁，昨晚的那个大帅哥呗。"

洛欢挤洗面奶的手顿了一下。

"他再这样，我真成'活体柠檬精'了，还让不让人活了？"

"老天爷，我真的酸了……"

孟琪琪走回寝室关了门，朝洗手间喊了声："洛欢，昨晚那个大帅哥给你送吃的了。你听见就赶紧出来，别装死。"

洛欢垂着头，水顺着脸颊往下流。

过了一会儿，她拿过洗面奶，开始重新挤。

洛欢一出来，就闻到整个宿舍飘着香气。

孟琪琪疯狂地咽着口水，见她出来，指指她桌上包装精美的外卖，忌妒得眼睛快红了。

"瞧瞧，瞧瞧，都是无名大帅哥给你买的。"

洛欢脚步停顿了一下，走上前，慢慢地伸手打开外卖盒。

精致的外卖盒里有扇贝粥、虾仁烧卖、椰奶燕窝，还有佛跳墙，全是清淡的食物。

孟琪琪感叹着："这帅哥背景不俗，你真不知道他是谁？"

洛欢知道这些吃的是谁送的。

以前他没钱的时候，和她一起吃饭时她从来不吃这么贵的饭，现在他随手就能点这么多东西。

这看起来是他对她很好。但这算什么？这是他觉得愧疚，给她的补偿吗？

孟琪琪见洛欢表情平淡，忍不住小心翼翼地问："怎么了？"

洛欢抿了抿唇，看了看孟琪琪，忽然把饭推到了她的面前。

孟琪琪："干什么？"

洛欢说："你吃吧！我没胃口，吃不了。"

还有这种好事？孟琪琪咽了咽口水，拼命地压抑住自己的惊讶之情："你……你玩真的？"

"不然呢？"洛欢说，"那我拿去扔了。"

"别——"孟琪琪一把把吃的抢过来，又犹豫了一下，问，"要不咱们俩一起吃吧？！这么多我一个人也吃不下啊。"

洛欢从书架上拿了门卡，拒绝道："你吃不了就叫宿舍里的其他人来吃吧，我去练晚功了。"

"你还真是勤奋……"孟琪琪摇了摇头，在宿舍群里发了条消息。

"你晚上早点儿回来啊。"

"嗯。"

洛欢背着小挎包出了宿舍，去食堂吃了碗面，然后去教学楼找了个没有人的空舞蹈教室练舞。

这一层还有练晚功的大一和大二的学弟、学妹，不时发出摩擦垫子的声音，偶尔还有笑声。

洛欢靠着墙专注地压腿。

过了一会儿，一个背着包的高挑女生走了进来。许是没想到有人，女生愣了一下。

洛欢抬头看见她，对她笑了笑。

那女生赶忙也笑了，面容透着青涩，可能是个学妹。

洛欢在大学里拿过不少奖，学妹认出她后一度有些拘谨。练习的时候，学妹不时转头偷偷地看她。

过了一会儿，洛欢站了起来，拿起毛巾擦着汗。学妹忽然起身跑过来，拍了拍她的肩，开口压低声音说："洛学姐，外面好像有个男生在等你。"

377

第十五章
能不能给我一个补偿的机会

洛欢的睫毛颤动了一下,她下意识地扭头看向后门。

后门空无一人。

她却莫名其妙地觉得周围的空气都有些热起来。

学妹还在她的耳边小声地说:"洛学姐,那个男生等了你好久了。我来的时候就看到他靠在门外。我开始以为他在等别的班的女生,可是他没有。他朝你这儿看了好多次了。"

"你一直在练功,没有发现他。"学妹非常八卦地笑了笑,继续补充,"他长得特别帅,学姐,他该不会是你的男朋友吧?"

他们学校里什么时候有这样的大帅哥了?难不成他是外校的?

洛欢已经知道他是谁了。

她没想到短短两天,他已经把她的行动轨迹摸清楚了。

内鬼是谁?

他到底想怎么样?洛欢垂眸,过了几秒才低声说:"不是。"

学妹愣了愣,但是见她的表情不太对劲儿,就没再多问,又看了看外面,继续去训练了。

洛欢却没了继续训练的心思,低头盯着毛巾发呆。

许是感觉到气氛有些不对,再加上外面有人,学妹也不好再专心地练下去,没多久便结束训练,借口有事走了。

偌大的舞蹈教室里,此时只剩下了洛欢一个人。

窗外有蝉声和风声，走廊里还有其他班的学生上晚课的声音。洛欢却好像能听到那个人的呼吸声。

她能听到，他走到了教室门口。

他在静静地望着她。

这种复杂的感觉缠绕着她，不停地发酵。她的心脏像被浸泡过，酸软发胀。

捏着毛巾的手指不由得攥紧，洛欢垂下了氤氲着雾气的眼睫毛。

半晌后，洛欢稍稍调整了一下心情，强行按捺住情绪，弯腰快速收拾好自己的东西，然后把小挎包挎在身上，转过身，目不转睛地往前走。

在她经过那个人时，她的手臂不出意外地被攥住了。

洛欢用力挣扎了一下。

"欢欢。"江知寒正垂着眼看她，握着她手腕的手指收得很紧。他的喉结滚了滚，发出微哑的声音。

"别对我这么冷漠，好不好？"

至少，她看一看他。

那她应该是什么态度？

挣脱不开，洛欢慢慢抬眸看过来，漂亮的唇角勾起带有讽刺意味的弧度。

"不然呢，我应该怎么对你？笑脸相迎？"

江知寒有些难过。

他不说话，只拿那双深沉的眼眸看着她。

洛欢不看他，要把手抽出来，但抽不开。

"江知寒！"洛欢有些恼怒地转头看他，终于喊了他的名字，说道，"你到底想干什么？"

江知寒的唇动了动，他说："我想重新照顾你。

"你给我一个补偿的机会，好不好？"

洛欢愣了一下。

耳边其他班哄然大笑的声音渐渐扯回了她的思绪。

她盯着他，忍不住笑了。

她说："现在的我在一所很不错的大学里读书，三年来成绩一直是系里第一。我参加过很多国内外的比赛，也拿了不少的奖，如果不出意外明年会顺利保研，继续跳舞。

"我会早睡早起，会自己穿衣服，很少吃辣，会把自己照顾得很好，也有几个交心的朋友，所以我不需要你了。"

那时的她太小，以为年少的他们会一直在一起，就算她任性也不用怕，因为知道会有人把她照顾得很好。

可后来，他突然一声不吭地失踪了，她觉得她的世界要塌了。

所以她慢慢学会改掉那些被他娇纵出来的坏习惯，学着独立，学着自己照顾自己。

她清醒地明白了，她的世界还是在的，只是那时她把他看得太重了，所以才会受那么重的伤。

"江知寒，我不需要你。"洛欢再次声音清冷又残酷地说道。

江知寒的脸色一寸寸地惨白下去。

洛欢别过脸，深吸一口气，再开口："你别再跟着我了，也别再打听我的消息，过去的已经过去了。每个人都要往前走，不是所有人都会一直等在原地。"

那年，她用了一个学期等他，最后什么都没有等到。

所以她再也不等了。

迟到的抱歉，她已经不再需要了。

没有等到他的回答，洛欢深吸一口气，转身一步步地离开。

江知寒站在原地，安静地看着她走远的背影。

等洛欢回到寝室，其他几个人已经洗过澡了。

"回来啦？"正盯着屏幕的孟琪琪摘下耳机问了一句。

洛欢"嗯"了一声，看到地上堆放在一起还没有被扔掉的外卖袋子，轻轻地敲了敲孟琪琪的桌子："你去把垃圾倒了。"

吃人嘴软，拿人手短，孟琪琪答应着，赶忙放下蜷在吊椅上的腿，弯腰拿起外卖袋子，穿着拖鞋下去扔垃圾。

为了不让她们养成懒惰的坏习惯，学校把垃圾桶放在了公寓楼下。

这真是有点儿反人类。孟琪琪下了楼，一边吐槽着，一边随手丢了垃圾，正要回去，余光却捕捉到一抹熟悉的人影在树下徘徊。

孟琪琪不由得睁大了眼。

那个人，不就是……

他怎么会在这儿？

孟琪琪在原地纠结了好一会儿，想回去告诉洛欢，又担心江知寒走掉，两方权衡之下，她赶忙走上前去。

"江知寒？"

一道有些试探的女声唤回了江知寒的思绪。

江知寒偏头看了过去，大概辨认了两秒，随后礼貌地对她点点头："孟琪琪，你好。"

"哟，你还记得我啊？"孟琪琪笑得有些冷淡，打量着面前人的模样。几年不见，这个人的气质好像更好了。

他怎么会突然出现在江北大学？

孟琪琪可是忘不了她闺密高三那年为这人发疯的悲惨模样，谴责"渣男"的心情一瞬间涌上来，只是孟琪琪还未开口，江知寒便出声问道："欢欢，回去了吗？"

"这跟你有关系吗？你还出现干吗？你没听过这么一句话吗？一个合格的前任，就该跟死了一样，你懂吗？"

孟琪琪劈头盖脸一顿臭骂，江知寒也不回嘴，任由她骂着。

他挺可怜的。

周围好多人都奇怪地往这边看。

孟琪琪稍稍平复了点儿情绪，冷声对江知寒说道："你要是还有点儿良心，就别来打扰她了，她的生活好不容易恢复平静。"

身为看着洛欢一路走过来的她的闺密，孟琪琪不想让洛欢再沦陷一次了。

孟琪琪说完，转身就要走。

"等等。"江知寒这时才终于开口，只是嗓音沙哑得厉害，"我能……知道欢欢这些年是怎么过的吗？"

孟琪琪停住了脚步，转过头看他。

学校未央湖边。

这边离宿舍楼挺远的，周边风景不错，白天人挺多，但晚上人就少了。

月色之下，湖水波光粼粼。

孟琪琪站定，望着面前月光下眉眼出众的男生，终是开了口："你离开的那年，洛欢过得挺惨的。"

那一年，最开始，洛欢怎么也不相信江知寒失踪了。

她每天放学后，就跑去江知寒的家门口等，一直等，等到天黑再回家。到了周末，她甚至会在那里等一天。

谁劝她，她也不听。

她坐在那条巷子的糕点铺里，呆呆地望着对面的木门。

可江知寒的家，在他不见后就被锁了，连他的母亲也一并不见了。

医院里江知寒的父亲还在，可是一个植物人知道什么？

医生们对此讳莫如深。

洛欢依旧固执地等着他。

她连学习也顾不上了，成绩下滑得厉害，连五省联赛的决赛都弃赛了。

有一次洛欢等得发起了烧，还是阿婆叫儿子把她送到了医院。

在医院里，蒋音美第一次打了洛欢一巴掌。

虽然她打了洛欢，却哭了，哭着骂洛欢："洛欢，这是妈妈第一次，也是最后一次打你，你给我清醒一点儿！你要是再为一个男生这样要死要活的，那你就去死好了，别要爸爸妈妈了！"

洛欢被打醒了。

她不再去找他，安安分分地回到学校。

只是那时候高三已经快过半了，洛欢的成绩滑到了倒数，她差点儿被班主任放弃。

洛欢知道自己已经跟不上了。

但她还有些舞蹈底子，加上以前补文化课的底子，她努力努力，还是能考个一般的舞蹈院校。

于是洛欢重新回归了舞蹈学习，每日机械地训练着。

但连舞蹈老师也看出来了，洛欢的状态很不好。她跳舞的动作很僵硬，失去了之前的轻盈。

再这样下去，她连考上省内的舞院都很悬。

所有人都在进步，只有她在原地踏步。

可她似乎一点儿都不关心。

孟琪琪从前和洛欢是对手，但那天，就在洛欢被舞蹈老师叫出去训斥时，她终于看不下去了。

在洛欢放学后自己一个人沉默地练习时，孟琪琪气得推了洛欢一把。

她明明没用多大力气，洛欢却像被抽走了骨头似的摔倒在了柜子上。

洛欢没有生气，只是很木地说了句："你干吗？"

孟琪琪气得又推了她一把，大骂她："你看你现在像不像一摊烂泥？还是没有人要的烂泥！就算咱们省最烂的艺院都不要你，再这样你去死好了！"

孟琪琪要的，是从前那个能意气风发地碾压自己，让自己一直有动力的竞争对手，而不是如今为了一个男生就要死要活的懦夫。

洛欢没有说话，呆呆地看着她。

过了一会儿,她忽然闭上眼哭了。

她说她也不想这样,可是她好像没救了。

孟琪琪说了句不好的话。

她学习没洛欢好,也没洛欢有舞蹈天赋,但她没放弃,还要考大学,想拥有更好的人生,洛欢凭什么先放弃了?

没到最后一刻,谁都别说放弃。

那晚,两个人没有先回家,孟琪琪买了几瓶很难喝的饮料,两个人一直喝到很晚,洛欢抱着她哭了一整晚,孟琪琪也安慰了洛欢一整晚。

孟琪琪把沉沦得如行尸走肉般的洛欢拉了一把,把她从泥沼里拉了出来。

如果没有孟琪琪,洛欢现在说不定连省里的大学都上不了。

江知寒一直默默地听着,眼角泛出一抹红晕。

"好了,她的大概情况你也知道了。你要是还有心,就别再打扰她了,就当是救她了。"

孟琪琪实在对眼前的"渣男"怎么也喜欢不起来,见他带有愧疚的表情,情绪这才缓和了点儿。

不欲与他多说,孟琪琪转身便走。

"谢谢。"身后响起男生格外沙哑的声音。

孟琪琪顿了顿脚步,继续走了。

孟琪琪回到宿舍,洛欢正塞着耳机看舞蹈视频。

这习惯她已经养了四年。从前洛欢骨子里懒,平时学会的舞蹈就丢到一边,刷剧刷综艺什么的,只有比赛那阵子才会好好地看舞蹈视频。

高三那年时间紧,加上之前洛欢浪费了太多宝贵时间,那阵子她吃饭都在刷舞蹈视频。

她几乎将近几年国内外有知名度的舞蹈比赛看完了。到了大学,这习惯也一直被她保留了下来。

女孩洗过了澡,长长的黑发柔顺地披在身后。她穿着吊带跟热裤,端坐在椅子上,大片的白皙肌肤在光下白得耀眼,偶尔伸手切换视频,认真地看着视频。

见孟琪琪回来,洛欢问了句:"不是丢个垃圾吗,你怎么回来得这么晚?"

孟琪琪的目光下意识地躲闪,她张口说道:"啊,我在楼下碰到个熟人,跟他聊了几句。"

洛欢转头看她。

孟琪琪有时觉得洛欢这人实在聪明得厉害，什么都瞒不过她，担心她看出来，赶忙低下头挠了挠腿，扯开话题："我的天，底下蚊子好多，我快被咬死了。"

"我的衣柜里有舒缓液。"

"哦，谢了。"孟琪琪忙应了两声，松了口气走了。

第二天，自从到了江北，江知寒第一次出现在了实验室。

"江知寒，你来啦。"一个长相憨厚的男生眼睛亮了一下。

其他人也都看了过来。

江知寒朝那个男生点点头，随后坐到了自己的工位上。

"江知寒，你的事情处理好了？"还没开始上课，那个男生挪了过来，问道。

男生名叫曹天磊，是江知寒在Ａ大时的同班同学，已经跟着项目组的教授干了两年。

江知寒垂眸检测着仪器，顿了顿，低声说道："还没。"

江知寒说完便不再说话了，继续摆弄仪器。

他们做的是关于小胶质细胞生理功能研究的实验。江北大学近两年大力拓展神经生物学科，正是需要和其他院校合作的时候，多校联合以期将来能将成果运用到各种科学研究和临床治疗上。

见江知寒不再说话，曹天磊也没再自找没趣，他还算比较了解这个同学的。

只是江知寒一向寡言，加上性格冷清，也不爱说话，仿佛没人能进到他的心里。

虽然他是天联的大公子，但也不会瞧不起别人，需要他帮忙的时候他都会帮。

"天磊，过来干活儿了。"那边传来一道清冷的女性嗓音。

曹天磊回过头，朝那边戴着口罩的女生应了一声，立马走了。

江知寒低头认真操作着定位仪，偶尔记录下数据，神色认真。

白色实验服衬得他整个人高挑清隽，戴着口罩也难掩他干净分明的五官，露在口罩外面的皮肤白皙干净，下颌线条清晰流畅。

他戴着手套的修长手指握着笔，偶尔低头记录数据的时候，密睫纤长，静静敛住眼底那一点儿光。

远远看上去，他给人一种只可远观之感。

一如，高中那个时候。

马尾女生收回目光，专注在自己的实验中。

自从洛欢那天和江知寒说开之后，江知寒似乎就放弃了，没再找过她。

嗯，反正她是这样想的。

桥归桥，路归路，这样很好。

中午没课，洛欢训练结束，在宿舍群问谁要带饭。

杨艺莹立刻回了消息，陈静怡有些酸洛欢昨天的"男朋友"，说她的追求者那么有钱，她还去食堂干吗？

洛欢还没说话，陈静怡就被孟琪琪怼回去了。

"你有病？那是对方非要请，洛欢又没答应，你酸你也去找啊，看有没有有钱的孤寡男请客。"

陈静怡有些恼羞成怒："我就问一句而已，怎么就酸了？算了，我不吃了！"

"嗯，你不吃饭地球照样转。"

孟琪琪这人说话一向爱阴阳怪气。

陈静怡气得干脆下了线。

洛欢知道，陈静怡其实心不坏，就是因为她暗恋周哲，才对自己有点儿敌意。

孟琪琪："等着啊，老娘现在就下去，跟你一起吃。"

洛欢回了一个"嗯"字。

洛欢在宿舍楼外等了会儿，孟琪琪举着太阳伞裹得全副武装地出来了。

"啧，你仗着自己白就任性？"孟琪琪伸手捏了一下洛欢的脸。

洛欢的脸真水嫩啊。

洛欢无奈地看了她一眼，说："怕热你还下来干吗？我吃完直接帮你们带上去。"

孟琪琪的脑子短路了一下，她很快说："我都在床上睡了一上午了，顺带活动活动身体，不行啊？"

"行啊。"洛欢点点头，没再问什么。

临近期末，食堂人不多。洛欢跟孟琪琪吃完饭，便去窗口给杨艺莹打饭。

打饭途中，洛欢下意识地往身后看。

什么也没有。

"你看什么呢？"孟琪琪在身后冷不丁地问。

洛欢回了下神，连忙摇摇头说："没……没什么。"

然后她就专注地看窗口。

孟琪琪在后面看着她，无声地叹了口气。

"要不我们给陈静怡也打一份吧？"

"随便啦，反正别说跟我有关系！"

洛欢笑了笑，点头。

两个人回到寝室里，陈静怡条件反射地掀开帘子，见来的是孟琪琪立刻就要缩回去。

"我们给你带了饭，你要不要？"

拉下帘子的手僵了僵，半晌后，陈静怡爬了下来。

"哟，你不是很有骨气的吗？你有能耐别吃啊？"孟琪琪在一旁嘲讽着。

陈静怡忍气吞声，从洛欢手里拿走吃的，开口："我又……又没让你带，跟你有什么关系？"

孟琪琪"哼"了一声。

洛欢没说什么，去洗手间洗漱了一下，然后坐在椅子上。

她打开手机，看到各种聊天儿记录，最新一个申请消息还静静地躺在列表里。

她的手指在删除选项上停留了许久，最终点了删除。

到了大三下学期，学生不像大一大二那么紧张，有些人几乎整天不在学校，如果不刻意相遇，大部分人是遇不到的。

再加上江北大学面积大，医科学院和舞蹈院校的活动范围就隔了很远。

洛欢本以为，只要自己不刻意去见他，他们就能互不干扰。他潜心研究自己的专业，好好走他的路，到时候研究成功了回到 A 大，他们就再也没有交集。

她却没料到，有些事情，根本无法逃避。

周五，宿舍里只有洛欢一个人。

孟琪琪不喜欢考研，又出去做兼职车模了；杨艺莹趁着周末去市里的一家影视公司面试；陈静怡也不知去哪里了。

洛欢将来走保研这条路，所以也没多想其他的，一个人待在宿舍看书。

放在手边的手机忽然闪了起来。

以为是孟琪琪回来给她带喝的，洛欢抿出两个小酒窝，正要去拿手机，结果显示一条陌生来电——

洛欢皱了皱眉，接听了电话。

"你好，你是欢欢吗？"对面是一个陌生的男孩的声音，有些焦急。

洛欢愣了一下："我是，请问你是……？"

"啊，是这样！我是江知寒的同学，江知寒在做实验的时候晕倒了，我们现在在江北南环医院，你是江知寒在这边认识的人吧？你现在方便过来一下吗？"

洛欢的心不受控制地猛地一跳，随即她强迫自己镇定下来，问："你们怎么知道我的手机号码？"

"啊是这样的，他的手机里只有你一个人的联系方式。我们导师出差了，我实在没办法了，师姐也在给别人代课，就我一个人，也不方便。你应该认识他吧？拜托你过来看看他吧。"

他的手机里只有她一个人的联系方式？

洛欢愣住了。

耳边是男生焦急的催促声音："喂？在吗？"

洛欢回过神来，睫毛垂了下来。

沉默许久之后，她听见自己的声音："你把房间号发过来吧。"

医院离江北大学不远，她步行几分钟就到了。洛欢到了住院部，上了三楼，终于找到了江知寒住的那间病房。

站在门前，她有些犹豫地朝门里面看去。隔着百叶窗，洛欢看到江知寒正躺在里面，他的一条手臂上挂着点滴。

这是洛欢第一次见江知寒住院。

"你就是欢欢吧？"耳边骤然响起的声音吓了洛欢一跳。她扭过头，看到一个长相有些憨厚的男生。

男生穿着浅蓝色polo衫，手里端着盆水，眼睛亮亮地看着她。

看洛欢点了下头，男生便松了口气，自来熟地介绍起自己来："我叫曹天磊，和江知寒一个班的，他突然晕倒吓死我了，你快请进，快进。"

男生用身体推开门，洛欢站在门口顿了一会儿，迈步走进去。

"也不知道怎么了，江同学这几天不好好吃饭休息，一有空就扎进实验室，休息的时候就抱着手机，盯着里面的东西发呆，你说他这不是找虐吗？……"

曹天磊继续说道："他家里虽然有钱，但我也不知道怎么联系上他的家人。我见他的手机里只有你的联系方式，只好打给你了。"

曹天磊放下水盆，抬起头问洛欢："不会耽误你什么事吧？"

387

洛欢盯着睡着的江知寒，随后对曹天磊摇了摇头："没事。"

曹天磊挠了挠头，抹了把额头的汗，问："你是……他的妹妹吗？"

"我知道他有个弟弟，年纪挺小的，你是他的妹妹吗？"

洛欢愣了一下，江知寒有弟弟了？

"不是。"

洛欢不知该怎么消化这些事，斟酌了一下才说："我是他的高中同学，现在在江北大学读大三。"

高中同学？

还是江北大学的？

还是江知寒唯一存了联系方式的高中同学？

曹天磊和江知寒做同学这几年，就没见过江知寒和哪个女同学有过接触，就连当年"校花"追他，他都置之不理的。

他们宿舍里的人，一度以为他是个性冷淡的人。

他的手机里只存了她的联系方式，曹天磊再联想江知寒当初主动申请调到江北……

我的天，这是有情况啊！万年的铁树终于开花了吗？

他竟然成了第一个目击者！曹天磊强忍着追问八卦的想法，怕小姑娘害羞，就没多问，连忙招呼她喝水。

洛欢很礼貌地说："我不渴。"

曹天磊挺粗放的一个人，实在不懂怎么和女孩接触，尤其对方还跟他的同学江知寒有关系。

"那……那你先坐，我给江知寒擦擦……"曹天磊一个大男生，给另外一个男生擦身体……

洛欢不禁咬了咬唇，心里莫名其妙地感觉有点儿不对劲儿，在看到他打湿毛巾正要去牵江知寒的手时忽然开口："要不……还是我来吧。"

曹天磊：我的天，肯定有情况！

他回去得跟宿舍里那群人提前结束赌约了！

因为江知寒不近女色，他们宿舍曾经私底下打过一个赌，就是江知寒在大学里会不会找女朋友。

其他两个人都选了不可能。曹天磊手臭，打赌就没赢过，本以为这回又要输了，没想到柳暗花明啊！

"好。"曹天磊立刻将毛巾交到洛欢的手上，忙说，"正好我有点儿事，就拜托你照顾他了！"

他说完便头也不回地转身离开了。

洛欢甚至来不及叫住他。

听到门关上的声音，洛欢无奈回过头，目光落在了面前躺着的人的身上。

她的神情渐渐收敛。

快一周不见，江知寒似乎又瘦了些。他闭着眼，乌黑的碎发搭在额前，脸色看起来有些苍白。

输着液的手臂肤色很白，白得有些病态。

他这几天很忙吗？

洛欢望着他熟睡的脸，恍惚间想起了高中的时候。

那年春节，其实她没睡着。

她在偷偷地看着他，描绘他的轮廓。

那时的他脸庞青涩又美好。

那双闭着的眼在睁开看着她时，总有种害羞跟热烈的赤诚在里面。

如今，他的脸部轮廓褪去了些许青涩，变得成熟了几分。

这几年来，她第一次这么好好地看他。

从回忆里抽身，洛欢起了身，轻轻抬起他没输液的那只手，轻轻擦拭。

江知寒的掌心很软，不像高中那会儿，他除了学习还要干活儿，手心总是有些粗茧。

而这些年，似乎因为他不用再辛苦，手心里的茧都没了。

洛欢忍着心绪的微妙起伏，垂着眸轻轻擦拭他的手。

湿润的毛巾划过他的手指，留下来的水分很快蒸发。

洛欢擦完了他的一只手，正要起身，那只手却忽然反手抓住了她。

洛欢一愣，抬起头，撞上一对漂亮又深沉的眸子。

江知寒不知什么时候已经醒了。

"欢欢？"

洛欢心里"咯噔"了一下，下意识要抽开手，没抽出来。

江知寒的脸色虽然疲倦，眼睛却一眨不眨地盯着她。虽然还病着，但他到底是个男生，力气很大。

"欢欢？你怎么来了？"

江知寒不知道自己有多高兴，张了张泛白的嘴唇，手心里清晰的触感在提醒着他，眼前的画面是真的。

洛欢强迫自己镇定下来，语气恢复冷淡，开口："是你同学叫我来的，你可以松开了吗？"

江知寒不敢松开她，怕一松开她就跑了，连这短暂的见面，都是他用自己的身体换来的。

洛欢忍住没动，挪开目光，冷淡地说："你到底想怎么样？"

江知寒顿了一下，眼神很真诚地望着她，他说道："我想和你在一起。"

没等洛欢说话，江知寒紧接着又开了口："我知道你恨我，当初不辞而别，我不敢奢望你原谅我。我知道你吃了很多苦，所以我自虐，让自己再尝一遍你当初受过的苦。这样，你能不能稍稍消消气？"

他是不是疯了？

这是洛欢脑子里浮现的第一个念头。

她当初就算再怎么辛苦，也没不吃不喝不睡觉，他这么短短几天就把自己折腾进了医院。

他不要命了吗？

"你是不是疯了？"洛欢冷静地看着他说。

"可能吧。"江知寒不在意地扯着唇，紧紧地牵着洛欢的手，盯着她说，"我知道，我现在在你心里的印象分已经变成了负数，如果我惩罚自己你能舒服一点儿的话，我什么都愿意做。"

他离不开她。

他愿意把心掏出来任她踩碎。

反正是他欠她的，随她怎样都好，只要她能消消气。

洛欢陷入了沉默。

江知寒的话让她有些……不知道怎么回应。

她应该毫不犹豫地拒绝他的。

可江知寒就躺在那儿，用那双乌润的眼睛直勾勾地望着她，她竟然狠不下心来。

意识到自己的内心想法，洛欢忽然抽走了手。

而江知寒的注意力全在她的脸上，一时不防松了手。

空气陷入了寂静。

江知寒的脸呆住了，随后他低低地苦笑了一声，说道："欢欢，至少，你给我一个补偿的机会，好不好？"

洛欢没说好，也没说不好，只是垂眸不语。

江知寒就这么安静又耐心地看着她。

被他盯着的脸有些发烫，洛欢垂着的手指忍不住收拢，暗暗掐着自己的掌心，她不想让自己的情绪就这么轻易地表现出来。

那样等同于她输了。

气氛正好，突然一道不合时宜的厚重的声音插了进来，打破了这气氛。

"江知寒你醒了啊，我还以为你要原地飞升呢！"

"……"洛欢忽然抬起头，脚步往后退了点儿。

曹天磊提着一袋水果进来，本来还没什么感觉，但莫名其妙地感受到一道来自某人掺杂着点儿冰冷的目光，不禁虎躯一震。

"……"他好像来得不是时候……

洛欢有些尴尬，在曹天磊的注视下故作镇定地点头，说："既然你来了，那我就走了，再见。"

说完也不等江知寒开口，她便低头跑出了病房。

"……"曹天磊都没喊住她。

他扭过头，赶紧跟江知寒道歉："江知寒，对不起啊，我真不是故意打扰你们的，我哪里知道……"

"没事。"江知寒拿起放在床边的手机，低头操作着什么，低咳了几声，虽然脸色依然很苍白，但状态看起来比前两天发疯似的不睡觉做实验的时候好太多了。

曹天磊暗暗吞了下口水，仔细打量着江知寒。

看来他想的没错！刚才那姑娘真的跟江知寒有关系！

曹天磊没想到江知寒早就有喜欢的人了，江知寒瞒得真够深的。要不是这回被曹天磊碰巧发现了，说不定到毕业还没人发现这事。

不过，这两个人看上去……绝对有故事。

洛欢一路跑出了医院大门，才慢慢停下来。

她回头望了望三楼的某个方向，然后回过头，伸脚用力地踢了一下面前的石头。

这几年，她已经很少有这么大的情绪波动了。

可豹猫脾气再好也是豹猫，遇到能刺激它的事情出现，它还是会重新亮出爪子来。

洛欢深吸一口气，一脸平静地走向学校。

回到寝室，刚放下包，她就感到包里的手机振动了一下。

"你到寝室了吗？今天麻烦你了。"

"你晚上想吃什么？我给你点。"

她是买不起还是需要他施舍？

洛欢只敲了两个字:"不用。"

怕他再回信息,洛欢又赶忙发了条消息:"别打扰我,我要看书。"

那边的人许是被洛欢吓住了,过了两分钟,发来了信息:"好。"

洛欢放下手机,重新翻开之前没看完的书。

保研考试虽然还有好几个月,但洛欢之前经历过教训,什么事都喜欢未雨绸缪,准备得充分点儿总没错的。

可是,这会儿拿起笔看了好半天,她还是不能平复心情。

孟琪琪回来的时候,看到洛欢趴在桌上一脸失神的模样。

"哟,你这是怎么了?"

洛欢爬起来,看了眼化着妆打扮惹眼的某人,皱皱鼻子:"你喷了多少香水?快去洗洗。"

"你个没良心的,我这么辛辛苦苦地出门工作,回来给你买吃的,你就这么对我?"

孟琪琪不客气地敲了敲她的脑袋,然后将几盒水果放在了她的桌上。

洛欢闷不吭声,抬手捋了捋头发,拈起一颗蓝莓放进嘴里,含糊说了句:"谢了啊。"

孟琪琪哼笑一声,摘下耳朵上的超大耳坠,去洗澡了。

洛欢继续低头看书。

孟琪琪涂完各种护肤品,又跟网恋对象打了会儿游戏,到了下午5点多,敲了敲洛欢的桌子:"走,去吃饭。"

洛欢"嗯"了一声,合上书站起来。

洛欢穿的依旧是万年不变的长裙跟小凉鞋,舒适又方便,孟琪琪吐槽了她好久,她硬是不改。

两个人很快收拾好,正要出门,洛欢的手机忽然进来了一通外卖电话:"您好,我是江南绿茶餐厅的,你们学校保安不许进,您能来门口这边取一下餐吗?"

"我什么时候订了外卖?"洛欢把脑海里的想法随口说了出来。

孟琪琪也停下来看着她,口型示意:怎么啦?

电话里的人的声音带着浓浓的疑惑:"您的手机尾号不是0077吗?就是您的外卖没错啊……"

洛欢蒙了。

那个人的嗓音挺大,孟琪琪听见了。她几乎第一时间就反应过来是怎么一回事了。

"又是你那个神秘的大帅哥追求者订的餐，对吧？！"孟琪琪略带兴奋地问道。

洛欢无奈地看了眼孟琪琪。

"小姐您能来取吗？这东西还挺多的。"

几乎立刻反应过来是谁订的，洛欢半垂眼帘，半晌之后，才听见自己低低的声音："哦，那您等一等。"

洛欢没想到他订了那么多东西，够她们整个宿舍吃了。她们去拿的时候，周围人频频看过来，以为她们寝室在聚会。

孟琪琪激动得不行："你知道这家店我种草多久了吗？这家就是贵得要命，配送费就贵得要命……"

洛欢不说话，提着袋子回了寝室。

"你怎么不说话啊？你看人家对你多痴情啊，怕你拒绝就默默地给你送吃的。你一个人谈恋爱，造福我们全寝室。你要不就先吊着对方吧，这样我们寝室这一年的饭钱就不用花了，你最好跟他在一起，好气死……"

"气谁？"洛欢面无表情地看着她，追问道。

孟琪琪差点儿吓出一身冷汗。

她可不要再在洛欢的面前提起那个名字了，于是赶忙换了个名字，说："气……呃……气死周哲，顺带再气气陈静怡，哈哈哈。"

洛欢不想跟她说话。

好在杨艺莹跟陈静怡回来得早，赶上了一起吃饭。杨艺莹惊呼了一声，对这个神秘大帅哥很是好奇："洛欢，你知道对方是谁吗？"

孟琪琪吃着鲜虾，随口说道："随便谁，反正比……比周哲要好！"

"……"陈静怡的脸立刻黑了，她忍不住跟孟琪琪吵起来。

几个人叽叽喳喳，洛欢躲进床帘里，盯着几分钟前对方发来的消息发呆："我给你们订了外卖，你喜欢吗？"

他说的要补偿她。

他像是希腊神话里的哈迪斯，在认识到自己犯了错后，小心翼翼地讨好着他的仙女，不敢有任何逾矩的地方。

洛欢捏紧手机，一种有些茫然又复杂的情绪萦绕着她，她干脆丢了手机，掀开被子将自己蒙起来。

就这样，江知寒依旧没出现，没打扰她的平静，只是把每日三餐都包了。

她们宿舍的其他人也连带着享受了福利。

洛欢面上依旧平静，每天上课下课，没课了就训练、学习，准备比赛。

宿舍的其他人看着她羡慕得要死。

杨艺莹很羡慕地感叹："这是神仙男友吧？洛欢，要不你就答应了吧？"

孟琪琪和她男朋友是从大一开始交往的。不过她的男友就没这么大方了，有时候小气得要命，只顾自己，就连当初他们在一起时，他都抠搜地不想请她们宿舍的人吃饭。

她当时就觉得挺丢脸。

虽说这种事情不能强迫，但礼貌还是要有的。毕竟她对他付出得也不少。如今洛欢还没跟对方在一起呢，她未来的男朋友就这么大方。

到时候他们要是见了面，孟琪琪作为"娘家人"，肯定会投上支持的一票。

孟琪琪敷着面膜，悠哉说道："铁树开花不容易，小尼姑大学三年好不容易春心萌动一回，你还不让人家享受享受了？"

杨艺莹恍然大悟，冲着孟琪琪竖了下大拇指。

洛欢脸颊发热，起身要去洗手间。

头顶的灯忽然灭了，接着，整栋楼发出一阵哀号声。

"怎么回事？"杨艺莹跑到阳台上，看到不少人跑了出来，喊着"好端端地停电干吗"？

"不会吧，又停电了……"孟琪琪扯下面膜，生无可恋。

"学校真是有病，大周五停电。"陈静怡正追剧追到关键处，扯下耳机，有些烦躁。

孟琪琪看了眼手机，发现班群里已经有人发了停电的消息："附近路段检修，大概明早6点来电。"

他们这所学校的线路是十几年前的了，经常报修。这会儿天亮着，离明早6点还有好几个小时。

"明天早上？！"杨艺莹惊叫了声，"那我怎么洗澡？……"

这种天气，不洗澡简直要死人。

洛欢也不禁皱了一下眉。

明天她还有最后一节剧目课，早上洗漱根本来不及的。她们这些舞蹈生，习惯每天睡前清洗一下。

孟琪琪笑了笑，说："活人还能被洗澡难住？大不了我们四个人去外面的宾馆开个房洗澡呗。"

这种情况以前也不是没发生过。

陈静怡皱了皱眉,不想多花钱,可眼下又无可奈何。

"你们还愣着干吗?你们快收拾东西啊,不然一会儿房被别人抢光了。"孟琪琪催促着。

其他人只好动起来。

洛欢正要去收拾衣服,桌上的手机忽然振了两下。

两条消息进来:"学校停电了?"

"欢欢,要不要来我的公寓?"

洛欢本来想拒绝,但没等打字,那边又发来了消息:"公寓有空调浴室,起码比外面干净点儿。"

"公寓离学校不远,我开车送你去公寓,你在那儿住一晚,我去别的地方,不会打扰你。"

江知寒总是一下就能找到她最关心的点。

她想洗澡,如果能吹着冷风就更好了。

古人为五斗米折腰,她如今也要为洗澡和夏天吹冷风折腰了……

可是,她用了他的房间,那他呢?他去哪里住?

如今他在江北学习,肯定有自己的地方。

洛欢咬咬唇,强迫自己不去理会,最后,很没有骨气地高冷地回了一个"嗯"字。

不过没等对面发消息,她就抢先打字:"你不用来接我,把地址发过来,我自己过去。"

大白天的,她才不想被人围观。

那边隔了一分钟,发过来一个"好"。

然后他很快便将地址发了过来。

洛欢本想叫室友们一起过去,可那里不是她的地方,她没权力那样做。

她这样子,好像不得不委身前男友的前女友……

洛欢心情有些复杂,记下地址后,收起了手机。看了看其他几个快要收拾好的室友,洛欢僵了僵,说:"那个……"

"怎么啦?"孟琪琪打理着一头长发,问道。

洛欢犹豫了一下,不得不硬着头皮撒了个谎,说道:"谷雨来看我了,我可能得出门和她住一晚了。"

"这还没放假也不是什么假期,她怎么突然来了?"

"她们学校放得早。"

孟琪琪没怎么怀疑，只点头说："那你去吧，正好我们三个人睡还能宽敞点儿。"

陈静怡忍不住咕哝："还多付了一个人的钱呢。"

孟琪琪不客气地说："一间房就算加了床也不到一百五，平摊下来还是比之前两个人一间要便宜得多，都大三了陈静怡你怎么还这么抠？"

陈静怡被怼了，撇了撇嘴没反驳。

洛欢："你们别三个人挤一间房了，订两间吧，我的那间我正常掏钱。"

孟琪琪飞快地说道："那我要跟你一间。"

陈静怡慢了半拍，不好意思再说什么，脸色很臭。

四个人收拾好东西，在南门分别。

目送她们离开，洛欢这才轻呼出一口气，打车去江知寒给的地址。

江知寒一路上发来了不少叮嘱的消息，有关于地点的，还有各种家用电器的使用方法的，事无巨细。

洛欢默默地看着信息。

得不到回应，江知寒顿了一顿，又发了一句，显得特别小心翼翼："我要说的好像就是这些了，你要是还有什么问题，可以再发消息给我。"

洛欢等了好一会儿，发了个"嗯"字。

许是有江知寒之前的提醒，门口的保安问了她的名字，就将她放行了。

这里的确离江北大学挺近的，也是这附近最好的地段。

小区很大，环境不错，漂亮又幽静，每栋楼之间隔着一段距离。

洛欢根据路标来到了江知寒的公寓门外，深吸一口气，按下了密码。

随着一声开锁的声音响起，洛欢握住门把手轻轻把门推开。

她刚一进去，一股舒适沁凉的风扑面而来，一下子就散去了外面的燥热。

房子空间很大，家具什么的都是新的，主打灰白色调，装修得简洁又整齐，不像是为了暂时住人而随便应付的。

这里很干净，只是没什么被住过的痕迹，看来有人定期来打扫。

空气中浮动着一阵淡淡的熟悉的清香。

洛欢强迫自己忽略这些，面色平静地低下头，打开玄关处的鞋柜，里面有好几双新拖鞋。

洛欢拿出来一双拖鞋，换上了。

客厅有一扇很大的落地窗，轻薄的浅色窗帘半掩着。洛欢伸手拉开窗帘，看了看窗外的景色。

窗外是一栋栋楼和穿插其中的绿植，没什么特别的。洛欢转身，放下包坐在沙发上，有些不知所措。

她低头看了看手机，强忍住了给某人发消息的念头。

这个点儿正是吃晚饭的时间，洛欢没打算用这里的厨房，正准备点外卖时，手机就打进来了一个陌生号码。

洛欢这几天接到的陌生电话很多，如今她可以平心静气地接听了。

"你好。"来电人是小区的保安。

"你好，你是刚进去的那个小姑娘吧，有人给你订了外卖，你方便下来拿一下吗？我给你放楼下物业那里，你看行吗？"

原本小区内是可以把外卖送进来的，但业主吩咐他，让他代取并放在楼下物业那里就行。

保安有点儿摸不着头脑，不过还是照做了。

洛欢听到后，心头跳了跳。她平静地开口："好，谢谢你。"

挂了电话后，洛欢低着头坐了一会儿，这才起身下去拿外卖。

这依旧是一顿很丰盛的外卖。洛欢把外卖提到客厅拆开，然后坐下来吃。吃完后，洛欢又跑下去把垃圾扔了。

厨房里各种用具一应俱全，洛欢找出热水壶盛了点儿水烧开，然后倒了杯水回到客厅。

洛欢坐在沙发前的地毯上，拿出包里装着的书翻看。

到了晚上8点多，天色彻底暗了下来。洛欢合上书，起身走到浴室洗漱。

这个房子有两个浴室，一个外面的浴室，主卧还有一个浴室，洛欢去外面的浴室洗了澡。

洗完澡换了衣服出来，洛欢看了看镜子旁边的洗衣机，想了想，还是没有用它洗衣服。

她想着还是算了，明天用学校的洗衣机洗吧。

这里的东西，她能少用就少用。

他这么无条件地信任她，还把家里的密码给她，但她做不到心安理得地享受。

洛欢看了会儿书后，起身走到次卧。

衣柜里有一条新的小毯子。洛欢拿出毯子，回到客厅，然后躺了下去。

临睡前，她收到了江知寒的消息："你一个人害怕吗？要不要我找个人过去陪你？"

他找谁？肯定是和她同性别的人。

洛欢盯着这段话，心里莫名其妙地起了一丝郁闷感，冷冰冰地回："不用，第二天一早我就走。"

左上角"对方正在输入"显示了很久，最后他却只发来了三个字："不用急。"

洛欢合上手机把它丢到一边，盖着毯子蒙头睡觉。

本以为自己会心烦意乱地睡不着，但江知寒家的沙发很柔软，洛欢闭上眼，没一会儿便睡着了。

江知寒第二天一早便来到了小区。

值夜班的保安还在昏昏欲睡，还没换班，见他开车过来有些惊讶，赶紧放行。

江知寒停好车，拿了放在副驾驶座上的早餐袋下车，朝电梯走去。

他来得太早，很多早餐店都没开门，他开车到几公里之外的一家开在初中门口的早餐店买了早餐。

电梯不停地上升，江知寒看着不停变化的数字，喉结忍不住滚动了一下。

他不知道洛欢还在不在，不知道她有没有醒。

他不想吵醒她，就是想看看她在不在，送完早餐就走。

到了门外，江知寒站在门口徘徊了许久，深吸一口气，轻轻输入密码。

门解锁的声音响起，他的心也跟着悬了几分。

他推开门，没想到第一眼看见的便是沙发上拱起的一个小团。

洛欢昨晚睡的沙发吗？这让江知寒愣了愣，随即心里生出一丝心疼。

江知寒微垂眼睫，抬手将早餐轻轻放下，随后脚步很轻地朝着那个团走了过去。

窗帘被拉得严严实实，室内一片安静。茶几上放着半杯水，还有她看了一半的复习资料。

少女侧身卷着毯子埋在沙发里，乌黑的长发散落在身后，有些许碎发垂落在耳边。白的肌肤，黑的发，相互映衬得格外分明。

她的侧脸埋在黑发与沙发的间隙之中，她睡得格外安稳。

呼吸声浅浅的，仿佛周围的气息也因此柔软了下来。

江知寒有些愣怔，慢慢蹲了下来，盯着她。

他有多久没这么好好地看过她了？

重逢后，他哪次面对的，不是小姑娘冷冰冰的面容和不耐烦的语气？

这些都是他应该承受的。

他知道她恨他，恨他的不辞而别，恨他不遵守他们之间的承诺。

可是，当初他也不想，如果……

全都是时间惹的祸。

耳边响起一阵布料摩擦的声音。江知寒抬眸看去，下一秒，忍不住倒吸了口凉气。

也许是室内温度太过舒适，睡梦中的女孩双腿胡乱地踢开被子，睡裙被她蹭得往上卷，露出一片白嫩的皮肤。

江知寒立刻感觉耳根有些热。偏偏少女还无意识地动了动，大有继续……

下一秒，江知寒立刻伸手扯住了毯子，给她盖好。

沙发毕竟不是柔软的床，再加上毯子薄，她很容易着凉，从女孩微微蹙起的眉心就能看出来她有点儿不舒服。

江知寒思来想去，决定将她抱回卧室睡。

江知寒俯下身，一只手轻轻托起她的头，尽量不压到她的头发，另一只手去托她的腿。

可当他抬眼时，睡梦里的女孩许是被惊扰到了，忽然迷迷糊糊地睁开了眼睛。

两个人靠得很近，连呼吸都在交错。

许是因为刚醒，洛欢一张漂亮的小脸有些呆呆的，乌黑的大眼睛因为初醒，带着婴儿般的茫然。

她有些茫然涣散的目光，开始慢慢聚焦，直至看清了面前的人的脸。

那张俊脸对着她，彼此可以听见对方的呼吸声。

两个人的动作不约而同地一僵。

温热的呼吸交错着。江知寒的喉结轻轻滚动了一下。他亲眼看着女孩那张漂亮的巴掌大的脸上，先后闪过迷茫、愣怔、惊讶的表情，然后慢慢染上一抹红晕……

下一秒，洛欢忽然伸手推开了他。

江知寒的身子往后靠了靠。

洛欢的心跳得很快。她努力掩饰着自己的不自然，长发有些凌乱地散落。她木着脸开口说道："你怎么在这儿？"

话刚一说出口，她就想缝上自己的嘴巴。这里是他的家，他什么时候不能来？

江知寒也默默掩饰着自己的失态，恢复冷静自持的状态，顿了顿，温声解释："我来给你送吃的，看你睡在沙发上怕你着凉，所以想把你抱回卧室。"

洛欢默默地听着，强迫自己不露出一点儿大惊小怪的表情。

她点点头，伸手拿过放在茶几上的手机看了一眼。

已经快7点了，学校应该来电了吧？

洛欢按灭手机，掀开毯子站起来。

女孩的一头柔软的青丝散落在肩上，肌肤在晨光里有种清透感。

她抬眸看向江知寒，说："昨晚麻烦你了，住宿钱我待会儿打给你，我们学校应该也来电了，我回去了，打扰了你一晚上，抱歉。"说完，洛欢便低下头收拾书。

江知寒垂在身侧的手指拢了拢。在她起身时，他上前轻轻按住她的书本。

洛欢一顿，抬眼看过去。

江知寒纤长浓密的睫毛下，深黑的眼珠泛着柔和的光泽，连他的声音也透着柔软："别回学校吃饭了，我给你买了早餐，有小笼包和粥，你还是在这儿吃吧。"

"不好意思，我吃不惯。"洛欢立马拒绝，想要把书抽出来。

江知寒没有放弃的意思，接着问："那你喜欢吃什么？你洗漱一下，我带你出去吃。"

等他们出去，外面的店应该都关门了。

江知寒列举着他知道的几家店："得兴？"

"不要。"

"渭南行？"

"不要。"

"南和斋？"

"不要！"

洛欢故意说："我现在什么都不想吃，就想回学校吃早点！"

江知寒默默地望着她。

洛欢面无表情地与他对视。

半晌，她听到了一声很轻的叹息声。接着，江知寒仍旧好脾气地开口："那你想去食堂吃什么啊？我陪你。"

"……"他什么时候变得这么听不懂人话了？

她只记得,他高中那会儿脸皮很薄,她稍稍撩拨一下他,他都能面红耳赤半天。

原来这几年里,不止她在变,他也变了很多。

洛欢盯着他,慢慢直起身来,忽然故意说道:"我想吃'分手快乐'套餐。"

"……"江北的食堂里还有这种东西?

江知寒在口腹之欲方面没多大的讲究,爱吃的食物还是几年前的那几样儿,很难轻易改变。因为总在实验室,作息时常黑白颠倒,他经常和其他学生的吃饭时间错开,更别提知道食堂新出了哪些新奇的东西。

"分手快乐"套餐?

他和她吗?

在江知寒的认知里,他和洛欢从来没分开过,之前只是暂时分别。

在稳定之后,他就想去找她。如果她不愿意原谅他,那他就一辈子在她的身边。

看着女孩嘴角挑起故意勾人的弧度,江知寒心知肚明,她是想气他。于是他在心里轻轻叹了口气,面色不变地点头答应:"好啊,我陪你。"

洛欢:"……"

洛欢顿时用一副"你是不是脑子坏掉了"的眼神看了他好一会儿,随后低下头,不服输地"哼"了声:"你想吃就吃,自己掏钱……"

江知寒垂下头无声地笑了笑,用温柔的眼神看着她。

洛欢有些心急,三两下随便收拾好书,就抱着书往卧室的方向走。

江知寒刚看过去,洛欢便脚步一停,飞快地转身,高高地扬起秀眉,说:"我要换衣服,你可别偷看!"

"……"江知寒的眉间诡异地抖动了一下,两秒后,他强撑着点点头。

洛欢"哼"了一声,抱着书关上卧室的门。

不一会儿,她换了身浅蓝色的棉裙出来,把脏衣服用袋子装着。

长发披肩,黑眸如星,浅蓝色的长裙更衬得她肌肤似雪。

夏天的衣服比较轻薄,但装脏衣服的袋子还是有些鼓鼓囊囊的。

江知寒伸手想把袋子接过来,被她躲开了。

江知寒没有在阳台上发现任何晾晒过的痕迹,不禁问:"你没用洗衣机吗?"

洛欢别开头,语气冷淡地说:"我不想用你家的洗衣机,就想用学校的洗衣机。"

言语之间，她和他分得很清楚。

江知寒在心里苦笑了一声，说："没关系，我的就是你的，以后你想怎么用就怎么用。"

洛欢张了张口，又抿住嘴，把脸别得更偏了，咕哝着："我就不用。"

等电梯门一开，她就走了进去，江知寒跟着走进去。

洛欢故意站到角落，和他泾渭分明。

电梯间反射出女孩的侧脸。她的五官轮廓明丽，又明显带着几分火气。

江知寒微垂着眼帘，敛了那点儿贪恋的目光。

清晨的电梯里人很多，有学生，也有早起上班的人。

洛欢漏算了这一步，被不停进来的男男女女挤到了中间。

不得不说长得好看是有优势的，尤其江知寒个子高，本就精致的面容经过几年的沉淀，出落得更为俊秀白皙，他是那种第一眼就有冲击感与氛围感的帅哥。

尽管洛欢四周挤得不行，江知寒那里的空间还是很充裕。

洛欢抱着衣服，暗自咬了咬牙。

电梯里人多，尤其是夏天，隔着薄薄的布料皮肤不经意相碰，洛欢不大舒服，但尽量忍着。

电梯还有十层。

江知寒抬起头，抬手轻轻握住她的胳膊将她拉到自己的身边，用自己的身体在角落给她隔开了点儿位置。

洛欢愣了愣，有些僵硬地将目光从他脖颈处的喉结落到他干净的T恤上，接着有些生硬地别开了目光。

周围的空气似乎清新了不少。

洛欢尽量控制着呼吸，抱着袋子的手指无意识地攥紧，裙下的双腿也有些发颤。

而江知寒自始至终低垂着眼眸，安静地看着她。

电梯稳稳地下降，在一楼停稳。

电梯门打开，人都往外拥，洛欢面前的光线也亮了许多。

于是洛欢站直，一把推开了江知寒，像只高傲的小孔雀立马往前走。

洛欢认得江知寒的车。江知寒开了车锁，给她打开副驾驶座边的车门。谁知洛欢不坐，打开后车门径自坐了进去。

江知寒像是纵容她，没说什么，也上了车。

去学校的路上，洛欢收到了孟琪琪发来的消息。孟琪琪说学校的电恢复正常了,问她什么时候回来、要不要给她带早餐之类的。

洛欢低头认真打字回消息,然后塞上耳机听歌,刷各种新闻,完全把江知寒当司机了。

车窗半开,江知寒开得不快,柔和的风吹进来,轻拂着少女的头发。

许是看到了什么有趣的东西,洛欢勾起嘴角,露出浅浅的笑,如清晨沾着露水的花朵。

江知寒收回目光,眼底有抹暖意一闪而过。

洛欢没想到江知寒真的敢和她去吃"分手快乐"套餐。

避开了大一大二的早高峰,他们去食堂的路上人不多。洛欢在路上皱了皱眉,看了眼身边的人,小声地"哼"了一声。

他都不在乎,那她怕什么?

食堂人少,这就让去那儿吃这个套餐的更现眼了。

舞院女多男少,分手是家常便饭,学校便很人性化地推出了"分手快乐"这个套餐。

这里布置了沙发专座,套餐里都是高热量的食物,价格很低,但没什么人去吃,毕竟被那么多人围观挺丢脸的。

他们到了那儿时,套餐一套都没被卖出去。

洛欢直接说来一份套餐。

食堂阿姨愣了愣,看了看窗外这对俊男靓女,这才点点头,给他们打菜。

洛欢接过自己那份,正要刷卡,一只拿着卡的手伸过来,帮她刷了,"嘀"的一声。

洛欢用双手端着餐盘,面无表情地点点头,然后转身朝座位走去。

分手专座自建立以来,终于来了一对情侣。

这个场面吸引了周围不少还在吃饭的人。

洛欢坐在沙发的最边上,江知寒便坐在对面。

这个套餐里的食物的确让人挺快乐的,全是高热量的。炸鸡、冰可乐、还有蛋糕、蛋挞这类甜品,一点儿也不适合当早餐吃。

上高三后,洛欢就很少吃这么重口味的东西了,但饥饿的胃在叫嚣,洛欢深吸了口气,拿起一块炸鸡咬了一口。

一股浓浓的油腻味道袭来,洛欢下意识皱了皱眉。

下一秒,一张纸巾被递了过来,伴随一道平静清润的声音,江知寒带着些许无奈说:"吐掉吧,别吃了,我去给你买粥喝。"

"用不着！"洛欢逞能地推开他的手，强迫自己咽下去。

她只是很长时间没吃这么油腻的东西了，习惯一下就能吃了。她提出来吃这个的，先败了感觉好没面子。

江知寒无声地看了她许久。

在洛欢要拿起第二块炸鸡时，江知寒忽然伸手拿过炸鸡，然后在洛欢目瞪口呆地注视下，自己把它吃掉了。

他顺便将她的盘子端到自己的面前，抬眸看着她，淡淡地开口："我的就是你的，我吃也一样的。"

接着，江知寒一个人吃掉了两份餐，一口都没给她留，还顺带给她买了清淡的粥、玉米和紫薯包。

洛欢看着他，有点儿目瞪口呆。

"你……"洛欢有点儿难以置信地看着他面前空荡荡的盘子，说道，"你……不撑吗？"

事实上，江知寒快撑死了。

他一只手放在桌上，深吸一口气，努力让自己看起来很平静："还好，男生能吃。"

"你在关心我吗？"江知寒忽然抬眼，望着她的目光像深邃的大海，平静却汹涌。

洛欢有些不自在地扭头说："没有。"

谁关心他啊？她只是怕他撑出了毛病，她得负连带责任。

洛欢低着头，默默地吃着紫薯包。

江知寒也不打扰她，就那么一边看着她，一边径自轻轻缓着自己的胃。

这边由汹涌到平静，但周围人就不这么淡定了。

作为代表学院参加过国际比赛，随校出国表演过，还上过不少报纸新闻的人，洛欢在学院里的名气不小。

三年里没有传过任何绯闻，还拒绝过无数追求者的人，竟然跟一个男生单独吃饭，还是"分手快乐"早餐！

关键那个男生长得太帅了，他们整个学校不一定能找得出第二个！

不仅如此，那个帅哥又给她单独买了清淡的食物，还把她的那份高热量早餐也吃掉了。

洛欢虽然表情不悦，但行动上并没有一丝排斥的痕迹。

这简直是个大八卦！

于是，四周不少八卦的人偷偷拍下了这一幕，飞快地跟自己的朋友议论此事。

洛欢有些不耐烦被周围人看,喝完粥放下勺子,语气很淡地说:"我走了,待会儿还要上课,你慢慢消化着吧。"

江知寒站了起来:"我送你。"

洛欢鼓鼓嘴,没说什么,扭头就走。

两个人一路上收获了不少目光。

江知寒没什么反应,许是大场面经历惯了。洛欢尽量绷着脸,面不改色地穿过食堂和一排排的建筑物。

到女生宿舍楼前,洛欢直接抱着包跑了进去。

"……"江知寒在原地看着她,直到她的身影消失在宿舍楼内,他才低垂下眼睑,轻笑一声。

而后他抬起头,朝楼上看去。

洛欢来到二楼窗前,在原地站了一会儿,故作平静地上前,往楼下看。

那道身影还在楼下,忽然,他像是感知到什么,抬头朝这边望了过来。

"啊!"洛欢"嗖"地收回目光直起身。

她的心脏瞬间狂跳。洛欢伸手用力按了按自己的心脏位置,然后木着脸上楼。

洛欢回到寝室里,孟琪琪她们几个已经快收拾好了。

"你种蘑菇呢?你吃个早饭吃这么久?"孟琪琪问。

"食堂今天的面好吃。"洛欢含糊地说了句,看看怀里的衣服,叹了口气,决定回来后再洗。

虽说剧目老师平时不催她们,但她们还挺自觉的,很快收拾好后便跑着去上课了。

几个室友有点儿懒,匆匆对付了几口早餐,等下了课,一个个都饿得不行,除了洛欢。

于是,洛欢拖着快饿到前胸贴后背的孟琪琪往小超市走。出来后,孟琪琪咬着海苔饭团,打开手机刷各种消息。

洛欢也咬着吸管,低头看着消息。

孟琪琪正刷着群消息,忽然一篇帖子进入了她的视线。

看到下面一阵阵激动的八卦分析,孟琪琪觉得血压都在上升。

她当即把手机逼到洛欢的面前,说:"这是什么,你解释一下?"

洛欢抬头随便扫了一眼,下一秒忽然卡了壳。

那些人怎么什么都发?她又不是明星,拍她的照片干什么?

孟琪琪很有头脑地分析:"这段时间里承包咱们寝室各种饭的那个神秘追求者,就是江知寒吧?"

她的声音阴恻恻的。

洛欢和江知寒什么时候又见面的?他们俩在她的眼皮子底下暗通款曲?他们还一起吃上饭了?!

洛欢忘了自己高三那年的样子了?全是拜那个男生所赐!

她还敢在一个坑里栽两次?孟琪琪不懂,洛欢想气死她吗?

洛欢一瞬间各种念头与解释乱飞的大脑忽然暂停了运作,眼神变得颇为诡异。

"你怎么一点儿也不惊讶他出现了?"

孟琪琪:"……"

洛欢分析:"原来你早知道他来了,只是瞒着我。"

孟琪琪卡了一下壳,随即提高声音:"我这是为了你好,有错吗?"

她的声音大到引得周围不少人看过来。

洛欢的语气挺遗憾:"可是你也吃了他的东西。"

"……"孟琪琪心说那我都还给他好了,可仔细想想那些东西都挺贵的,她抠门儿,于是看了看四周,咬牙切齿地说,"那……那是他主动买的,我又不知道,这也能怪我吗?"

"那你还是吃了啊。"洛欢说了句,继续往前走。

孟琪琪皱皱眉,跟上去问:"你到底什么意思?你真打算和他复合了?"

"你没看到我们坐在哪里吗?"

"可你的那份儿都被他吃了啊!"

也是,洛欢垂眸咬着吸管,冰凉的牛奶滑过喉咙,被咽进肚子里,变热了,就像她此刻的心,冰火交织着。

她没有正面回答,抬手抚了抚额,只是说:"琪琪……别问我。"

她年少时所有心动的画面都来自他,以至于在高三那段黑暗的日子,能让她撑下去的,就是她对他的各种负面情绪。

她想证明他没那么重要,没了他,她一样能生活。

过去的几年里,她以为自己忘不了他,只是自己不甘心。所以她尝试去接纳别人,可总会下意识地拿他们和他相比。

最后的结果,不是那些人的目的太明显,看中她的外表,就是他们和她交往时的细节不对。

过马路时，他们不会下意识走在她的右手边护着她，聊天儿时不会温暖地笑，吃饭时不会将筷子尖锐的那头朝向他们自己。

明明那时的他只是一个不到18岁的少年。

所以她放弃了找一个他的替身的想法。

她发现，即使刻意忘掉他的脸，她对另一个人的幻想，也都是按照他的模子想出来的。只要不是他，她就感觉怎么都不对。

如今他又回来了。

她仿佛置身于夜色下一片诱人的玫瑰花海，这让她战战兢兢、如履薄冰。她渴望得厉害，却又生怕再次一脚踏进深渊。

就这样，她在矛盾里被炙烤着、煎熬着。

孟琪琪看到洛欢的表情，难得没有说话。

两个人回到宿舍，孟琪琪依旧摆着一张臭脸，还把洗手间征用了。

在洗手间门口差点儿被撞上鼻子的陈静怡气得大叫："你知不知道先来后到？你男友跟别人跑了啊你这么暴躁？"

两个人又吵吵嚷嚷的。

杨艺莹看了看洗手间的方向，又无奈地看向洛欢。

洛欢也满脸无奈，摇了摇头。

当晚，303寝室照旧收到了很丰盛的四人晚餐外卖，不明真相的杨艺莹和陈静怡吃得很香。孟琪琪一边唾弃，一边愤愤地嚼着排骨，整个人很矛盾。

洛欢的手机振动了一下。

她摘掉一次性手套，点开消息。

消息是江知寒发来的："味道怎么样？"

"……"洛欢看了一会儿信息，继续很高冷地打了三个字，"还可以。"

江知寒又继续发来消息："那好，你明天想吃什么？"

洛欢想了想，觉得现在就回话显得她们有些上赶着，于是含含糊糊地转移话题："再说吧，我问问我室友。"

"好。"

那边很耐心地回复。

放下手机，洛欢一转头，对上孟琪琪一双泛着幽光的眸子。孟琪琪的眼神里面包含着"你这个人没救了""姐们儿这么费心思地拉你，你都不上岸"以及"你脑袋是不是被门给夹了"等一系列恨铁不成钢的暗示。

洛欢十分淡定地回看了过去，仿佛在说"你厉害，你放下排骨啊"。

孟琪琪僵硬地扭过头。

对女生们来说，吃的应该是最无法抵挡的诱惑了。尤其是她们舞院的女生，不能跟其他人一样放肆地大吃大喝。江知寒订的餐，全是热量很低的食物，但味道一点儿不差，时不时就是各种水果，还有低糖点心。

集体被"投喂"了一段时间后，杨艺莹和陈静怡有些不好意思了，她们知道这一切是因为洛欢。

她们只是沾了光，但对方对洛欢真的是很真诚了。

有天杨艺莹特意将洛欢拉到一边的角落，说她们不好意思总这么花别人的钱，问洛欢什么时候能给对方名分，她寝室几个人和对方聚一聚，正式见见面。

名分……

洛欢听了有点儿不大自在，便随口糊弄了过去。

时间过得很快，大三下学期也快正式结束了。陆陆续续的考试过后，就快到放暑假的时间了。

暑假前两周，洛欢和班上几个学生被通知收到了意大利威尼斯政府以及当地孔子学院的邀请，要代表学校参加月中在意大利威尼斯举行的雏菊文化节表演，孟琪琪也在其中。

孟琪琪得知之后哀号："我还打算暑假赚钱呢，都预订好好几个单了，学校挡我财路！"

洛欢说："到时候我们要上电视和国外的报纸，名气更大，出场费不就更高了吗？"

孟琪琪："你说的也是。"

没办法，两个人只好一边准备考试，一边准备文化节的演出节目。

江北的考试周每次考试之间隔得挺久，有隔两天的，也有隔三天的。

这天下午，洛欢在一个没人的自习室里复习，放在一边静音的手机亮了一下。

电话是江知寒打来的。

洛欢放下笔，拿起手机接听。

"喂。"她的声音干巴巴的。

对方不在意她冷冰冰的声音，用低沉悦耳的声音说："5点多了，你还在复习吗？要不要出来吃饭？"

洛欢拿着电话看了眼时间，确实到吃晚饭的时间了。

她原本不觉得饿，可他这么一说，她确实有点儿饿了。

最近这段时间,他总是一日三次地提醒她吃饭,简直比闹钟还准时。洛欢原本有些混乱的吃饭时间渐渐地被他改了过来。

她转头看看窗外橘色的天空,说了句:"知道了。"

洛欢三两下收拾好书本,背着书包跑出教室。

二教楼前的树下立着一个高挑干净的男生,白衣黑裤,远远看着有一种不染凡尘的气质。

他侧对着她,偶尔低头看看手腕上的时间,垂眸的时候有种莫名其妙的温柔感。

洛欢朝他的方向跑了几步,靠近他时停了下来,深吸一口气,慢慢地走了过去。

听到有脚步声,江知寒转过头,望见她时眼睛似乎亮了一下,接着他笑了,大步往她那边走了过去。

"我拿吧。"他伸手接过了洛欢装着书的包。

洛欢强迫自己挪开眼,没有阻止他。

江知寒将包拿在手里,而后垂眸问:"你有没有什么想吃的?"

洛欢别过头:"不知道。"

这段时间以来,洛欢一直这样跟他说话。江知寒习惯了,也不气恼,叹了口气,接着笑了笑,配合地做思考状:"嗯……之前听我们实验室的同学说北安南路那边有家日料店不错,我们去那里吃,来回也不太远,好不好?"

洛欢撇撇嘴:"随便啊。"

江知寒默认她想去,于是点头:"嗯,那我们就去那儿。"

洛欢说:"是你想去的,我没有很想去。"

江知寒好脾气地点头:"嗯,是我想去,你没办法才陪我的。"

洛欢"哼"了声,一副"你还算上道"的模样,率先转身往前走。

江知寒站在后面笑了笑,跟了上去。

停车场内,知道洛欢不肯坐他的副驾驶座,江知寒便主动打开了后车门。

洛欢不客气地坐了进去,伸手压了压裙边,说了句:"热死了!"

江知寒坐上驾驶座,开了凉风,又从车载冰箱里拿了酸奶递给她。

洛欢看看他,然后伸手接过了酸奶。这是他给她准备的吗?

江知寒开动车子。

他见她盯着小冰箱,便说了句:"那里面的东西你都可以喝。"

洛欢飞快地收回目光，靠了回去。

还没到晚高峰，他们在路上堵了几分钟便到了。这家店不算难找，惹眼的日式风格他们从门口就能看到。

店里是很典型的日式装修风格，连店员的穿着都酷似日剧里的店员，大片明亮的颜色碰撞，让人觉得温暖又舒服。

店里客人不算少，但每桌之间都留着空间，让人感觉安静又舒服。

洛欢随便找了个空位就坐下了。

江知寒依旧坐在对面，接过店员拿来的菜单便给了洛欢，让她点餐。

这里面的东西，洛欢很多没吃过。但洛欢怕胖，在好几道菜之间犹豫着。

江知寒看了她一眼，喝了口茶，轻声说："你点吧，吃不了的我解决。"

一旁的店员立刻向洛欢投来了目光，笑而不语。

洛欢用手指捏了捏菜单，抬头看了看他，然后面无表情地把想吃的菜都点了。

"二位稍等。"店员端来两碗红豆汤，然后离开了。

洛欢低头喝了口清凉的红豆汤，觉得甜甜的、糯糯的，正好润润口。

她喝完一碗红豆汤后，还有些意犹未尽。下一秒，另一碗已经被推到了她的眼前。

洛欢发现，江知寒甚至比高中那会儿更体贴。她没说什么，接过汤继续喝。

不一会儿，菜都被端了上来，他们吃起来。

洛欢本来担心自己会吃胖，事实上，她只尝了第一口就觉得好吃，恨不得把舌头吞掉，让她胖两斤都行！

洛欢埋头吃着饭。江知寒时不时地给她服务着，甚至不需要店员过来服务。

洛欢埋头吃得正香时，耳边忽然传来一道略有些惊讶的嗓音，听着有点儿熟悉——

"江知寒？你怎么在这儿？！"

江知寒倒茶的动作顿了顿，抬眼看过去。

曹天磊跟师姐两个人做完实验，想着时间还早，就打算出来好好地吃一顿日料，本想着叫江知寒一起来，结果江知寒说没空。谁知他们在这儿遇见了？！

洛欢也抬眸看过去，看见曹天磊的身边还有个女生。

女生一头长发，穿着长裙，肤色白皙，眉眼锋利，很有女神范，有种高冷的气质。

只是她怎么觉得这个女生有点儿眼熟？

女生的肩上挎着蓝色的单肩包，她看到洛欢时愣了一下，眼中飞快地闪过了一丝情绪，微笑了一下，神色如常地叫出了洛欢的名字："洛欢啊，好久不见。"

萧萧。

洛欢终于认出了她。

她是和江知寒一个实验室的吗？几年不见，她的变化也很大。

洛欢不知道该说什么，只能对她点点头。

"好啊，你啊！"曹天磊快步朝他们走过去，笑着说，"我说你怎么不跟我们聚餐，原来你是单独跟女孩子约会啊！"

洛欢有点儿不大自在，纠正道："我们只是吃饭而已。"

"哦哦。"曹天磊点点头，一副"我懂你们的情趣"的表情。

洛欢："……"

江知寒笑了笑："你们怎么来了？"

"吃饭啊！这里只许你们来，还不许我们来了？"曹天磊是个爱热闹的人，看了看他们，说，"既然咱们几个遇见了，那要不要拼个桌？"

江知寒挑挑眉，没立即回答，而是看向洛欢，询问她的意见。

洛欢也不可能把人赶走吧？正好她觉得两个人吃饭不大自在，于是点头说："好啊，你们过来坐。"

这桌有四个座位，他们刚好坐满。

曹天磊点了几道菜，江知寒说记到自己的账上，算赔罪了。曹天磊"嘿嘿"一笑，说他真够哥们儿。

席间曹天磊聊起了实验室以及导师的话题。洛欢是个门外汉，也对他们三个人的话题不感兴趣，就自顾自地吃着饭。

萧萧喝了口甜梅酒，放下杯子转头看她："我之前不知道你在这个学校里，你是……哪个院的？"

洛欢抬头看着她，说："舞蹈表演，古典舞系。"

"舞蹈？"萧萧的眼神犀利，她说，"我记得你高中那会儿不是……学习挺好的吗？"

洛欢正要说话，忽然被江知寒打断："你要喝饮料吗？"

"什么？"洛欢看向他，见他盯着自己面前快见底的焦糖布丁。

411

她忍不住点点头。

于是江知寒叫来服务员，又要了一份焦糖布丁。

"你们要吃吗？"江知寒问曹天磊和萧萧。

曹天磊不爱吃这么甜的东西，摆了摆手，心想：江知寒对喜欢的人可真贴心啊，连带着对他们都平易近人了不少。

萧萧看了眼江知寒微微冷淡的侧脸，缓缓地收起眸中的犀利感，开口淡淡道："我也不吃。"

一顿饭结束后，曹天磊本想和他们俩再约个地方继续玩，被江知寒拒绝了。

"她得回学校练舞。"

曹天磊凑过来，拍了拍江知寒的肩，揶揄道："你这还没追成功呢，就打算提前练习如何当一个好男友啊？"

江知寒正在结账，转头看他："算吗？"

"什么？！"曹天磊瞪大了眼。

江知寒想了想，温和地笑了笑："我还不算吧。"

这还不算？！他快跪到人家姑娘的裙下了。

兄弟，你的男德成绩一定是第一名。

洛欢在门外停车的地方等着江知寒。江知寒很快过来，提着给她室友带的东西走到后车门处，说了句"抱歉"，随后打开了车门。

洛欢咬着糖看他，坐进车里，然后接过他手里的东西。

另一边，"萧萧，你看什么呢？走了。"曹天磊催促着萧萧，如果去晚了，想去的那家网红糕点店又得排队了。

萧萧看了看那边，透过玻璃窗，隐约能看到驾驶座上的男生一只手搭着方向盘，侧着身在耐心地和后面的女孩说着什么。

女孩低着头，一副不好好听的样子。

萧萧皱皱眉，收回了目光。

江知寒的车里开着凉风，阻隔了窗外汹涌的热浪。洛欢喝了口苏打水，目光从窗外转移到前面正开着车的男生身上。

他的后颈上是细碎的黑发，肩颈漂亮，手臂修长，线条优美，连手腕处凸起的骨头都很精致。

宽敞的后座里，洛欢放下水瓶，忽然往前坐了点儿，撑住下巴喊了他一句："江知寒。"

"嗯？"江知寒微偏头看了她一眼。

洛欢懒声问:"你是不是跟萧萧说过我什么坏话?"

刚才一起吃饭时,她能感觉到萧萧好像不是很喜欢她。

"什么?"江知寒没听清,把车速放慢了些,尾音低沉又性感。

洛欢抿抿唇,摇了摇头:"没什么。"

江知寒不是那种喜欢告状的人。算了,她懒得去想这些。

江知寒又看了看她,这才收回目光,专注地看着前面。

车内沉寂了几分钟。

"欢欢。"

"干吗?"

洛欢耷拉着眼,听着江知寒的声音。

"今年的暑假……你要回家吗?"

洛欢抬起眸,静了静,说:"你问这个干什么?"

江知寒的手无意识地握紧了方向盘,他说:"我陪你回去看看,怎么样?"

千城对洛欢来说,像是不想被揭开的心事。

当初江知寒走后,千城对她来说就像是一个阴云密布的罩子,不再有阳光,闷得她透不过气来。所以她拼死拼活地努力离开千城,就是想躲开那个地方——那个让她伤心的地方。

这几年来,她很少回去,有时候寒暑假回去后又匆匆地离开。

她知道父母想她,可就是不敢再去靠近那座城,生怕不好的回忆会朝她涌来。

可如今他来了。但她好像还没做好再次回去的准备,还没有完全原谅他。

车内安静了一会儿。

洛欢向后靠了回去,别过脸开口淡淡地道:"不用了,我可能没时间。"

江知寒再次握紧了方向盘,开口沉静又温和地说:"好。"

你想什么时候回去,我们再回去。

洛欢没有再说话,拧开瓶盖就往肚子里灌水。

等到了学校,洛欢已经被一肚子水撑得不行,下车都用手扶着车门,都怪江知寒这个罪魁祸首。

江知寒眼露担忧之色:"我扶你去……"

那她就不能在学校里待了。她可不想再上学校的八卦论坛了。

"不用。"洛欢凶凶地瞪了他一眼,接过他怀里的吃的,便往女生宿舍的方向走。

江知寒摸了摸鼻子，望着女孩生动的背影，忍不住勾起嘴角，神色温柔地笑了笑。

洛欢进了宿舍楼，推开了房门。

宿舍里只有孟琪琪一个人在。

孟琪琪正敷着面膜，把修长的双腿搭在桌上打游戏，开着语音，娇滴滴的声音能嗲死人。

孟琪琪听到洛欢回来了，飞快地关了语音，顿了顿，眼也不抬地问："你去哪儿了？"

洛欢走过去，踢了一脚她的椅子："让一让。"

孟琪琪说："就不。"

这段时间里，她还因为洛欢跟江知寒的事情掰扯不清楚而生气。

洛欢把东西放在自己的桌上，说："那你别吃了，我给陈静怡她们了。"

"什么？"一听说有吃的，孟琪琪立刻放下腿坐了起来，扯下脸上的面膜。

洛欢坐下来揉肚子，语气懒懒的："没什么，我就是和别人出去吃了顿饭，别人让我顺便给你们带点儿吃的。"

这个"别人"，孟琪琪想都不用想就知道是谁。

孟琪琪没出息地瞄了一眼："这都是什么啊？"

"你不是不吃吗？"

"谁说我不吃？！"孟琪琪起身走过来就拆袋子。

洛欢觉得好笑，说："你不跟你的好哥哥打游戏了吗？"

"哎呀，你干吗？"孟琪琪"哼"了一声，不在意地摆摆手，"游戏哪有吃饭重要，他那水平，让他先打着吧，我多死几次没关系。"

"啧啧啧，这是哪家店啊？这么奢侈，他真是资本家。"孟琪琪一边批判，一边吃得不亦乐乎，每道菜都要尝尝。

洛欢不理会唠叨的她，整理着书本，踢了踢她说："你吃完跟我去图书馆。"

孟琪琪一口甜酒差点儿喷出来："哇，你要不要这么恐怖？！"

下午江知寒收拾了一番，又去了实验室。

曹天磊晚上来实验室的时候吓了一跳："江知寒，你什么时候来的？"

江知寒操纵着仪器，观察着实验对象的反应，目光专注，他说："下午。"

曹天磊朝他竖了个大拇指,他真不愧是大"学霸"。

曹天磊戴好手套走过来,开始上手操作,看了眼江知寒,忍不住问:"江知寒,你跟那个姑娘是不是以前认识啊?"

江知寒的动作顿了顿,两秒后,他"嗯"了一声。

"哇!"曹天磊体内的八卦之魂被勾了出来,他赶忙继续问江知寒,"你们到底怎么回事?你跟兄弟说说呗,是不是你以前负了她?所以你现在才这么……卑微。"

江知寒可是他们学院的"高岭之花"。那个女孩能让这种人念念不忘得这么明显,他们之间一定有什么故事。

江知寒那双睫毛纤长的眼睛眨了眨,接着他点了点头。

"厉害啊!"曹天磊仿佛发现了什么惊天大秘密,还想再八卦,余光看到一个穿着白大褂的人走进来,于是赶忙闭了嘴。

萧萧是他们的师姐,平时严厉得要命,等同于半个导师,工作和生活分得很开。

一见她来,曹天磊顿时有种导师来了的感觉,赶紧认真地做实验,乖乖地说了句"师姐好"。

萧萧来的时候便听到了刚才曹天磊在实验室里说的话。

她来到自己的工作台前,点点头,没说什么,只是朝江知寒的方向看了一眼。

江知寒低头做着实验,侧脸俊秀柔和,微微撩起的眼尾使他显得格外沉静。

他还打算跟那个人复合?

他是不是忘了那几年他被她害得有多惨,差点儿流离失所。

萧萧收回目光,低下头,拿着针管的手指微微有些发白。

日子不停地流逝,考试周也到了尾声。

其间,蒋音美和洛国平给洛欢打了电话,问她暑假要不要回家。洛欢说暑假要去国外表演,可能没有时间。

蒋音美顿了顿,小心地说:"那爸爸和妈妈要不买票去国外看看你的演出,顺便旅游之类的?"

蒋音美这学期带高3班,而且护照、签证之类的也不可能一下子就办好。

洛欢知道,父母是想她了。

以前洛欢对此会很排斥,刻意忽略这个念头。但随着她长大了,飞向

415

了远方，父母也在慢慢地老去，他们生命里的重心就只剩下了孩子。

如今，江知寒又回来了。

蒋音美许是怕洛欢再想起以前不开心的事，很快便扯开话题，三个人聊了聊别的内容。

快要挂电话时，洛欢忽然出声喊住了她："妈妈。"

"怎么了？"

洛欢用手指卷着书边："我……我到时候看看，如果有时间，可能会回去看你们。"

电话那端的两个人愣了一会儿。

还是洛国平先反应过来，拍了一下大腿，气势如虹道："好！等你回来，老爸给你做你最爱吃的油焖大虾，等早晨咱爷儿俩去小区附近的公园里跑步。我看看这两年你在外地上学有没有偷懒！"

"……"洛国平同志真是终身热爱锻炼啊。

洛欢忍不住笑了一声，勉强淡定地点头："好。"

虽然定下了暑假回去的事，但洛欢没有告诉江知寒，她还是觉得有些别扭。洛欢继续准备考试。

最后一门古典舞基训结束后，洛欢擦着汗去拿水。

"等等。"孟琪琪揉着腿，抓住洛欢的胳膊，跟她一起慢吞吞地走出教室。

刚考完试，整栋教学楼出来的学生不少，空气里都弥漫着轻松的气息。

"你暑假住校啊？"

洛欢扭头看她，说："不然呢？你不住吗？"

洛欢暑假期间要留校训练，准备8月的演出，想着在学校里住会方便点儿。

孟琪琪撇撇嘴，说道："可能吧。"

"什么叫可能？"

"就是……"孟琪琪有些磕巴，眼神闪烁了两下，说，"那个，他说要来看我。"

洛欢知道她说的人是谁了。

上次劳动节后，洛欢有些担心，事后问过孟琪琪和那个游戏网友的事情。

孟琪琪说那个人二十四五岁了，他的长相让人觉得他挺花心的。她看过的男人太多了，一眼就知道他不是个安分的人，她跟对方只是打打游戏而已,绝对不会发展出别的感情。

孟琪琪和她那个游戏网友还没分,经常被他拉着打游戏,有时候打一整天,快睡觉了还在打。

洛欢觉得她这么做有些浪费时间。

一般这个年纪的男人大多在忙工作,没时间打游戏吧。

孟琪琪说她也不知道那个人具体是干什么的,她不感兴趣,可是每次对方拉她打游戏,她都会上线。

那个人经常监控孟琪琪的生活,这让洛欢觉得不舒服。

听孟琪琪说对方要来看她,洛欢皱了皱眉:"你答应了?"

孟琪琪赶紧否认:"没有!我拒绝了好不好?"

洛欢忍不住叹气:"孟琪琪,对方快26岁了,比我们大这么多,你们还是网上认识的,我觉得你还是不要轻易相信对方。"

毕竟隔着一条网线,谁也不清楚对方到底是不是好人。

孟琪琪摆了摆手:"我知道了,你别操心了。你琪琪姐我见过的狗子比你吃过的盐还多,懂吗?"

孟琪琪许是怕洛欢再啰唆,眼睛瞥过去,余光扫到前面站着的人,愣了一下,赶紧拍了拍洛欢的肩,说道:"你看那是谁?"

洛欢随即扭过头,下一秒整个人愣住了。

"啧,你还说我呢,人家这才是看得紧呢。"孟琪琪笑着调侃了她一番,照样不待见某人,"哼"了声,说了句"我先走了",然后逃似的跑掉了。

洛欢盯着对面树下的白色身影,没动。

那个人主动走到了她的面前。

洛欢微微抬起眸,木着脸说:"你来干吗?你今天不去实验室吗?"

"我们下午放半天假。"江知寒淡笑着回答,拿起手里的一件防晒衣,轻轻地披在了她的身上。

洛欢这才注意到自己只穿了件练功服。练功服是贴身的、薄薄的。

她的脸上还沾着被汗浸湿的发丝。

微风轻轻地吹着他们。

她说会照顾好自己,流汗了会穿衣服,可她经常忘记。

第十六章
这回忆并不苦涩

这衣服薄薄的,却出奇地适合。

他什么时候买的?洛欢轻轻垂下眸,伸手扯了扯衣服,没说话。

"你饿了吗?"头顶传来声音。

洛欢撇撇嘴,故意问他:"你就不关心我考得怎么样吗?"

江知寒愣了一下,随后莞尔道:"我相信你啊。"

洛欢表情轻松的样子,一点儿不像考砸了。

洛欢被夸得不自在,"哼"了一声,整理好衣服,然后抬头睨他,语气依旧不咸不淡:"你……还有事?"

江知寒温和地笑着,问:"你饿了吗?"

"还行。"洛欢不好好回答,径直往前走,连背影都透着娇气。

江知寒跟上来,垂眼看她,自动把她这句话当成想吃的意思,依旧好脾气地问:"那你想吃什么?"

洛欢摇头:"不知道,我还没想好。"

"嗯,那我们去外面吃怎么样?"

"我想和室友们出去玩。"她为难着他。

江知寒没有刻意要求洛欢必须和他吃饭,于是说:"那我花钱,请你们吃好不好?"

没关系,他觉得只要洛欢开心就好。

洛欢停下脚步,有些匪夷所思地看着他。

他什么意思？他还真打算做"二十四孝男友"了？

"只是……"江知寒停顿了一下，垂下眼睫，弯了弯唇角，有点儿像在苦笑，又像乞求，"能不能……让我也去？我就是看看，绝对不打扰你们。"

她和室友在一起，应该要比和他在一起放松吧？

他已经很久没看到洛欢很开心的样子了。

洛欢不知道江知寒的想法，张了张口，半晌后说了句："好啊。"

暑假前的最后一天，寝室的几个人都胆大地选了密室逃脱，来到大厅组完队，工作人员开始给他们讲解剧情。

杨艺莹忍着激动的心情，跟洛欢说："洛欢！他真的不和我们一起玩吗？"

她没想到洛欢的男朋友竟然这么帅，那天论坛里爆料洛欢的事的时候，她只是看了个他的大概模样，就觉得很惊为天人了。

今天她终于见到了真人，觉得他更帅了！

他还请她们出来玩。只是，他为什么只在大厅里坐着，不和她们一起玩啊？

他听讲解听得好认真啊，不过就是感觉有点儿……孤零零的。

洛欢从坐在休息区的人身上收回目光，对杨艺莹说："他不爱玩这些。"

实际上，她也不知道他为什么不玩。

杨艺莹不禁"啊"了一声，言语间有点儿遗憾。

不过，她们很快就被恐怖的气氛吸引了全部注意力。

她们选的是一个日系恐怖主题的密室，几个女孩无所畏惧，一上来就选了个最高难度的。

密室里面黑漆漆的，恐怖气氛十足，再加上各种特效音乐的播放和真人NPC（非玩家角色）们的卖力演出，几个女生当即就吓呆了。

第一关，废弃的实验室地上除了放着一堆很逼真的人骨，其他都是乱七八糟的实验工具。实验室的墙上还有一扇铁门，只是门被锁着。

她们上哪儿找钥匙啊？

陈静怡在监牢外死死抱着孟琪琪的胳膊，脸色发白，语带哽咽："我……我……我……我要回家……"

孟琪琪被抓得好痛，要寻找线索，又要注意旁边有没有突然跑上来的各种"鬼"，于是气急败坏地扯她："你放开我……"

"洛欢，你找到通关线索了吗？"杨艺莹太胆小了，彻底废了，躲在洛欢的身后哭丧着脸问。

洛欢胆子挺大，但此时脸色也有些发白。

正在这时，洛欢手里的对讲机忽然响起电流流动的声音。

"啊！"陈静怡差点儿跳起来，向后贴在墙上，整个人绷得紧紧的，一动也不敢动。

其他人的注意力也全集中过来。

洛欢也吓了一跳，还没说什么，对讲机那端便传来一声略微低沉的熟悉的嗓音，如潺潺的泉水般悦耳。

"你把头骨后面的那根骨头拧一下，墙上的石英钟里面的鸟儿会出来。"

江知寒！

洛欢愣了一下。孟琪琪立刻反应过来，扑到对讲机前，有些语无伦次："江知寒？你是江知寒？你现在在哪儿？"

"我在监控室，快点儿，一会儿NPC又要来了。"

听见耳边隐隐传来的脚步声，孟琪琪立马催促洛欢："喂，洛欢你发什么呆？快点儿走啊！"

洛欢回过神来，赶紧朝那堆骨头跑去。

原来那堆骨头是一道机关，洛欢拧了一个角度后，对面墙上的石英钟果然跳出了一只小鸟，鸟的口中衔着一个东西。

她们赶忙将那东西取下，根据图上的标识，调好铁门上的锁子图案。

"哐"的一声，铁门开了。

然后，赶在NPC到来之前，她们扯着有些瘫软的陈静怡跑进了铁门，然后从里面关上了门。

有惊无险。

到了第二关，许是因为有江知寒远程观看，几个人都放松了不少，开始专注地寻找新的线索。

这个密室逃脱一共设有15关。到了第二关后，江知寒没有直接告诉她们答案，只是在她们实在毫无头绪时才会提点一下。

渐渐地，她们也开始享受游戏的乐趣。

难怪他之前听得那么仔细，是怕她们几个人搞不定吗？

对讲机被洛欢握在手中，洛欢仿佛能听见对方隔着电流的浅浅的呼吸声。

尽管周围的布置依旧令人感觉恐怖，但洛欢的心里还是莫名其妙地有种踏实感，好像只要他在，就能给她一种令人安心的力量。

这种感觉和高中那会儿没什么区别，一直是这样。

高中的时候，明明被期中、期末、月考等各种考试包围，她却一点儿也不焦躁。因为她知道他在，知道自己会好好复习，然后顺利通过考试。

她越回忆，心就越酸胀得厉害。

但这回忆并不苦涩。

洛欢抿抿唇，目光落在了对讲机上，长睫微微颤了颤。

幸好这四周光线不算太亮，隐藏了她很多细微的情绪。

一个多小时后，她们闯出最后一关，推开门的那一刹那视野开阔了。

身后是尽职尽责的NPC们在追赶她们。她们在前面跑，笑着，闹着。

几个女孩放肆又轻快的笑声充斥着整个明亮的大厅。

周围不少进去前满脸紧张、出来后面如土色的人纷纷看了过来。

洛欢慢慢停下脚步，在一个很粗的圆柱旁，一眼便看到那抹高大又温暖的身影。

他就在门口的不远处，她一出门就能看到他。

而他也正看着她，眸子乌黑又专注。然后，他起身朝她走了过来。

他身量高挑，头发是墨黑色的。

洛欢在他停在她身前半步的时候略微抬起了眼，轻声说道："我暑假要去意大利表演，你那个时候有空吗？"

在听到洛欢亲口问出这句话的时候，江知寒足足愣了好一阵。

他的心口仿佛有千万朵烟花同时炸开，直到再次听见洛欢软绵绵的语调后，他才算清醒过来。

洛欢仰头望着他，又问了句："你不愿意啊？"

"愿……意。"江知寒极力按捺着情绪，点头应道。

他很早就知道洛欢要去国外演出的事，但洛欢一直没有正式跟他说过。

他以为洛欢不想让他陪伴。他甚至做好了到时候偷偷去的准备，不是接近她，让她看到，而是不让她发现。

只是他没有想到，洛欢会主动告诉他。

许是面前的人的目光太过浓烈汹涌，洛欢的脸颊有些发烫。她有些受不住，移开了目光，随口说道："我就是通知你一下，到时候有没有空随便你。"

江知寒对着洛欢弯起眼眸，笑着说："到时候我一定来。"

洛欢虽然没有看他，却能感受到他的眼里此刻盛满的星光。

他应该很开心吧。

周围人来人往，两个人的外形都十分出挑，加上用这种姿势站着，自然能吸引很多的目光。

可他不在乎，只是看着她。

洛欢有点儿受不住，"哼"了一声，绕过他往前走，去跟其他的室友会合。

杨艺莹她们几个人激动得不行，恨不得能再玩一次，或者再选个别的主题。

看到洛欢来了，杨艺莹立马拉住洛欢，忍着激动小声说："洛欢，你男朋友也太酷了吧，他怎么进到监控室的？简直了！"

今晚要不是她男朋友，她们估计得吓死在里面了。这种掌控全场的感觉，简直酷毙了有没有？！

他又帅又聪明，还懂礼貌，对她们寝室的人都好，这种神仙男友上哪儿找啊？！

和陈静怡喜欢的周学长一比，他完全碾压了周学长好吗？！

许是也感受到了对比，听着杨艺莹一个劲儿地吹洛欢的男朋友，陈静怡的表情复杂极了。

孟琪琪偏偏还火上浇油地说："他是不错啊，头脑好，胆子也大。如果换了某些人，可能先自己吓过去了吧，还怎么保护别人？"

陈静怡看向她的眼神带着杀气。

洛欢不想理她们俩，看向杨艺莹说："你饿了吗？我们去吃饭？"

杨艺莹拼命地点头："好！"

不知为什么，吃饭时江知寒依旧没跟她们一起，只不过在饭前便替她们买好了单，然后温和地笑着说："我临时有点儿事，你们先吃，抱歉。"

她们怎么舍得多嘴一句啊？

等人走后，洛欢才收回目光，依稀想起刚才江知寒临走前曾看了她一眼。在放松的同时，她莫名其妙地有些失落。

杨艺莹惊叹的话在她的耳边响起："天啊，他太帅了吧，好帅，洛欢你上哪儿找的这么好的男朋友啊？……"

洛欢朝她笑了笑，没有说话。

江知寒点了很多菜，又点了不少她们女生都爱吃的甜品。即将放暑假，素了一个学期的她们放开了吃着。

四个女生加一个男生，确实有些怪怪的。但只有她们四个人，洛欢就放松多了。

席间孟琪琪几个人还抢菜。

一顿饭吃完，一个多小时过去了。

接近晚上，江知寒又适时地出现，给她们点了奶茶。

接到奶茶外卖的杨艺莹捧着奶茶，后知后觉地喃喃道："我们今天这一圈玩下来，这服务真周到啊……"

连孟琪琪都没有再严正抗议了，毕竟吃人嘴软，拿人手短。

"洛欢，你男朋友还没忙完吗？"杨艺莹问道。

洛欢回过神，抿抿唇回答："可……能吧。"

杨艺莹有些遗憾，她还打算好好感谢感谢他呢。

几个人又在商场里逛了一会儿，消着食，眼看天要黑了，准备打车回宿舍。

孟琪琪点开打车软件操作着。

洛欢站在原地，低头喝着奶茶，有点儿心不在焉的。

口袋里的手机忽然振动了一下。洛欢回过了神来，顿了一下，立刻拿出手机来看："你们什么时候回学校，我来接你？"

他现在在哪儿？洛欢心念微动，不受控制地打了几个字问他。

"我在楼下的停车场。"

原来他就在商场里。

洛欢的心里好似糖丝涌了上来。

洛欢的手指在键盘上悬空几秒，打了一个字："哦。"

"好，那我来接你。"

江知寒回得很快。

洛欢没有再回信息，收起手机看向了几个室友，顿了顿，郑重地开口道："我有点儿事，就不和你们一起回了，你们先回吧。"

杨艺莹"啊"了声，问："天都快黑了，你有什么事啊，远吗？"

洛欢轻咳一声，含糊地说道："没，不远，你们回去吧，我先走了。"说完后，她摆了摆手就跑了，几乎是落荒而逃。

孟琪琪心知肚明，哼了一声："她真是没救了。"

"什么？"杨艺莹不太明白。

"没什么。"孟琪琪回过头来。

洛欢坐着扶梯下楼，快步下到了停车场内。

周围的车挺多的，空气也有些燥热，掺着点儿汽油味。洛欢正四处看着，突然前面的一辆白车的车灯闪了闪。

洛欢扭过头，看到一双修长好看的手操纵着方向盘，将车子径直开到了她的面前。

接着"嘀"的一声，车门锁被打开。

洛欢不可否认，她被他刚才这个动作弄得有点儿心动。只是她依旧平静地垂眸，打开后座车门，坐了上来。

车内开着冷气，又是那股好闻的像松木清泉的味道。

"你还想去哪儿逛？"江知寒微微偏了偏脑袋，问道。

洛欢寻了个舒服的位置，然后吸着奶茶，淡淡地说："不用。"

江知寒"嗯"了一声，这才有些眷恋地收回目光，专注地开车。

出口处有些堵，江知寒索性打开了音乐播放器，回头问洛欢想听什么歌。

洛欢说："随便吧。"

江知寒便点了几下，很快，淡淡的音乐声便飘了出来。

音乐前奏有些熟悉，洛欢不禁愣了愣。

这首歌是《江南》。

她高中那会儿曾经推这首歌给他听过。

许是注意到洛欢的目光，江知寒沉默了一下，随即轻笑着回忆："你推给我的歌我都记得。"

那时的洛欢还是个有点儿中二的追星少女，给江知寒推了很多的东西。

东西多到她都忘了。

她没想到他全记得。

这些歌放到现在来看属于老歌了，江知寒居然还在听。

洛欢的心里百转千回，半晌后，她含糊地"哦"了一声。

车辆有些多，各种车灯亮着，混合着燥热的空气与喇叭声，组成了这不眠的夏夜，车内却仿佛是另一个世界，清凉又安静。

洛欢坐在后座，默默地听着歌，回忆如潮水般涌来。

明明已经过了好几年，那些事情却清晰得仿佛发生在昨天……

她的眼睫颤了颤。

江知寒也不打扰她，静静地坐在驾驶座上，车外昏黄的光柔和地落下，他就坐在其中，整个人清俊又干净。

他依旧是这般年轻。

他们已经过了穿校服的年纪了，可恍惚中，洛欢仿佛又看到了那个高中时期的江知寒。

他就在那儿，没有走。

而她也没有变。

可他明明一声不吭地离开了好多年。

洛欢有好几次想问问他为什么那么做，可是自尊心拉扯着她，让她不要开口。

最开始江知寒也是想告诉她的，可她粗暴地打断了他，他就不再说了。

洛欢发现，江知寒车内的音乐全是高中时她推荐给他的，一个不差。

放了暑假，宿舍里走了杨艺莹跟陈静怡两个人，监管也相对松了许多，洛欢和孟琪琪偶尔会在寝室里煮个小火锅之类的。

但大部分时间，她们都会被江知寒"投喂"。

最开始孟琪琪对江知寒持批判态度，每次看到洛欢和他联系就会脸色变得很臭。然而吃人嘴软，长时间下来，她也不好再说什么了。

这天下午，洛欢结束练习，去拿毛巾擦脸，余光瞥见一旁的孟琪琪正低头拿着手机在聊天儿，脸上的笑很是娇羞。

洛欢看着她，放下毛巾问："你在跟谁聊呢？"

孟琪琪吓得差点儿将手机丢了。她慌忙藏好手机，瞪了洛欢一眼说："死丫头，你要吓死我啊？"

洛欢有些无辜，眨巴眨巴大眼睛："是你……做贼心虚吧？"

"你才做贼心虚。"孟琪琪的眼神乱瞟着，看了看周围的人，她干脆收起手机走了。

洛欢无奈地摇摇头。

孟琪琪不说，洛欢也知道她在和谁聊，就是她的那个游戏网友。

洛欢没见过他，也不知道他人品怎么样，只能继续看看他们的进展了。

洛欢收拾好后出了舞蹈室，照例在走廊里看到了江知寒。

他正靠在走廊边，垂着眸发消息，看到她出来便笑了，收了手机直起身朝她走过来。

"去吃饭？"

洛欢有点儿别扭地看了他一眼，问道："你……实验室不忙吗？"

这段时间，他总是准时过来，往往她一下课就能看到他，简直比她的"大姨妈"还要准时。

江知寒愣了一下，很快笑着说："吃饭的时间我还是有的啊。"

"哦。"洛欢不关心他实验的问题，反正也不懂。

江知寒伸手接过她肩上的背包："走吧。"

洛欢没有说话，走在他的身边。

因为正值暑假，学校所有的大型食堂都关了，只有一个小食堂还开着。天气热，洛欢没什么胃口，点的餐很清淡。

江知寒看到她点的餐后，又给她买了杯西瓜汁。

洛欢吃着盘子里的菜，抬头看看对面的人："那个……"

"怎么了？"江知寒抬头看着她，眼神专注。

洛欢垂着眸，故作很随意地问他："你暑假有什么安排？"

她暑假演出结束后要直接回家。他那种家庭，他暑假应该得回去吧。

万一他去不了……

"我在学校做实验，签证和护照已经快下来了，到时候我请几天假陪你去演出，应该……就没有了。"

他说的时候顿了顿，不禁看了洛欢一眼，似是欲言又止。

"那你不回家吗？"洛欢问。

江知寒反应了一下，后知后觉地回答："他们都挺忙的，我应该不用回去。"

洛欢很平静地点点头，努力掩饰着心里的小起伏。

"吃饭！"

8月中旬，学校给她们办的签证下来了，她们开始为出国做准备。

出国的前一晚，洛欢跟孟琪琪各自躺在床上玩手机，聊天儿。

孟琪琪跟她的那个游戏网友玩得不亦乐乎。

洛欢也懒得管她了，只要他们不见面，怎么样都行。

洛欢的手机里是江知寒事无巨细的交代。

他和高中那会儿一模一样，爱管她。

只不过高中那会儿的他更青涩，没说两句就会被她逗得面红耳赤。

洛欢鼓了鼓嘴角，在他又列出一长串注意事项后，懒洋洋地敲了句："我知道了！"

现在他就这么啰唆，以后可怎么办？

以后……

意识到自己有这个念头后，洛欢愣了愣，下一秒，赶忙把手机关了，埋头躲进被子里。

第二天一早她们就集合了。

领队老师在清点完人数之后，让同学们坐学校的大巴。

"第一次去意大利，到时候表演结束，我肯定要好好玩玩，拍拍照，回去让那些同学羡慕死！"

"是啊，我这辈子还没去过威尼斯，到时候肯定先去叹息桥和大教堂看看！"

一群人叽叽喳喳，连孟琪琪也加入到了她们的讨论中。

洛欢对这个话题不太感兴趣，一边塞着耳机听音乐，一边在各个软件上面滑来滑去。

不知道她在看什么。

突然，屏幕上方出现了一条消息。

洛欢翻音乐列表的拇指下意识地将消息点开："你们坐上车了吗？我也准备走了。"

他还附带了一张黑色的行李箱的照片，像是在宿舍里拍的。

洛欢原本有些焦躁的眉眼缓缓舒展开。她仔细看了好一会儿，才回了两个字："上了。"

"好。"

那边回消息回得很快。

她回完了消息，心情一下好了许多，不禁看向窗外，跟着耳机里的音乐随口哼着。

"你唱什么呢？"耳边突然响起孟琪琪质疑的声音。

洛欢吓了一跳，转头就看到孟琪琪的那张大脸。洛欢翻翻白眼，说："没什么！你打游戏吧。"

最近两个人总用各自的哏来怼对方。

果然，孟琪琪的脸色不自在起来，她"哼"了几声就回去乖乖地继续打游戏了。

洛欢看了会儿窗外，又忍不住低下头，再次点开那张照片。

纯黑色的小型行李箱，没什么特别的地方，周围似乎是一个客厅，铺着浅色的瓷砖，挺干净的。

洛欢想到自己的小小宿舍，又看了一眼照片里窗明几净的宿舍，顿时觉得天差地别。

果然他是交换生啊，待遇就是不同。

因为江知寒并不是她们出访团队的一员，所以另外买票，买到了她们那班机票之后，前几天便告诉了她。

十几个小时的飞行让所有人激动的心情渐渐平复。下午到达目的地后，大家都累得不行。好在主办方派车过来了，很快将她们接到了指定的酒店。

大街上满眼都是金发碧眼的外国人。酒店的装修十分具有意大利风情，绝美的哥特式建筑，离米兰大教堂和地铁站也很近。

洛欢跟孟琪琪一路跟随着领队老师和主办方，终于拿到了自己房间的房卡。

两个人一间房。房间不小，是双人床，布置得格外有艺术气息。

"哇，还有浴缸跟香薰，主办方也太好了吧……"国外的酒店风格跟国内的相差很大，有很多新奇的玩意儿，孟琪琪一进来，就跟刘姥姥进了大观园似的。

洛欢倒是没什么兴趣欣赏酒店，坐了十几个小时的飞机，放下行李就坐在沙发上放松肩膀,然后顺便打开手机。

不久前江知寒发了一条消息,说他已经到了,他发来的定位就是她们入住的酒店。

洛欢抿抿唇,发了一句:"哦。"

她不知道他住在哪个房间,也不知道他有没有买到入场票。

第十七章
这次你还会不会丢下我走了

洛欢很想问他，但最后强迫自己忍了下去。反正迟早她会知道的。

放完行李，孟琪琪打算研究一下酒店里的浴缸，奈何没过多久领队老师就催着她们下去吃饭，两个人只好匆匆整理了一下，下去吃饭。

她们是在酒店里吃的晚饭。因为快比赛了，这段时间所有人都不能随意走动，每天早、中、晚都要报备行程。

吃完饭后，领队老师又拉着她们开了很久的会，交代了这几天的行程。

直到开完会回到房间，洛欢才终于有时间看手机消息。

早在几个小时前，江知寒就发了消息给她："你的房间在哪儿？"

"我在楼下看到你了。"

"你好好吃饭吧。"

他也没发什么交代之类的话，都是很平常的话。

洛欢抿住唇，发了句："我开完会回来了。"

等了一秒，洛欢又立马打字："哦。"

然后她就盖住手机，没有看手机了。

"洛欢——"孟琪琪在浴室里喊她，"帮我看看这上面写的是啥玩意儿？"

洛欢终于找到了一个合适的理由，赶紧丢下手机起身走过去。

考虑到住在这里的人有外国游客，酒店所有东西都标了英文。孟琪琪英语不好，当初要不是洛欢死命地帮她补，再加上她专业课排名靠前，她还真考不到江北大学。

一到大学孟琪琪的英语就彻底荒废了，英语四级她还是重考了好几次才通过。

毕竟蒋音美是英语老师，高三那段时间甚至熬夜帮洛欢补课，所以洛欢在英语方面还是可以的。

洛欢有些心不在焉地帮孟琪琪看完之后出来了。

她看着沙发上的手机，做了一番心理建设，拿起了手机。

几分钟前江知寒就回了消息："累不累，你要睡了吗？"

"要不要喝点儿东西？我之前去看过，这里的手摇果汁还不错。果汁是新鲜的，热量也不高。"

几乎是她刚发过去消息他就回了，只不过那会儿她在帮孟琪琪翻译。

难道他一直在盯着手机？

像是为了验证，洛欢忍不住，又发了一句过去："喔。"

很快，左上角的文字动了起来，接着那边发来一张图片，图片是酒店里的各种特色饮料。

洛欢深吸一口气，回头朝浴室的方向喊："孟琪琪，你要喝什么饮料吗？"

"啊？什么？你拿过来我看看，我这会儿不方便出去。"孟琪琪已经开始用浴缸了。

洛欢无语地摇了摇头，起身拿着手机进去。

没过10分钟，客房的门被人敲响。来者是位穿着制服的女人，礼貌地用英文说："二位好，客房服务。"

两杯浓稠的血橙果汁被装在玻璃杯内，杯口用一片新鲜的血橙装饰着，鲜艳漂亮。

"啧啧啧，他这么有心啊。"泡完澡的孟琪琪拉着洛欢坐在落地窗前的小沙发上，一副小资情调地凹造型拍照。

洛欢托腮勉强配合着她。

孟琪琪拍完，又臭美了会儿，看着身后的景点实在心痒痒得不行，一边修图，一边说道："等演出结束，我得好好逛逛，憋死了，我们票都买好了。"

洛欢捏着吸管，忽然转头看向她，眼睛上下打量着她。洛欢问道："我们？"

"……"孟琪琪整个人一僵。

洛欢放下杯子，脸色严肃："说，到底怎么回事？"

孟琪琪知道洛欢聪明，这事大抵也瞒不过她，犹犹豫豫地交代："那个……他也跟来了。"

洛欢听出来是谁后，恨不得用书拍她的脑袋："你和他才认识多久，你就答应他跟着你出国了？"

他这都跟出国了，肯定也知道孟琪琪的学校了。

孟琪琪扬着脑袋说："是他非要跟着我的啊，再说他人很好的，就是霸道了点儿。"

"你才见了他几面，你就知道他人好了？"

孟琪琪翻着白眼说道："不然呢？你和江知寒重逢后也没多久啊，你不也答应他出国陪你了？"

"那是因为……"洛欢一句"他是好人"有些害羞，说不出口，只能气鼓鼓地盯着她。

这回换成洛欢用恨铁不成钢的眼神看孟琪琪了。

孟琪琪笑嘻嘻的，伸手揽着她的肩说道："他人真的挺好的，真的，到时候你见了就知道了，要不然到时候你叫上江知寒，咱们四个一起聚聚啊。"

聚什么？友好相处？

她都还没见过那个人，连对方是人是鬼都不清楚，还要友好相处？

孟琪琪总说自己在这方面是老手，但洛欢发现她怎么这么像恋爱脑，她这也太不靠谱儿了。

网上的骗子太多了。

于是洛欢当下没有说什么，只说了句"到时候再说吧"。

第二天，主办方在酒店里召开了新闻发布会，所有来自江北的舞蹈生都参加了，洛欢和孟琪琪也体验了一把被国外记者拍照的场面。

正式演出在第三天，在威尼斯当地的雪绒歌剧院，离酒店并不远。

演出前一晚，洛欢洗漱完，躺在床上很久都没有睡意。

她在各个软件之间浏览，因为网络问题，国内的消息都有点儿延迟。

最后，她又点回聊天儿软件，手指在键盘上打完字又删除，很长时间都没有发出去一句话。

她还是觉得有些别扭。

他们最后的交流，还停留在几个小时以前。

江知寒祝她明天演出顺利，她"刻板"地道了句"谢谢"。

估计他以为她这会儿已经睡了吧。

窗外天色已经完全黑了下来，连孟琪琪也打游戏打得睡着了。

洛欢从窗外收回目光，不经意瞥见聊天儿页面跳出来一条消息："你还没睡？"

洛欢吓得手都抖了抖。

他，还醒着？

洛欢握着手机，犹豫了会儿，打字："你……还没睡啊？"

"嗯，我看你好像有话要说。"

"怎么了？"

她才没有……

好吧，她是有话想说。

还有几个小时天就要亮了，她得站在国外很多陌生面孔前跳舞，这种感觉，就和高三那会儿的艺考差不多。

明明需要早睡调整好状态，可是她就是睡不着，越是暗示自己快点儿睡，越睡不着。

洛欢有些自暴自弃，撒了点儿谎："我晚上喝了点儿咖啡，这会儿有些睡不着……"

那边左上角的字又动了起来。

洛欢连呼吸都放慢了，然后就看见他发过来的消息："你睡不着啊，那我给你讲几个故事怎么样？"

讲故事？

江知寒还没给她讲过故事。洛欢心动得不行，又有些端着架子，轻咳一声，问："发消息吗？"

"不，语音。"

洛欢不禁握紧了手机。

"我们可以打语音电话，如果你方便。你只要听就好了。"

这无疑是个巨大的诱惑。洛欢的手指悬在键盘上，心也渐渐地偏了，于是不禁敲字："电话吧，我懒得一条条点开信息看。"

结果下一秒，对方的语音电话便打了过来。

洛欢赶忙关了声音，摸过床头的耳机，插了上去，点击接听，掀开被子钻了进去。

电话接通之后，谁也没有说话，只有双方浅浅的呼吸声。

洛欢轻咳了一声。

那边终于开了口："那我，开始讲了。"

"嗯。"

江知寒顿了顿，讲了一个……《野兔和刺猬》的故事。

洛欢的嘴角抽了抽，差点儿呛出声。

江知寒许是听到了洛欢极度无语的声音，略有些不自然地含笑解释：

"我没听过什么故事,我觉得这种故事挺催眠的,还不费脑。"

"⋯⋯"他是以为她有多小?

好吧,她总不能大半夜的让江知寒讲什么鬼故事吧?

那她会兴奋得彻底睡不着觉了。

"随⋯⋯随便。"洛欢随意地小声说了句。

江知寒"嗯"了一声,轻轻点击电脑的声音响起,接着,他的声音顺着电流传了过来。

"这个故事是这样的。在秋季的一个星期天的早上,荞麦花开得正盛⋯⋯"

江知寒把声音放得很低,他的声音却依旧格外好听。声音从听筒的另一边传来,贴着洛欢的耳朵传入,就仿佛⋯⋯他正在她的耳边轻轻讲述着故事。

洛欢一边忍受着育儿故事带来的略微不适,一边又因此莫名其妙地红着脸。

许是周围太安静,她能清晰地听到自己的心跳声。

"扑通,扑通"。

洛欢甩甩脑袋,强迫自己不去多想,让自己的注意力集中到故事上。

故事虽然有点儿幼稚,但听起来也挺⋯⋯舒服的。

江知寒的声音十分干净,没有其他杂音,格外能安抚人心。

洛欢好像有点儿能理解他为什么想当一名医生了,还是一名神经科的医生。

病人光是听到这种声音,就能感觉很幸福吧。

而且,将来江知寒要是有孩子了,也一定会这么耐心地给孩子讲睡前故事吧。

轰。

这回洛欢的脸彻底红了。意识到自己在想什么,洛欢面红耳赤地拿被子裹紧自己。

电话那端的姑娘不安分,也不知道在干什么,时而发出像被子摩擦的声音,以及浅浅的呼吸声。

声音像是在他的耳边发出的。

酒店内四周昏暗又安静,只有床头的灯照亮一隅。江知寒垂下眸,眼角盯着面前电脑屏幕上的字,语速不变,长睫却敛了许多光亮。

洛欢乱跳的心好久才慢慢平复下来。

耳边传来的放低的声音，仿佛雨天里的奶茶，格外安抚人心。仿佛此刻外面下暴雨，她也不会害怕了。

伴着这样的心情，洛欢全身慢慢地放松下来，渐渐地进入了梦乡。

电话里细微的声音渐渐消失，变成了规律而又清浅的呼吸声。

江知寒慢慢停下讲话，默默地听了好一会儿。

"晚安。"他低低地开口。

他的表情显露他很满足。

他想要的并不多，只要洛欢能不再排斥他，允许他的接近，他就很开心了，不敢再要求太多。

第二天的演出很顺利。洛欢作为领舞，甚至还受到了当地政府官员们的表扬。

观众大多是当地人，也有周边地区的人。江知寒不知道从哪儿弄来的票，从第一天就坐在观众席观看表演。

他没有买视野最好的座位，而是选了个角落的座位。如果不是第一场表演结束，孟琪琪眼尖发现了江知寒并指给洛欢看，洛欢完全发现不了他。

他坐的地方也太低调了。

他穿着简单的休闲装，戴着顶鸭舌帽，帽檐下的皮肤格外白皙，鼻梁高挺，五官分明，与周围的外国人比也毫不逊色。

他一直看着台上，两个人目光对上的那一刻，洛欢的心跳了跳，她瞬间挪开了眼。

她化着浓妆的脸颊有些发烫，耳根也不受控制地热了起来。

她的心里涌出了一丝甜蜜的滋味。

洛欢她们结束后退了场，先回酒店，然后一起去主办方安排的地方吃饭。

洛欢下场时，下意识地往江知寒坐的方向看过去。

她看到江知寒站了起来。

坐上回酒店的大巴车后，洛欢正解着头上紧绷的编发，放在腿上的手机就振动了一下。

洛欢从衣服里掏出手机。

"你们要回酒店？"

洛欢回复："嗯，我们回酒店准备一下，就去主办方安排的地方吃饭。"

"你呢？……"

"嗯，那我到处看看，顺便等你。"

洛欢咬住唇，回了个："哦。"

洛欢收起手机，一转眼就看到一旁的孟琪琪在低头跟别人发消息。

"你发什么呢？"

孟琪琪吓了一大跳，连忙收起手机，过了两秒又有些肆无忌惮地挑挑眉："我当然是在和别人聊天儿啊，还能有谁？"

"我们约在后天了，后天表演一结束，咱们俩去跟他见见吧。"

"不见。"

"啧啧啧，不见就不见，你这么凶干吗？"孟琪琪吐槽着洛欢。

洛欢开口："孟琪琪……"

"打住！"孟琪琪知道洛欢要说什么，万分求饶，开口道，"您饶了我吧妹妹，我知道分寸的。"

她说完就戴上耳机，拒绝和洛欢交流了。

洛欢有点儿无奈。

演出一共三天，这三天里，洛欢每次都能在人海里看到江知寒。原本她有些紧张的情绪，在看见他的时候慢慢消失了。

她演出结束后需要跟主办方见面，江知寒就会独自一人去附近转转，等她回来再继续跟她交流。

演出最后一天，观众席照样座无虚席。到了谢幕环节，台下不少人都站了起来，掌声经久不息。

她们来威尼斯演出的事情也上了当地不少报纸，获得了不小的关注。

演出终于结束，回到酒店，洛欢整个人仿佛是用坏了的机器，瘫倒在大床上一动不动。

倒是孟琪琪兴致勃勃的，一直在换衣服。

洛欢问："你要去干什么？"

孟琪琪拿衣服的动作一顿，眼神闪烁，说道："没什么啊，我看看衣服都不行了？"说完，她直接抱起衣服进了浴室。

洛欢挺累的，打算等她出来再好好问问她，结果没想到自己睡了过去。等她醒来，天快黑了。

孟琪琪早不知所踪。

洛欢爬起来，伸手揉了揉有些僵硬的脖子。她找来手机，正准备询问孟琪琪在哪儿，结果就看到好几条未读消息。

信息是江知寒发来的。

"你吃了吗？"

"在忙？"

"你是不是还在睡觉？"

洛欢心神一动。

他竟然猜出来她在睡觉？！洛欢抿抿唇，握着手机回复："嗯，我刚睡醒，还没吃饭。"

她捧着手机坐在床上等着信息，很快，手机屏幕的左上角出现了消息提醒。

"你要不要下来吃饭？"

聊天儿页面里跳出来这一句话。

洛欢张了张嘴，正要回答，酒店门口忽然传来开锁的声音。洛欢抬眸看去，是孟琪琪回来了。

孟琪琪打扮得挺妖娆，手里提着好多吃的，还冲洛欢晃了晃袋子。

于是洛欢低下头打字："哦，孟琪琪带了吃的，我就不下去了。"

不过，她又飞快地补上一句："明天我没什么事情，应该有空吃。"

"嗯，那明天见。"

关了手机，洛欢抬眸看向孟琪琪，严肃起来："你去哪儿了？"

"呵呵，你跟男朋友柔情蜜意的，对我就这么不耐烦啊？"

孟琪琪没回答她的问题，取下身上的小挎包，把东西提过来，放在她的面前："吃吧，我专门给你带的，够意思吧？"

见洛欢不为所动，依旧盯着她，孟琪琪眼睛闪了闪，说道："我出去玩了。谁让你睡得这么死，怎么叫都不醒？"她说完怕洛欢追问似的，赶紧进了浴室。

洛欢扫了眼桌上的吃的。

食物包装精美，她一看便知道价格不菲，这绝不是孟琪琪平时舍得买的。

当晚，洛欢想和孟琪琪聊聊她那个游戏网友的事。孟琪琪总是三言两语地带过，并不想聊的样子，甚至第二天在洛欢睡醒前又溜了，留下一张"饱含歉意"的字条。

演出结束后洛欢她们有几天的自由活动的时间，这段时间领队老师不太管她们。

洛欢发了消息问孟琪琪在哪儿，孟琪琪干脆装死。洛欢懒得再管她。

房间里只有洛欢一个人。她想着江知寒晚上应该会叫她出去吃饭，于是打算收拾一下，去酒店的餐厅吃饭。

她正打算收拾时，放在床上的手机亮了亮。洛欢跑过去看手机，果然是江知寒发过来的信息："今天有旅行计划吗？"

旅行？

洛欢这段时间住在主岛上，这里可能是网红打卡地，人挺多的，洛欢也没什么兴趣出去玩。再加上连着三天高强度的演出，洛欢放了假只想在床上瘫着。可如今江知寒提起了旅行，她有些蠢蠢欲动。

"好啊，去哪儿？"

"整个威尼斯，如果你有时间的话，我们可以每天去几个地方，今天先逛主岛。"

洛欢轻吸了一口气，回复："好！"

放下手机，洛欢迫不及待地去了浴室。

她的衣服向来简单，夏天更是如此。换好衣服，洛欢看了看自己披散的头发，犹豫了一下，编了个粗辫垂在右肩上，然后拿起挎包出门。

江知寒就在大堂里等她，坐在沙发那儿。

洛欢下去的时候，看到他正低头看着手机。

他上身穿着一件浅蓝色的T恤，一头柔软的黑发，身材高挑，气质格外出众。

他垂眸时，修长的手指偶尔操作着手机，神情专注。

洛欢看着他，心跳的频率不禁有些加快。

她还没走近他，江知寒便有所察觉似的抬眸看过来。

洛欢脚步一顿。下一秒，江知寒便收起手机站了起来，看着她，微微笑了笑，笑容格外好看。

"你饿了吗？我们先吃早餐。"

洛欢有些不自在地移开目光，点点头。

酒店的早餐是自助的，当地人的饮食以甜品居多，早餐有蒸鸡蛋、烤面包和果汁之类的。

江知寒知道洛欢不大喜欢在早上吃这些，就尽量给她找来一些热量比较低的食物。

周围的食客里也有亚洲人，洛欢他俩外形出众，吸引了周围不少人的目光。甚至有人用英语问他们问题，江知寒很好脾气地一一回答。

洛欢隐约听到有"girlfriend"（女朋友）的单词。江知寒停顿了一下，然后略带笑容地缓声回了个"Yeah"（是的）。

洛欢的脸一下子完全红了，剩下的话她没再听了。

周围的目光让她有些不大自在，于是她低着头猛吃。直到江知寒坐下，她还在"装死"。

江知寒推过来什么吃的，她就囫囵吞枣般吃下去。最后结果就是，洛欢一顿早餐吃撑了，中午都不用吃了，直接能旅游到下午了，完美。

许是感受到洛欢有些幽怨的目光，江知寒忍着笑意，没有定水上巴士，而是先带着洛欢在主岛各处转转，消消食。

威尼斯是一座水城，由上百座岛屿组成，其中主岛是最受欢迎的一座岛。

前几天洛欢忙着演出，没有时间，今天总算有时间静下心来好好地看看这里了。

目前这里处于旅游旺季，人很多，但这里的风情丝毫未减——教堂、钟楼，还有叹息桥。

太阳从薄薄的金色变成浓郁的金黄色，这座异域风情的小岛沐浴在阳光中。

这里的人多，江知寒不时地注意着洛欢的周围，遇到有外国人上前要和她握手时，江知寒会礼貌地替她挡开。

洛欢略微不解地抬头看他。

江知寒便跟她解释："他们不是欢迎你，是在向你推销产品，强买强卖。"

洛欢了然。

原来外国也有这种人，她差点儿自作多情了。可是他怎么知道这些？……

前几天他到处看，原来是去了解这些了。他是在提前做功课吗？洛欢抿抿唇，"哦"了一声。

下午的圣马可广场上洒满了金色的阳光，许多人在广场上喂鸽子。

洛欢看得有些心动，于是江知寒给她买了很多鸽子食。

洛欢拿了一包，刚拆开，一大群鸽子便飞了过来。

"……"还好洛欢是见过大场面的人，不至于被吓得跳起来。

洛欢有些僵硬地扭头，求助地看向某人。

江知寒微微地笑了笑，走过来帮她赶走周围的鸽子，拆开一包鸽子食扬了扬。

贪吃的鸽子立刻飞了过来。

鸽子一点儿也不怕人，甚至还会飞到人的手上啄食。

洛欢开始紧绷着，后来慢慢地放松了下来，蹲下来喂它们。

黄昏柔和的光洒下来，给他整个人罩了一层朦胧的光晕。

他的轮廓看起来那么温柔，又那么真实。

洛欢扭过头，望着他，心跳又开始不受控制地逐渐加快。

几秒过后，她用他能听见的音量轻声问他："江知寒，如果我最后答应你一次，这次你还会不会丢下我走了？"

洛欢这话说得又轻又淡，却在江知寒的心里掀起了惊涛骇浪。

他立刻转头看她，忘记了喂鸽子手里的食物，漆黑的眼睛里满是不敢相信之色。

这种表情极少出现在江知寒的脸上，他很少有这么大的情绪波动。

洛欢忍不住别过脸，过了许久等不到回答，干脆说道："你不愿意就算了！"

她正要起身，手腕忽然被人一把握住。洛欢差点儿摔了一跤。

"对不起。"江知寒立刻放开手起身，依旧有些不敢相信，动了动嘴唇，勉强说出来一句："真……真的吗？"

她说的是他想的那样吗？还是他在做梦？

江知寒迫切地想让洛欢再说一次。

洛欢发现自己依旧忘不了他。

哪怕她曾经将他封存在记忆的深处，刻意不去触碰。可他一出现，就像天雷地火，无端地、狠狠地撕开她心底的那个地方。

她完全无法抵抗他。

这段时间，她对他冷着脸，故意不给他好脸色，其实就是在发泄，发泄他当年一声不吭就离开带给她的难过。可他全盘接受，甚至一点儿不耐烦的痕迹都没有。

他近似卑微地讨好她，对她小心翼翼的。

她的心被他暖化了。

她认命地承认，她好像真的只喜欢他。

这几年来，她不是没尝试过走出去，可是都不行。所以，既然放不开，那她就别再浪费时间自我折磨了。

洛欢轻轻地抬眸看着他，那张漂亮的小脸上写满了认真，她再次说道："江知寒，我最后给你一次机会，如果你再弄丢它，我就彻底放弃你了。"

江知寒有些呆愣地看着她，仿佛听到了天籁。

这是他从不敢想象的事情。哪怕是做梦，也只敢偷偷地梦一下，他绝不敢奢望它成真。因为他已经做好了一辈子不被她原谅的准备。

如今她……

江知寒盯着她，忘记了说话。

一秒。

两秒。

三秒。

洛欢再次抬眸看他，忽然看到他红红的眼眶，不禁一愣。

他……哭了？

人潮涌动的广场上，英俊高挑的年轻男人静静地望着面前的女孩，下颌线条收紧，双眼通红，这一幕看上去很美，只是洛欢有些愣了。

"喂，你……你哭了？"

她不会把一个大男生欺负哭了吧？

这有什么好哭的？！她的话有那么吓人吗？

"没。"江知寒勉强控制住心底的情绪，微微地朝她笑了笑，只是嗓音还有点儿哑。

洛欢："……"他真哭了。

周围有不少人看过来，洛欢的脸颊有些发烫，她飞快地对他说了句："那……那你自己喂鸽子吧，我先走了。"

她拿着鸽子食转身，那些鸽子却不放过她，扇着翅膀朝她飞过来。

这里的鸽子都不怕人，还好凶。最后还是江知寒上前解救了她。

鸽子们向着撒远的食物飞走了。洛欢有些惊魂未定，仰头朝他说了句"谢谢"。

"没关系。"江知寒的眼眶依然微红，他淡淡地笑着，笑容很招人喜欢。

如果这会儿有蜜蜂，都能来采蜜了。

洛欢默默地移开了目光。

喂完鸽子食，江知寒又问洛欢想要去哪儿。

威尼斯的岛屿都不大，基本上他们一天之内就能逛完，看完时钟塔后，已经接近晚上。

洛欢总算有些饿了，江知寒便带她去了一家当地的网红餐厅。

这家网红餐厅，菜品味道挺好。

江知寒自始至终为她服务。

他们吃完饭后，外面天色变黑了，圣马可广场上有艺人表演音乐，还有跑来跑去的小孩，天边最后一抹落日余晖格外震撼。

"小心。"江知寒低声说了一句，伸手握住洛欢的胳膊轻轻地往自己这边一拉，避免一个冒失的小孩飞跑过来撞到她。

洛欢猝不及防地靠在他的肩上，心也跟着颤了颤。

等那个冒失的小孩嬉笑着跑过去后，江知寒才松了些力道，但依旧没有放开她的手。

他握着她胳膊的手掌温热，将她细细的胳膊包裹住。洛欢莫名其妙地有点儿不想让他放开自己。

"走吧。"江知寒熟悉的声音在她的头顶上响起。

洛欢低头胡乱地点了一下头。

这样的姿势其实有些不自然,但谁也没有开口。江知寒的手指慢慢地往下,停在她的手上。

洛欢的手指缩了缩,却没有甩开他的手。

许是在给她适应的时间,江知寒等了两秒,然后坚定又温柔地握住了她的手。

他们的手慢慢地十指紧扣。

江知寒见她没有抗拒,手指慢慢地收紧,温热彻底将她包裹。

洛欢的情绪跟着翻涌。

接着,江知寒又带洛欢去了几家店,有卖纪念品的,有卖手工艺品的,还有卖各种各样好看又新奇的饰品的。他们回到酒店里时,已经晚上9点多了。

洛欢竟有些舍不得,不过,她没好意思开口。

坐上电梯后,洛欢发现江知寒按的是她那层楼的电梯按钮。

她心念微动,忽然转头看他。

许是看出了她的心思,江知寒有些僵硬地开口:"我从前台那儿问到了你的房间号。"

"哦。"洛欢回过头,没什么表情地点点头,唇角却不着痕迹地轻轻弯了弯。

电梯打开,洛欢先走了出去。

走廊里很安静,地上铺着地毯,脚步声仿佛被消音了。

快到门口时,洛欢扭过头,看看身后的人。

江知寒深沉而专注的目光落在她的身上,眼里仿佛盛了光。

跟以前一样,只要她一转头,就能看到他。

江知寒上前,把下午买的东西递给她。洛欢低下头,伸手接过东西。

"我在楼上的8902号房间,你有事给我发消息。"

他竟然就住在她的楼上,这么近。

柔白的灯光下,女孩的眼神闪了闪,她樱唇微张:"你也早点儿回去休息。"

走廊的灯光将他高挺的鼻梁刻画得格外有立体感,江知寒垂眸望着她,轻轻地笑了笑,点点头:"好。"

回到房间里,洛欢向后靠在门上,忍不住抚上"扑通"乱跳的心脏。

怎么回事？！她明明已经过了十六七岁的年龄，怎么跟他说两句话就受不了？！

脸颊有发热的趋势，洛欢双手捂住脸颊，深吸口气，努力把这种旖念赶出去。

好不容易降了点儿温，洛欢打开灯，就着亮光眯了眯眼睛，这才发现孟琪琪到现在还没回来。

洛欢放下包坐在沙发上，给孟琪琪发了好几条消息。孟琪琪隔了几分钟才回复她，说马上就回去。

洛欢等着她，放下手机去洗澡，出来后拿吹风机吹头发，心想吹完后孟琪琪要是还不回来自己就出去找她。

好在孟琪琪在她吹干头发之前就回来了。这回孟琪琪的脸颊有些红，她像是喝了酒。

洛欢皱眉，走上前，扯了扯她的领子。

孟琪琪的后脖颈上有好几个吻痕。

"孟琪琪！"

孟琪琪赶紧伸手将领子扯回去，瞪大眼睛，说："你干吗？你想非礼我啊？"

洛欢不理她，指着她脖颈上的吻痕说："这是什么？你跟他已经亲了？"

孟琪琪愣了一下，笑嘻嘻地说："洛欢，你这么突然、这么直接，我都有点儿不适应了。"

"我本来就是这样。"洛欢说，"你别打岔，给我好好交代。"

孟琪琪撇了撇嘴，坐在沙发上揉着酸痛的腿，不以为意："哎呀，我们都长大了，亲一下怎么了？再说，我们是男女朋友，还不能亲了？"

"万一他有病怎么办？"洛欢在网上看过的案子不少，对这种事还是十分警惕的。

孟琪琪倒水的手一抖。她诡异地上下打量着洛欢，说："你当年跟江知寒亲的时候怎么就不怕？"

洛欢被噎了一下，深吸口气正要反驳，孟琪琪站了起来，推着她往床边走："我的好姐妹，你就饶了我吧。我们就 kiss（亲吻）了一下而已，没干其他的，真的，而且他们那个圈子干净着呢。一般人他才看不上眼，他绝不可能有病的。改天他回国了，咱们四个人正式见见，你就知道他人怎么样了……"

442

说完后，孟琪琪就溜进了浴室，"砰"的一声关上门，不再给洛欢任何教育她的机会。

孟琪琪最近真是陷入了恋爱中。

她每天出去逛街，晚上才回来，洗完澡又和对方打游戏，语音一聊就聊到半夜。

洛欢听过对方的声音。那个男生的声音有些故作低沉，油腻又霸道，典型的"渣男"嗓音。总之，洛欢听了他的声音后全身忍不住起鸡皮疙瘩，偏偏孟琪琪对他着迷得厉害。

有一次孟琪琪想给对方介绍洛欢，洛欢便起身去浴室，"砰"的一声关了门。

这晚孟琪琪又在和那个男人打游戏。游戏的声音吵得人难以入睡。洛欢睡前跟江知寒聊了会儿天儿，说了孟琪琪几句。孟琪琪当下答应得好好的，可没过多久又恢复原样了。

洛欢叹了口气，起身靠在床头摸出手机，看了看和江知寒的聊天儿记录，试探着发了一条消息过去："你睡着了吗？"

消息被发出去没多久，她就收到了回复："没，怎么了？"

洛欢用余光朝旁边激动的人一瞥，然后打字："我睡不着，想跟你聊聊天儿。"

江知寒是个绝佳的倾听者。

洛欢也没具体说什么事情，就啰唆地发了一大堆无聊的话。江知寒没嫌她烦，耐心地陪她聊着天儿。

洛欢有些凌乱的心渐渐地平静了下来。

孟琪琪这人，不知道打游戏要打到几点。

说到底洛欢只是她的朋友，并没有立场干涉她的事情。

洛欢好不容易平静下来的心又有些起伏，她不想被孟琪琪吵一晚上，用舌尖抵了抵上齿，将刚刚结束的对话再次开启。

"江知寒……我能不能去你那里休息一晚上？"

她承认她发的时候刻意没有去想该不该发这条信息，因为她一旦深思熟虑起来，这话是绝对说不出口的。

果然，手机显示"对方正在输入"了许久。

洛欢感觉脸颊烧了起来，很想撤回刚才的话，手指刚点在发的那句话上，便跳出来一句话："好，你过来吧，我这边有多余的床。"

洛欢瞪大了眼睛。

"你要不要拿什么东西？我去接你。"江知寒接着又发了一句话。

洛欢轻吸口气，吓得赶紧打字："不用，就几件东西，我自己拿得动，你别下来。"

这层楼还住着领队老师和其他的学生，万一她出门被他们看到，她怎么都解释不清了。

江知寒"嗯"了一声，又叮嘱了她几句。

他一副很正经的模样。

洛欢收起手机，下床去收拾东西。直到她穿好衣服在门口换鞋，孟琪琪才发现她要出去："大晚上的你去哪儿啊？"

洛欢看了她一眼，冰冷地说："这里太吵了，我去别处睡。"

孟琪琪被噎了一下，笑着挪揄她："你是去楼上找某人吧？"

"你管得着吗？"洛欢懒得抬眼皮，怼了她一句就拉开门走了。

"砰"——

"……"孟琪琪忍不住翻翻白眼，"你有男朋友了不起啊？我也有了好不好？！"

洛欢提着包进了电梯，然后按了上一层的电梯按钮。

头顶的数字开始往上涨。

她深吸一口气，按照江知寒给的房间号，在门口停下，刚准备伸手敲门，门便从里面被人打开了。

洛欢愣了一下。

江知寒穿着件简单的白T恤，下面搭配灰色的棉质短裤，许是已经洗过了澡，头发有些湿，皮肤显得更白了。

他一只手搭着门把手，冲着洛欢笑了笑，眼眸干净又清澈，好似星河点点。

"进来吧。"

洛欢移开了目光，故作镇定地点点头，背着包走了进去。

相较她们住的标准间，楼上的他的单人套房显得大多了，各种设备也高级得多。

毕竟她们用的是学校的经费，能两个人住一间房已经很不错了。

单人套间的一边是办公区域，另一边是卧室，卧室里摆着两张大床。

床很大，其中一张有些褶皱，洛欢想，那应该是他睡过的位置。

洛欢盯着另一张床，脸莫名其妙地热了。

"你……要洗澡吗？我这里洗漱的用品都有。"江知寒在她的身后问道。

洛欢绷紧了肩背，回头看了他一眼，尽量语气自然地说："我洗过了，就是借你的床用一用。"说完她便扭过头，掩饰性地走上前，拍了拍面前的床，"这张床是我的吗？"

江知寒望了一眼床，轻"嗯"了一声，随即又问她："你渴不渴，想不想喝什么？或者你饿不饿？我叫人送吃的上来。"

他怎么老担心她会饿啊？

洛欢忍住微翘的唇角，坐在床边说："我不饿，你这儿有水吗？"

"哦，有啊，你等等。"江知寒反应过来，点头，去外面倒了杯水，还端了盘新鲜的水果过来。

水果像是他刚点的。

"谢谢。"洛欢接过水，低头喝了几口。

她喝完水后，看到江知寒依旧站在她的面前，眨了眨眼，问道："你……不睡觉吗？"女孩的肌肤白嫩，卷翘双睫下的眼眸里似有星星在晃动。

江知寒稍动了动薄唇，把声音放得很低："嗯，我还有些事情要处理。"

于是洛欢将目光撇向一边，说："那你去忙吧，不用管我。"

"那你……早点儿睡。"

"嗯。"

洛欢用余光看到江知寒离开后，有些紧绷的神经才渐渐地放松。

空气里浮动着熟悉又好闻的雪松香气，淡淡的，还有似有若无的水汽。

洛欢抬眸看了一圈周围。

这里的摆设很整齐，没有太多的私人用品，电视柜下还放着几本书。

洛欢忍不住走上前翻了翻，发现是几本幼儿图画书，是全英文的。

"……"难道那天给她讲完故事后，江知寒又买了几本书？

洛欢心情复杂地放下书，回到了床边。

房间的隔音极好，洛欢不知道江知寒在干什么，扭头看了看门，掀开被子上了床。

床铺绵软，她仿佛陷进了棉花里。

另外一边，江知寒坐在办公桌边，处理几份实验报告，放在键盘上的修长手指顿了顿，他抬眸向卧室的方向看过去。

尽管门关着，他还是能想象到里面的女孩拱起一团被子的画面，空气中仿佛能闻到淡淡的暖香。

以往无数个重复又清冷的夜似乎也有了温度。

他的心忽地一暖。

江知寒轻轻地垂下眼帘，眉眼生出了一抹柔和之色。

他扭头看了眼时间。

快 12 点了，这会儿她应该睡了吧？

江知寒提交完最后一份报告，关了电脑，捏捏眉心，起身朝卧室的方向走去。

他抬手轻轻地推开门，卧室里光线昏暗，只有床头的氪孔静静地发出的微弱暖光。

女孩背对着他，静静地躺在床上。

柔和的光线轻笼着她的身体，黑发散落在她的身后，皮肤白皙。

江知寒靠在门框边上静静地看了她很久，才走到另一边，掀开了被子。

他上一回这样看着她是多久之前了？

高二吧。

如今洛欢睡着的模样竟和几年前没有太大区别。

一切仿佛昨日重现。还好她没有走得太远……

洛欢其实从江知寒进来的那一刻就醒了。

灯关着，其他的感官就会被无限地放大。洛欢即使闭着眼睛，也能感受到对面安静又明显的目光。

他为什么不睡觉啊？

他这样一直看着别人，会让人很有压力的……

可能他真的以为她已经睡着了，才会这么肆无忌惮吧。

洛欢没有睡着，就不能一直保持这种姿势，连呼吸太明显都不行，长时间下来真的受不住。于是，洛欢终于忍不住，装作被吵醒翻过身，皱了皱眉，慢慢地睁开了眼。

两个人的目光猝不及防地对上了。

"……"江知寒很明显地愣了一下。

洛欢眨巴着眼睛，迷迷糊糊地问："几点了？"

她没清醒。

江知寒放松了一点儿，柔声说道："12 点了，睡吧。"

洛欢"哦"了一声，动了动身体，被子下睡僵了的身体趁机活动了一下。

江知寒依旧看着她。

洛欢回看着他，问："江知寒，你看我干什么？"

江知寒反应过来，脸上露出些许不自然的表情，转过身时，听见身旁的少女的喃喃声——

"江知寒，我们有四年未见了吧？"

江知寒愣了一下，转头看向她，轻轻地点点头，又"嗯"了一声。

洛欢轻轻地抬眼，对上他的眼，又问："这四年里，你一个人睡得好吗？"

江知寒愣了愣，眼眶泛红，半晌之后，声音有点儿沙哑地说："不好啊，一点儿都不好。"

这些年他太想她了。

最初的那几年，他每天都想去找她。可他连自己都快管不好了，又怎么能够把她找回来？

洛欢坐了起来，抱着被子扭头看着他。

"真的？"

"嗯。"

洛欢低着头沉默了一会儿，掀开被子，抱着枕头走过去，躺在了他的床上。

江知寒整个人愣住了，浑身有些僵硬。

洛欢仰起头看着他，干净清澈的大眼睛里盛满了星光。她轻轻地说："你怎么证明？"

江知寒浓密的眼睫毛颤了两下。他沉默了几秒，忽然抬手将她揽入怀中，把她抱得紧紧的。

他用实际行动回答了她。

洛欢的脸贴着他的脸，她终于感受到那种久违的、熟悉的温暖。

她原本干涸的眼睛慢慢地热了起来。

只有他能给她这种感觉。

江知寒收紧抱着她的手臂，视她如珍宝，生怕她消失了般，低沉的嗓音有点儿哑。

"我还是很想你。"

洛欢小幅度地抿了抿唇，轻声问："这几年里，你有过其他的女朋友吗？"

"没有。"江知寒立刻回答。

他忘不了她。

"真的吗？"

头顶的人轻轻地点头:"嗯。"

洛欢在他的怀里抬起眼,主动说:"我也没有。这几年里我试过,想忘记你,可我发现出现在我身边的人大都和你有这样或那样的相似点,可他们都不是你。"

江知寒静静地听着她的话。

"明明是你先丢下我的,可我还是忘不了你。我承认我很没出息,如果你再不出现,我可能真的要孤独终老了。"

洛欢睁着红红的眼睛,语气带着控诉:"江知寒,你真的很过分,可我还是忘不了你。"

再没有什么比这样的话更深情了。

女孩湿润的眼睛红红的,她略带幽怨地看着他,让他的心疼得快化了。

他的心脏抽痛了一下。

洛欢的双眼越来越红,她像是知道对方会毫无条件地哄自己,所以就可以肆无忌惮地撒娇,让他温柔地哄自己。

江知寒抬手,手指轻轻地蹭着她湿润的眼角。

可他越擦拭,她的眼泪越多,仿佛拧开了开关的水流,怎么都干不了。

江知寒抬手轻轻地在她的头发上抚摩着,轻叹一口气,抬手托起她的后脑,一偏头吻了上去。

洛欢猝不及防地呜咽了一声。

江知寒并没有强迫她,而是轻轻地吻着她的唇角,安抚着她。洛欢的抽噎声慢慢小了,她睁大了眼睛看着他。

他的唇瓣带着温热的触感,慢慢地抚慰了她委屈的心。

江知寒重新抬起眸,压低的声音掺了点儿低低的诱惑喑哑感:"乖啊,别哭了,好不好?"

他的睫毛又长又密,眼睫下的双眸此刻深沉得厉害,仿佛能将人的灵魂吸进去,他垂眸怜惜地看着她。

他的气息喷洒在她的脖颈处。

洛欢在他的眸子里看到了自己的影子,脸颊不自觉地有些发热。

她感觉江知寒的呼吸变得粗重起来。

江知寒忽然又低下头,重新吻上了她。

他这回的吻是试探性的,温柔又真实。洛欢愣了一下,抬手轻轻地抱住他的肩。像是得到了鼓励,江知寒的吻重了几分。

洛欢在这方面的经验并不多,仅有的几次她也几乎在这么久的时间里忘了，但她并不感觉陌生，似乎身体早已经熟悉了他的气息。

在他用舌尖轻轻地探索她的唇缝时，洛欢眨眨眼，有些羞涩地轻轻启了唇。

江知寒用漆黑的眼睛望着她，轻轻一笑，双臂紧紧地抱着她，长驱直入。

两个人的体温渐渐升高。

洛欢被吻得浑身发软，迷迷糊糊地想着：这家伙的吻技怎么忽然变得这么好了？他是跟人学了吗？

吻蔓延到她的唇边，他忍不住往下探。

洛欢的呼吸有些急促，可是很快地，他忽然停下了动作。

江知寒用双手静静地抱着她，把头埋在她的颈边，在她的耳边喘得声音有些闷。

洛欢有些不解。

"对不起。"江知寒拥着她的手臂微微收紧，他为自己的冒失轻声道歉。

洛欢愣了一下，慢慢地清醒。

她意识到他们在干什么时，脸颊一下子红了。

"没……没……没关系。"洛欢其实对此不介意的，有些结结巴巴地开口，但在心里悄悄地松了口气。

讲实话，她好像还没做好准备……

好在黑夜给了他们一个绝好的掩饰环境。但温度还未降下，她能感受到他身体的僵硬。

洛欢尽量一动不动，不"招惹"他。

但她不知道，她仅仅躺在这儿，对他而言的诱惑力就很大了。

他察觉出洛欢下意识表现出来的紧张，没有强迫她，而是耐心地给她时间缓解。

女孩柔软的身子靠着他，一阵阵馨香直往他的鼻子里钻。江知寒暗暗地缓了一会儿，发现还是有些困难，于是低下头，低声对洛欢说道："欢欢……要不你回到另外一张床上睡？"

洛欢不禁撇了撇嘴，用大眼睛望着他："你是不是嫌弃我啊？"

她刚告白完就被赶走，也太没有面子了吧！

"不是。"江知寒轻吸一口气，说道，"我怕，万一……"

"没关系！"洛欢伸手抱住了他，在他的怀里甜甜地笑着，说，"我相信你！"

当年他们还是最容易犯错的学生时，江知寒都能忍着什么也不做，如今长大了，他的自制力肯定更厉害。

"……"江知寒沉默了一下。

她对一个男人这方面有点儿过分信任了。

"我先睡了，好困，晚安。"洛欢不给他说话的机会，抱紧了他，然后把头埋在他的怀里，安心地闭上了眼睛，动作飞快。

江知寒愣了愣，望着洛欢安然睡去的脸，不禁有些哭笑不得。

半晌后，他只能尽量不刺激双方，轻轻地揽住她往自己的怀里带。

闭着眼的洛欢唇角轻轻地弯起。

第二天，洛欢罕见地睡到了早上 10 点钟。她一睁眼，看到窗帘缝隙中透出些许亮光，而身边的人已经不在了。

洛欢揉了揉眼睛爬起来，正好看到江知寒推门走进来。

他穿着一件亚麻色的上衣，衣袖被挽起在手肘处，身材颀长，整个人看上去干净又利落。

他见她坐在床上已经醒了，有些惊讶，随即笑了笑说："你醒了，过来吃早餐。"

洛欢抓了抓头发，"哦"了一声，点点头，下床穿鞋。

江知寒走到窗边，拉开了窗帘。

晨光落在他的身上，让他整个人显得清爽又俊朗。他穿着简单，身材很好，像是行走的衣架。

洛欢盯着他那双修长笔直的腿，不禁有些浮想联翩。

以前高中的时候，她就知道他挺瘦的，他又比同龄人稍高一点儿，她没想到他成年后更高了。

他的身材还这么好，他这几年锻炼了？

"怎么了？"江知寒回头看她，问道。

洛欢猛地回神，慌忙低下头用头发挡住脸，拿起自己放在椅子上的洗漱包就跑进了浴室。

江知寒收回目光，弯腰整理床铺。

浴室里，洛欢看着镜子里自己红扑扑的脸蛋儿，深吸口气，打开水龙头清洗起来。

她出来后看到江知寒已经把她的床打理整齐了，他正坐在窗前的单人沙发上看着书。

她不禁老脸一红。她已经成年了，还让别人帮她整理被子……

偏偏江知寒没有任何帮她整理的怨言，见她出来后便放下了书，站了起来："我们去吃早饭吧。"

洛欢点点头，瞥到他搁在一旁的书，正是昨天她看到的那几本童话书。

她没想到他这么爱看这类书……

江知寒注意到她的目光，顿了顿，解释："我看你喜欢，就买了几本，以后你想听，我可以讲给你听。"

"……"洛欢的嘴角抽了一下，她说，"我已经成年了！"

江知寒笑得很温柔："哦，在我这里没什么区别啊。"

洛欢觉得心口发烫，立马低下了头，心想：哪有？

早餐很丰盛，是江知寒从楼下拿的，都很符合她的口味。

洛欢低头咬着西瓜，吃得很慢，不时注意着他。

江知寒的吃相很斯文，从高中起她就知道这点。许是他的身份变了，他现在有种矜贵气质。

他修长的手指捏着面包，这画面很是赏心悦目。

见洛欢盯着他，江知寒低头看了看自己的手，问："怎么了？"

洛欢回了神，有些掩饰地指指他的面包，问："好吃吗？"

江知寒手里的面包是再普通不过的可颂面包。

江知寒以为她想吃，于是拿起盘子里的另一片完好的面包，轻车熟路地抹了些果酱，递到了她的面前。

他一直这样，习惯于照顾她。

洛欢盯着眼前这只好看的手，有种想拍照发朋友圈的冲动。

她想"不经意"地炫耀男友的手。

"谢谢。"洛欢乖乖地接过来，咬了一口。

吃完早餐，洛欢给孟琪琪发了消息，结果孟琪琪又跟她的网友出去玩了。

洛欢无奈地拿下耳边的手机，皱了皱眉。

"你的室友不在吗？"江知寒问。

"嗯，她又跟她那个男朋友出去鬼混了。"洛欢说，一脸无语的表情。

江知寒想了想，笑着说："那我们今天……继续出去玩吧。"

洛欢同意了。

威尼斯虽说不大，但也不小。

在威尼斯的时间有限，他们不可能把一百多个岛逛遍，所以选了其中比较有名的几个小岛。

他们买了水上巴士的票，游览了整个小岛的风景，其中一个玻璃岛让人印象深刻。

小岛上有很多卖玻璃制品的小店，还有制作玻璃制品的小工坊，洛欢对这些感兴趣得很，江知寒便带她去了其中一家。

洛欢不太会做手工，把任务全程交给了江知寒。

最后还是江知寒做了一颗小小的星空玻璃球，分别刻着两个人的名字缩写。

LH，ZH。

玻璃球合在一起代表的是她，也是他，很漂亮。

给玻璃球缀了链子后，洛欢当场就戴上了，还从店家的手里接过另一串链子，朝江知寒勾了勾手指头，示意他低下头。

江知寒当真低下了头。

洛欢将链子挂在他的脖颈上并系好。

星空球是深蓝色的，链子是黑色的，缀在他的脖颈上，显得他的皮肤更白了，特好看。

洛欢忍不住笑，调侃道："没想到未来的江医生也中二了一把啊，你不许摘下来啊。"

江知寒低头看了看自己胸前的饰物，又抬头看着她的笑容，唇角扬起，笑得很温柔。

"嗯。"

出国几天，两个人把威尼斯周边玩遍了。

孟琪琪整天在外面玩，最后两天说想要向洛欢介绍她的男朋友，洛欢想也没想就拒绝了，孟琪琪说洛欢真不给面子。

一周的假期结束，一行人终于回了国。

洛欢也在落地的那一刻，接到了来自家里的电话。

她该回去看看爸爸和妈妈了。

洛欢挂了电话，对上江知寒若有所思的目光。

"怎么了？"江知寒问。

洛欢摇了摇头，扭头，有些不自在地说："没什么。"

机场人来人往，余晖洒落。

江知寒僵了一下，笑着说："嗯。"

取了行李，一行人直接回学校。

久违的学校气息让洛欢怀念不已，到了女寝楼下，江知寒才将行李给了洛欢。

洛欢抬头望向他，抿了抿唇，说："那我走了，你也早点儿休息。"

江知寒笑着点头说"好"，然后目送她上楼。

洛欢提着行李箱上楼时，碰到了抱着手等在楼梯间的孟琪琪。

"你们俩又冷战了？"

洛欢："什么？"

孟琪琪："你看人家江知寒多委屈，委屈了一路。"

洛欢说："我知道啊。"

"那你还没什么表示？"

"表示什么？"

"……"孟琪琪睁大了眼。洛欢越过了她，提着行李箱走了。

洛欢知道江知寒为什么会那样，他可能已经知道她暑假要回去。之前他说过要陪她回去的事情，她当时没有答应。

现在……

她还得先探探父母的口风才行。不然，万一她给了他希望又让他失望怎么办？

回到寝室里，洛欢收拾好行李，去洗手间洗漱了下，便上床休息。入睡前，洛欢给洛国平和蒋音美两个人分别发了消息。等傍晚醒来后，她看到手机里江知寒在半小时前发过来的消息："你去吃饭吗？"

"你在睡觉？"

洛欢坐起来抓了把头，不知道他现在在哪儿，于是问："我刚睡醒起来，你现在在哪儿？"

"我在实验室里。"

"你之后还要忙吗？"

"嗯，我今晚要做实验。"不过江知寒又立刻回她，"你饿了吗？我给你带饭。"

洛欢赶忙回他："不用啦，实验室在哪儿？我去找你呗，顺便给你带饭，我们一起吃。"

那边的人几分钟都没有回消息。

洛欢皱了皱眉："你在忙？"

"没有，你……要来吗？"

"嗯，我想顺便看看你的实验室长什么样。"

那边的江知寒反应了几秒，接着发来了消息："嗯。"

他还发过来一个实验楼的地址。

洛欢记下地址后，又翻了翻洛国平和蒋音美的聊天儿记录。

他们都没有回信息，不知道去哪儿玩了。许是年纪越来越大，两个人放假后整天闲不住，时不时就出去旅游。

洛欢放下手机，洗了把脸，换了衣服。

孟琪琪的帘子后隐约传来笑声。

洛欢梳头的动作一顿，她拍了拍孟琪琪的帘子："你没休息啊？"

帘子后的笑声顿时消散，几秒后孟琪琪才别别扭扭地出声："你管这么多？"

洛欢冷笑："你精力可真好。"

孟琪琪坐几个小时飞机都不累。

孟琪琪"哼"了声，在洛欢出门前喊了句："后天一起吃饭啊！"

洛欢头也不回地说："没门儿！"

"就这么说定了，么么哒！"

暑假里小食堂的人很少，洛欢打了两份饭和几个清淡的菜就去了实验室。

江北大学的医科实力不强，前些年学校才建了新的神经生物实验室。相比其他院的陈年老楼，这栋楼格外显眼，很现代化。人员进出需要门禁，所以江知寒提早在楼下等洛欢。

他已经换了身上的白大褂，里面穿着简单的休闲装，站在实验楼外的树下，偶尔低头看看手机。

路灯下的人高挑清冷。

许是有所察觉，他抬头朝这边看了过来，下一秒，便大步地朝她走了过来："你来了，进来吧。"

洛欢抬头看他："你怎么不在里面等我，在这儿喂蚊子？"

江知寒温和地笑了，说："我怕你找不到我。"

洛欢抬手打了他一下。

江知寒笑着，目光落在她手里的东西上，问："这里面有什么菜？"

洛欢"哼"了声，随口说："反正不是大鱼大肉，大少爷你要是觉得委屈也没办法。"

江知寒依旧笑着，抬手接过来饭菜，回答她："不会啊，我很爱吃。"他说完便向洛欢伸出另一只手。

洛欢伸手握住他，跟在他的身后慢慢地走。

可能医学实验楼大都相似，走廊的灯都是冷冰冰的，空气里仿佛飘着福尔马林的味道。

洛欢很快丧失了兴趣，将目光从墙上那些各种脑科介绍上收回，快步跟紧了江知寒。

实验室不许人带食物进去，所以他们就找了间空教室吃饭。

江知寒像是饿了，吃了很多，洛欢看着挺满足。

他们吃完饭后，江知寒带洛欢去洗手，给她找了新的白大褂和手套，还带她去消了毒。

这是洛欢第一次看到江知寒穿白大褂。

黑发白肤的他戴上口罩，身形颀长，白大褂的下摆垂到膝盖下面，浑身上下带着一股高不可攀的禁欲气息。

洛欢总算知道那些漫画里为什么医生角色那么受欢迎了。

这个样子实在太有魅力了。

她莫名其妙地有种漫画里的角色走出来了的感觉。

"怎么了？"江知寒见洛欢盯着自己发呆，就用那双深黑的眼睛凝望着她。

洛欢的脸颊有些热，幸好此时她带着口罩。于是她深吸一口气，凑过去小声地问："我可以进你们的实验室吗？没有规定吗？"

在她的印象中，这么正规的实验室一般是不允许不相干的人随便进去的吧？

江知寒闻言眉梢轻挑，那双漂亮的眼睛弯了弯，闷闷的声音里带了几分笑意，说："这里规定是不允许外人进入的，但是……可以走后门啊。"

江知寒是他们教授的项目里的核心成员，加上此时正值暑假，江知寒一提这件事，教授便"勉为其难"地同意了。

天！她现在好想扑倒他！

洛欢直勾勾地盯着他，不知道自己是用了多大的自控力才忍住这个念头的。

"嗯？"偏偏他还偏过头，冲她挑眉，尾音轻扬，无意识地"勾引"着她。

天，她忍不下去了！

看到江知寒正准备低头，女孩忽然一把拿下自己的口罩，拽住他的衣领，拉下他的口罩，吻住了他。

江知寒略微愣了那么两三秒，便抱紧她，低头吻了下去。

洛欢从一开始的压制状态变成了被压制的状态。

她被抵到墙边,唇被堵着,两个人身体紧贴,连呼吸都带着灼热的温度。

两个人气息交融,身子逐渐发软,有些喘不过气来。

禁欲的江医生也有这么骚气的一面……

洛欢不得已,抬手将他的胸膛微微抵开,无意识地抠着他胸前的衣服,只能偶尔在空隙里,发出一两声嘤咛声。

洛欢感觉一阵阵的酥麻感直冲大脑,双腿也渐渐地虚得站不住,要不是江知寒托着她,她可能就瘫下去了。

直到走廊里一道清晰的关门声惊醒了他们。

洛欢的身体一僵。

江知寒缓慢地往后撤开了一点儿距离,低低地喘着气,嗓音性感极了。

他的双臂紧紧地搂着她,让她贴紧自己,他把额头埋进她的肩窝,慢慢地平复着呼吸。

洛欢抿了抿有些红肿的唇,忍不住开口:"你怎么进步这么多?这几年你是不是找人练过?"

她还记得,那时的江知寒在这方面青涩得不行,连抱她都小心翼翼的。

"……"江知寒愣了一下,随即闷笑了一声,胸腔也跟着轻轻地颤动。

洛欢伸手掐他,问道:"到底有没有?"

"男人在某些方面是有天赋的。"江知寒轻轻地叹息,稍稍地抬起头,在她的耳边开口低声说。

洛欢不禁红了脸。

最后,两个人这毒白消了。

于是江知寒带着洛欢重新消了一遍毒,才进了实验室。

他们一进去,便听见曹天磊的声音:"兄弟,你是去大不列颠吃饭还是——"话未说完,曹天磊看到他身后戴着口罩的女孩时,顿时瞪大了眼,"你……"

曹天磊站了起来,盯着洛欢喃喃道:"你不就是……"

洛欢弯了弯露在口罩外的大眼睛,有些尴尬地抬手对他挥了挥:"嘿。"

曹天磊顿时转过头,用十分复杂的眼神看着江知寒,那眼神好像在看一位中了美人计的昏君。

江知寒竟然把女朋友带到实验室里来了?!

江知寒"无公害"地笑了笑,转身很温柔地对身后的女孩说了什么。

女孩仰起头，望着他，点了点头。

那画面是挺美的……

但是，等江知寒嘱咐完洛欢走过来时，曹天磊赶紧拉着他小声问："嘿，你怎么回事？你来做个实验还带女朋友，有没有想过我这个'单身狗'的感受？"

"抱歉。"江知寒一贯好修养，微笑着，说出的话却让人恨不得吐血，"教授同意了。"

教授拿他当宝贝疙瘩，没什么大问题当然会同意啊！

"我以后一定要离你远点儿。"曹天磊悲愤地一个人去做实验了。

实验室里空间很大，桌上摆着各种高精密仪器与电脑。洛欢看了一圈，对这些不太懂，就坐在椅子上，双手托着脸看江知寒做实验。

他的神态很认真。

她喜欢死他了。

洛欢乖乖地坐在一边，江知寒偶尔转头看看她，洛欢朝他笑笑后，他又把注意力转到实验上。

萧萧刚进实验室，就看到一个穿戴整齐的女孩坐在实验桌旁，女孩单手托着脸望着他们。

萧萧当即皱了皱眉，说："你是谁？闲杂人等不能进实验室。"

洛欢抬起头，看了过去。

"她是洛欢，教授已经同意了。"江知寒抬头看着萧萧，解释道。

萧萧微愣。

洛欢拉下口罩，冲她弯了弯眼睛，笑容清甜，眼里闪着亮光，说："你好呀。"

萧萧看到洛欢那张脸后，表情有些复杂，几秒后，什么也没说，便低下头朝自己的工位走去。

洛欢收回了目光，耸了耸肩。

"学姐，你说这江知寒怎么回事？他平时秀恩爱也就算了，这时候还把女朋友带到实验室里来！我以前怎么没发现他这么闷骚呢？"

萧萧低头调试着仪器，敛了敛长睫毛，听到耳边江知寒和洛欢偶尔的对话声和女孩的嬉笑声，微皱了一下眉头，呵斥道："闭嘴，做你的实验！"

曹天磊立刻闭了嘴，赶紧把头扭回去。

洛欢知道自己不能总打扰江知寒，让他分心，说笑了会儿后便低头掏出手机玩。

江知寒看看她，然后专心投入到实验中。

过了会儿，洛欢起身，走过去和江知寒小声地说了几句话，便出门了。

在她走出去前，萧萧抬头看了看她。

暑假的时候，实验楼里的人少得厉害，洗手间装修得干净整洁，洛欢没胆磨叽，赶紧拧开了水龙头洗手。

她正要关上门走，旁边来了一个人，差点儿吓了她一跳。

"你好。"

萧萧低头平静地洗着手，看了她一眼，说道："你们不是已经分手了吗？你们为什么要复合？"

这话让洛欢挑了挑眉。

难道所有分手的情侣都不能复合吗？况且他们当年也不算分手吧！

他们不过是重逢了。

她想想这段时间以来，萧萧一直对她不冷不热的。

当年，萧萧虽然挺高冷的，但也挺好说话的，怎么如今好像……对她有敌意啊？

洛欢向来喜欢直来直去，便问道："萧萧姐姐，你是不是对我有什么误会？"

萧萧洗手的动作微顿，清凉的水滑过了她的手指。

她垂下眸，不冷不热地看了洛欢一眼，说道："江知寒真蠢。他就不该和你复合。"

她说完便走了。

洛欢看着她的背影，皱了皱眉头。

什么啊？

洛欢回到实验室里的时候，江知寒看了过去，低声问她："你怎么去了这么久？"

"位置比较难找。"洛欢坐了下来，双手托着脸颊看了一眼萧萧的方向。

萧萧正低头做着实验，偶尔和曹天磊交流一两句，像是丝毫没被刚才的对话影响。

"怎么啦？"江知寒见洛欢有些闷闷不乐的，低声问道。

洛欢抬头看着他沉静又温和的眸子，忽然坐了过去，偷偷地跟他说："你学姐说你是笨蛋。"

江知寒挑了挑眉。

洛欢告状："她说你好笨。"

"我很笨？"江知寒当真思考了一下，温柔地说，"还好吧……每年的专业课我几乎能拿满分。我发表过几篇SCI（科学引文索引）论文，还收到过美国冷泉港实验室的邀请……"

"……"洛欢没忍住，"扑哧"笑出声来。

这个家伙自夸都这么不动声色。她知道他优秀，行了吧！

女孩嬉笑的声音传了过来。萧萧低着头，面色平静，拿着镊子的手指却无意识地收紧。

许是因为洛欢在，江知寒没有熬夜，做完一部分实验便准备送洛欢回寝室。

洛欢惊讶了："这就结束了？"

江知寒笑了笑，点头："今天我已经完成计划了，剩下的我明天再做。"

曹天磊在那边说："你有了女朋友就是不一样啊！是谁以前恨不得整天住在实验室里啊？"

洛欢又看向江知寒。

江知寒任由他调侃着，脸上带着温和的笑，让洛欢收拾好自己的东西，洛欢挎上背包，江知寒伸手牵住她的手便走了。

曹天磊还在柠檬精似的感叹着这个画面，萧萧别开眼不看他们。

洛欢他们到了女寝楼下。路灯下，洛欢朝江知寒摆摆手，随后脚步轻快地上了楼。

粉色的裙角轻轻地晃动，女孩很快便消失在了楼梯间。

江知寒目送她上了楼，又在底下站了会儿，才转身离开。

洛欢哼着歌回到寝室里，发现孟琪琪又不见了。

这个人真是……

洛欢卸下小挎包，坐在椅子上，正要给孟琪琪发消息质问她时，看到了半个小时前洛国平发来的消息："欢欢，怎么了？"

第十八章
可能要挨打，你做好准备了吗？

消息是半个小时前发过来的，已经9点多了，洛欢不知道他们睡了没有。洛欢试着发了条消息过去："爸爸，你们这会儿睡了没？"

"这么早，睡什么睡？你也太看不起你爹娘了！"

很快，洛国平的消息就发了过来。

"……"好吧，洛欢正要继续发消息，洛国平的视频消息就弹了出来。

洛欢身体一僵，匆忙拿镜子照了照自己，然后深吸了一口气，接听了视频电话。

下一秒，洛国平那张坚毅的脸庞便出现在了镜头里。旁边似乎是正在看电视的蒋音美，抽空朝镜头方向扫了一眼，依旧那么高冷女王范。

洛国平和蒋音美穿着情侣睡衣，估计是蒋音美要求的，这大夏天的，洛国平更爱穿汗衫。

"爸，妈。"洛欢不自觉地坐直，问好。

"欢欢！"洛国平把脸往镜头前凑了凑，气势如虹地说，"你已经回来了吧？你出国的报道我跟你妈都看了，你跳得很好看！你行李收拾得咋样了？机票的日期没变吧？到时候我跟你妈去接你……"

洛国平说了一大堆，洛欢根本没有任何插嘴的余地。最后还是蒋音美说了他一句，让他安静点儿。

镜头稍稍晃动了一下，洛国平乖乖地给蒋音美当人形支架机。

蒋音美那张保养得很好的脸出现在了镜头中，她说："东西都收拾好了吗?"

洛欢点头:"差不多了,我没什么可拿的。"

"你们需要什么吗?我回去顺便带给你们。"

"不用,网上都能买。"蒋音美说话还是这么干练,美眸扫了镜头里的女儿一眼,她说,"时间不早了,你去洗漱吧,走之前给你爸打电话,我们过去接你。"说完,她就有挂电话的意思了。

"妈妈!"洛欢赶忙开口。蒋音美的手指微顿。

"怎么了?"

洛欢舔了舔唇,说:"我有点儿事,想回去告诉你们。"

蒋音美沉吟片刻:"好事还是坏事?"

"好事。"洛欢肯定地说道。

"嗯。"蒋音美点点头,"那行,等你回来告诉我们。"

挂了电话,洛欢稍稍松了口气。她看了一眼时间,已经快10点了,暑假里没有门禁,孟琪琪真打算不回来了?

于是,洛欢给孟琪琪发消息:

"10点了,你再不回来我就不给你留门了。"

孟琪琪没回信息。

洛欢不管她了,放下手机起身去洗澡。出来后,她看到孟琪琪正坐在椅子上低头换高跟鞋,长发垂着,孟琪琪的动作有些不灵活。

空气里飘着酒香,她的双脚都磨红了。

"你这是去赛跑了?"

孟琪琪抬头看着洛欢,红着脸,笑嘻嘻地说道:"蹦迪不行啊?这是当代成年人的生活好不好?不像你,年纪轻轻的像个小尼姑。"

洛欢:"……"

"攻击"完洛欢后,孟琪琪便解开头上的珍珠发卡,一摇一晃地去了洗手间。不一会儿,水声响起。

洛欢被她气笑了,朝着门口喊:"你别想我明天给你带早餐。"

"啊,后天我的男朋友要请客吃饭!"

"滚!"

洛欢订的是三天后的票。这几天里,洛欢一直在收拾行李,等中午就去食堂打包饭和江知寒一起吃。

他们偶尔出去下馆子。

江知寒偶尔面露迟疑又欲言又止地看看她,但洛欢厌啊,没敢看他。

她到现在也没决定好，要不要让江知寒一起回家。

　　万一到时候他们见了面被……

　　江知寒许是懂了，没有再提这件事，只是帮她整理回家要带的东西，还买了好多当地的特产。

　　到了最后一天，洛欢上午跟江知寒吃完早餐便准备回宿舍休息。谁知孟琪琪不放过她，非要拉着她去见自己的男朋友，否则就以绝交威胁她。

　　洛欢是断不可能自己一个人去的，于是就把这件事告诉了江知寒。

　　江知寒向教授请假，教授威胁他必须做完手上的研究报告才给他放假。

　　一路上，孟琪琪不停地向洛欢夸自己的男朋友好，还不时拿出镜子照照自己，看看眼线有没有晕染、口红有没有晕妆。

　　孟琪琪什么时候这么在意过自己的脸？

　　如果在男朋友的面前都不能放松自己，那要这样的男朋友有什么用？

　　洛欢不胜其烦，白眼快翻到天上去了。

　　孟琪琪的男朋友订的是这边很有名的一个饭店的包间，消费档次不低。

　　"你去了记得别拆我的台，否则咱们俩就绝交，知道了吗？"

　　洛欢皱皱眉："我知道了！"

　　转眼间，服务员就把两个人引到了包间内。装潢豪华的大包间里，一个穿着紫色T恤的年轻男生正跷着二郎腿低头玩手机，孟琪琪捏着嗓子轻声喊了句："驰俊。"

　　男生扭过头，皱起了眉："你怎么这么慢？"

　　孟琪琪小心解释着："路上堵车了，抱歉抱歉。"

　　"我一局游戏都打完了，就是为了等你。"

　　男生长得还行，符合时下流行的花美男长相，穿着像个出身不错的，脚上的白色球鞋是定制的，整个人看起来像个玩咖。

　　只不过他的眉眼间透着点儿不耐烦，还没有收敛的意思。

　　孟琪琪尴尬地笑了笑，扭头看看身后的人，连忙对他介绍："驰俊，这就是我之前跟你提到过的我的室友，洛欢。"

　　男生顺着孟琪琪的目光看过去，眼神明显亮了几分。他放下了手机，坐直身体，上下打量着洛欢，眼神透着直接。他说："你就是……洛欢啊？"

　　洛欢径直走过去，坐到椅子上，神情很淡地朝他点点头，便不再说什么了。

　　洛欢对面前的男生的第一印象不好，完全看不到任何他尊重孟琪琪的样子，感觉他大概率就是和孟琪琪玩玩。

所以洛欢懒得给他好脸色，不当场凶他就不错了。

孟琪琪有点儿尴尬，在桌下偷偷掐洛欢，让她给点儿反应。

洛欢的长发披在肩上，发尾有几分卷曲。她穿着一身素得不行的米色长裙，皮肤白皙，五官精致，不说话往那儿一坐，整个人淡雅清纯，就和高冷小仙女一样。

男生那个圈子里的人，比起上赶着追他们的女生，最喜欢的就是这一款，洛欢冷淡的态度明显引起了对方的注意。

男生也不玩游戏了，身子坐近了几分，露出现下流行的带着点儿痞气的笑，介绍着自己："你好啊，我叫袁驰俊，孟琪琪的朋友。这家饭店的老板是我爸的朋友，以后你们想来这里，报我的名字就行。"他说着话，戴着花花绿绿戒指的手朝洛欢伸过来。

孟琪琪的表情有点儿僵。

洛欢扫了一眼，便移开了目光，说："抱歉，我可没有吃霸王餐的习惯。"

"……"男生闻言，果然表情僵了一下。

孟琪琪的脸有点儿黑。

孟琪琪悄悄推了洛欢一把，让她别这么不给面子。

男生重新调整了一下表情，很感兴趣地问她："我听孟琪琪说你跳舞特别厉害，连孟琪琪都比不上。"

洛欢说："嗯，我的男朋友也是这样认为的。"

"……"孟琪琪闭了闭眼，非常后悔今天把这个死丫头叫来。

男生碰了一鼻子灰，自觉有些丢脸，脾气上来了，也不说话了，低头打游戏，表情很臭。

洛欢悠哉地喝着水。

孟琪琪推了洛欢一把，洛欢转头看她。

孟琪琪在手机上打字："死丫头，你怎么回事？你成心破坏姐妹的感情是不是？"

洛欢瞅了她一眼，回复："你确定对方真的喜欢你？他刚才都没说是你的男朋友，而且明显很自我，看上去……不大聪明的样子。"

你以为全天下的男的都像你家的江医生啊？！孟琪琪不理她，哄男友去了。

洛欢看着她。

过了会儿，菜上来了。

男生这才继续看洛欢，一副不计前嫌的样子，笑着问："洛欢，你说你的男朋友要来，该不会不来了吧？"

洛欢的手机振动了一下。她低头看了一眼，然后说："他快来了。"

她抬头看门口。

两个人也跟着扭过头。一个穿着蓝色薄衬衫的颀长身影出现在门口。

江知寒大步走到洛欢的身边坐下，笑容温文尔雅，轻声道歉："很抱歉，我有点儿私事要处理，来晚了，今天这顿饭记到我的账上吧。"

江知寒看上去年纪不大，黑色的碎发柔软地垂在耳侧，身材颀长，皮肤白皙，五官清俊，周身有种说不出的气质，有种不食人间烟火的感觉。

猛地看到一个外形比自己优越很多的同性，大部分人会产生暗暗比较的念头。这种比较在男生中也不例外。

袁驰俊听孟琪琪说过她室友的男朋友是搞研究的。袁驰俊见江知寒穿的衣服看起来一般，江知寒还大言不惭地说把账都记在他的头上，袁驰俊认为江知寒大概率是个打肿脸充胖子的人。这种人他见得太多了。

袁驰俊心里暗自发笑，讥讽道："你确定？我可点了不少道硬菜啊。"

江知寒温和微笑："应该还好。"

男生笑了声，让服务员接着上菜。

洛欢扭过头，小声问他："你的报告已经写完了吗？你要是没写完可以不来的。"

她可是听曹天磊吐槽过他们那个教授有多变态，即使整天神龙见首不见尾，但实验进度教授可是知道得一清二楚。

教授时不时就来个线上抽查，数据有一点儿异常都能计较半天。

江知寒笑笑，说："别担心，我已经做完了。"

洛欢这才放心了。她是相信江知寒的，他说到就一定会做到。

菜都上齐了，洛欢拿起了筷子开吃。

洛欢挺喜欢吃虾的，江知寒剥了虾给她。

孟琪琪的眼里流露出一丝羡慕来。她看看身边的男朋友，他只知道低头吃自己的。

唉，她到底喜欢他什么呢？

江知寒一来，似乎周围的注意力就集中到了他的身上。

刚才袁驰俊还在看洛欢，现在彻底把注意力放在江知寒的身上了。

袁驰俊看江知寒是个搞研究的，觉得江知寒就是脸长得好看点儿，没什么特别的。

一种很不甘心的念头在袁驰俊的心底浮现，于是，他有些恶意地打断了他们的谈话。

江知寒抬头看他。

袁驰俊脸上带着几分嘲讽的笑，说道："你家里是干什么的？我听说你们这些人暑假都会兼职补习，你要是没合适的机会，我可以给你介绍点儿人，我们圈子里学习差的人可多了。"

孟琪琪有点儿尴尬，连忙小声说："他应该不需要，你就别弄了。"

男生很不以为然："怎么了？我这人很有爱心的，有什么困难找我就行，我肯定帮忙。"

洛欢吃着东西，淡漠地看着袁驰俊演戏。

江知寒放下虾壳，拿起一旁的手帕擦了擦手指，笑着说："家里的公司有点儿分红，可能我不需要麻烦你了，倒是你将来可能需要帮忙，毕竟您的父亲……欠了我们公司好多债，快到期了吧？"

他们家还不上钱就只能抵押公司的房产了。

江知寒话音刚落，对面人的脸色一僵。

洛欢低头吃着饭，笑出了声。

吃完饭后，袁驰俊借口有事，匆匆走了。

洛欢去洗手间洗手，洗完后喊了一声旁边正发着呆的孟琪琪。

"你这个所谓的男朋友究竟是什么样，你应该也知道了，所以你选择继续头脑发热还是保持清醒，就看你自己了。"

孟琪琪转头看她，洛欢烘干了手走了。

洛欢出来后，看到江知寒在大厅前等着他。

"江知寒……"洛欢的脸上扬起笑。她跑到他的面前，仰起小脸，亮晶晶的眼睛看着他。

江知寒低眸笑笑，问了句："我们不等你朋友吗？"

洛欢正经地说："她需要消化一会儿。"

毕竟好不容易找到一个喜欢的人，这个人却不是一个靠谱儿的，谁都需要消化一会儿。

江知寒"嗯"了一声，很自然地牵住她的小手，往外面走。

午后的风暖暖的。

洛欢吸吸鼻子，仰头问他："你怎么知道孟琪琪的男朋友家是干什么的？"

江知寒牵着她的手，看着前面，说道："之前你不是总因为这事烦心吗？"

"所以你就去调查他了？"

"嗯。"

只要是她烦心的事，他都想尽力帮她解决。

洛欢一双漂亮的眼眸弯了起来，她说："你这么做也太釜底抽薪了。"

江知寒轻笑了声。

两个人慢慢地走着。

"江知寒。"

"你暑假陪我回家吧。"

江知寒的脚步猛地停住。

他低头看向她，漆黑的眼睛里翻涌着说不出的情绪。

洛欢仰起脸，又黑又亮的眸子里盈着笑意，她说："可能要挨打，你做好准备了吗？"

江知寒感觉自己仿佛听到了天籁。

他垂眸凝望着她，轻颤了两下长睫毛，缓慢地、郑重地点了一下头。

于是这天下午，洛欢与江知寒一起踏上了回千城的旅途。

洛欢很不确定洛国平现在的态度，在飞机上便跟江知寒说让他先在酒店住几晚，等她探探口风再说。

下了飞机，洛欢取了行李，与江知寒一起往接机处走，远远地，便看到了两个熟悉的人等在出口。

洛国平的形象非常惹眼。他穿着一身红色运动服，整个人高大威猛，往那儿一站都不用举牌子，再加上旁边的蒋音美也气质不俗，两个人一点儿也不显年龄。

洛欢轻吸一口气，赶紧让江知寒从另一个出口走，嘱咐了他几句后，接过他手里的行李箱快步跑了过去。

"爸爸，妈妈！"洛欢笑着跑过去。洛国平的眼睛亮了，他挥手，伸手接过她的行李。

"你坐飞机累了吧？"

洛欢笑着说："还好。"

蒋音美上下打量着女儿，见她状态不错，便笑了笑，伸手揉了揉女儿的脑袋，说道："饿了吧？咱们回家，你爸爸做了很多你爱吃的菜。"

洛欢用力点头："嗯！"

洛欢挽住蒋音美的胳膊，朝另一个方向看去，一扇玻璃门后，俊秀沉默的年轻男人这才转身，独自一人走了。

"你看什么呢？"蒋音美问。

洛欢立马回过头，摇摇头说："没什么。"

她伸手将蒋音美抱紧。

车子停在机场路边，洛欢坐上去后还黏着蒋音美，洛国平看得都吃醋了。

蒋音美任由她抱着，眼里盛满笑意，她说："你怎么出去念了个大学，回来却变小孩了？"

洛欢白皙的脸上扬着开朗的笑，她撒娇："我不是爸爸妈妈的孩子吗？"

洛欢想过洛国平这一关，首先得拿下蒋音美，有蒋音美的支持就好办多了。

家里的一切都没有变，还是上次她回来时的模样。

"你去洗个手，你爸爸把菜热热咱们就能吃了。"蒋音美催促着洛欢。

洛欢"哦"了一声，把要从口袋里拿出来的手机放了回去，跑去洗手，决定等等再聊这件事。

吃饭时蒋音美和洛国平不时地给她夹菜，她碗里的菜堆得高高的，她都看不见米饭了。

"你多吃点儿，暑假就别减肥了。"蒋音美又夹了一个鸡翅放在洛欢的碗里。

洛欢低头努力扒饭，咽下去后笑容满面地说："谢谢妈妈。"

洛国平故作不开心地问："那爸爸呢？爸爸不好吗？"

洛欢于是赶忙把碗里的菜往他的碗里拨，笑眯眯地说："谢谢爸爸！"

洛国平："……"

晚上吃完饭，一家三口坐在客厅看电视。洛欢靠着蒋音美，啃着苹果。

一家人在看一档情感节目。

这是最近蒋音美跟洛国平新发现的节目，每晚必看。

节目组为了提高收视率，挖掘各种奇葩情感故事，几个当事人假得不行，节目上还有一些思维守旧的调解员。

偏偏这种类型的节目很受中老年人的喜欢。

这期节目的主人公是一对青梅竹马，男生为了更好的未来抛弃了女朋友，后来女朋友怀孕了。孩子都好几岁了，为了找父亲特意来上节目。

女生唯唯诺诺的，小声哭着。男生一脸不耐烦，多次强调走之前明明让她打胎的，还说自己曾经求过婚，只是女方家漫天要价，彩礼钱太高导致两家关系破裂。

而且他说女方没有打胎并不是出于爱他，而是因为身子弱打不了。

女方家之前把他说得一无是处，如今见他发达了，拿孩子要挟他。

洛国平一边用小刀子划橙子皮，一边盯着节目里的男生，鼻腔一哼，义愤填膺地：“这种丢下自己的老婆和孩子的男人就是垃圾，社会败类！敢要这种人的公司也不是什么好公司！”

洛国平同志可谓是男德的忠实践行者，面对任何事总是先坚定地反省自己。

洛欢想了想，轻咳了一声，说：“爸爸，这得具体事情具体分析吧，像这期节目的主人公，应该两个人都有错吧？”

洛国平转头看她：“不管怎么样，这个男人既然敢不做安全措施，就该下十八层地狱！”

"……"洛欢长大后，一家人的聊天儿内容也变得没什么禁忌起来。

于是，洛欢转头看蒋音美，问：“妈妈，那您觉得呢？”

蒋音美咬着苹果，点头同意：“你爸爸说得没错。”

唉。

洛欢叹了口气。

陪父母看完电视，洛欢就回了房间。洗完澡，她趴在床上，给江知寒发消息：“我洗完澡了，这会儿没事了！”

她发出消息不到10秒钟，一条视频请求就过来了，吓得洛欢手忙脚乱地摁掉了视频。

"我不太方便视频，我们打字聊吧。"

那边发来了一个"好"字。

洛欢轻呼出一口气，问他：“你房间安排好了吗？你这会儿在干什么？”

她刚一发消息，他就回复了。他是一直在盯着手机吗？

洛欢的心里很甜蜜。

江知寒发了两张照片过来。这是离她家小区不远的酒店，装修挺简单的。他可能坐在窗前的沙发上，沙发旁边是床。

另外一张照片是一台开着的电脑，上面是密密麻麻的学术报告，全英文的。

毕竟他这次先斩后奏，把他们教授气得不行，教授布置了很多任务。

洛欢看了一会儿照片，回复：“我是不是打扰你写报告了？”

"没有，反正我等你等得有些无聊。"

洛欢忍不住笑了一下，问："你吃过饭了没有？"

"嗯，吃了。"

"吃的什么？"

"楼下的外卖。"

"啧啧啧……大少爷为了我委屈自己，我真的好内疚！"

"欢欢。"

对面像是叹息了一声，又像是对她的纵容。隔着屏幕，她仿佛能看到江知寒那张被她怼得无可奈何的脸，过往的无数记忆如潮水般涌来。

从学生时代起，江知寒向来让着她。

他们聊了一会儿天儿。

江知寒也不嫌她烦，耐心地回复着她。

不知不觉，快11点了，江知寒催她去睡觉。

洛欢抱着手机在床上翻了个身，打字问他："江知寒，你想我吗？"

那边难得回复慢了几秒。

江知寒发来了消息："想。"

洛欢不禁微笑，打字："你再耐心等等，等我搞定我妈妈这座大山，你就能正大光明地出现了！"

"欢欢。"

江知寒发来消息："其实我没关系的，毕竟是我的错。"

"不行！"

江知寒还在继续发消息的时候，洛欢坐了起来，回复："我亲爹可是练过的，万一他到时候对你动手怎么办？你这张脸坏掉了就不好看了！"

"……"对面好长时间没有发消息过来。

洛欢皱眉："喵？"

"你是……只喜欢我的脸吗？"

"哈哈哈，是呀，不过你的脸也是你身体的一部分嘛，我喜欢你的脸就等于喜欢你啊！"

江知寒发了一串省略号过来。

"你真是……"

洛欢哈哈大笑，打字："改天见啊。"

调戏完某人后，洛欢挂了电话，心满意足地去睡觉。

刚放假几天，洛欢本打算先好好休息一阵，结果洛国平跟蒋音美每天早上拉着她去附近公园里跑步，回来后顺便买好早餐以及中午要吃的菜。

一家子生活健康，悠闲得不行。

最开始的这几天，洛欢没有机会出去见江知寒，只能老老实实待在家里陪父母，后几天因为"太懒"早上起不来，洛国平跟蒋音美两个人才终止了全家一起锻炼的活动。

不过他们俩依旧早早就出去锻炼了。

这天早上，洛欢醒来，洛国平跟蒋音美两个人又出去锻炼了，家里只剩洛欢一个人。

这是一个绝佳的机会。

洛欢在被子里翻了个身，看到手机闪烁了两下。

江知寒发来了信息："你醒了吗？"

"嗯！"

"我出来吃早餐，在你们小区门口。"

他已经过来了？！

洛欢立马爬起来，丢下手机跑去了洗手间洗漱。出来后，她换了身衣服随便梳了两下头发，便提着小挎包跑出了门。

清晨的天空泛着白，洛欢飞奔到了大门口，看到站在保安亭旁等待她的高大身影。

江知寒穿着浅蓝色的衬衣，整个人沐浴在薄薄的晨雾之中，干净又帅气。

周围还有些女孩偷偷地朝他看。

洛欢立刻朝他跑过去。

"江知寒！"洛欢跑过来，伸手拍了拍他的肩。

江知寒愣了一下，转过身，对上少女明媚的笑眼，不禁笑了笑，朝她伸手，说道："走吧。"

洛欢点点头，把手放到他的掌心上。

两个人没去太远的地方，避开了公园，在一个小店里吃早餐。

江知寒点了很多吃的，直到洛欢阻止他才停下。

洛欢假期里暂时不用控制饮食，胃口也好，吃饭途中有发丝掉下来，江知寒抬手帮她别到耳后。

洛欢吃得很饱。吃完后，江知寒便牵着她边走边消食，她得赶在爸爸妈妈回家之前到家。

回家的路上，洛欢收到了洛国平发来的消息，他说路上遇到以前的同事叙旧，中午没时间做饭，让她自己先随便吃点儿。

洛欢回了消息，小脸上洋溢着笑容。

"怎么了？"江知寒忍不住问。

洛欢抬头，弯起眼说道："江知寒，我能去你住的地方看看吗？我爸妈这会儿有事。"

江知寒微微一怔，随即笑了笑，说："好。"

房间在七楼，一出电梯，洛欢先看看周围有没有人，确定没人后就伸手抱住了江知寒，黏黏糊糊的，到了门口也不放开他。

江知寒轻笑，就用这样的姿势刷卡开门。

两个人走了进去。

房间面积不大，却很整洁，窗边的小桌子上放着一台电脑，上面放着几本医学类的相关书籍，被子叠得很整齐。

空气里飘浮着独属于他的气息。

"让大少爷受苦了。"洛欢一走进来，像个大领导一样巡视着，嘴里哼哼着什么。

身后没有声音。

洛欢停下来，扭过头，看到江知寒靠在电视柜的旁边，两手撑在上面，低垂着眸面带笑容地看着她。

黑眸里漾着温和的色泽。

他的面部轮廓干净柔和，淡淡笑着的样子好看极了。

空气安静，有暧昧的气息浮动着。

洛欢舔了舔唇，忽然朝他跑了过去。

分不清是洛欢先抬起头，还是江知寒先低下头，双唇很快碰到了一起。

洛欢踮着脚尖抱着他的肩，支撑不下去时，江知寒微低下头，抬手紧紧抱着洛欢，深深地吻下去。微微急促的呼吸声交错着，暧昧，磨人。

洛欢手臂发酸，江知寒忽然抬手将她抱了起来。

洛欢下意识地夹住他的腰，本能地要惊呼，嘴唇却被占据着，抱在她身后的手臂充满了力量。

她被放在了电视柜前的桌上。洛欢心跳紊乱，忘记了矜持，摸着他的脸颊，和他深深地吻着。

她头脑混沌着，忘记了时间，也忘记了其他，分不清他们到底吻了多久。

她觉得和他接吻好像是一件很让人上瘾的事情。

她被温温热热的唇轻轻吻着，防止她掉下去，身后的手臂紧紧抱着她。她感觉自己被他如珍宝般对待着，整颗心化成了一摊水。

洛欢有些情难自禁地抱紧了他。

最后，两个人的唇都变得红红的，洛国平的来电惊醒了他们。

"我爸爸。"洛欢有些无奈地看了江知寒一眼，伸手摸出手机。

江知寒的黑眸漾着些许水泽，薄唇微红，喘息声低沉，他点了点头。他的样子性感极了。

洛欢暗吸口气，别开眼，接通电话。电话刚接通，洛国平的大嗓门儿就传了出来："欢欢，我跟你妈妈回来了，你去哪儿了？"

"我……"洛欢看了一眼江知寒，眼也不眨地撒谎道，"我出去转了转，马上就回。"

挂了电话，洛欢抿起唇，幽怨地说："我得走了。"

江知寒薄红的唇角轻勾，抬手轻轻揉了揉她的发，说："没关系，我送你。"

两个人的衣服有些凌乱。

洛欢耳根微红，心里甜蜜极了。

两个人收拾好东西后便出门了。

江知寒将洛欢送到小区门口。洛欢摆摆手，往小区里走，中途回头，看到他依然站在那儿。

于是她深吸一口气，忽然跑了回去，仰头对他说道："江知寒，你再等等，我会尽快搞定我爸爸妈妈，到时候你就能来了！"

江知寒张张口，只笑着点点头说"好"。

洛欢回到家，看到洛国平正在做饭，蒋音美在客厅吃水果。

"你去哪儿了这么晚回来？"

洛欢眼神闪烁着，说是去见朋友。

蒋音美没多问。

这几天里，洛欢旁敲侧击地提到江知寒的事。不知是洛国平对此事有了条件反射还是故意的，话题总在快谈到江知寒时被略过。

几天下来，此事毫无进展。

洛欢有点儿气馁，晚上跟江知寒说着这事。

江知寒温柔地说："总要经历这关，所以我还是……"

"不行，不行！"洛欢坚决拒绝，"不行，你还是等我先安抚好他们吧，不然我怕出事。"

见洛欢挺烦的样子，江知寒停顿了一下，说要不明天带她出去散散心。

洛欢一想，反正也没什么事，就点头同意了。

千城这两年的娱乐活动增加了不少。江知寒和洛欢看了电影，然后去了洛欢近几天在网上种草的餐厅，出来后又去逛了逛附近的公园，一直沿着路往前走。

不知不觉，他们走到了高中时期常常走的那条路。

路的尽头就是德川一中了。

洛欢愣了愣。

江知寒低下头，喉结微微动了动。他启唇轻声说："如果……你不想去，我们就去别的地方吧。"

洛欢之前一直抗拒回忆在德川一中的经历，如今发现，再回忆起来似乎没什么难的，于是摇摇头，仰头对他笑了笑，说："没关系，我们顺路过去看看。"

德川一中的这条路，似乎还是记忆里的样子，没怎么变，只是老树变得更茂盛了。

大学放假早，高中还没有放假。这会儿是放学时间，他们偶尔能看到穿着蓝白校服的少男少女说笑着路过。

"不知道现在的教导主任是谁，现在的校服竟然跟我们那个时候差不多。"

洛欢收回目光，喃喃着："校服没什么变化。"

江知寒低头看看她，轻笑一声："校服还能有什么花样？"

洛欢反驳道："有啊，像国外那些小西装，多漂亮。"

江知寒沉吟了一会儿，说："那样容易早恋。"

洛欢听了，"扑哧"一声，揶揄他："你说得像当年穿校服的某人跟我没关系似的。"

江知寒看着她，有些无奈地笑了。

许是有点儿得意自己当年的"丰功伟绩"，洛欢得意地"哼"了两声，看着街上那些活力十足的少男少女，感慨万分。

青春真好啊。

她不经意间看到街角的一幅画面。

另一边的街上，一个背着书包的女孩低头走着，她身后不远处跟着一个个子比她高出一头的男生。男生个子很高，侧脸弧度极为好看，皮肤很白，校服拉链随意敞着，他单手推着辆黑色的山地车。

男生旁边的几个人像是他的同学，有的勾肩搭背，有的同样推着山地车，正嬉笑打闹着。

男生的同学勾着他的肩膀说着什么，男生弯了弯嘴角，却一直注视着前面那道纤瘦的身影。

这仿佛是青春里的画面。

洛欢也是从这种年纪过来的，收回了目光，无声地笑了笑。

他们一路走到了古朴的校门口，但是校门已经关闭了。

江知寒说："你等等，我去找……"

"用不着！"洛欢骨子里就不是个规规矩矩的人。她知道江知寒的身份，要是让学校知道了，他们多半不能好好地看看校园。于是，她伸手握住江知寒的手，就要去找……能翻墙的地方。

只是刚走几步，身后便忽然传来了一道熟悉又冷静的女人的声音——

"洛欢。"

洛欢浑身一僵。

空气仿佛凝滞了。

一开始，洛欢还心存侥幸，以为自己听错了或者是幻听了。但她头也不敢回，正打算握紧江知寒的手逃跑时，听见江知寒冷静的声音在耳边响起："叔叔，阿姨。"

真是的！谁让你喊的？！他怎么这么喜欢上赶着给人"送人头"？！

洛欢绝望地闭了闭眼。

在江知寒喊完那句话之后，洛国平盯着他看，又眯了眯眼睛，半晌才认出他，下一秒，眼睛瞬间瞪大，洛国平说："你！你不就是那个，那个谁吗？！"

江知寒微顿，点点头礼貌地问候："叔叔阿姨好，我是您女儿洛欢的男朋友，江知寒。"

"你！"

蒋音美拦住要爆发的洛国平，偏头看看依旧背对着他们"装死"的僵硬的洛欢，淡淡开口："你还不打算转过来？"

洛欢再一次僵住了身子。

过了许久，她才认命般，磨磨蹭蹭地转了过来。

洛欢对上父母的目光，白白的小脸想要扯动，却失败了，变得有些僵硬,她说:"爸爸妈妈,好巧,你们……怎么在这儿?"

她出发之前,明明记得他们今天不出门的。

"巧什么巧?你赶紧给我们解释,这到底是怎么回事?"洛国平嗓门儿极大,惹得周围人看过来。

蒋音美嫌丢脸,看向二人,说道:"你们跟我们回家,我们回家再谈。"

计划赶不上变化。

于是,原本的筹谋变成了计划之外的意外。原本美好的回忆校园之旅,也被迫中断。

走之前,洛欢狠狠地掐了一下江知寒的手,眼神带着幽怨,意思是在说:你这么老实干吗?

江知寒朝她安抚似的笑笑,神情平静地要抬手摸她的头发,结果身后传来重重的咳嗽声,他轻咳一声便放下了手。

此时,洛欢家里静得不行。

蒋音美低头抿了口茶,问:"欢欢,你瞒我们多久了?"

洛欢有些心虚地瞥了她一眼,很快移开目光,低头捏着手指:"没……没多久。"

"到底多久了?"洛国平忽然一巴掌拍在桌上,吓得洛欢一个激灵。

洛国平没想到出门跟老婆遛弯儿能撞到这么大的事,他的女儿居然和这个家伙复合了,还瞒了他们这么久?!

要不是有蒋音美在,他早就忍不住发脾气了。

洛国平臭着脸说道:"说!"

洛欢有些欲哭无泪:"那个……"

"洛叔叔,您好。"江知寒平静地接过话,说道,"我和欢欢相遇已经一个月零二十七天了,是我先去找她的,但准确来说,我们不是复合,算是重逢。"

"重逢?!"洛国平的脸色很难看,他冷哼一声,"当年你把我女儿害得那么惨,一句轻飘飘的重逢就完了?你当我们是3岁的小孩吗?"

江知寒知道这种事迟早要说。他顿了顿,接着说:"当年的事情是我的错,以后我会尽全力弥补她。"

"呵呵。"洛国平摆了摆手,"欢欢才不稀罕,这种好话谁不会说?你回去吧,我不相信你,欢欢已经被你伤害了一次,我们可不想她再经历第二次。"

洛欢叹气:"老爸……"

一直沉默的蒋音美开口，看着江知寒说道："你父母……"

"我父母……准确来说并不是我的亲生父母。"江知寒的话让蒋音美喝茶的动作微微一顿，连洛国平的脸色也发生了变化。

洛欢转头看着江知寒。

江知寒继续解释："我的养母当年买通了医院的护士，把我从医院里偷偷地抱出来，一直瞒着我和我养父，直到高二那年……我养父出了事后，养母的精神状况有些不稳定。我为了让她离欢欢远点儿，再加上要治疗我养父的病，才不得不离开。"

江知寒说这些话的时候，语气轻描淡写。他说："后来我边打工边上学，申请了社会救助，我养父的病才渐渐地稳定下来。我上到大三，才无意中遇到了我的生父和生母。"

杨艳娇当年因为那种生意做得太多，不孕不育，比不上其他年轻貌美的姑娘。当时江伟是对她最阔绰的一个男人，再加上他当时有一个铁饭碗工作，杨艳娇就下定了决心嫁给他。

当时她勉强怀孕到七个月就流了产，只好从医院里偷了一个孩子，当年医院里的监控设备不完善，她提心吊胆了好一阵才终于松了口气。

她有了孩子，江家不得不接受她。

"家里有我爷爷和我的亲生父母，还有一个6岁的弟弟。父亲是天联公司的总经理。母亲现在在家里照顾弟弟，还是一名艺术活动家，偶尔出门看看画展。我养父母都在医院里，情况很稳定，所以目前我的家庭没有什么阻碍因素了。"

江知寒把话说完，蒋音美跟洛国平对视了一眼。

洛欢也没想到是这种原因。

原来当年杨艳娇能很快改口，是……江知寒用这种方式换来的。

洛欢的心微微地疼。

洛国平一时有点儿不知道说什么。还是蒋音美镇定下来，开口问他："你说的都是真的吗？"

这种事他怎么骗人？

洛欢在一旁小声地补充："妈妈，之前学校校庆，他和他的爷爷来我们学校参观，当时是副校长亲自给我介绍的。"

蒋音美没想到自己身边居然能发生这样的事。

"叔叔阿姨，"江知寒温和又真诚，"原本这次暑假我想来看望二位，顺便为我当年不成熟的行为道歉，但是欢欢想先给你们打个预防针，因此耽误了一下，这次见面实在仓促了些，叔叔阿姨方便的话，明天我就通知我父母，一起正式登门拜访……"

等等！他们登门拜访？这么快？！

洛欢愣住了，看了看他，又看向了蒋音美。

蒋音美回过神来，连忙说："别那么急，我们从长计议。"

江知寒也不勉强，点了点头："好，我听叔叔阿姨的。"

蒋音美有些尴尬，弄了半天是误会，看起来那几年这孩子过得也不好，也挺苦的。

这样一来……他们家也没什么立场谴责江知寒了。

气氛忽然变得有些尴尬。

洛国平脸皮薄，"哼"了一声，说道："别以为你这样说，我就能完全原谅你了，你不知道欢欢高三那年有多苦！她整整瘦了十多斤，现在也没养回来！"

事实倒也没那么夸张……

洛欢正这样想着，忽然见江知寒偏头看着她，那双乌黑漂亮的眼睛里映着她的脸庞，里面是坚定的神色。

而后他转头看向了洛国平和蒋音美，说道："叔叔阿姨，我会好好地养胖欢欢的。"

"……"她不需要啊，这样就很好了！

蒋音美"嗯"了一声，再次问："你们逛饿了吧？你去做饭。"说完，她看向了洛国平。

洛国平："……"

在老婆面前，洛国平说不出拒绝的话，于是叹了口气；但在别人面前，他的尊严不能丢，他板着脸起身。

江知寒便跟着起身："叔叔您坐，我来做饭。"

"你会做饭？"蒋音美看了看他，有些诧异。

"这几年一个人住的时候我学过，还算能拿得出手。"江知寒微微笑着，礼貌地开口。

洛欢没忍住，补充道："爸爸妈妈，他做的菜可好吃了。"

蒋音美看了她一眼，洛欢立马吐了吐舌头不说话了。

洛国平沉了沉脸，颇有些不自在地开口："还是我做吧，你想打下手的话，随便。"

"好。"江知寒微笑着点头。

于是，一顿饭变成了两个人做。

洛欢坐在沙发上吃着橙子，好不悠哉。

蒋音美从厨房那边收回目光，手机里显示着刚刚搜索出来的天联集团的新闻，的确有大公子回来的报道。

天联的总部在京都，在福布斯榜上排名前列，旗下涉及的业务很多，是一个豪门世家。

只是天联集团比较低调，家族成员的照片很少，只有寥寥几张侧影照，勉强能看出江知寒的模样。

这样的豪门世家对他们普通人来说可望而不可即。

她对女儿这段恋爱的态度由之前的无奈变成了各种担忧。

要不是有当年那件"狗血"的事情，她女儿怎么可能认识这种阶层的孩子？当年还是她女儿主动追人家的。

如今人家堂堂一个大公子在他们家里给他们做饭……

蒋音美心情有些复杂地关掉手机，看向正低头掰橙子皮的女儿，问："你之前见过他的父母吗？他们家人对你是什么态度？"

洛欢乌溜溜的眼睛看向蒋音美，她眨了眨眼，说："我还没见过他的家人。我之前不让他说这些，他就没提他家里的事。"

江知寒告诉过她，如果她没原谅他，他就一直守在她的身边，慢慢来。所以她猜，他的家人应该已经被打过招呼了。

蒋音美皱皱眉："你也太任性了，都在一起一个多月了也不去拜访拜访他的家人，万一他家里人不喜欢你怎么办？"

那种家族可不像普通家庭，会有各种规矩。

洛欢吃了一瓣橙子，无所谓地说："不喜欢就不喜欢啊，我又不是菟丝花，指望他们家生活。"

在这段感情里，其实最小心翼翼的人是江知寒。

听到女儿随意的话，蒋音美抬手拍了一下她："别任性，你去厨房帮帮他，一个客人来咱们家还要做饭，你坐在这里吃橙子，像话吗？"

洛欢不得已放下橙子，瞅了蒋音美一眼，幽幽地说道："妈妈，你倒戈得好快。"

蒋音美无奈地摇摇头，说："还不是人家对你好？再说人家小孩也有苦衷，你也要好好地对人家，知道了吗？"

"嗯。"洛欢笑着点点头，放下橙子朝着厨房的方向跑去。

厨房内。

气氛并没有很温情，而是……有一丝丝尴尬。

这是洛国平第一次跟一个男人一起做饭，这个人还是自家女儿的男朋友。身为岳父大人的洛国平对江知寒"横挑鼻子竖挑眼"，总之就是各种不满意。

江知寒依旧举止得体，没抢洛国平的掌勺地位，甘心在一边当服务员，承包了切菜、拿盘子之类的杂活儿，对洛国平各种"鸡蛋里挑骨头"的行为也全部接受，尽量做到完美。

"晚上吃什么？我好饿。"洛欢跑进厨房问。

洛国平瞬间眉开眼笑，回答道："莲藕酥、茄汁肥牛和干烧虾，全是你爱吃的。"

江知寒偏过头看她，眼神柔和，明朗如月。

洛欢于是"哦"了一声："我跟江知寒给你打下手。"

"这怎么行？"洛国平舍不得女儿的手泡水，而且他们两个人，自己一个……这算怎么回事？！

"没事啊。"洛欢不以为意，见江知寒修长的手指在剥洋葱，于是拿起旁边的蒜说，"剥皮是吧？"

洛国平赶紧说："不用不用，你放着，爸爸很快做好！"

洛欢轻笑了一下，说："好啊。"

于是，洛国平快速地翻炒起来，也没时间再挑剔江知寒了。

洛欢偷偷地笑。

吃饭的时候，江知寒也很有礼貌，各种盛饭、倒酒。

蒋音美虽然面上没什么表现，但心里对他是很满意的。洛国平因为老婆和女儿在，不能多说什么，只好板着脸吃饭。

饭后晚上8点多，江知寒没再多待，起身告辞。洛欢去送他。

夏夜的风柔柔地吹拂着，洛欢抿着唇笑，说："我爸妈还行吧？"

"是我太紧张了。"江知寒略有些含笑的声音在她的头顶上响起。

"你紧张？"洛欢惊讶地看着他，说道，"我看你很淡定啊。"

"在伯父和伯母的面前，我不能紧张。"江知寒如是回道。

谁是你的伯父伯母？洛欢害羞地打了他一下。

江知寒轻笑着，忽然伸手牵住了她的手。

洛欢心跳加速了一下，下意识地看后面，可转念一想，父母已经见过他了，她还怕什么？

江知寒也不放手，就这么握着她的手，慢慢地收紧。于是洛欢放松下来，任由他牵着手，心头被甜蜜占据。

江知寒终于能正大光明地再次牵住洛欢的手了。

两个人的背影在路灯下，一大一小，女孩的裙摆在夏夜的微风里轻晃。

江知寒希望两家父母能见面，之后几天里提过这事。但蒋音美觉得有些匆忙，意思是等洛欢先私下见过他父母之后再做打算。

那样的家庭要是对他们的恋情不支持，两个小孩子还挺为难的。

江知寒应了下来。

暑假里，彻底公开的洛欢开启"咸鱼"模式，每天不是在床上躺着追剧，就是逗逗还没放暑假的谷雨，气得谷雨整天哇哇大叫，发誓回来后一定要好好地收拾她不可。

蒋音美这段时间总叫江知寒过来，江知寒每次来都提很多东西，有保温杯、按摩椅和茶具等。这些全是长辈认为实用的东西。

蒋音美阻止了几次，到后面有些不好意思地说："这孩子也太实诚了，怎么说都不听。"

洛欢只抿着唇笑。

但去见江知寒时，洛欢跟他说了这件事。

"你别再买了，弄得我爸爸和妈妈怪不好意思的。"此时，洛欢正趴在酒店的床上一边玩手机，一边歪头说话。

她偶尔在床边捏一两颗江知寒洗好的水果丢进嘴里。

自从公开之后，她终于能大大方方地来见他了。

蒋音美也不阻止她。就算洛国平不高兴了，也很快被老婆镇压下去。

"没关系。"洛欢听到江知寒说道。

洛欢扭过头看他。

江知寒修长的身体正靠在窗边，他低头操作着手机，身后是灿烂的夕阳。他一头黑发，皮肤白皙，穿着简单的T恤，整个人清爽又帅气。

于是，洛欢爬起来，走了过去："你在看什么？"

江知寒下意识地护住手机，可是被眼尖的洛欢看到了手机屏幕。

手机的页面上是一则房地产的信息，地点有点儿熟悉。

洛欢抬手搭着他的肩膀，偏头问："你在看什么？"

江知寒不得已叹气，只好交代："我想买套房。"

"买房？"

"对。"

"哪里？"

"附近。"

"你买房干什么？"洛欢问出这句话的时候，已经隐约想到了什么。

江知寒的目光落在她的脸上，他忍不住轻笑："总不能我以后每次来都住酒店吧？"

洛欢"哦"了一声，揶揄着："住酒店委屈你了？"

"也不是。"江知寒将目光落在她白皙的巴掌脸上，声音低了几分，"主要是为了未来我们两个人相处更方便。"

洛欢意识到他在说什么时，脸蓦地红了。

她伸手招了他一下，说："你再胡说八道试试？！"她说完便转身往床边走。

身后轻轻浅浅的笑声飘入她的耳中，带起一阵酥麻。

相爱的人似乎随时随地都想做这种事，呼吸交缠，被子随着动作被揉成一团，两个灵魂在慢慢贴近。

空气中偶尔有一两声轻嘤声，勾人至极，很快又被新的吻覆盖。

温度不断地上升，床边的两只手十指紧扣，粉嫩的指甲陷进对方白皙的肌肤里。

吻从唇角蔓延到了脖颈，洛欢的眼神禁不住迷乱起来，她小声地喘得更厉害，脸颊红扑扑的，格外诱人，她忍不住抱紧了他的脖颈。

一阵阵的酥麻感窜上头顶，仿佛虫蚁啃噬，洛欢忍不住报复性地咬他的唇，力道却小小的，像在磨牙。

少女白皙的肩晃了他的眼，江知寒不禁低下头，轻轻地嗅着。体内躁动着，难受得厉害，到了最后关头，他尽力按捺住那股冲动。

他抱紧她的肩膀，在她小小的怀里，低头轻轻地抚着她因为不满足而轻蹙起的眉头。

两个人身上的温度在慢慢地降低。

洛欢轻轻地呼吸着，慢慢地睁开了眼，有些水雾氤氲的眸子仿佛星星掉进了湖水里，惊艳至极。

洛欢抬起手摸了一下江知寒额角的薄汗，咕哝了一句："其实，没关系的。"

因为是他，所以她觉得没关系。因为她喜欢他，所以想把自己有的一切都给他。

江知寒的目光温柔似水，他忍不住笑了笑，嗓音微哑，说："等我们结了婚吧。"

江知寒在某些方面比她还要古板，而且很坚持。

洛欢的脸颊又有滚烫的趋势，好在本来就有些红，所以不太明显。

她忍不住别开眼："你这是……在求婚吗？"

"难道你不想嫁给我？"江知寒似笑非笑地追问。

洛欢伸手打了他一下，想要推开他然后走掉。

江知寒没放手，用那双漂亮的、勾人的眼睛默默地望着她。洛欢抵挡不住诱惑，最后只能缴械投降。于是，两个人又在床上荒唐了许久，直到天色渐渐暗了下来。

洛欢的手机不知道响了几遍。

她必须要回家了，这是洛国平给她设置的"门禁"。

"我要……要走了。"洛欢在他的唇下轻轻地喘息着，声音有些飘忽。

江知寒稍稍撤开了点儿，但紧接着又将她抱进怀里，把头埋在她的肩颈处。她感觉自己又被抱紧了几分，耳边是他低低的、带着几分笑意的叹息声。

"真不方便，看来我得快点儿买房了。"

"你想买房子的真正目的就是这个吧？"洛欢伸手掐了他一下。

"不是。"江知寒在路上笑着解释，"买的房子里有厨房，还能做饭。到时候你来这里吃，能多待一会儿。"

"到时候再说。"洛欢虽然三言两语地将话题岔过去，但是开始有些期待了。

他这就是提前同居的意思吧？

到了小区门口，江知寒又黏了她一会儿，才放开她让她走，像是有些黏糊的大型犬。

等有人时，他又变成了那个清朗如月的江知寒了。

洛欢回到家里，果不其然收到了洛国平同志的一顿白眼，洛国平道："哼，你有了男朋友连家都忘了回了。"

洛欢笑嘻嘻的，装傻充愣，跑过去撒娇。

江知寒想要买房这件事，洛欢没怎么放在心上，倒是没过两天，远在几百公里之外的谷雨忽然打了个电话过来。

彼时洛欢正被江知寒……压在床上亲。

接到谷雨的电话时，她还有点儿蒙。

谷雨的夺命连环 call（电话）响个不停，洛欢只好看向江知寒，说："是谷雨。"

江知寒深呼吸了一下，直起了身子。

洛欢脸红红的，撑着起身，伸手扯了扯衣服，调整着呼吸，然后接通了电话。

"谷雨？"她刚说了两个字，那边谷雨兴奋的声音通过听筒传了过来——

"嘿，宝贝，你猜猜我在哪儿？"

耳边是一阵阵的汽车声。

洛欢平静地开口："高速公路啊。"

"哎呀你怎么这么讨厌？一下子就听出来了，哈哈哈……"

洛欢："……"

"我们最后一场考试提前结束了，然后就放暑假了。我下午就到，你惊不惊喜？"

洛欢"……"

"你记得到时候给我接驾啊！我有好东西要给你介绍，要过收费站了，先不跟你说了，拜拜……"

谷雨说了一大堆，许是怕洛欢拒绝，匆匆地说完后不给她再说话的机会，就挂了电话。

"……"下午？那您早上打什么电话？

洛欢无奈，谷雨下午回来后自己接下来的时间肯定归谷雨了。于是她有些小心地看向了江知寒，说道："是谷雨，她下午回来。我得去接机，带她玩。"

江知寒知道洛欢跟谷雨从学生时代就是好朋友，高中时两个人就玩得很好，在他离开的那段日子里，谷雨也很支持洛欢。

尽管江知寒很想跟洛欢待着，还是不能不答应她们见面。

对于他欠她的那段过往，他能怎么办？他只能尽力去弥补。

于是江知寒笑着叹了口气，说："我送你过去，你结束后给我打电话。"

洛欢的眼睛亮晶晶的，她点点头。

洛欢的衣服都在家里，她只能回家换衣服。这样，她和江知寒待在一起的时间就又少了很多。

洛欢放下手机，抬手抱住他的脖颈，仰起头在他的唇上咬了一口，笑着说："对不起啦。"

江知寒微微一怔，眼底的光亮有些深意，他温声说"没关系"。

接下来，每隔一段时间洛欢就收到谷雨的路程消息，她简直比播报员

483

还及时。

洛欢无奈，说自己的记忆力没那么差，让她别扰民了。谷雨生气了，接下来没理洛欢。

洛欢也乐得清静，等快到时间了，就让江知寒先在酒店里等她，她先回家换身衣服。

她回到家里，洛国平和同事去体育馆了，洛欢跟蒋音美说了谷雨回来的事，便回房间里换衣服。

她打开衣柜，入目的便是一条条素净的裙子。洛欢正打算随手拿一件出来，手忽然一顿，目光落到角落里的一个蓝色的箱子上。

洛欢伸手打开它，里面是一件件颜色鲜艳的衣服，在现在也不过时。

这几年洛欢没再长个子，依旧保持着标准身高，因此之前的衣服还能穿。

以前洛欢爱美，衣柜里各种各样的衣服快塞不下了。

谷雨这几年越来越爱打扮了，也越来越看不惯洛欢的穿衣风格。洛欢得回家换身衣服，免得被谷雨叽叽歪歪地说不重视她。

她想起上次劳动节见面时谷雨吐槽她的话……

之前的回忆全是苦的，所以她想逃避关于自己的不好的回忆，但是现在一切都变了。

自从她和江知寒重逢后，她的衣品好像也没变化。江知寒倒是没提过什么意见，她也没注意过，可现在……

洛欢低头看了看自己身上朴素的白裙子，又扭头看了一眼镜子。

镜子里的少女个子高挑，随意扎着丸子头，耳边落了几缕发丝，素色的长裙衬得她肤色更白，白里透红的。

她以前没怎么注意过自己的穿搭，如今一看，确实有点儿土……

洛欢默默地看了自己一会儿，收回目光，忽然在箱子里翻出一条粉色的薄纱吊带裙。

这是高三那年洛国平跟蒋音美送她的成人礼，现在……也不算太过时吧？

洛欢决定穿这条裙子，拿着裙子去洗手间换。

裙子很清凉，洛欢换好后看了看镜子，然后将头发散了下来，瀑布般的头发落下。

洛欢跑去客厅里，喊蒋音美："妈妈，你有卷发棒吗？"

蒋音美从电视上移开眼，下一秒，眼底似乎晃动着一抹水光。

她点点头，说："你等等，我去拿。"

洛欢的头发挺长。她只在发尾处稍稍卷了一下，头发像波浪一样，平添了几分别样的法式风情。

蒋音美也不看电视了，给她拿来发卡，看着正在打扮的女儿，张了张口，忍不住笑着问："你怎么想起穿这种裙子了？"

"不好看吗？"洛欢看着镜子里的女人，挑挑眉问。

"好看。"蒋音美有些感慨，"我只是很久没看到你穿这么明亮的衣服，有些怀念。"

洛欢笑了。

她别了一个珍珠发卡，将脸颊边的碎发别上去，还觉得有点儿素，就借用了蒋音美的化妆品。

她不爱化妆，除了表演不得不化那种浓妆之外，平时连粉底都不用，这次暑假回来更是什么都没带。

洛欢眉毛长得很标致，只是唇色偏淡，看起来有些病态。她涂了支西柚色的口红，整个人顿时恢复了元气。

"你收拾一下就出发，别让人家等急了。"蒋音美催促着洛欢。

洛欢"哦"了一声，最后打理了一下头发，拿了把伞跑出了门。

坐电梯时她收到了江知寒的消息，他说在楼下等她。

洛欢加快了脚步。电梯打开，洛欢出了楼门，一路边撑伞边往外跑，跑过一个花园拐角时，手臂忽然被一只修长的手拽住，阻止了她的步伐。

洛欢抬起眼，看到人后蓦地笑了："你来了。"

江知寒盯着洛欢，眼里的情绪几经变化，喉结滚动了几下，说："你……"

洛欢眨了眨眼，在他的面前轻轻地转了一圈，明媚地笑着问："怎么样？我不好看吗？"

女孩的裙摆与发丝轻扬，裙摆上的亮片在光下一闪一闪的，这画面仿佛成了他眼中最美的风景。

"好……好看。"江知寒薄唇轻抿后忍不住开口，"你……怎么……"

仿佛知道江知寒想要问什么，洛欢抓了抓头发，脸颊微红："我本来就是这个样子啊。以前好朴素，我要慢慢改掉。"

"你也喜欢，是吧？"说完，洛欢仰起头，亮晶晶的眼睛看着江知寒。

江知寒敛了下眸，郑重地开口："你什么样子我都喜欢。"

他怎么说句话跟告白似的……

485

洛欢轻咳一声，说："时间快到了，我们走吧。"

江知寒点头，一只手接过她手上的伞替她撑着，一只手轻轻地牵住她的手。

机场离小区一个多小时。等她到机场时，谷雨乘坐的飞机差不多也到了。

"你先回去，我们逛完打电话给你。"洛欢下车前嘱咐了一句。

江知寒点了点头，说"好"。于是，洛欢撑着伞朝机场跑去。

少女穿着吊带裙子，露在外面的肌肤白得惹眼，纤细的小腿走路时如美人鱼的鱼尾般迷人。

江知寒忍不住皱了皱眉，忽然不想让别人看到这幅美景。

"先生，还走吗？"前面的司机见后座上的年轻男人依旧盯着窗外，忍不住问了一句。

江知寒垂下眸，沉吟了一会儿，说："不了，我有些事。"他说完便付款，而后下了车。

洛欢在机场的咖啡厅那儿没等多久，就看到了谷雨。

她起身招手，谷雨扭过头。但紧接着，谷雨的目光就从她的身上滑过，半点儿不停留。

"……"洛欢无奈，只好起身走过去，拍了下谷雨的肩，"你七老八十了？眼神儿这么差？"

谷雨一扭头，看到面前的人后，眼睛瞬间瞪大了。

"洛……欢？！"

"嗯。"

"你……天啊……你怎么……"谷雨有些不敢相信。

洛欢知道自己跟江知寒复合的事一下子说不清，于是笑了笑说："说来话长，我们找个地方好好聊。"

两个人坐了一个多小时的车到了市区。谷雨饿得不行，在路上就订了餐厅。

到了餐厅里，上了菜她们便开吃，聊着这学期的事，约好接下来要玩什么。

"你说吧，怎么想通了啊？我还以为你要提前步入老年时代呢。"

洛欢咽了口饭，瞅瞅她，放下筷子："我跟你说件事，你最好先有个准备。"

谷雨一顿："好事还是坏事？"

"好事。"

"说吧。"谷雨轻蔑地一笑，还能有事吓到她？

结果下一秒，洛欢说道："我跟江知寒复合了。"

"……"谷雨一口饮料瞬间喷了出来。

洛欢无比淡定地抽出一张纸，擦了擦自己胳膊上被溅到的地方。

"你……你来真的？"谷雨瞪着眼，声音几乎破音。

"不然呢？"洛欢说，"过去的事情是误会，你要是想拆散我们就免了，你要是想听其中的原因，我倒是可以给你讲讲。"

过去的那个洛欢又回来了。

她坚持的事别人干涉不了。她要多倔有多倔，很有个性。

谷雨看她这样，知道自己再浪费口舌也没戏了，她肯定比自己还能说，到头来自己还会落下风。

谷雨消化了足足3分钟，连手里的牛排饭都忘了吃。

3分钟后，谷雨才看向洛欢，神情保持着平静："你说吧，到底怎么回事？"

洛欢看了看她，确定她现在心情平复了，才开了口。

谷雨听了半个小时后，脸上的表情逐渐由愤怒变成了惊讶。她吃惊地说："你在这儿……编故事呢？"

洛欢带着一脸无辜的表情，说："事实上，我也希望自己是在编故事。"可事实并非如此。

谷雨这会儿完全忘了责问洛欢，满脑子被各种爆炸式的、超越她认知的信息充斥着。最后，谷雨看着洛欢，忍不住说出来一句："你们俩真是……厉害。"

她没想到自己身边的朋友也会发生这么奇幻的事情。

洛欢忍不住笑了，说："没办法啊，可能我就是这么……与众不同吧。"

谷雨听到这话，想拿纸巾砸她。

洛欢陪谷雨吃完饭，她们又去附近新开的一家复古风的清吧里待了会儿。两个人坐在后面的散座上，点了两杯酒精浓度不高的鸡尾酒。店里放着轻柔的音乐。

谷雨继续跟洛欢打听各种细节。洛欢一边低头回江知寒的消息，一边回复着谷雨，态度有点儿敷衍。

谷雨有种"儿大不由娘"的感觉。她叹了口气，将目光落到吧台附近的一个小帅哥的身上。

江知寒叮嘱洛欢别喝太多酒。

洛欢正回着信息，谷雨放下酒杯问了她一句："付和西，他什么时候回来？"

洛欢打字的手指一顿。她抬眸看向谷雨，想了一会儿，摇着头说："不清楚。"

她和付和西好像自上次劳动节之后，已经有一个多月没有联系了。

"他可能在忙着创业吧，改天我问问。"

洛欢纯粹把付和西当普通朋友看待，没有其他的想法。

奈何襄王有意，神女无情。

谷雨"哦"了一声，垂下眸拨了拨头发，又抬眸看向了吧台。

谷雨这一提醒，洛欢不禁有点儿来了兴致，问她："你呢，这么多年就没什么情况？"

谷雨原本略微怅然的表情一僵，她说："你……你问这个干吗？我要是有情况还能暑假缠着你？"

谷雨看起来挺慌，很恼怒地瞪了洛欢一眼后拿起酒杯开始喝酒。

"那你有心仪的目标吗？"

"没……没有！"就算谷雨有想法，也只是单相思。

"哦，看来你这么多年的单身人设不倒。是不是我当年……嘴太毒了，才导致……"洛欢的话还没说完，谷雨差点儿被呛了。谷雨冷冷地盯着洛欢说："你才知道啊？我告诉你，姐们儿要是以后找不到男朋友，可就指着你过了。反正你男人有钱，当年你们俩的事还有我撮合的分儿。"

洛欢咧了咧嘴角，笑容带着无辜之意："好啊，以后他们家要是建什么老年社区，我第一个帮你报名。"

"滚。"这缺德闺密！

谷雨还拿着行李，不方便，两个人玩到6点就结束了。临走前，谷雨跟洛欢约好下次再一起玩。洛欢点着头说"好"。

目送谷雨的车离开后，洛欢才低头，看江知寒发的消息。

他让她在原地等着，他几分钟后就到。于是洛欢放回手机，背着手悠闲地站在原地。

果然没几分钟，洛欢的眼前便出现了一抹高瘦的身影，由远及近。

洛欢盯着他，白皙的小脸上的笑容逐渐加深，直到他在她的眼前停住，挡住了一缕光。

"这么快，你是坐飞机来的吗？"洛欢抬眼看着他，调侃道。

江知寒笑，笑得很撩人，低头牵住她的手，说："走吧。"

车子停在路边，两个人坐进去后，江知寒问洛欢还想不想去哪里玩。

洛欢转了转眼珠，忽然凑到他的耳边，气息浅浅地开口："我想去……酒店呢。"

江知寒的眉梢抖了抖。

洛欢"扑哧"一声笑了出来。

司机听不见回答，从后视镜看过来。

江知寒扶住洛欢，让她坐好，低声说了句"别闹"，然后报了洛欢家的地址。

车动起来。

洛欢盯着他，他的表情没什么变化，耳尖却通红。洛欢在心里笑了笑，面上保持着平静，坐好。

她的手被江知寒攥得紧紧的。

到了小区，洛欢本来要挥手下车，谁知江知寒也跟着下来了。

"你干什么？"

江知寒看了她一眼，笑着说："走吧，我送送你。"

现在他们算是公开关系了，洛欢也不用担心被爸妈发现，于是"嗯"了一声，继续牵着他的手。

江知寒来过小区很多次，保安基本上认识他了，不用再盘问他半天。

一路过来，不少老邻居也跟他们打招呼。

洛欢有点儿不好意思，看到江知寒却适应得很好，每个人问候他时他都会礼貌地回应。

江知寒将洛欢送到单元门口，旁边停了辆装着家具的大货车，有工人在往里面搬家具。

洛欢避开了点儿搬家具的人，朝江知寒摆了摆手，说："我走了，改天见。"

她可不敢再得寸进尺了，万一让老洛同志发现，又是一堆麻烦事。

"明天见。"江知寒低笑了一声。

洛欢愣了一下，以为江知寒还想和她见面，便抿抿唇笑了笑，转身就跑。

江知寒目送她上楼。

"您是……江先生吧？"江知寒转头，一个男人认出他，上前问，"家具我差不多给您安装好了，您看看有哪里不满意吗？"

江知寒轻轻地点了点头，温声说了句："麻烦了。"

洛欢回到家里时，发现蒋音美跟洛国平两个人都不在，茶几上放着张字条，洛欢拿起来看了眼。

"欢欢，我和你妈妈去跟你顾叔叔一家打羽毛球了，结束后给你打电话，我们一起出来吃饭。"

洛欢朝外面看了一眼，大夏天的，她不太想出去吃，于是用手机回复了他们，便放下字条，去洗手间洗澡。

出来后，洛欢披着半干的头发，从冰箱里拿出切好的半个西瓜趴在床上吃。

蒋音美跟洛国平都不在家里，洛欢挺无聊，就和江知寒发消息聊天儿。江知寒不知在干什么，回复得有点儿慢。

洛欢挖了一口西瓜吃掉，等着江知寒回消息。

她无聊得很，比平常要心急，没等半分钟就"噼里啪啦"地催他："你在干什么？"

"我在做吃的。"

"你买了锅？"

"算是吧。"

江知寒这是什么毛病，在酒店里做饭？

她正想着，对方发来了消息："我在做荞麦拌面，你要不要来吃？"

洛欢心痒得很，但是想到去江知寒的酒店要走几分钟的路，就打消了出门的念头。

"还是算了，太热了，我还是宅在家里吧。"

洛欢看了一眼时间，8点多了，也不知道洛国平他们要聊多久，好像大人们不管什么话题都能聊很久。

谁知，接下来江知寒的消息就发了过来："还好，我就在你家楼上。"

什么？

洛欢撩头发的动作一顿。

他这是什么意思？

"你……"

"你说买房是买到了我家上面的房？"

"嗯。"

"叔叔和阿姨不在家里，你……要来吗？"

"你可以穿着睡衣来，不用换衣服。"

490

他的话像潘多拉的魔盒一样吸引着她。于是洛欢打字:"我马上去!"

"好,房号是……"

洛欢的心口轻微地起伏着。下一秒,她拿着手机下了床,黑发散在肩上。她随便扒拉了两下头发,摸到桌边的一支珍珠发卡,用它卡住了头发,然后穿着人字拖迫不及待地出了门。

洛欢直接走楼梯上去。

到了门前,她停下来深深地呼吸着。他之前说要买房,她还没在意,以为他就算买房也得花上一阵时间,没想到他这么快就搞定了。

那之前停在楼下的大货车……

这个人竟然瞒她到现在?她正想着,门被人从里面打开了。

江知寒穿着干净的家居服,笑容温和地看着她:"进来吧。"

他身后是客厅与餐厅之间的过道。

这房子还挺……简单干净的啊。

洛欢尽量不让自己露怯,脸色平静地看了他一眼,然后走了进去。

门口,江知寒亲自拉开鞋柜取出一双新的拖鞋放到她的脚边。

洛欢看了一眼拖鞋,鞋上面是粉色的草莓图案,于是她毫不客气地伸手掐了一下他,说:"你瞒我这么久啊?"

"原本我没想到会这么快,结果正好这家原来的房主卖房,我就买下了。"

江知寒好脾气地笑了笑,思考了几秒说:"装修也不算太久吧,一周就办得差不多了。我本来打算明天把房子彻底弄好再给你一个惊喜,没想到,计划赶不上变化。"

上一个房主留下的房子设施很齐全,他只需要翻新一下墙面,买几样家具就行。

洛欢穿好拖鞋走了进去,像进了自己的家,四处看着。

果然都是新家具,江知寒在这方面要求不太高。家具很简单,原木色的,看上去还挺温馨。

空气里弥漫着一股淡淡的酸甜味道。

"你把饭做好了?"洛欢回头看他。

"等等。"江知寒进了厨房,洛欢也跟着进去。

厨房里的电器也像是新的,炉灶是第一次被用,锅里煮着面,江知寒拿起筷子把面盛了出来,过了一下凉水。

料理台上是被切好的黄瓜、胡萝卜,还有豆芽、青菜和一碗调好的酱汁，洛欢看得不禁有些馋。

洛欢向来晚上吃得很少，江知寒有些不确定地问："吃一点儿？"

馋虫作祟，洛欢忍不住了，犹豫着说："就……一小碗啊。"

洛欢说只吃一小碗，但实际上吃了和午饭差不多的量。

饭很好吃，洛欢果然吃撑了。

她想洗碗活动活动，偏偏家里有洗碗机。

"都怪你，不拦着我。"洛欢捂着肚子在客厅里走来走去，眼神很幽怨，把责任都怪到江知寒的身上。

"嗯，都怪我。"江知寒轻笑着全盘接受，拿出健胃消食片给她。

洛欢走过去坐下，接过药吃了。

酸甜的味道在舌尖处漫开。

"好点儿了吗？"江知寒关心地问。

"哪有这么快啊？"洛欢有些哭笑不得。

洛欢正准备拿出手机打几盘游戏，就听见江知寒说："还有一个办法。"

"什么办……"洛欢下意识地抬头，头顶上有片阴影落下来，接着嘴唇就被吻住了。

她的手指晃了一下，手机掉在了沙发上。

江知寒伸手揽着她的肩，低头再次吻了下去。

洛欢被迫承受着，愣了两秒，伸手钩住他的脖子，抱住他。

两个人倒在了沙发上。

江知寒慢慢地往下探索。洛欢闷叫出声，眼里含了水雾。

女孩柔软的身体与身上清甜的味道险些让他控制不住自己。

但和上次一样，还是在关键时刻，江知寒及时停了下来。

洛欢衣衫半褪，像只雪妖勾引着他。

江知寒将手从她的衣服里抽了出来。

他低头看着她，鼻尖相抵，呼吸交缠，女孩的声音颤颤的，他也好不到哪儿去。

但江知寒还算清醒，弯了弯变得红润的唇角，在她的耳边开口低声说："接吻能刺激肾上腺，消耗热量，也算是另一种减肥方式。"

洛欢听了脸都红了。

江知寒的胆子越来越大了。他是怎么顶着一张阳光正直的脸一本正经地说出这种下流的话的？

于是接下来，洛欢没让江知寒再碰她。

晚上9点多，估摸着洛国平他们快回家了，洛欢要回去了。

江知寒送她出门，两个人和其他热恋中的情侣一样牵着手。

就是这么巧合，两个人跟洛国平还有蒋音美在安全通道口不期而遇。

"……"四个人在楼梯间里对视许久。

空气有些安静。还是江知寒先开了口，依旧很礼貌："叔叔，阿姨。"

蒋音美回过神来，观察了一下他们，问："小江，你在楼上住？"

她已经喊上小江了。

江知寒点头："嗯，房子就在楼上，这两天才定下来，我正要告诉叔叔和阿姨。"

洛国平却瞬间感觉到了危机，背过手拉长脸看了自家女儿一眼，说道："你们先进来再说。"

今天到底是什么绝世好日子？！

第十九章
正式宣布

于是，洛欢看了江知寒一眼，英勇就义似的进了房间。

江知寒在他们家楼上买房这件事没什么可隐瞒的，蒋音美表示理解。江知寒毕竟是大少爷，总住在酒店里是不太好，而且住得近也挺方便。只是洛国平的脸一直拉着，他似乎不大满意。

"你以后就给欢欢住这种房子啊？"这个小区不是不好，只不过在洛国平的眼里，他的闺女配得上世界上最好的东西。

大概天底下所有爱女儿的父母都希望如此。

江知寒接得稳当，笑着说："不会的，叔叔阿姨，这里只是暂时的，以后我们结婚，我会买更好的房。"

洛欢忽然扭头看他。

"……"洛国平的表情更复杂了。

洛国平一方面对他们俩的事情表示满意，另一方面听不得"结婚"这两个字，他现在的心情就像自己精养了十几年的花被人连盆直接抱走了一样！

蒋音美却眼睛微亮："你真的要娶欢欢？那你的家人……"

江知寒："实不相瞒，阿姨，娶欢欢这件事从高中起我就认定了，至于我的家人，你们随时随地都能见他们。他们人都挺好，不会成为阻碍的。"

江知寒的一番话说得诚恳又让人安心，蒋音美不禁眉开眼笑，她说道：

"两家人见面先不急,等欢欢先和你父母那边熟悉了再说。"

洛欢抬头看着江知寒好看的侧脸,心口轻微地起伏着。

他说的是真的?

晚上,洛欢洗完澡趴在床上,忍不住问了江知寒这件事。

"你白天说的话是真的?高中就打算娶我的事……"

左上角持续显示了会儿"对方正在输入",然后他发了一句话。

"你不愿意?"

她当然愿意!

只不过这句话她身为女孩子不好意思说出来。

手机的亮光映在女孩的脸庞上,她不禁咬了咬唇,脸上生出一抹浅红色。

她翻身举起手机,转而调侃他:"啊,你那个时候那么闷骚吗?你连牵下手都会脸红,居然能想到以后结婚……"

可是,现在的江知寒已经从容了许多,不像高中那会儿那么容易害羞了。

"我从第一天起就想到了。"

他把她写进他的计划里。即使分开的那几年,他被迫改了不少计划,但"洛欢"这两个字依旧牢牢地占据着他往后的生命。

如果他和她没办法重逢,他就一辈子抱着这样的记忆活;如果他和她重逢,她还是不肯原谅他,那他就一辈子守护在她的身边。

反正只要是她,他怎么过都没关系。

洛欢盯着信息,眼波晃动着,半晌后,才有些迟钝地敲出了一个字:"哦。"

"时间不早了,睡吧,明天见。"

一句"明天见",让洛欢心里生出不少期待。

第二天,江知寒提出他们两个人找个时间正式约谷雨吃顿饭,作为谷雨认识闺密的男朋友的必要流程。

洛欢对这方面不怎么重视,不过既然江知寒提出来了,她还是一口答应下来。

她跟谷雨商量时,谷雨先是发了几个感叹号过来。

"那你到底来不来?"

谷雨哼哼道:"看在你的面子上……去吧。"

"你怕是舍不得大餐吧?"

谷雨有些生气地发了个发怒的表情包过来,然后又发了一个消息过来:"你告诉你的男朋友,我要吃最贵的菜,不贵我看不起他!"

洛欢发了一个"扔狗"的表情包。

他们定在了第二天下午见面。

江知寒挺上道,还真订了整个千城最好吃的一家创意餐厅。这家高档餐厅与他们住的地方隔了好几个区,他们坐车就坐了快一个小时。

餐厅里人不多,很清净,江知寒预订了景观位,能看到窗外繁华的景色,每道菜上来之后,都有服务生介绍菜品的渊源……

谷雨作为一个当代青年,吃过的餐馆不少,但这么高档的地方还是第一次来。

她原本端着的架子在服务生们细致又周到的态度中差点儿瓦解。

总算等到服务生离开,谷雨才暗暗松了口气。她不能表露出没见识的样子,让对面的人嘲笑自己。

不过谷雨提心吊胆的事并没有发生,江知寒没有在吃饭时跟她聊以前的事,他的态度极好,他帮她们倒果汁,给洛欢切牛排,一点儿没有那种高高在上的架子。

洛欢把不爱吃的青椒夹到江知寒的盘子里,江知寒很自然地吃下,没有任何嫌弃。

虽然他们俩不像其他情侣那样腻歪,谷雨却能感受到他们对彼此的喜欢,周围的空气仿佛都带着甜味。

这画面让人心动得不行。

谷雨在心底叹了口气,有些羡慕,心情有些复杂。

结束时,谷雨跟洛欢一起去洗手间。出来后谷雨洗着手,看看旁边整理头发的洛欢,说道:"你还挺幸运的,好好把握吧。"

洛欢打理头发的动作一顿。她笑了笑,伸手拥住谷雨:"谢谢。"

谷雨安静了一会儿,忽然出声:"你的胸顶着我了。"

洛欢:"……"

好好的气氛被打破,洛欢好想打她。

回到座位,江知寒给她们两个人点了甜品,这才聊起之前的事。

他说话的态度很诚恳,没有什么少爷脾气。

谷雨木着脸,尽量面无表情地听着,只到最后才点头"哦"了一声。

洛欢在底下用脚踢她。

谷雨暗暗翻了个白眼,心里把洛欢这个见色忘义的人骂了几百遍,面上不情不愿地开口:"知道了。"

有江知寒在,谷雨不方便跟洛欢玩,摆了摆手便走了。

"你们聊什么呢?"车上,洛欢问迟来的江知寒。

"没什么。"江知寒笑了笑,眉眼之间不再有来之前隐隐的紧张,而是前所未有的放松,他说,"你闺密挺好的。"

洛欢得意地挑眉:"我的眼光当然好。"

"嗯。"江知寒似有所感地点头。

意识到他在夸自己,洛欢抿唇笑着拍了他一下。

临走之前,谷雨终于忍不住交代一句:"你好好照顾我姐们儿,她这个人对什么都满腔热情,但绝不会给一个人第三次机会。"

江知寒愣了愣,淡笑一声,语气郑重地说了个"好"。

解决完谷雨这重障碍后,洛欢整个人感觉轻松了不少。

江知寒成了他们的邻居后,确实方便了许多。

洛欢暑假里本就懒得出门,这下可以直接穿着睡衣和拖鞋出门逛。

蒋音美这种一辈子矜持惯了的人有些没眼看洛欢,提醒洛欢好好穿衣服,哪有去见男朋友穿睡衣的?

洛欢面上笑嘻嘻地应着,私底下还是照穿不误。

大夏天的,谁不喜欢宽松舒吸一点儿的穿着?

江知寒似乎也没提过什么意见。

这让蒋音美觉得无奈又庆幸。

她这个小女婿,好像对她的女儿有点儿盲目喜欢。

大三结束基本没什么事了,洛欢已经决定下学期要考研究生,所以暑假这会儿不像其他大学生那样忙碌。

她每天无聊就去楼上江知寒家,看他写实验报告和跟导师开视频会,自己就抱着西瓜坐在一旁看着他,有时候刷刷剧、打打游戏之类的。

江知寒写完报告,就给她做饭吃。

洛欢偶尔手痒了,就摆弄摆弄甜品。在家里蒋音美不许她干的事情,江知寒都纵容她。

即使她烤出来的饼干跟甜品不是很好吃,江知寒也会捧场地吃下好多。

他们两个人有时候去逛街,有时候约谷雨出去逛,每天过得挺悠闲。

相比其他情侣,他们好像已经提前进入了老夫老妻的模式。

这天,洛欢做了抹茶草莓雪花酥,发现成品不错,于是忍不住拍了张照片,准备发朋友圈。

她正打算上传时，手指顿了顿。

她这几年里很少发朋友圈，朋友圈几乎已经长草，她上次发朋友圈，还是高三拿到艺考合格证的时候。

而且，虽然她已经和江知寒复合了，但好像并没有在朋友圈公开过他。

江知寒平时用的社交软件不多，但从确定关系那时起，他就已经把他所有的社交账号头像换成了她的照片。

其间他的家人旁敲侧击，他都因为她还没准备好见他们给挡回去了。

洛欢放下手机，端起一盒做好的雪花酥走出厨房，朝书房里正在写报告的江知寒走过去。

江知寒以为她要让他尝，于是停下手里的动作，伸手去拿。

洛欢挡了他一下，示意他："你拿一个，先别吃。"

江知寒有些不解地看着她。

"你别问那么多，拿一块，姿势漂亮点儿。"洛欢说着，举起了手机。

"……"江知寒只好笑了笑，抬手举起一个雪花酥。

洛欢对准他之后"咔嚓咔嚓"拍了几张照片。

花花绿绿的雪花酥被捏在修长漂亮的手指间，捏着雪花酥的主人公穿着干净简单的浅色T恤，手指与腕骨的骨节清晰精致，他肤色很白，手臂的线条也很好看。

照片没露出他的上半身，却给人一种勾人的感觉。

江知寒的皮肤干干净净的，都不用修图。

洛欢满意地将照片上传，并配了一段文字。

"某人很捧场。"

她真是矫情得不行。

朋友圈发出去不过几秒，点赞的提示音便响起。

谷雨知道洛欢是在秀恩爱，发给她一个巴掌的表情。

洛欢忍不住笑了。

接着，各种点赞的提示音传来。

"万年隐身的学姐竟然发朋友圈了！"

"学姐，某人是你的男朋友吗？"

"学姐这是官宣了吗？"

"学姐什么时候有男朋友了？！"

洛欢挑了几个评论回复着。

江知寒也低下头掏出手机，看见她新发的动态，点了个赞。

他的赞很快被淹没在人海里，隐秘又直白。

洛欢的一条朋友圈炸出了不少之前她加过的人，他们全在疯狂求看"洛姐夫"的正面照片。

洛欢坐在沙发边，托着腮笑问："你想我曝光你吗？"

江知寒回复："太想了。"

洛欢笑了笑，朝他勾了勾手指，说："你过来。"

于是江知寒就真的起身过去了。

洛欢拍了两个人的合照后，又发了朋友圈。

这算是正式官宣。

日子过得挺快，转眼间就快开学了。

江知寒提前买了机票，临走之前，蒋音美给洛欢收拾了好多东西。

洛国平嘱咐洛欢的话比蒋音美这个妈妈还多。

洛欢听得耳朵有些生茧，不得已叹气，一一答应。

开学前一天，洛欢跟江知寒坐上飞机回到了学校。

洛欢是第一个到寝室的，孟琪琪还没回来。

洛欢放下行李后就在宿舍群里发了消息，问她们什么时候回来。

杨艺莹很快回复："大概下午五六点！我带了好多我妈妈做的菜，等我到了大家一起吃！"

洛欢说自己也拿了吃的，顺便给她们留门，放暑假这些人肯定都没有拿钥匙。

杨艺莹回了她一个亲亲的表情包。

过了几分钟，陈静怡也回了消息，语气不大自在，说跟杨艺莹差不多的时间回来。

洛欢也回了个"好"。

孟琪琪是最后回的，说大概晚上快熄灯那会儿才回来。

洛欢："我等你。"

"不用。"

洛欢说："我们一个假期不见，还不能说说话了啊？"

孟琪琪像是被逼得没办法了，只好说了句："行行行。"

放下手机，洛欢去洗漱，然后打扫寝室。

下午江知寒在实验间隙发消息说要一起吃饭。洛欢挺抱歉的，说她们寝室要一起吃饭。

江知寒没说什么，给洛欢点了下午茶。

洛欢双手捧着一杯草莓果茶，习惯性地点开舞蹈视频。

这些视频她百看不厌。

她看到五六点的时候，门外传来一阵"咕噜噜"的行李箱轮子滚动的响声，接着寝室门被敲响。

"有人吗？开门，我累死了！"

洛欢摘掉耳机起身过去开门，刚打开门，就被杨艺莹震惊到了。

"您是去批发市场了？"

杨艺莹的行李箱上堆着一大包东西，背上背着的书包也鼓鼓的。她明明穿着清凉，脖颈上却出了一层汗，发丝也粘在脸上。

洛欢连忙帮她接过行李。

杨艺莹摆了摆手，跟条死狗似的挪进来，问："有水吗？有水吗？"

洛欢指着桌上的水果茶，说："这些是给你们的。"

杨艺莹赶紧冲过去，随便挑了杯果茶，撕开吸管插进去，足足喝了半杯才算活过来。

"我都大四了，我爸妈可能还以为我是来下乡了，他们觉得我在学校会吃不饱！"

洛欢笑着，替她放好行李。

"你这茶哪儿来的？还挺好喝。"

洛欢头也不抬地淡定回道："男朋友买的。"

杨艺莹这才想起来，前不久在朋友圈看到洛欢曝光男朋友的事。

那条朋友圈底下的评论跟明星见面会似的。

杨艺莹憋了一下，"啧啧"两声，说道："我一来你就给我塞'狗粮'。"

洛欢回她："那你也可以给我塞，公平。"

"算了。"杨艺莹泄气地说，"我跟那个人暑假的时候分手了。"

洛欢转头看她。

杨艺莹叹气："以前你没有男朋友的时候，我还觉得没什么，可自从有了你男朋友做对比，我就越发忍不下去了，我也是我爸妈的小公主啊，没道理为了一个'渣男'让自己受虐。"

况且，还是个质量不怎么样的"渣男"。

"天底下的好男人真是少……"

"不是少，是你还没遇到。"洛欢安慰她，"你这么好，肯定会遇到的。"

杨艺莹的心情好多了，她笑嘻嘻地说："借你吉言，我喝完果茶去洗澡，我出来后我们就吃饭。"

杨艺莹快速喝完果茶，钻进了洗手间。等她出来后，两个人把孟琪琪的小桌子放在中间拼好，摆上各种吃的。她们正摆吃的时候，陈静怡也回来了。

"你回来啦。"杨艺莹赶忙招手，"你吃饭没？过来一起吃，我爸妈给我带了吃的，还有洛欢带的吃的。"

陈静怡看了眼洛欢，"哦"了一声，拖着行李箱走过来。

"我也带了吃的，你们也尝尝吧。"陈静怡甚至主动给了洛欢一副手套。

陈静怡会主动跟洛欢示好，洛欢还挺意外。洛欢转头看过去，陈静怡的眼眸闪了闪，她别过头去，语气有点儿不自在地说："你要不要？不要我放下了。"

洛欢低下头，接过来吃的，笑笑说："谢谢啊。"

陈静怡看到洛欢在朋友圈官宣恋情后，心里最后那点儿危机感终于彻底解除了。

陈静怡"哼"了一声。

孟琪琪还在路上，三个人吃之前给孟琪琪留了饭，边吃边聊天儿，气氛还不错。

吃完后，洛欢整理完残余，消着食，拿手机问江知寒现在在干什么。

江知寒是隔了几分钟回的，说还在做实验，不过这会儿在休息。

洛欢紧接着问他吃没吃饭。

他当然没吃。

洛欢不和他一起吃，江知寒就没准时吃过饭。

"等着，我给你送饭去。"

江知寒回了句："谢谢女朋友。"

隔着屏幕，洛欢似乎都能感受到他的开心。

洛欢忍不住翘起唇角，去收拾东西。

还没正式开学，食堂里人不多，洛欢打包了一份饭菜悠闲地去了实验楼。

江知寒等在楼下，打扮干净，发丝柔软，见着她便走过来接过她手里的东西。

两个人还跟上次一样，在一个空教室里吃饭。

洛欢托着腮，咬着一根棒棒糖，玩着手机游戏，偶尔看看对面低头专心吃饭的人。

他吃得很香，但不发出声音，看上去挺优雅、挺赏心悦目的。

江知寒吃完饭后，自己收拾完残余，去洗手池那边洗了手。

他回来后看到洛欢在专心玩一个挖矿小游戏，好几次都过不了下一关，她的眉头皱得紧紧的。他观察了她一会儿，默默地接过来手机帮她打通关。

洛欢没跟上次一样进他们的实验室影响他们做实验，陪江知寒放松了会儿，看见曹天磊在手机上催他，便让他去忙了。

江知寒不免有些不舍，洛欢干脆伸手揽住他的脖颈，踮脚吻了他一会儿。

几秒后，她才缓缓松开他，用手指轻轻挠着他的下巴，甜甜地笑了，娇滴滴地说："你去忙吧，我们明天还能再见啊。"

她不知道自己有多诱人。

江知寒闭了闭眼，无奈地笑了两声，接着就把她的腰揽住，低下头继续吻了上去。

洛欢干脆伸手拥住他，热烈地索吻。

最后，她的唇变得红肿了。

天色尚早，洛欢告别了江知寒，抿着唇坚持独自一人回去。

谁能想到，一向光风霁月的江知寒，热情起来会变成那种样子……

他真的好欲。

洛欢身上燥热得不行，要不是条件不允许，她估计就扑倒他了。

傍晚的温度很适宜，风吹在身上舒服极了。洛欢走出了实验楼，低头弯着唇回消息，刚抬头，看到迎面过来的人，脚步停了一下。

来的人是萧萧。

萧萧像是刚回来不久，看上去风尘仆仆的。她伸手拽了拽肩上的包，走得很快，却在看到洛欢时脚步一停。

萧萧挺有个性的，而且洛欢知道她不太喜欢自己，于是洛欢礼貌地对她一点头，便准备走。

"等等！"反倒是萧萧先叫住了她，说道，"我们谈谈吧。"

洛欢转头看她。

校外的一家奶茶店里。

洛欢在意热量，只点了一杯香草酸奶，萧萧像是还没吃饭，点了奶茶跟软欧吐司。

洛欢捏着勺子靠着椅背，一边搅着酸奶，一边看着对面的萧萧，吊儿郎当的，一点儿也不急。

反正是萧萧把她叫来的。

高中那会儿她就记得萧萧挺有个性，也挺高冷，这会儿萧萧依然如此，许是有了知识与眼界的沉淀，整个人显得更加沉稳。

萧萧斯文地吃着面包，没发出声音。

她本打算等洛欢先开口，毕竟洛欢高中那会儿性格挺急躁，可她没想到洛欢一直不出声，便皱了皱眉，抬起头来。

"你知道我今天过来是因为什么事吗？"

洛欢说："我还真不太确定，您说。"

萧萧的眉头皱得更紧，于是她只好开口："我希望你能离开小寒。"

哦，俗套的给钱让人离开自己儿子的剧情来了吗？

可惜萧萧只是江知寒的一个朋友，并没有什么立场让洛欢离开。

洛欢从容不迫，问："原因呢？"

萧萧说："你让小寒吃的苦还不够多吗？你知道他高三那会儿为了你都做了什么吗？"

洛欢挺想知道的，只不过江知寒每次都一带而过，她怎么都撬不出来，于是面不改色地问："不知道，你说说呗。"

萧萧皱紧眉，从洛欢的表情上看不出半点儿愧疚，难道洛欢还不知道？

于是萧萧深吸一口气，说："江知寒的父母其实并不是他的亲生父母，当年他们是从医院里偷偷把他抱走的。"

当年，江知寒的养母杨艳娇发疯，把部分恨意转嫁到了洛欢的身上，一心认为洛欢也是当年伤害她老公的罪魁祸首之一。

江知寒没办法，只好给养父办了出院手续，带着养父母离开。

前面的故事大同小异，后面江知寒到了京都，拿着赔偿的药费给养父办了住院手续。

即使养父变成了植物人，每天的开销依旧不少，还有一个精神有些崩溃的养母，年少的江知寒只好一边打工一边学习。

他为了多赚点儿钱，高三都没去上晚自习，有时候还在上课的时候睡着了。

为了节省时间，他经常复习到半夜，还要忍受时不时发疯的杨艳娇。

那段时间，江知寒瘦了一大圈。

萧萧也是跟朋友出来玩，撞见在店里打工的江知寒才知道这些的。

她甚至劝过他留一级，至少能减轻点儿负担。但江知寒拒绝了，最后硬是考上了 A 大。

  当年拿到录取通知书后，江知寒在 A 大门前站了很久。当时萧萧不知道原因，后来才知道，A 大好像也是他喜欢的那个人当年的目标。

  萧萧挺生气的，说"洛欢都把你害成这样了，你还有什么可想她的"。

  江知寒当时只是语气淡漠地说了句："你不懂。"

  洛欢垂着眸，心口轻微起伏着，手指捏了捏勺子。

  每天打好几份工，那时的他是怎么做到的？

  她的脑海里不禁浮现出江知寒在泛着鱼肚白的清晨独自一人打几份工的场景……

  萧萧语气很平静："像他们那种家世，未来儿媳的选择肯定不是普通人，况且你还和他有过那样的……"

  "也不包括你吧？"洛欢忽然打断了她。

  "什么？"

  洛欢的唇角微微翘了翘，她说："他们家儿媳的人选，也不包括你吧？"

  萧萧表情微变。

  洛欢将空了的酸奶盒子放到桌上，靠回去，从容地看她："你三番五次对我抱有敌意，还劝我离开江知寒，除了你喜欢他，我想不出什么合适的理由了。"

  萧萧攥紧了杯子，向来淡定的脸上总算有了情绪变化，两秒后，她淡淡地出声承认："是，我是喜欢他，但也知道我跟他之间的差距，我没奢望那么多，只是不希望他再受伤。"

  她一副考虑周全的样子。

  她认定了洛欢会再让他受伤，并不奢望成为江知寒身边的人。

  洛欢笑了一下。

  "你笑什么？"萧萧忍着。

  洛欢觉得她挺好笑的，也不想多浪费口舌，于是站了起来。

  "你说的这些我早就知道了，还是江知寒在暑假的时候主动告诉我爸妈的。"

  萧萧神情一顿。

  这句话信息量巨大。

  洛欢还不放过她，微微低下头，盯着她的眼睛："江知寒受了罪，但我当年也不是风平浪静。因为江知寒的养父，我承受了无妄之灾，还差点儿

504

坐了牢。"

"我当年也正在读高三，因为这事还差点儿一蹶不振，所以我和他算是互相抵消吧。"

"我猜你应该没有跟他告白过，那你就算是江知寒的朋友，你似乎没有立场跟我说这些事。"

洛欢最后说了一句："江知寒对朋友跟女朋友分得很清，你在他的身边这么多年，他都没对你表示过其他的想法，那就证明他是真的把你当普通朋友看，你们以后也没可能的。"

洛欢说的话，直接戳到了萧萧最深的痛点。

萧萧脸上的血色微微褪去。

一只散发着淡淡香味的手按在萧萧的肩上，仿佛将她的心彻底按了下去。

萧萧的手指有些冰凉，睫毛微颤，她甚至不敢抬头看人。

头顶传来的语气很是轻松："不过还是感谢你，让我知道了江知寒那一年过得有多惨，以后我会对他更好的。"

洛欢麻溜儿地说完，看了一眼时间，不想再浪费时间，摆了摆手便走了。

女孩的背影窈窕又潇洒，像是胜利者的姿态。

她本来就是胜利者。

洛欢其实没那么大方，走出奶茶店后便磨了磨牙。

这个江知寒，连多年的朋友都能被他吸引！

晚上回到寝室，洛欢跟江知寒聊天儿时没说萧萧这件事。

萧萧好面子，也不会说此事，他们目前还是一个团队的，她不想让他们的关系闹得太僵。

洛欢和江知寒聊完已经快10点钟了。

寝室门被人敲响，外面传来了滚轮声与杨艺莹的声音。

"你怎么这么晚才回来？"

回答的人的声音没什么力气："路上堵车。"

洛欢放下手机，掀开帘子一看，是孟琪琪。

孟琪琪推着行李箱背着包走进来，低着头，别人看不到她的表情。

杨艺莹是上洗手间时顺便开的门，开完门寒暄了几句便上了床。

孟琪琪放下包刚坐下准备休息，洛欢下了床，走了过来。

"这一个暑假你没少熬夜吧？黑眼圈这么严重。"

孟琪琪没好气地看了她一眼，没搭理她。

洛欢笑了："怎么了？"

孟琪琪拿起桌上放着的奶茶，喝了好几口，才不情愿地说："我跟那个人彻底分了。你满意了吧？"这语气听着，好像是洛欢拆散了他们。

那个人真不算个好人。

"我这是帮你悬崖勒马，旧的不去，新的不来。"洛欢拍了拍她的肩，安慰她。

孟琪琪翻了个大大的白眼，把她赶走："去去去，老娘一整天没吃东西了，别打扰我。"

洛欢笑了笑，明白这种事终究还是得靠自己扛过去。

第二天是正式报到的日子，报到完，宿舍的四个人商量着一起去吃饭。

洛欢收到一条信息。她有些抱歉地看着她们，只是还没说，孟琪琪就明白了。

"去去去，别给我们喂'狗粮'，我现在看不得也听不得半句情侣间的酸臭话。"

杨艺莹："我也听不得。"

洛欢忍着笑"哦"了一声，于是不说了，摆了摆手走了。

江知寒开了车等在南门，洛欢出来坐上车后，便对着他一通咬。

"你这几年都招过多少朵桃花，嗯？"

江知寒觉得很无辜，用那双氤氲着水雾的漂亮眼睛看着她，眼神里清清楚楚地透着"我真不知道"这几个字。

算了，撩而不自知也不是他的错。

但这样下去不行，没了萧萧，还有李萧、王萧。

洛欢可不想变成一个整天盯着男朋友疑神疑鬼的妒妇。

副驾驶座位上，洛欢咬着酸奶，白皙的小脸无意识地皱起，她觉得有点儿烦。

江知寒看着她，笑了笑，没说什么。

洛欢低头搅动酸奶里的水果粒时，车子忽然停了下来。

外面是一家珠宝店。

洛欢愣了愣，转头看向他："我们来这儿干什么？"

江知寒解开安全带，忽然俯身靠了过来，温热的气息跟着传来。

洛欢的脊背无意识地贴紧座椅。

"吧嗒"一声，她身上的安全带被解开。洛欢接着抬眸，对上江知寒含笑的双眼。江知寒说:"咱们去买个东西。"

"什么?"洛欢有些气息不匀地问。

江知寒带洛欢进了珠宝店,洛欢望着店里各种各样的饰品,不禁有些瞠目结舌。

"你不会要带我买戒指吧?我还没说要嫁给你。"洛欢心生退意,心里有点儿打鼓。

江知寒听到后长眉轻挑,摇头笑着说:"放心吧,那还早。"

江知寒牵起了她的手:"我先带你买款情侣戒指。"

洛欢没想到江知寒真带她去买戒指了,不过不是订婚戒指或者结婚戒指,只是日常戴的戒指,是一个知名品牌最新款的情侣戒指,还能刻字。

从选形状到选宝石,洛欢都挺蒙的。直到最后一步刻字,洛欢才像是活过来了。

她按住他的手,避开店员们热情的目光,小声说:"你真要戴戒指?"

江知寒笑了:"当然。"

"你就不怕……"洛欢有点儿别扭,口是心非地说,"是不是有点儿招摇?"

"那怎么办?"江知寒笑着叹了口气,"我女朋友没有安全感,我得给她安全感啊。"

他感知到洛欢的担心,所以主动给她安全感。

这话一说出来,洛欢明显感受到来自周围店员们无比八卦的目光。

她的脸颊隐隐有些热,她噘嘴:"我才没有。"

江知寒低头笑了,没说什么,只说让她选字母。

戒指上可以刻日期,也可以刻字母,洛欢选了字母。

于是,男款的戒指被刻了"One"(唯一),女款的被刻了"Forever"(永恒)。

唯一与永恒。

因为他们还是学生,所以选的戒指没有太过花哨,男戒上镶嵌的是月亮形状的蓝宝石,女戒上的则是星星形状的黄色宝石。

戒指十分漂亮,价格也挺美丽。

洛欢本想与江知寒平摊费用的,江知寒却微挑了挑眉梢,说道:"买戒指这种事还要平摊,那我成什么人了?"

洛欢还要再说什么,江知寒直接刷了卡,转而拿起男戒递给她,漂亮的眸子望着她。

他示意她给他戴上。

洛欢接过来戒指，捏住江知寒的手，轻轻地将戒指给他戴上。

江知寒的手生得漂亮，皮肤又白，像手模的手，连店员也惊叹他的手好看。

江知寒很少在外面肆无忌惮地笑。现在他放松极了，脸上的笑如沐春风，他牵起洛欢的手，轻轻将戒指戴到她的中指上。

女孩的手指也很好看，黄色的星星戒指在她白皙的手指上熠熠生辉。

两只手握在一起的画面很美。

店员忍不住有些心动，征求他们的意见："我们店可以拍张您二位的手部合照吗？我想把照片放在店里当宣传，当然也会给二位相应的优惠。"

洛欢看向江知寒。江知寒笑了，眼睛里好似蕴着一抹亮亮的柔光，像是在说：你决定就好。于是洛欢答应下来。

照片的效果极好。照片氛围清新，握在一起的手白皙光滑，骨节分明，很有感觉。

洛欢看得也挺心动的，就让店员传了张照片给她。

江知寒竟然也要了张。

坐进车里，洛欢还时不时翻看刚才的照片。最后她扭头看了看正开着车的江知寒，问："我发朋友圈怎么样？"

"行。"江知寒笑笑回应。

洛欢也跟着笑了，随手把这张照片发到了朋友圈里。

果不其然，朋友圈一下子收到了很多评论。

江知寒开着车带洛欢去外面吃了饭，然后回公寓里休息。

下午没课，洛欢不用赶时间回去。

江知寒要回复导师的邮件，让洛欢先去睡觉。床太舒服，下午也没课，洛欢一不小心就睡到了下午。

她醒来后窗外天色接近黄昏。

米色的窗帘半拉着，玻璃窗吹进来柔和的风，窗帘轻轻扬起。

空气里全是清新的味道。

洛欢卷了卷被子，懒懒地爬起来，下了床。

客厅里没有人，洛欢转了一圈，推开了书房的门。

江知寒正坐在里面跟人视频，戴着耳机，不时低声说着什么。

他见她进来，目光便移到了她的身上。

洛欢用口型问:"导师吗?"

江知寒笑了笑,说:"我爸妈。"

"……"洛欢的脚步硬生生僵在半路。

"不过来吗?"江知寒问。

洛欢全身僵硬,忽然转身就走。

"小寒?怎么了?"电话那端传来女性略微疑惑的声音。

江知寒唇边的笑容微敛,他平静地说了句:"没什么。"

洛欢捂在被子里,心跳得很快,有种劫后余生的感觉。

直到门口有脚步声传来,几秒后,她的被子被人轻轻扯了一下,伴随着一道略带笑意的低沉声音:"你怎么跑了?跟见到猛兽似的。"

洛欢犹豫着,慢吞吞地扯了下被子,眼神十分幽怨地看过去,她问:"你怎么不给我个准备机会?吓死我了。"

江知寒单手插着兜,目光柔和,轻轻失笑:"我也不知道你那时候会进来,再说我父母人都挺好的,没那么凶。"

"你要是在,我顺便把你介绍给他们。"

"我……我还没准备好。"洛欢用气音说道。

"那你什么时候准备好?"江知寒坐在她旁边,面带笑意地问。

洛欢纠结了一会儿,憋了句:"一个……月?"

江知寒摸了摸她柔软的发丝:"别让我等太久了。"

一次差点儿见家长的场合终于被洛欢糊弄了过去。

这学期洛欢的课少了许多,她的主要任务就是考研。江知寒被分配到了江北的一所精神病院实习,同时进行课题的研究。

医院离江北大学挺远,洛欢偶尔去看他一两次。

江知寒实习忙,有时候中午会忘了吃饭,洛欢就在附近打包饭去找他一起吃。

江知寒很忙,很少待在办公室,大都在跟着教授巡房,查看各种病。

他忙的时候,她就在办公室里等他。

这天中午,洛欢提着饭到了医院,熟门熟路地往江知寒的办公室走去。

只是她还没靠近办公室,就看到一个戴着黑色鸭舌帽的小男孩站在门外,鬼头鬼脑地往里面看着。

小男孩身材瘦小,穿着T恤跟牛仔短裤,肌肤白净,帽檐压着后颈垂落的发丝,背上背着一个小小的书包,看上去有五六岁。

他像是在找里面的人,有些躲躲闪闪的。

洛欢来医院这么多次了，没见过有哪个护士、医生带孩子过来，实习生当中也没听说过。

所以她理所当然地以为他是某个病人的家属。

只是这家医院不是其他的综合类医院，而是精神病医院。

一个小孩子，没有大人陪着他吗？他独自一人来医院找医生？

洛欢看了他几秒，看他的样子有些焦急，主动走上前问道："小朋友，你找谁？"

小男孩被她吓了一跳，抬头望向她。

洛欢近距离观察这个小男孩，发现他长得还挺漂亮。他眉眼十分秀气，留着小正太长发，皮肤白里透红，小小年纪就能看出来以后是个大帅哥。

只是小男孩的眉眼有些防备，他忍不住往后退了几步。

"……"她长得没有这么恐怖吧？

洛欢往里面看了眼，只有一个实习生跟一个医生在里面，都是她熟悉的人。

于是她再次低头看他："小朋友，你找谁？里面的人我都认识，你说说，我帮你叫出来。"

小男孩用一双黑亮的眼珠看着她，表情像是有些松动，但仍旧紧紧抿着唇没说话。

他还是有所防备。

小朋友不愿意开口，应该是里面没有他要找的人，小心点儿好，小心点儿总没错，可能他是想自己找吧。

洛欢也没有逼他，不再问他，提着饭进了办公室。

"哟，欢欢又来啦，这回给你男朋友带了什么好吃的？"

洛欢一进去，就听到了里面两个人的调侃。

洛欢是他们医院里这一年分配的最帅的实习生的女朋友，医院里好不容易来了个温文尔雅的大帅哥实习生，家里条件也极好，来实习的第一天院长就亲自过来找过他。

没想到他第一天就承认有女朋友了，着实伤了医院里好些女护士的心。

但仍有几个不死心的女生整天有意无意地在江知寒身边晃悠，于是后来没几天他的女朋友就来了。

本以为他的女朋友长相普普通通的，谁知竟然是个天然大美女，身材秒杀医院里的所有单身女性。他们俩简直是神仙情侣，这下没谁敢来自取其辱了。

510

但大美女好像天生自带距离感，尽管医院里没人再敢打江知寒的主意，但私底下她们还是戴了有色眼镜看洛欢。

比如，有人看洛欢的长相就觉得她肯定是大小姐脾气，不好相处。

有人猜测一直是江知寒在讨好洛欢，他们以后肯定会分手。

但相处几天下来，她们渐渐发现，洛欢不仅长得漂亮又讨喜，人也很好说话，没什么架子，而且有时候还挺幽默。

洛欢每次给江知寒带吃的，也会顺便给她们分点儿。有时候江知寒给洛欢点饮品的时候，也会顺带给同科室的她们点奶茶等女孩子爱吃的东西。

这样一来，洛欢的形象瞬间就接地气了许多，她们也渐渐喜欢上了跟她聊天儿。

"真不巧，江医生跟着导师去开会了，这下你又得成望夫石了。"

听着她们的调侃，洛欢也跟着笑了，将吃的放在江知寒的办公桌上，打开袋子，从里面取了一盒西米糕给她们。

"哇，谢谢。"两个同事对视了一眼，笑着从里面拿了两块西米糕吃。

"你不吃吗？"一个实习生问道。

洛欢回道："我等他回来一起吃。"

知道她说的是谁，两个同事又对视了一眼，眼里都带着调侃，笑而不语。

洛欢看了一眼门口，发现那个小男孩已经不见了。

他可能是回去了吧。

洛欢没有多想，走回去坐在江知寒的位置上。

中午1点多，江知寒才拿着病历本和会议资料回到了办公室。

他刚一进来，就看到桌上百无聊赖地趴着的女孩，脚步一顿。

"江知寒，你开完会啦。"一个实习生正收拾着桌上的化验单准备去病房，看见他后故意高声地笑着开了口。

原本百无聊赖地趴在桌上的洛欢睁开了眼睛，扭头望过来。

江知寒的目光从洛欢的身上挪开。他对实习生笑笑，点头说道："嗯，刚开完。"

"我就不打扰你们啦，我去看病人了，拜拜。"实习生很上道，带着八卦的表情看看洛欢，很快便拿着化验单走了。

人一走，办公室里只剩下洛欢跟江知寒两个人。

洛欢盯着江知寒，原本的矜持消失不见，眼神变得直勾勾起来。

而江知寒依旧保持着他"高岭之花"的模样，忍不住打趣："你都要把我看穿了。"

"哟，你不让我看啊？"洛欢站了起来，抱着胳膊向后靠在桌边，明媚的小脸上写满了"兴致"二字。

江知寒温和地笑着，说了句："哪有。"

他伸手揽住她的腰，低头亲吻了她一下。

温热的气息包裹着他们。只不过因为这里是医院，江知寒还是很克制的。

只是洛欢不大满意，在他撤离时忽然间抬手钩住他的脖颈继续吻他。

她咬着小虎牙，直白又热烈。

他身上清清冷冷的福尔马林的气味，似乎都能引起她的兴致。

江知寒的眼底闪过一丝很温柔的光晕，又带着纵容。

女孩的身体被年轻男子严严实实地挡着，只能看到女孩一双纤细的藕臂软软地搭在他的肩膀上。

门外忽然传来一声不轻不重的碰撞声。

江知寒离开洛欢的唇，转头看去。

洛欢有些迷糊地睁开眼，只看到门外一个背着有些熟悉的书包的身影跑过。

她眯了眯眼睛："那小孩……"

"怎么了？"江知寒回过头来。

洛欢没怎么在意地说："中午我看到一个小男孩在门外鬼头鬼脑地往里面看。那孩子五六岁，我问他找谁他也不回答，估计是哪个病人的家属吧。"

他们俩刚才的行为被小屁孩偷看到了。

江知寒"嗯"了一声，没放在心上的样子，退后一步，顺手把她脸颊旁的发丝别到耳后，语气温和，又恢复成了"高岭之花"的模样："饿了没？"

"我想吃你。"洛欢故意凑近他，轻声道。

江知寒顿了两秒，拍了拍她的脑袋，示意她别再闹了。

洛欢笑嘻嘻的，但到底知道这是什么地方，没再闹，走过去从袋子里拿出保温桶。

"为了等你，我都瘦了两斤了。"她嘴里抱怨着。

江知寒带着歉意笑笑："以后你别等我了，你先吃吧，剩下的给我就行。"

"那还是算了。"洛欢拒绝。

下午没课，洛欢一直在办公室里待着，等着江知寒下班，其间还吃了顿晚饭，然后趴在那儿专心复习，准备12月份的初试。

虽然洛欢考上本专业的研究生算是板上钉钉的事情，但她还是没放松，能多考点儿分算点儿。

她看了会儿题，有些困了，趴在桌上睡着了。到了晚上7点多，江知寒才回到办公室里。

洛欢被他叫醒。

"要走了吗？"洛欢揉了揉眼，绵软的嗓音里含着睡意。

"嗯。"江知寒脱下身上的白大褂，听见手机响了，拿起来接通。

"没有，我会留意的。"

洛欢用单手撑着脸，见江知寒收回手机，才问："怎么了？"

"没什么。"江知寒回了头，温声说，"我母亲问了我一点儿事。"

洛欢顿了顿，这几天她一直刻意躲着江知寒父母那边的消息，果然不再问了。

江知寒整理好手边的东西，走过去帮洛欢整理书本。

书本上有些残留的口水印迹。洛欢有些羞赧，赶忙夺过书本一把塞进书包，说："走……走吧。"

江知寒笑了，说了声"好"，整理好东西提在手中，一边整理着洛欢因为睡觉而有些微乱的发丝，一边往外面走。

夕阳的光挺柔和的，徐徐的风吹着，吹散了洛欢的困意。

洛欢跟着江知寒往车库走，江知寒下台阶走了几步，脚步忽然停下，抬头往另一个方向看去。

"怎么了？"洛欢跟着往那边看了一眼。

有个小男孩匆匆地躲进了两辆车中间。

"又是那个小孩啊……"洛欢正喃喃自语时，江知寒忽然步子一停，往那边走去。

"江知寒？"洛欢愣了愣，连忙跟上去。

蹲在车外的小身板挪了挪，结果江知寒几步走过去，看到正蹲在两辆车子中间的小男孩。

"江思遇。"江知寒冷静地说。

背对着他们紧张蹲着的小男孩僵住了。

他不就是白天那个躲在办公室外的小孩吗？洛欢有点儿惊奇，看了看江知寒，难道他……

许是知道逃不掉了，小男孩慢慢地站起身，转过来，有些心虚地低下头，嗫嚅道："哥……哥哥……"

他就是江知寒的弟弟？

洛欢不禁愣住。

难怪这小屁孩一整天鬼鬼祟祟的。

可是江知寒的父母不是在京都吗？怎么这小孩自己在这儿？难不成江知寒的父母也来了？

没等洛欢想清楚，江知寒垂着眉眼看他，开口淡声道："你一个人怎么来的？"

洛欢微愣："你一个人来的啊？"

现在的小孩子胆子都这么大吗？五六岁的孩子就敢到处跑。京都离江北也不近吧？他是怎么来的？

听到江知寒的话，小男孩有些忐忑不安，低下头不肯说话，跟白天一模一样。

"不……不能出卖……朋友。"

"……"洛欢憋笑。

"自己打电话，让助理来接你。"

江知寒开口淡声道。

洛欢看向了江知寒。

这弟弟明显就是来找江知寒的，江知寒就直接让人走了？这不太好吧？……

江知寒话音刚落，小男孩很快抬起头来，一双乌黑的大眼睛里覆着一层让人看不懂的光泽，忽然他又把脑袋别向一边。

他不肯说话，也不动。

洛欢试探着，小声对江知寒说："要不……你来打电话吧。"

江知寒的弟弟一个人跑过来这边，他的家人一定很急。

江知寒看看她，沉默了两秒，从裤兜里掏出手机。

在江知寒打电话时，小男孩垂着眸，浓密的眼睫毛像两把扇子，轻轻地抖着。

江家的基因这么好吗？

江知寒跟他弟弟好像差了很多岁，洛欢也不知道他的爸爸和妈妈长什么样。

"你直接来我住的地方。"江知寒说完之后，江母的电话便很快打了过来，江知寒将手机递给江思遇。

江思遇怯怯地看了江知寒一眼，然后抬起双手接过手机，乖乖应声。

几分钟后，结束通话，江思遇将手机还了回去。

江知寒对江思遇说道："你先跟我回去，等助理来接你。"

小男孩微微皱了皱鼻子，轻轻地点头，跟了上来，小模样还挺萌。

洛欢正看着他们，江知寒转过身，忽然伸手抓住了她的手往前走。

停车场里。

江知寒本想让洛欢坐在副驾驶座上，谁知她跟江思遇一起坐在了后座。

江知寒看看她，随她去。

江思遇挺乖，看上去家教挺好，两只小手搭在膝盖上，坐在后座上低着脑袋一动不动，偶尔偷偷地看一眼前面正在开车的江知寒，小模样怯怯的。

洛欢为了让他放松，主动跟他搭话，语气随意地问："你叫江思遇，对吗？"

小男孩歪头看了她一眼，点了点头。

"是哪个思，哪个遇？"

江思遇挺直了小身板，一板一眼地跟她解释："是'思念'的'思'，'遇见'的'遇'。"

"这个名字是你父母起的吗？"

江思遇点了点头。

洛欢听了，不由得看了一眼前面的江知寒。

江知寒的父母在起这个名字的时候，应该很想念他吧。

差不多20年的时间。

洛欢看了半晌，收回目光，对江思遇说："名字很好听啊。"

江思遇听了，干净的大眼睛里有讶异的神色，而后抿抿唇低下了头。

许是兄弟俩的年岁相差太大，两个人似乎并不怎么熟稔。江知寒对江思遇更像是长辈，和对待其他人差不多。

江思遇似乎有些怕江知寒。

车子到了小区停车场里停下。洛欢原本想替江思遇开门，结果江思遇自己会开，乖乖地下了车。

"你先带他上去，我去超市买些菜回来。"江知寒转头嘱咐洛欢。

洛欢说了句"行",对他摆摆手,带着江思遇朝电梯走去。

"江思遇,你今年多大了?"电梯里,江思遇站在角落里,洛欢发现这小孩子乖得不行,忍不住主动跟他搭话。

江思遇低着头,抿抿唇,回答道:"6岁。"

"6岁啊,你上一年级了吗?"

"嗯。"江思遇点头,但依旧不爱说话,和江知寒如出一辙,话少。

难道江家人都这么安静吗?

洛欢算了算时间,今天才周三,按理说小学生应该还在上课吧?

洛欢蹲下身去,语气带着关切之意,问:"那你怎么一个人跑过来了?这多危险啊,你来这边是来找你大哥哥的吗?"

江思遇贴着墙,那双乌黑的眼睛看了她一眼,粉白的小脸上依旧没有情绪,又抿住嘴,没说话。

江思遇的眉眼与那个时候的江知寒有几分相像,怪不得他们是亲兄弟。

这模样洛欢有点儿熟悉。

当年她追江知寒的时候,江知寒不想说话了也是这样的表情。他不想说,谁都问不出来。

正巧电梯到了,洛欢直起身,低头看了他一眼:"走吧。"

洛欢知道江知寒这所公寓的密码,开了门让江思遇先进。江思遇用一双澄澈的眸子看看里面,再低头看看自己的鞋子,然后又抬头看她。

洛欢差点儿忘了,赶忙给他取了双干净的女式拖鞋。

鞋头的布料上面是小雏菊的图案。

"你……先穿这个吧,这是新的。"

他们事先不知道江思遇会来,公寓里没有小孩用的东西,只能先这样了。

江思遇低头看看拖鞋,倒是没说什么,蹲下去换上鞋。

江思遇的脚挺小,踩着女式拖鞋,拖鞋显得很大。

"你想喝什么,姐姐给你弄?"洛欢扯着纸巾擦汗,歪着头问道。

她不知道这小孩爱喝什么。

江思遇抿抿唇,说:"白开水。"

洛欢:"……"

这年头的小孩不都爱喝饮料吗?可能是他家里教得好吧。

洛欢微微一笑,点点头便进了厨房。

没有事先烧好的水,洛欢便接了水烧起来。

正撩起发等着的时候,听见外面有开门声,她扭过头,看到江知寒走了进来,他手里提着各种各样的菜。

"你弟弟要喝白开水,跟你好像。"洛欢见他的目光落在水壶上,放下水壶笑着解释。

女孩的手臂纤细白皙,乌青色的发丝散在上面,色彩对比很强烈,也足够惹眼;她细白的脖颈上有着细密的汗珠。

江知寒放下袋子,从口袋里掏出一块手帕给她轻轻地擦汗,整套动作熟练而自然。

"嗯。"

洛欢不自觉地笑了,感叹道:"有种照顾小时候的你的感觉。"

江知寒的动作微微一顿,他抬起眸很温柔地看着她。

洛欢眨眨眼笑了,小声地问:"你小时候是不是也这么可爱?"

听到热水壶"啪"的一声,洛欢扭头倒水。冒着热气的开水打湿了杯子。

洛欢正想办法拿起杯子,杯子就被江知寒伸手拿起来了,他顺便说出两个字:"不是。"

洛欢不大明白,看着他:"嗯?"

江知寒拿了个碗接了些冷水,将水杯放进去,看了她一眼,转身朝厨房外面走。

"我更可爱。"

"……"洛欢实在没忍住,笑出声来。

江知寒连这种醋都吃。

江知寒出去后,又变成了那种不苟言笑的男人,将装在杯子里的水放到桌上,推至江思遇的面前:"你等水凉了再喝。"

江思遇的小身板挺了挺,乖乖地点了点头。

洛欢走出来,看到江知寒正背对着她问江思遇话。

"你想吃什么?"

"随……随便。"江思遇端正地坐在沙发上,大眼睛默默地盯着水杯,听到她的动静抬起头,不到两秒,目光又落回到水杯上。

江知寒听到她的动静回了头,问她想吃什么。

洛欢说:"随便吧。"

江知寒点了点头,又看了一眼江思遇,进了厨房。

洛欢在江思遇旁边的沙发上坐下,翻了翻下面的零食柜,问:"江思遇，你吃什么零食？"

"我不喜欢吃零食。"江思遇回答道。

还有不爱吃零食的小孩？洛欢放下了刚拿起的魔芋条，拿了个橙子味的棒棒糖。

洛欢觉得跟小孩子大眼瞪小眼挺尴尬的，便问江思遇："你想玩手机吗？"

江思遇摇头。

"那平板电脑呢？你玩什么小游戏吗？"

江思遇看了眼厨房的方向，表情有点儿纠结。

洛欢笑了笑："你别怕，有我呢，再说你哥哥又不会吃人，你想玩什么告诉我就行。"

"《黄金矿工》。"江思遇犹犹豫豫地开了口。

洛欢赶紧起身，找了平板电脑过来，下了游戏给他。

《黄金矿工》这种游戏挺简单，洛欢小的时候玩过不少，闯过两百多关，也得过几十万分。这几年这款游戏精进了不少，还衍生出了各种各样的玩法，江思遇玩的是最难的那种。

小孩子挺认真，一玩游戏注意力就集中到平板电脑上了。他不哭不闹，姿势也挺标准，挺着腰背，没有埋在平板电脑里。

洛欢心里放松了许多，不然还真不知道该怎么跟这个孩子相处。

她发现，江思遇玩游戏还挺顺手，他思路清晰，没一会儿便闯了十多关。

在第二十关时，最下面一层的黄金太小，后面还是一块大石头，江思遇对准了好几次都没有抓到黄金。

洛欢忍不住上手，帮了他一把。

钩子准确地钩到小黄金，然后慢悠悠地往上收。

江思遇的眼睛亮了亮，看了看她，他有些腼腆，没有说话，特别可爱。

渐渐地，洛欢就当起了他的"狗头军师"。

江知寒端着做好的菜出来，便看到客厅沙发前的地毯上，一大一小两个人在一块儿玩游戏，氛围挺好。

洛欢属于跟谁都能玩的那种人，开朗大方，完全不担心会冷场，连跟江思遇这种话少的小男孩也能一起玩。

江知寒低头放下了菜，叫他们过来吃饭。

江思遇立马关了游戏，主动去洗手。

吃饭的时候兄弟俩不怎么说话，都是洛欢在说。

江思遇在江知寒的面前话更少了，跟见到学校的校董和主任一样。

饭后，江思遇正要回客厅，被江知寒叫去问话。

洛欢看到了江思遇有些涨红的脸。他恹恹地耷拉着小脑袋，一步一步地跟在江知寒的身后。

这事她可管不了。

毕竟这孩子才几岁，就敢一个人从京都飞到这边，胆子真是大得不行，是该被好好地教育教育。

洛欢正坐在沙发上玩之前的游戏，听见门铃响，放下手机去开门。

门外是个穿着西装的年轻男人，只不过因为着急，看上去风尘仆仆的。

"您好！"男人看见她，先是愣了一下，打量了她两秒，而后礼貌地问，"请问您是……？"

洛欢大概猜出来这个人是谁了，于是当机立断地开口："您找江思遇小朋友是吧？他在里面，您进来吧！"

"哦哦，好的。"助理蒙了一下，然后连连点头，在门口犹豫了一下，低头看了看自己脚上的鞋。

"没关系，您直接进吧。"洛欢估计她的拖鞋这人也穿不了。

助理说了声"抱歉"，才走了进来。

"他哥哥江知寒在书房里跟他谈话，您先坐着等等吧。"

助理一听江知寒的名字，连忙应了声，规规矩矩地坐下，同时小心地打量着洛欢。

没多久，书房门开了，小男孩从书房里走了出来，低着小脑袋。

助理赶忙起身走过去，一阵唠叨："我的小祖宗、小少爷，您可千万别再乱跑了，您知不知道，您快吓死我了……"

小男孩任凭助理唠叨着，也不说话，一贯地安静。

助理正说着，一抬头见男人也走了出来，赶忙问好："少爷好。"

江知寒对他说："你带人回去吧。"

助理应了声，语气透着恭敬："好的，少爷，麻烦你们了。"

江思遇抬头看看哥哥，又扭头看着洛欢，可两个人正在跟助理说话，都没有注意到他。

没有一个人注意到他。

江思遇垂下眼，将小手放到助理的手上。

"好的，少爷，那我就不打扰你们了。我回去后会跟先生和夫人交代，也会好好地照看小少爷的。"

助理低下头,对江思遇说了几句话,然后拉着小男孩走了。

江知寒和洛欢去送他们。

两个人目送他们进了电梯。等电梯启动,江知寒牵着洛欢的手回家。

洛欢有点儿好奇:"你的弟弟是不是很爱到处跑啊?"

他才是个几岁的孩子,这可不是一个好习惯。

江知寒摇摇头:"我不太清楚。"

他仔细地思考了一会儿,又说:"大部分时间是我母亲在带他,我和他的相处时间并不多。"

江知寒是个稍显冷漠的人,对除了洛欢之外的人比较疏离,热络不起来。

不过洛欢发现,江知寒对这个弟弟的接受度很高,虽然态度淡如水,但弟弟遇到事情他都会帮忙,这也挺好。

之后洛欢提心吊胆了几天,生怕江知寒的父母会给她打电话,但等了几天,依然风平浪静。

于是洛欢终于安了心,每天在学校和江知寒实习的医院之间来回跑。

她经常等江知寒下了班,然后两个人一起出去吃饭,但很多时候江知寒总是会自己动手给她做饭。

这天江知寒下班早,两个人回家前先到附近的超市买菜。江知寒推着购物车,一边看需要买什么,一边让洛欢挑喜欢的东西。

购物车里最上面一层全是洛欢挑的各种零食,零食都是低热量的。

江知寒穿着深色的休闲衬衣,单手推着购物车,挽起袖子,露出一小截手臂,皮肤白皙,线条十分好看。

他身姿挺拔,柔软的短发,脸庞精致俊朗,整个人干净帅气得不得了,一度引来不少人的目光。

洛欢忽然拿起一盒提拉米苏放进购物车里,瞬间惊醒了周围那些还在议论的女孩们,洛欢在无声地宣示主权。

看到洛欢不好惹的样子,几个女孩默默地脑补了下"小作精"的形象,可怜着大帅哥,然后在洛欢冷冷的目光里有些讪讪地离开了。

她觉得真烦躁!

洛欢一回头,看到江知寒的目光正稳稳地落在她的身上,他似乎还带着被发现的笑意,于是洛欢"哼"了一声,大大方方地继续去看吃的。

江知寒跟在她的身后,淡声笑了笑。

今晚依旧是江知寒下厨。

洛欢蜷着腿窝在沙发里嚼着椰子薯片看综艺,听见江知寒叫她时才"哦"了一声,忙扯了张纸擦了擦手,然后跑过去。

江知寒做的菜的味道依旧很好,洛欢想控制食量却忍不住吃了好多。吃完饭已经下午6点多了,洛欢为了消食,主动承包了洗碗的任务。

洛欢洗碗的时候,江知寒没走,倒了杯茶半倚在门框上盯着她。

女孩系着粉嫩的碎花围裙,晚霞在她的周身镶了一道温柔的金边,脸颊边的发丝毛茸茸的,透着温柔感。

洗完碗,江知寒又切了些水果,两个人坐在沙发上看电视。

这是他们这段时间以来养成的习惯。江知寒一边翻书一边陪她看电视,洛欢就蜷着腿靠在他的身上吃水果。

窗外吹来柔柔的风,让人觉得特别惬意。

江知寒看了会儿书,把书放在一边,抬手将她往自己的身边拉了拉,两个人贴得更紧,洛欢露在裙摆外的两条小腿也被他用手捂住。

他接过她手中的叉子,端来水果盘,叉了片杨桃喂她。洛欢看了一眼,然后张口吃下。

到了晚上8点多,外面天色擦黑,洛欢收拾收拾地,准备走了。

江知寒站在她的身后,从鞋柜上拿了钥匙,而后若有所思地看着她。

洛欢刚穿好鞋直起身,握住门把手准备开门时,忽然被人从身后抱住了。

她的身后传来一阵清浅的茶香,混合着他身上好闻的香水味。

洛欢"咯咯"地笑起来,偏过头问:"怎么啦?"

江知寒垂眸望着她,说:"留下吧。"

"在这儿?"洛欢睁大有些迷糊的眼睛。

"嗯。"

"可是……"

"你明天没有课。"

"是没有,但是我得复习……"

"你在这儿也能复习,而且这里离医院也近。"

洛欢不可否认自己有些心动,还在犹豫时,江知寒就用他那特别好听的声音诱惑她。

他故意压低了几分声音:"好不好?"

温热的气息拂过她的脸颊,她觉得痒痒的,那种感觉直接蔓延到了她的心头上。

大四宿管查寝确实不像大一大二查得那么严格，有不少人大四直接搬了出去。而且，这里确实离江知寒的医院挺近。

洛欢脸颊热热的，故作镇定地"嗯"了一声，说"好吧"。

江知寒不禁笑了。

留下来的洛欢给孟琪琪打了个电话，让她帮忙跟辅导员说一声。

电话里的孟琪琪一副很鸡贼的样子："哇，你们记得做好措施啊，别来个先上车后补票，我可不想那么早就当干妈啊。"

洛欢忍不住冷笑，说她想太多了。

洛欢跟江知寒重新在一起后，就没在一张床上睡过。

暑假的时候洛欢的父母跟他们在一起，后来江知寒把房子买到了她家上面。虽然他们可以每天在一起待到很晚，但到了晚上洛欢还是会被洛国平打电话催着回家。

这算是几年来他们重新一起睡吧。

虽然洛欢平时挺放得开，高中那会儿特别虎，什么都不怕，但这时候就不行了。

洗完澡之后，洛欢在客厅里坐着，看似镇定地玩手机，心里还是有些紧张。

她竟然有点儿怀念高中时的自己了……

浴室隐约有水声传来。

洛欢越来越焦躁，正在各个软件间来回切换时，浴室的水声停下了。开门的声音响起，接着，江知寒走了过来。

她一抬头，就看到江知寒穿着浴袍走了出来。

他的发丝湿漉漉的，皮肤经过热水冲洗变得更白了，眼睛也漆黑得不像话。

她猛地一看，这个画面特别有冲击力。

洛欢的心不禁猛地跳了一下。

在他抬头看过来时，洛欢立马低下了头。

"你怎么还不睡？"江知寒在厨房里取水的时候，见她像在玩手机，问了句。

洛欢"啊"了声，麻溜儿地关掉手机，穿好鞋，朝卧室的方向走。

在经过他身边的时候，她揉着眼睛像是很困的样子："我去睡了，你也早点儿睡，明天早上记得叫我……晚安。"

女孩朝另一边的卧室走去，关上了门。

522

江知寒转头看她。

"……"洛欢在关上门的那一刻就后悔了。

她这不是把所有的可能性都挡住了吗？但她又做不到重新开门，只能怄气地朝床边走去。

好在这里的被子很松软，洛欢放下手机，闭上眼准备睡觉。

她早点儿睡明天兴许还能早点儿见到他。

没几分钟，她就隐约听见房门被打开的声音，接着脚步声往床边靠近。

洛欢原本有些迷糊的状态渐渐变为清醒。

那个人轻轻地掀开被子，在她的身边躺了下来。

床轻微地下沉，周围传来一股沐浴过后的浅淡香气。

这是江知寒的气息。洛欢顿时整个身子都绷紧了。

江知寒似乎没打算惊醒她，动作幅度很小，被子够宽，不至于吵醒她。

洛欢的心却痒痒的，她不禁有些雀跃。

于是几秒过后，她装成刚刚醒来的样子，动了动，瓮声瓮气地问："你怎么来了？"

身边的人一顿，声音放低："你醒了？"

"嗯。"

"抱歉，我吵到你了。"

"没事，反正我也没怎么睡着。"

洛欢摇了摇头，背对着人，咬着唇，一双清澈、乌黑、湿润的眼睛在黑夜里亮晶晶的。

空气安静了几秒。

江知寒忽然伸手扣住她的腰，将她揽入怀里。

两个人紧紧地相贴着。洛欢伸手覆在他的手上，心跟着颤了颤。

两个人体温相融，他们的气息也跟着交缠。

这熟悉而久违的体温。

"好怀念。"他低低地叹了口气。

又过了几分钟，江知寒缓慢地埋首在她的颈间，将她拥紧了一些。

洛欢的胸口轻微地起伏着，她没有阻止他。

江知寒撑起手臂，在她的身边垂眸看着她。

洛欢呼吸有些急促，紧盯他。

她身上一凉，紧接着又被他的手臂盖住，酥酥麻麻的感觉蔓延到了她的四肢百骸。

江知寒的手很暖，手心也没有茧，唇很软，皮肤很滑嫩。

他给她带来了一种格外新奇的体验。这是他们之前从未有过的体验，完全坦诚相待，灵魂在相互探索。

她的耳边是江知寒低低的有些压抑的嗓音，还带点儿哑，格外性感迷人。

洛欢有些迷醉，额头最终抵在了他的肩上。

两个人在安静的夜里尝到了一次新奇的体验，离到达最后仅一步之遥。但两个人还是折腾到了半夜。

当时江知寒在她的耳边说了句什么，但洛欢没有听清。

第二天，洛欢理所当然地起晚了。

江知寒已经去医院实习了，在床头上给她压了张字条。

"我去医院了，桌上有早餐，你吃的时候记得热一下。"字迹十分漂亮。

想起昨晚的事，洛欢忍不住有些脸红，赶忙下床洗漱。

出来后她果然看到桌上放着早餐。早餐已经有些凉了，洛欢稍稍加热了下，然后端出来坐在桌前吃。

一个人的时候，她就容易胡思乱想。

他们昨晚……应该还不算真的发生了什么吧？江知寒太克制了。

她越想细节越脸红，赶忙甩甩头，专注吃早餐。

江知寒许是算着她已经起了，发了条消息给她："起了吗？"

洛欢咬咬唇，打字回复："嗯。"

"你考虑得怎么样了？"

那边的人隔了几秒，发了句话过来。

"什么？"

"同居。"

江知寒发了这样一句话过来。洛欢有些愣住了，逐渐回忆起昨晚他在她的耳边说的话。

原来他昨晚说的这句话吗？

同居啊……她和江知寒……

光想着，她就觉得很美好了。她咬了咬软嫩的唇，有些矜持，回复："等你回来再说吧。"

"好。"

她想，江知寒在那边应该是带着笑的。

洛欢吃完了早餐，整理了垃圾，打算下去扔垃圾时顺便遛遛弯儿。

早晨空气清新，洛欢在小区外面的超市里买了些水果，然后提着东西慢悠悠地准备回去。

就在她要进门时，看到一个高贵优雅的中年女人提着包站在门外。女人戴着副墨镜，看着周围人进进出出，徘徊着，似乎有些踌躇。

第二十章
嫁给我

女人似乎在等人,又像想进去,但碍于门口有保安在,所以徘徊着,看起来挺着急的。

洛欢靠近她的时候,还能听到女人温柔的腔调,带着几分焦急之意。

"我不是骗子。哪有骗子在门口站一上午的啊?我真的是他的妈妈,不过是瞒着他飞过来的。你们不信可以看看,我的手机里有他的照片,还有他的电话号码……"

许是觉得这个女人实在有些奇怪,保安看了她一眼,不禁有些无奈:"怎么都是背影照,就没正脸的?这种资料谁都能弄出来。"

保安很严格。

哦,原来她是来找人的。

既然保安在盘查她,洛欢就没说什么,看了两眼便收回目光。

洛欢拿出门禁卡正准备刷,便听见后面女人讷讷的声音:"可我真的是江知寒的母亲啊。"

洛欢刷卡的手指哆嗦了一下。

"小姑娘你走不走啦?"后面正等着进门的大爷大妈们疑惑地问。

洛欢回过神,赶忙让到一边,让他们先进去。

她有些小心地扭头,看见了女人的正脸。

女人看上去很年轻,保养得很好,让人看不出她的年纪,面容清丽,气质极佳,连说话的语气也是温柔的,一看便是长期养尊处优的主儿。

女人正跟保安解释着什么，奈何保安一副正气凛然的样子，除非她打电话证明，否则保安怎么都不让她进。

洛欢暗暗地吸了口气。

她本想神不知鬼不觉地溜掉，偷偷地给江知寒打电话商量对策，结果女人眼角的余光注意到她，眼睛不禁亮了亮。女人开口喊住她："这位小姑娘……"

洛欢不得已停下脚步。

女人连忙走过去，很热情地问她："小姑娘，你也是这个小区的住户吧，那你见过我儿子吗？他叫江知寒，现在在江北读大四，在离小区不远的精神病院里实习……"

女人一靠近，洛欢就闻到了一阵淡雅的香味，味道好闻却不刺鼻，跟江知寒给人的感觉一样。

女人比她的个子高一点儿，身材苗条，长相十分端庄，像是模特儿，眼睛温润，看起来脾气很好，是个十分典型的正统美人。

洛欢没想到，江知寒的生母居然这么漂亮。

"小姑娘？"

江知寒的妈妈给人的冲击力太大了，洛欢感觉自己像丑小鸭，连看她一眼都觉得有点儿腿软。

于是，洛欢只能尽力绷住表情，低着头不断地摆手："抱歉，我不是这里的住户，您认错了……"

没说完话，她就要走。可谁想这保安尽职尽责的能力不是吹的，隔着几米都能听到，他还特热心地说了句："你不就是这小区的住户吗？我昨天还看见你跟你男朋友去超市买菜呢，你的男朋友不就是那个……那个江医生吗？"

"……"大哥您的记忆力能不能别这么好？

洛欢顿时有种"社会性死亡"的感觉。

她前一秒还在否认，好家伙，后一秒直接被戳穿是对方儿子的女朋友！

完了，她给阿姨的第一印象不好了。

女人看了看保安，然后很惊喜地看着她，问："小姑娘，你男朋友也是医生？"

"……"周围安静了好几秒。

洛欢抬起头，表情很丰富地看着她。

是保安表达有问题吗？

女人的眼睛里满是惊喜之意，不过她好像没明白保安表达的意思。

沉默了两三秒，洛欢重新看向她，点了点头，挺含糊地说："是。"

毕竟这小区这么大，有几个姓江的人也不足为奇。

女人一见她点头，顿时高兴极了，忙问她认不认识江知寒。

洛欢现在挺怵的，感觉自己处在一个随时可能爆炸的定时炸弹里，拜江知寒所赐，小区里认识他们的人还不少。尤其是保安大哥，洛欢生怕他再热心地说几句，她就彻底露馅儿了。

于是在保安大哥频频看过来之际，洛欢赶忙开口："阿姨，我知道他住哪儿，要不我带您进去？"

女人许是没想到洛欢这么热情，忙点头："谢谢小姑娘。"

洛欢跟保安说了几句话，两个人总算顺利地进了小区。

清晨的小区里阳光普照，几个老人跟小孩在健身器材前锻炼。

洛欢努力保持低调的状态，心里想赶快把江知寒的母亲送到家，然后就走。

两个人一路上友好地聊着天儿，主要是女人在说话。

女人跟在洛欢的身边，身材高挑，高跟鞋发出的声音很美妙，她说话的语气也柔柔的。她很友好地开口："我这次来除了看看我儿子，也是想过来看看我未来的儿媳妇。"

洛欢差点儿当场摔一跤，别过脸倒吸了口气。

难怪！

女人才注意到她有些不对劲儿的样子，关切地问道："你怎么了？"

"没……没事，阿姨，我刚刚被一个小石头绊了一下。"洛欢强撑着笑容解释。

女人相信了她的话，微微皱起眉头，关心了几句小区的环境，然后又扯回刚才说的话题上。

洛欢拉开楼道的门。

"我小儿子前几天不懂事偷偷一个人跑到这边找他哥哥。我们差点儿吓死了，后来接到小寒的电话，他说弟弟在他那儿，让助理过来接，助理回来时说见到小寒的女朋友了。"

洛欢不动声色地摁下电梯。

"小姑娘你可能不太清楚，上个学期我跟他爸爸就知道他找回他女朋友了。但是他女朋友说还没准备好，不让我们来见她，他把她保护得太好了，我们也不敢轻易违背他的想法，连我家公公都见过那个女生了。我实在是忍不住想来看看了……"

女人似乎很轻易就信赖别人，对洛欢一点儿也不防备，说这话的时候，语气似乎透着轻微的幽怨。

洛欢全程保持安静，盯着前面跳动的数字，只是偶尔附和两句。

她面上挺镇定的，但心里慌极了。

女人似乎只是想找个人倾诉，没想洛欢能给什么反馈，所以一直都是她自己在讲。

电梯到了。洛欢站在电梯里，有点儿迈不开腿。她站在里面试探着问："阿姨，您知道您儿子的房间密码吗？要不……"

女人笑容温婉地回答："没关系，我猜那个女孩这会儿应该就在房间里，我敲敲门就好了。"

"谢谢你呀，小姑娘。"女人很有礼貌地朝她挥了挥手，然后径自朝江知寒的住所走去。

洛欢知道她肯定是敲不开门的，因为自己不在房间里！

让阿姨白白等一上午的事洛欢到底做不出来，于是在电梯门合上的那一秒，她忽然重新按开了电梯门。

闭合的电梯门又在洛欢的面前缓缓地打开。

她出了电梯，偷偷地跑上去躲在墙边，往前面看。

女人正毫不知情地敲着门。

洛欢赶紧缩回身子，闭了闭眼，掏出手机给江知寒发消息。

她也不管他现在在干什么了。

"你妈妈来了！"

江知寒回了个问号。

洛欢又扭头看了女人一眼，然后飞快地打字："你这会儿有空吗？你能不能请假回来一趟？我这会儿紧张得不行，欺骗在先，肯定没办法面对阿姨。我怕她真在门外站一上午。"

她把消息发出去后，隔了两三秒，收到了江知寒的信息："你等等，我马上回去。"

洛欢收了手机，便小心地等在墙边。

好在江知寒的医院离小区不远，不到20分钟江知寒就来了。

洛欢忙躲进了安全通道里，隐约听到江知寒与他母亲的对话。

好在没几分钟，她就听到了高跟鞋的声音。他们似乎要坐电梯了。

洛欢不禁松了口气，暗自佩服江知寒的能力，挺了挺脊背，打算等两个人进了电梯再出去时，楼上忽然传来一阵脚步声，接着就传来了一道无比洪亮的嗓音——

"你男朋友不是已经回来见他妈了吗？你站在楼道里干吗？"

什么情况？！

她现在换个星球生活还来得及吗？

前面正要进电梯的女人在听到这一声时脚步一顿。她转头看了看说这句话的人那边，又看了看江知寒。

江母虽然傻白甜了点儿，但不蠢，听力也挺好。

"小寒，是你的女朋友……"

江知寒的脸难得有些僵硬，只是他还没开口，安全通道的门就缓慢地打开了。

接着，一个扎着丸子头的小脑袋探了出来。

那双漂亮的圆溜溜的大眼睛转啊转，最终有些心虚地将目光挪到了江母的脸上，接着洛欢露出一个故作镇定的笑。

"好巧啊阿姨，哈哈哈。"

"……"

客厅里。

因为之前的欺骗行为，洛欢这会儿乖得不行，倒水、泡茶、准备水果，自始至终不敢看江母的眼神，怕看到她对自己不满意的神情。

"阿姨，您吃。"洛欢亲自将一盘洗好的水果放到茶几上，然后乖乖地坐在沙发上。

她低着头，头一次在外人面前这么乖顺，惹得正在找杯子的江知寒多看了她好几眼。

"我长得很可怕吗？"面前突然响起来这一声。

"啊？"洛欢赶忙抬头，猝不及防地对上江母的美眸。江母捏着叉子，目光柔柔地看着她。

洛欢的大脑有些发蒙，她只能讷讷地摇头："没……没有。"

江母叉了颗葡萄优雅地吃了口，而后目光又回到她的身上，眼底浮起一丝淡笑，声音也格外好听："那你怎么不敢看我？"

"我……"洛欢飞快地往江知寒的方向看了一眼，而后舔了舔唇，只能硬着头皮交代，"我……我之前骗了您……对不起。"

事发突然，完全没有准备的时间，她真的快吓死了。

原本她准备哪天好好打扮一番再去见他的父母，没想到她这副素面朝天的样子被江知寒的长辈看到了。她真的觉得好丢脸。

谁知江母笑得和蔼，没有丝毫责备的模样，反而带着几分惊喜地转头对江知寒说："你的女朋友害羞起来真可爱。"

江知寒笑而不语，同时将桌上的茶杯换成了江母平日里习惯用的细瓷杯。

江母笑了笑，端起杯子抿了一口，忽然出声："既然你们都在，那这订婚也该商量一下了吧？"

江知寒抬头看洛欢。

洛欢差点儿一口水呛住："啊？订婚？！"

江母转头看她，眼神带着点儿茫然："怎么了？欢欢，你不想嫁给我儿子吗？"

没等洛欢说话，江母又看向了江知寒："小寒，你没打算娶欢欢吗？"

"难道你们俩是玩玩的？"江母问道，表情顿时一惊。

洛欢：不是，阿姨你也太能脑补了。

洛欢立刻否认："不是的，阿姨，我没有。"

江知寒接过话题，把责任揽到了自己的身上："我们是有这个想法，不过我现在太忙了，没什么时间，等毕业了再说吧。"

"这有什么可浪费时间的，这可是你们俩的人生大事。"江母不太赞同，看着他说道，"你跟欢欢两个人如果太忙，就把这事交给妈妈好了，妈妈跟你爸爸两个人来弄，你们到时候只要出现就行，妈妈保证给你们两个人弄得好好的！"

江知寒笑了笑，看向洛欢。

江母也跟着看了过去。

在两个人的注视下，洛欢感觉压力有点儿大，只好硬着头皮说道："我……我跟我的父母商量一下。"

江母很开心地笑了，说道："这种事情肯定是要商量的，改天阿姨和你叔叔，还有江知寒的爷爷一起过来，和你的父母约个时间，我们两家吃个饭，顺便讨论一下订婚的事情。"

双方父母这么快就要见面了？

洛欢说："阿姨，是不是有点儿太快……"

"不快啊，想当初你阿姨我跟你叔叔高中毕业就订婚了，大学毕业就结了婚，婚后第一年就生下小寒了。"

"……"洛欢有些目瞪口呆。

看着女孩傻乎乎的样子,江知寒忍不住笑了一声。

"欢欢?"江母像是想起什么来了,微笑着问,"阿姨就叫你欢欢,好吗?"

"嗯,好的阿姨……"

"别叫阿姨了。"江母脸上笑意渐浓,说道,"你叫我伯母吧,叫阿姨多生分。"

"伯……伯母……"洛欢有点儿羞于启齿是怎么回事?她叫得有些磕巴。

洛欢听见某人短促的笑声,眼神暗暗地杀了过去。

江母却听得欣喜不已,忍不住开心地说道:"以后订了婚,你就要改口叫我'妈妈'了。"

"……"短短一次谈话,洛欢差不多摸清楚江母的脾气了。

江母这人是真好,但脑回路奇奇怪怪的,关注点总是跑偏。

这种事如果发生在其他男生的母亲的身上,男生的母亲肯定会先好好地挑剔一番儿子的女朋友吧!可江母直接跳到订婚上去了,甚至连流程都安排好了!

下午,两个人去超市买菜的时候,洛欢说了感想。

江知寒轻笑,说他母亲自大学毕业后就安心当起了太太,被他父亲宠了一辈子,她的想法有时候是有点儿天真。这是褒义的评价。

洛欢说这不叫天真,叫幸福。

有几个女孩能被老公疼一辈子?

能养出这样的老婆,江父人应该也挺好的。

江母的身上看不出半点儿操劳的痕迹,她像锦衣玉食、不谙世事的公主。

江知寒看向洛欢,浅浅地笑了一声:"你也会啊。"

洛欢当时脸就热了,说挺热爱自己的舞蹈事业的,才不想放弃。

江知寒笑着说:"看你。"

他的爱永远不会束缚她,他会让她去做自己喜欢的事情,会看着她光芒万丈。只是当她回头的时候,会发现他一直就在她的身后。

他是她的氧气,也是她的盾牌。

江母厨艺不行,在家里都是保姆做饭,于是这顿饭理所当然由江知寒来做。

洛欢为了表现一下，没跟平常一样瘫着，也钻进了厨房。

江母倒是不怎么挑食，吃起饭来很优雅，与江知寒一样。

洛欢总算知道了高中那会儿江知寒在那样的家庭状况里都没有变坏的原因了，有些东西是骨子里就带着的。

吃完饭，洛欢泡了红茶给江母喝。

江母笑眼弯弯地伸手拉着她坐下，说家常，没有高高在上的架子。

江母温柔的性子，比起蒋音美那种精明又果断的性格更让洛欢喜欢。不知不觉地，洛欢放松下来，跟江母聊了好久。

天色逐渐暗下来，洛欢要给江母准备房间。江母却拉着她，说自己已经在外面订好了酒店，不麻烦他们两个了。

这怎么行？长辈千里迢迢地赶过来还一个人住在外面？江知寒告诉洛欢，妈妈的酒店是助理订的，比他们这儿好很多。

他的妈妈是豌豆公主，不习惯别人看到自己娇气的样子。

洛欢服气了，于是他们俩亲自送江母到酒店。

这几天，洛欢基本就带着江母到处玩。

江母人很精神，也爱旅游，甚至比洛欢这个年轻人的体力还要棒。

江母的效率是真的很高，也可以说是她对大儿子的婚事十分上心，在这儿没住上几天，她就要回去跟江父商量订婚的事情。

谁拦都拦不住。

或许江知寒就没想过拦他母亲。

于是那天江知寒请了假，专门送江母去了机场，进度飞快。

洛欢本想着再怎么样也得过两天，可谁想当晚便接到了母亲大人蒋音美的电话。

蒋音美来电的第一句话便是："你怎么这么快就想通了？"

洛欢叹气，语气弱弱地说："如果我说我是被套路了，您相信吗？"

蒋音美在那边笑了笑，说："得了吧，你早嫁晚嫁都得嫁，认命吧，妈妈这两天跟你爸爸去买几件好看的衣服，准备见你的公公和婆婆。"

他们这么快就答应了？！

洛欢甚至还没来得及说话，电话就被挂了。

在两家人的共同努力下，两家人的初次见面被安排在了后天的下午。

不是正式定亲，只是两家人坐在一起吃顿饭，不过因为是第一次见面，所以双方都很重视。

原本江父和江母准备亲自来洛欢的老家见面，但蒋音美跟洛国平两个人觉得这样太隆重了,尤其对方的爷爷也要过来。加上路远,两个孩子也要来回折腾,他们干脆就把见面的地方定在了江北的一家饭店。

正好他们也能来看看两个孩子上的大学。

吃饭的前一天洛欢就开始收拾衣服了,整个人紧张得不行,心神不宁的,有空就扒拉出衣服开始搭配,搭配来搭配去都觉得不满意,于是拉上整个宿舍的人出去购物。

洛欢好不容易买了合适的衣服,回来后又在烦第二天要不要化妆、该化什么妆才能讨长辈喜欢。

整个宿舍的人上阵帮她。

洛欢的紧张传染了宿舍里的其他人,在她第 n 次提的口红色号被否决后,孟琪琪直接给了她一脚,让她别再瞎折腾了。

想当初,她们宿舍里除了洛欢都经历过暗恋、热恋和分手,唯独洛欢整天跳舞,是最不可能恋爱的人。如今洛欢却成了她们宿舍里第一个即将爱情圆满的人。

男朋友不仅条件好,还是她的初恋。

这实在扎她们的心。

洛欢没办法了,只好跑去阳台给江知寒打电话。

江知寒应该还在医院里,声音很轻,带了几分清浅的笑意。他跟她说:"这样吧,你先来公寓,我下了班去帮你。"

洛欢连忙点头。

其实洛欢穿成什么样他都喜欢,长辈也都不是不明事理的人,但是洛欢重视这件事,那他就配合她。

洛欢挂了电话,像只欢快的鸟儿跑回来,往包里装东西。

"洛欢,你要去你男朋友那里啊?"

"嗯,我明天回来给你们带好吃的。"

孟琪琪缩在椅子里,睨了她一眼:"事成了可别忘了我们姐妹几个啊。"

洛欢不住地点头:"嗯。"

看她那副傻样,孟琪琪被气笑了。

东西太多,洛欢干脆直接提了箱子打车过去。

一个人在公寓里无聊,洛欢待了会儿,忍不住偷偷地溜去了医院。

她到了医院,找了一圈没看到江知寒,问了前台的护士,才知道江知寒又跟着导师去开会了。

他去了差不多半个小时了,应该快回来了。

平常江知寒不让她靠近病区，洛欢就坐在办公室外面等他。

她正无聊地撑着额头玩手机，没多久，便传来一阵脚步声。

洛欢抬起头看去。

对面来了好几个穿着白大褂的男女，中间是一个眉目温和的儒雅男人，神情认真，正侧头对江知寒他们交代着什么。

江知寒点头的一瞬间，余光看到前面有女孩站了起来。

两个人的目光一对上，洛欢朝他挥了挥手，咧了咧嘴巴。

"今天就先讲到这里，你们私下要多多关注病人，尤其是23床与77床的病人，必须严格检查，别让他们藏药。"

江知寒说："知道了，老师。"

"还有你们几个……"男人交代完毕，回头扫过身旁的人，不经意看见江知寒的目光正落在前方一动不动。

一个穿着黑色的短上衣、白色的百褶裙的女孩娉娉地站在那儿，面容姣好，长发披散，一双水灵灵的眸子正望着这边。

男人转头，下一秒，似是了然地笑了起来，抬手拍拍江知寒的肩膀："你小子，都把女朋友带到这儿来了？"

周围的学生跟着看过去，然后跟着起哄。

江知寒在这样的气氛中低眸淡笑，语气有些讨饶："你们就别打趣我了。"

一行人从这边经过。

洛欢认得江知寒的导师，于是规规矩矩地站着，等他们过去。

导师话不多，私底下挺温和，对她颔首便和其他学生一块儿走了。

江知寒留了下来。

临走前，萧萧忍不住扭过头，看到穿着白大褂长身玉立的年轻男人正低头跟面前的女孩说着什么，侧脸神情含着笑。

"你怎么来了？"江知寒笑着问。

"我想你啊，不行？"洛欢说着，拿手机戳他平坦的腹部，抬头，吊儿郎当地说，"怎么，你不让我来啊？"

"行，你等等吧，我准备一下，我们回家。"

"这么早？"洛欢故意夸张地说道。

江知寒抬手拍了拍病历本，抬眼看着她："最近情况特殊，导师准许。"

一句话惹得洛欢的耳尖有些红。

怪不得刚才江知寒的导师路过时看她的眼神笑眯眯的，有些不大对劲儿……

"进来吧。"

"我不,我就在外面等。"她可不想进去再接受一遍众人的注目礼了。

当江知寒看过来时,洛欢干脆抬手把他推进去。

洛欢还是觉得有些不安全,于是干脆离开,走到了走廊角落的窗边,就这么百无聊赖地低头靠在墙上等着,玩着手机,白色的裙摆下一双纤细漂亮的腿随意地站着。

她刚点开外卖软件想看看那家常去的下午茶店开门了没有,楼上忽然响起"砰"的一声,接着一阵急促的脚步声伴着尖叫声传来。

洛欢刚抬起头,就看到一个穿着蓝条纹病号服、头发散乱的男人朝楼下跑。

他的身后是几个护士几近歇斯底里的喊声:"77床!站住,别跑了!"

男人看上去像发病了,行为异常疯癫,想也不想就朝洛欢扑过来。

"快闪开!"身后的护士大喊。

洛欢当时脑子一片空白,双腿僵在原地,眼睁睁地看着那个患者跟疯了一样扑过来。

电光石火间,她从余光里看到一道人影跑过来,有人钩住男人的脖颈,两个人一起摔到了地上。

这个人是萧萧。

男人的膝盖像是被撞疼了,他哇哇乱叫,开始激烈地反抗。萧萧顾不上疼,用身体压制着他。但男人跟女人在体力上本就存在着差别,好在江知寒闻声飞快地赶了过来,将正发病的病人控制住了。

男人扭动得很激烈,忽然侧头一口咬住江知寒的手腕,甚至咬出了血。

"江医生!"

"你去拿镇静剂。"江知寒用拇指跟食指钳住男人的下巴,迫使他松开口,同时转头对一旁的护士说道。

"哦,好,好。"护士赶忙跑去拿了镇静剂过来,江知寒在几个人的辅助下将试剂轻轻地推入患者的肌肤。

药效发作得很快,原本还在激烈反抗的患者很快身体软了下来,随后昏了过去。

这是洛欢第一次近距离地看到一个正在发病的患者。

走廊里已经聚集了很多围观的人。

江知寒起身,抬眼看看洛欢,走过去将浑身僵硬的洛欢抱进怀里,轻声地安抚她："没事了，别怕……"

洛欢的额头贴着他的胸膛，她闭上眼睛乖乖地"嗯"了一声。

昏倒的病人被护士们抬了回去，江知寒的手腕被咬伤，他去处理伤口。

洛欢等在一边看着他，过了一会儿，低头对他说了句什么。

江知寒抬眸看她，颔首。

萧萧在卫生间里整理好着装，一出门就看到站在门口的女孩，下意识地顿住。

洛欢原本靠在墙上，看到她出来就站直了。

萧萧别开脸，略有些不自在，然后没说什么转身就要走。

"萧萧。"洛欢在后面喊住她。

"你没事吧？"洛欢问她。

萧萧沉默了两秒，然后语气很淡地说："没什么，这种情况我们医生见多了。"

洛欢"哦"了一声，也知道萧萧不大喜欢跟她聊天儿，便开了口："你没事就行，那我走了。"

洛欢转过身刚走了几步，忽然听见身后传来一道略有些不自然的声音："订婚快乐。"

洛欢回头，看到萧萧转身离去的背影。

"我那个师弟就是死脑筋。"

洛欢愣了一下，良久后慢慢地笑了。

回去的路上，洛欢不停地检查着江知寒的手腕，心疼得直皱眉。

"那些人也太可怕了吧，你们为什么不干脆把他弄昏算了？"

"万一哪天他伤到你们怎么办？万一你们一下子拿不到镇静剂怎么办？"

洛欢后知后觉地反应过来，生着闷气，双手环抱靠在副驾驶座上嘟嘟囔囔着。

江知寒开车的时候手腕尽量不碰方向盘，他看着前面，笑得云淡风轻，跟她解释："精神病人的许多行为不是有意识的，他们的很多举动不是精神状况支配下的表现，他们无法控制，其实他们也很可怜。"

洛欢抿了抿唇，气总算消了点儿。

"再者，"江知寒继续解释，"精神病患者在发病时没有行为意识，他们就算杀了人也不犯法。但我们不同，一旦我们出手，有可能会犯法，不一定算正当防卫。"

洛欢泄气:"行吧。"

回家之前,两个人照例先去超市买了菜,然后回家。

江知寒做了饭。饭后,江知寒拆开她带来的箱子,转头看窝在沙发上吃着水果看电视的女孩,轻扬眉梢:"你不挑衣服了啊?"

洛欢正啃着苹果,扭头看他,一本正经地分析:"我觉得明天的场面肯定没白天那事可怕。"

江知寒挑眉。

洛欢丢了果核,走过来坐到他的身上,眸子明亮,得意地说:"所以我不用紧张了。"

她一副"看我这个聪明的小天才"的模样。

江知寒闻言笑了出来,抬手揽住她的腰,抱着她起身。

"你干吗?"洛欢差点儿失去平衡,双腿下意识地圈住他的腰。

"既然你不紧张了,那我们接着放松放松。"

大流氓!

第二天,虽然说不紧张,但洛欢一大早就起来了。

她不紧张,不代表不重视。

因为昨天病人的突然暴动,江知寒又被教授抓了回去,原本一天的假期缩短到了半天。

洛欢一个人在屋子里走来走去,然后挑衣服,选合适的发型。

洛欢的手机从早上开始就没停过,有蒋音美跟洛国平的信息,有孟琪琪她们的信息,也有江知寒抽空打来的电话,还有江妈妈的信息。

上次来这边旅游,江母就要了她的微信号码,一大早就给她发了消息。

江母发来的是一张在通体白色的、敞亮的衣帽间里的自拍照。

江母踩在白色的地毯上,穿着一身紫罗兰色的长款刺绣旗袍,旗袍将她标准的身形勾勒了出来,长发柔顺地披散下来,她正对着镜子微笑,看起来端庄大方。

她身后的米白色的环形沙发上堆着好几件裙子。

"欢欢,你看伯母穿这件衣服怎么样?"语句后面还带了一个微笑的小兔子的表情。

洛欢立马回:"漂亮!好看!伯母,您是我见过的身材最好的长辈了!"

许是这句话取悦到了江母,江母又发了消息:"还有其他款式,你等等,伯母给你发过去。"

很快，聊天儿页面上便出现了很多条裙子的照片，全是伯母拍的。

"欢欢，要不你再帮伯母挑挑？你伯父和你弟弟的眼光都不行。"

江母有选择困难症。

洛欢只好陪着江母继续挑裙子，挑选了半天，总算选出一件最合心意的裙子。

于是到了中午，洛欢便在朋友圈里看到了江伯母发的穿戴好的照片。

江母做了发型，加上化妆稍微修饰的缘故，江母看上去更加端庄优雅。

江母配文道："未来儿媳选的。"文字的后面跟了两个小兔子的表情。

江母的朋友圈里以前发的是家人，以及随江伯父参加各种活动的照片，自从加了洛欢的微信，江母的朋友圈就开始三天两头地发关于洛欢的内容。

江伯父和江伯母的闺密们都点了赞。

自然也有调侃的人，江母神秘地统一回复："儿媳妇害羞，等订了婚再发照片。"

洛欢看了会儿照片，也跟着点了个赞。

洛欢放下手机，接着检查衣服有没有哪里是乱的。她正整理着衣服，放在一旁的手机响了起来。

江知寒打来了电话，洛欢放下衣服接听。

"你这会儿有空吗？你想吃什么？"那边的声音听起来挺轻松的，似乎还有向他问好的声音。

洛欢问："你下班了？"

"嗯。"

洛欢看了眼厨房，说："你回来给我做吧，顺带再买些草莓跟蛋挞，就我上次吃的那家。"

江知寒的笑声很好听，他说："那你想吃什么菜？我顺路买。"

"猪蹄汤！"挂了电话后，洛欢美滋滋地继续检查衣服。

半个小时后，听见门锁开启的声音，洛欢扭头，看到江知寒提着很多东西回来了。

洛欢"哇"了一声，丢下衣服跑过去扒拉他带回来的东西。

他不止买了草莓，还买了很多其他的水果，还有各种蛋糕，热量都不高。

"谢了。"洛欢抱着一盒草莓跟一个蛋挞，仰头在江知寒的侧脸上亲了一口，然后跑到客厅里吃去了。

"你少吃点儿，等会儿还要吃饭。"

539

洛欢正选着电视节目，拆着盒子，头也不转地挥手："我知道了。"

江知寒抬手摸了摸残留着柔软触感的地方，再侧头看看她没心没肺的样子，不由得摇头失笑。

午饭后，洛欢盘算着离下午吃饭还剩几个小时，又有点儿紧张了，原本打算继续选衣服，被江知寒以不午休下午没有精神见长辈为由抱回了卧室。

洛欢睡觉不老实，一直蹙着秀眉跟他碎碎念。江知寒在第n次被打扰后终于叹了口气，翻过身压上她低头吻了下去。

洛欢这下终于老实了。

他们闹的时间挺久，快到时间了，江知寒才慢悠悠地起床，叫醒了她。

洛欢看了眼时间，尖叫一声，掐了江知寒一把就跳下床去洗漱，也没时间纠结了，选了一开始就决定好的一套衣服。

路上，洛欢一边喝酸奶一边咕咕哝哝地埋怨江知寒不早点儿叫她起来，说他分明就是故意的。

江知寒只是笑，趁着拐弯时顺便看她一眼，说："你什么样都漂亮。"

她什么样子他都喜欢。

洛欢心口微烫，耳根也跟着热了起来。

江知寒这段日子说情话说得越来越顺嘴了……

洛欢咬着勺子没回答，半晌后才得意地"哼"了一声。

做再多的准备，再紧张，她还是要上场。他们被服务员领到了包间里，两家大人已经到了。

家长正笑着聊天儿，见他们进来，眼睛齐刷刷地朝这边看过来。

洛欢忍不住倒吸口气。

"伯父、伯母。"江知寒不着痕迹地伸手托住有些虚软的某人，目光轻轻地扫过家长，礼貌地颔首，"爷爷、爸、妈，我们来了。"

"你站在那儿干什么呀？你赶紧过来啊。"蒋音美见自家女儿有些呆呆的样子，恨铁不成钢地小声说道。

"进去吧。"江知寒低头在洛欢的耳边说。

"哦，哦。"洛欢暗自吸了口气，攥着手绷着小脸走进去。

这回不止江伯母、江伯父、江爷爷，还有江思遇也来了。

江母忙朝她招手："欢欢，快坐这儿。"

洛欢走过去，坐在了江母的身边，江知寒则在她的旁边坐下，他的身边是蒋音美。

江母的对面是江父和江思遇，江爷爷坐在主位上。

"欢欢今天打扮得可真漂亮。"江母拉着洛欢的手，喜不自胜地上下打量着她，扭头问一旁的男人，"你说是吧，承平？"

男人笑了笑，点头，声音低沉地说道："欢欢好。"

"伯父好，江爷爷好。"洛欢赶紧问候他们。

江知寒的生父看上去儒雅俊逸，跟江伯母很登对。江思遇穿着背带裤跟小白衬衫，看上去又乖巧又萌。

江思遇看了看大人们，稚嫩地开口："小姐姐好。"

江母纠正他："什么小姐姐，叫嫂子。"

"……"洛欢顿时闹了个大红脸。

一桌大人全笑了。

蒋音美笑着对江母说："小孩子叫什么都没事，小姐姐也行。"

江思遇看了看母亲，然后乖乖地改口："小嫂子好。"

他机灵得不行。

一屋子的人又笑了起来。

两家人在一起的气氛很好，江家一家人都很尊重洛欢一家，没有高高在上的感觉，就像平常人家那样给自己的儿子求门亲事。

洛欢的紧张感也慢慢地消失了。

谈到后面，江母牵着洛欢的手，和蒋音美笑着说道："亲家母你放心，以后欢欢也是我的女儿，我一定会把她当自己的亲生女儿一样对待。"

有这句话，蒋音美和洛国平就放心了。

天底下有哪对爱孩子的父母不希望自己的孩子能够幸福呢？

以前他们不看好洛欢与江知寒，是因为洛欢与江知寒都还小，还没有经历过太多事情。

好在，他们的女儿没有看走眼。

两家的第一次正式见面总算顺利结束了。订婚的日期就定在了国庆节这天。

两个孩子也都有空。

商量好订婚日期后，两家就开始着手准备。10月1日这天，江知寒与洛欢终于迎来了他们的订婚宴。

虽说只是订婚，但江家依旧办得很盛大，请来了很多宾客，除了两家的亲友外，还有不少京都政商界的要人。

订婚宴上的每个细节都是江母亲自过眼的，化妆团队是那种为各大明星服务的专业团队。

他们给洛欢挑的裙子是一条某大牌的当季新款裙子，简单的纯白色，浪漫优雅又耐看，洛欢的长发被编成披肩的公主发，她整个人看上去又纯又漂亮。

江知寒同样一身浅色搭配的衣服，干净优雅得不行。

当洛欢从化妆间里走出来时，她明显看到江知寒的眼睛亮了一下。

江母在一旁笑着说："别看了，你们以后有的是时间看，客人们都来了。"

洛欢耳根微烫，连忙别开脸，"嗯"了一声。

下台阶的时候，江知寒忽然伸手，将她的手放在他的手臂上。

洛欢有些迟钝地抬头看他。

江母以及周围的几个用人忍不住偷偷笑。

直到看到宾客，洛欢才知道江家的势力有多大。很多她之前在电视新闻里才能看到的人，一个个真实地出现在她的面前。

江家是世家大族，涉及商政两界，很多人是从江爷爷那辈就跟江家结交的好友。

洛欢作为新人，一点儿也不敢怠慢。

一场宴席下来，洛欢的双腿快断了。洛欢挽着江知寒的手臂，忍不住活动了一下双腿。

江知寒低头看她："是不是很难受？"

"还好。"洛欢僵笑着，小声地回道。

那边江父叫他们去送几个先回去的长辈。

"走吧。"

洛欢正要走，手腕被拉住，江知寒低声说："你上去休息，有事我再叫你下来。"

"可是……"

"没关系，剩下的交给我。"

有这句话她就安心了。

洛欢抿唇笑了笑，点头说："嗯。"

于是洛欢退出人群，转身提着裙子上楼。

楼上比下面安静不少，洛欢舒了口气，正往前走着，忽然听到洗手间的方向传来"砰"的一声，像是有人被推搡，可能是小孩子间的闹剧。

洛欢皱了皱眉，闻声望了过去。

二楼有很多间房子,洛欢顺着声音向一间房子走了过去。

那扇房门紧闭着,里面隐约传来几个男孩的说话声。

"你是不是私底下约茜茜出去,还给她发消息了?"

"茜茜是我的,你记住了没有?不许你再碰她!"

"喂,我们老大说的你记住没有?"

伴随着"砰"的一声,像有人再次撞到了门上,发出一声闷响。

洛欢顿住步子,没想到在这儿还能碰上欺负人的人,还是小孩子欺负小孩子。

大人们不管吗?

"喂,你听见没有?"

在碰撞声响起时,洛欢立马上前推开了门,发出"咚"的一声。

彼时一个穿着小西装、打着小领结的小男孩正揪着另一个小男孩的衣服,将其按在墙上,他被门响声吓了一跳。

周围几个幸灾乐祸的小男孩也跟着身子抖了一下,齐刷刷地看过来。

被按在墙上的小男孩扭过头来,原本被打理整齐的头发乱糟糟的,白皙的小脸上那双十分漂亮的大眼睛尽管红得厉害,他还是没有哭,身上的衣服也被扯得皱皱巴巴的。

江思遇?

洛欢愣了一下,打量着这边的情况,接着很快反应过来,饶有兴致地说:"喂,你们怎么回事啊?"

"你是谁啊?"一个小男孩指着她说。

"我们在教训别人,你走开!"

"你们在江思遇的家里欺负他,还有理了?"洛欢没有动,双手环臂,眼睛睨着这群还不到她肩膀高的小屁孩。

她这是遇上霸凌了啊,被霸凌的对象还是江知寒的弟弟。那她这个小嫂子就很有必要替小叔子解决一下问题了。

"我是他的小嫂子,懂吗?"

这群小孩还是色厉内荏,在同龄人里牛得不行,一旦遇到明显比他们厉害的人就怂了。

于是几个小男孩不禁松了手,集体看向中间的小胖子,如特务接头,小声问:"老……老大……该怎么办?"

小胖子面露难色,很快又恢复正常,一副放过江思遇、大人有大量的模样:"今天我就先放你一马。如果以后你再缠着茜茜,小心我不客气!"

江思遇低着头没说话。

"我们走！"他说着，藕似的白胖胳膊一扬，准备带着一堆小弟撤。

"等一下。"洛欢挡在门前，拦住了他们的去路。

几个小男孩集体往后踉跄了一下。

"你……你还想干吗？"一个男孩吞咽了一下口水。

"你们欺负完主人就走？"洛欢歪头上下打量着他们，悠悠地说道，"一个个这么牛，不让你们爸妈看看多不好。"

然后，洛欢就在几个小孩子惊恐的注视下，叫用人下去通知他们的爸妈。

等人都被带下去后，洛欢走过去，给江思遇整了整衣领和头发。

江思遇低下头，而后抬头乖乖地看着她，小声说："谢谢小嫂子。"

洛欢笑了笑，问："说吧，茜茜是谁？"一个个半大的孩子还弄出爱恨情仇来了。

江思遇愣了一下，眼底浮现一丝迷茫。

洛欢叹气，果然江思遇又和江知寒一样，从小是个撩而不自知的"小祸水"。

"你遭遇这样的情况有多久了？"

江思遇犹豫了一会儿，交代道："半年。"

"你为什么不告诉大人？"

江思遇慢慢地垂下浓密的睫毛，抿唇，说："我不想让他们担心。"

洛欢不禁想到上次他一个人瞒着别人偷偷跑来找他哥哥的事，问道："上次你自己偷跑过来，是不是也是被欺负了？"

江思遇没说话。

那就是了。

这孩子也是乖得让人心疼。

"记住。"洛欢叹了口气，理顺他脑袋上翘起的头发，认真地盯着他的眼睛说，"以后你遇到这种事千万不能忍着，忍只会让对方得寸进尺，一定要尽早告诉大人，知道吗？"

江思遇抬头看着她，轻轻地点了点头。

洛欢一笑，直起身子朝他伸出手："走吧，我们下去。"

在主人的家里欺负人家小孩是大事情，尤其今天还是对方儿子的订婚宴，被欺负的人还是对方捧在手心里的小儿子。这事还被对方的儿媳妇抓包了。

江家的势力在整个京都盘根错节，来的人不少跟江家有生意上的往来或是依仗江家生存，怎么能因为小孩子打闹被破坏了关系？

小孩们的爸妈一个个又气又丢脸，为了向江家表态，也不管周围有没有人在，当场撸起袖子就揍孩子。

一时间，整个大厅被尖叫声和号叫声淹没了。

"我错了！啊！爸爸别打了！啊——"

小男孩们的妈妈心疼得不行，但又不好拦丈夫，只能在边上干着急。

江家人就在一边冷眼旁观着这一幕，连向来性子很软的江母也气得不行。

最后，还是江老看他们教训得差不多了，才象征性地出声阻止了他们。

几个大人赶忙停了手。

江知寒与江父送客人回来，就感受到了大厅里这不寻常的气氛。

"怎么了？"江父笑着走过来问道。

一贯温婉的江母脸上的表情不是太好。她低头看了看江思遇，还没开口，就被一个女人抢了先。

"没什么，其实就是小孩间的小矛盾而已，我老公已经教训完自家孩子了。"

"你弟弟不知道什么时候招惹了小桃花，结果被小桃花的小男朋友带人欺负了整整半年。他刚才被堵在屋里，是我发现的。"

洛欢踮脚在江知寒的耳边轻声"告密"。

江知寒俯身听罢，温柔又精致的面上不显情绪，却在那几个女人急忙要带孩子走时叫住了她们。

几个女人脚步一停，回过头，有些尴尬地问："怎么了？"

江知寒淡淡地笑了笑，说："打闹也要有个限度，能持续半年说明并不是小打小闹，小孩子可以无知，但涉及人性道德的方面，就是大人的教育问题了。"

他的一席话让在场的几个大人都面露讪讪之色。

江知寒接着笑了笑，说："比如这道歉，欺负了别人，在获得对方谅解前，也算是……必要的流程吧。"

江知寒这一番话虽说得淡，但总有种无形的压迫感。

他们日后还是要和江家合作的，而眼前这位，在江父退下来后大概率会接手江家。

在周围宾客的注目下，几个涉事的家长互相看了看，然后逼着自己的孩子道歉。

之前还嚣张狂妄得不行的几个小男孩早被打服了,在众人面前一把鼻涕一把泪地道了歉。

洛欢挺不厚道的,还借了一个用人的手机录了像。

"以后你们要是再不'相亲相爱',我就把这东西发到你们学校去。"洛欢笑眯眯地威胁着他们,吓得几个男孩赶紧摇头说再也不敢了。

所有宾客们离开后,江母拉着江思遇交代着什么。

江思遇乖乖地听着,不时点头,却在江知寒经过时忽然扭过头,说:"谢谢哥哥。"

江知寒脚步一顿,有些缓慢地低下头看他。

江母也有些惊讶,许是没想到江思遇的表现。

小孩子的眼睛又大又明亮,里面盛着星星,还有些许的小心之意。

江知寒没说什么,点了点头,然后上楼了。

洛欢盯着江知寒有些加快的步子,忍不住笑笑,走过去,揉了揉江思遇的头发,说:"哥哥害羞了呢。"

"真的?"江思遇问,些许黯淡的眸子又亮了亮,抬起头看她。

洛欢抿唇笑着,点头:"嗯,哥哥不是不喜欢你,只是性格如此,所以他还是很关心你的啊。"

江母看着洛欢这般通透的样子,不禁有些动容。

在洛欢哄好江思遇直起身子时,江母叫了她一声,笑道:"欢欢,你跟妈妈上来,妈妈有话要跟你说。"

江母带洛欢到了楼上她的房间里。

"我原本想等你们结婚前再正式给你的,可是想想现在给你也不错。"江母轻笑着,从保险箱里取出一只祖传的祖母绿戒指递到了洛欢的面前。

戒指上镶嵌的宝石很大,颜色很亮,即使洛欢不常关注宝石也能看出来这戒指价格不菲。

"这是小寒的曾祖父花了一万大洋买给他曾祖母的结婚首饰,然后给了小寒的奶奶,他奶奶又传给了我,如今该传到你这一辈了。"

江母准备让她试试。

"伯母……这有点儿太贵重了,而且,还有将来思遇的女朋友……"

"江家继承人的妻子得到戒指。"江母轻轻地打断了她的话。

洛欢话语一顿,抬头看她。

江母:"这是我们欠小寒的。"

"当年因为我们没保护好,小寒与我们分离了这么久,我们错过了他成长里的一个个重要的阶段,这是我们一辈子的遗憾。

"我们这些年为了找他,花了不少的力气。我甚至觉得再也找不到我儿子了。"

江母声音低了几分,像是陷在回忆里:"整整20年,我没有一天不想念小寒,可江家不能没后人来继承家业。我们找了很多年都没有结果,五六年前,只好生下了思遇。

"思遇原本也是'知'字辈的。我跟他父亲商量了一下,才将他的名字改成了思遇,也算是对小寒的一种思念。

"如今小寒回来了,这个继承人的位置理应是他的。

"也许是老天可怜我们,那天要不是我心血来潮一个人去了那家餐厅吃饭,就看不到小寒了。"江母说着,看向洛欢的目光里多了几丝温情。

"我庆幸那家偷走我儿子的人,没有把我和他父亲给他取的名字改了。"江母的性子很善良。

洛欢抿唇:"伯母……你就不恨他们当年做过的事情吗?"

"我是恨他们的,不过他们自有法律制裁,我很开心我儿子这些年在那样的环境下也没有长歪。"

江母脸上的笑容变深了几分,她伸手握住洛欢的手,把洛欢的手放在自己的手心里,轻轻地拍了拍,说道:"而且,如果小寒没有那样的经历,也不会遇到你。我能看得出来,小寒喜欢你。如果让他在你跟没有那段经历之间选一个,我想他肯定还会选择你。"

"伯母,您开玩笑了,我哪有那么大的本事。"洛欢有些不好意思,连忙否认,却开心不已。

江母笑而不语,转身拿起戒指,轻轻地放在洛欢的手上,然后笑道:"所以啊,这戒指等之后你们结婚的时候,就由小寒亲自给你戴上吧。"

洛欢讷讷,半晌后说道:"谢谢伯母……"

江母一顿:"还叫伯母?"

洛欢愣了一下,连忙改了口,有些生疏却很真诚地叫:"妈妈。"

江母发自内心地笑了。

洛欢与江母聊了一个多小时,才从屋子里出来,刚要合上门,就看到站在走廊里的某人。

他安静又专注地低头看着手机,窗外的光线落在他的身上,使他的周身凝出温柔的金边。

他五官清俊完美,身材线条干净利落,显得温柔又矜贵。

在听到开门声时,他放下手机,抬眼看了过来。

"你等多久了?"洛欢关上门跑了过去,仰头问道。

江知寒将手机放回兜里,垂眸看她,笑着回道:"没有多久。"

"你们在里面聊什么?"

洛欢先是神秘地笑了笑,然后伸出右手,摊开掌心让他看。

江知寒的目光跟着落下。

"这是妈妈给我的,说让我以后在重要的场合里戴。"洛欢说这话的时候,眼睛有些虚,看着别的地方。

江知寒看着她,而后轻轻地笑了:"嗯。"

订婚后的生活似乎并没有发生太多的变化,江知寒又投入研究与医院的工作里,洛欢也在准备着年底的考试。

大四后面的课越发少了,两个人也算是正式同居了。洛欢有时候吃完晚饭,就拉着江知寒坐到沙发上看各种舞蹈视频。

她逼着一个理科大神看各种舞蹈,还要他点评,还别说,江知寒偶尔的评价还挺专业。

洛欢挺惊讶的,问他怎么知道这么多。

江知寒正翻着本医学杂志,一心两用,侧头看了她一眼,淡定地说:"高中那会儿我就知道了。"

洛欢的心口微烫,口中像吃了一颗刚熟的梅子,心里又酸又甜。

江知寒作为导师眼中的红人,难的研究课题导师找他,各种疑难病例导师也找他。他明明还没毕业,却比正儿八经的医生还忙。

洛欢经常给他带饭。

但他总吃外面的饭也不行,洛欢就在江知寒忙的时候学着做菜给他吃。

无论她做的菜多难吃,江知寒都能面不改色地全部吃完,还说她做的菜很好吃。

洛欢挺不好意思的,面上不说什么,私底下偷偷地努力改进。

两个人的生活似乎早从情侣跳到老夫老妻的阶段……

只是偶尔她在看江知寒的时候,有点儿欲言又止,然后,跟个林妹妹一样仰天长叹,说不上来是什么原因。

几周之后,江知寒轮休,那天恰好是周末,江知寒问她想不想出去玩。

洛欢正看着舞蹈视频,闻言转过头,问他去哪儿。

江知寒问她想不想去看看他的大学。那也是当初高中时候她和他约定的大学。

他这假期休得不容易，洛欢想也没想，当即就同意了。

江知寒当天就订了票。

洛欢暗自兴奋了半宿。

到了第二天一早，江知寒便叫醒洛欢，洛欢还困着，江知寒便给洛欢穿衣服，抱起她去洗手间里洗漱。

等洗漱完，洛欢差不多也清醒了，吃完早饭，便欢快地催促着江知寒快点儿准备。一大早，两个人便坐上了飞往京都的飞机，到达京都时正好是中午。

江知寒本想先带她去附近吃午饭，但洛欢对Ａ大感兴趣，想去那里的食堂吃。

江知寒只好答应她，两个人便打车直接到了Ａ大门口。

快放暑假了，Ａ大门口的学生络绎不绝，热闹无比。

Ａ大作为百年名校，其中医学系更是在全国名列前茅，校园内的一草一木透着其古朴与厚重的文化底蕴。

洛欢置身其中，有种经历洗礼的感觉。

这就是江知寒生活了三年的大学吗？

当年，这里也是她梦想中的学校。

可惜当年江知寒突然消失，她因此放弃了这个梦想。

江知寒低下头看她，说："我们去吃饭？"

洛欢转头看他，笑着点头："好。"

洛欢以江知寒家属的身份，一路上畅通无阻。

江知寒依旧是Ａ大的学生，尽管因为学术交流离开快一年了，还是备受瞩目，还没走到食堂就有人把他认出来了。

其间有不少人跟江知寒打招呼，江知寒颔首回应着他们。他们在打招呼的时候，目光格外八卦地落在洛欢的身上。

在Ａ大的食堂里，两个人顶着周围无数目光吃完饭，然后江知寒又牵着她的手逛校园消食。

他平常去的教室、寝室楼、图书馆、礼堂以及实验室两个人都去了。

她一点点地熟悉着那些年他没有她的一个人的日子。

路上他们遇到几个教授。教授们看到江知寒第一次带着女朋友过来，一个个开心得不行。

洛欢觉得又尴尬又有点儿暗自开心。

A大的校园不小，他们一圈逛下来，运动量着实不小。

洛欢忍不住腿酸，在学校的一处人工湖旁的长椅上坐下来休息。

江知寒让她先坐着，他去买水。洛欢懒洋洋地点头，欣赏湖面的风景。

湖边柳树多，微风吹着清澈的湖水泛起一圈圈的涟漪，在燥热的午后坐在这里确实让人觉得舒爽至极。湖里还有学校派专人饲养的鲤鱼。

江知寒去的时间久了点儿，洛欢专注地看着鱼，没发现江知寒去了10分钟还没有回来。

直到她的身后忽然响起江知寒的声音——

"欢欢。"

"嗯？你买到水了？"洛欢还蹲在湖边盯着鲤鱼，随口说了句，自然地伸手等着接水。

旁边的人没有动作。

洛欢略有些疑惑地转过头，看到江知寒站在四五米远的地方，他的手里不知何时抱了一束红色的玫瑰花。

花束特别大，特别漂亮。

江知寒额前的头发被风轻轻地吹起。他就站在离她几米远的地方，黑色的眼睛专注地看着她，带了几分温柔之意，身材修长，气质出众，整个人好得不像话，如同捧着玫瑰翩翩而来的白马王子。

洛欢愣了愣，反应了几秒才站起来。

她看了看他怀里的花，又看着他的眼睛，喃喃道："你……你在做什么啊？"

其实她已经隐隐猜到了，只是有些不敢相信。

江知寒似乎有些紧张。他轻吸口气，抬步上前，捧着那束玫瑰走到了她的面前。

洛欢抬头看了他一眼，有些迟钝地低下头看看玫瑰，慢慢地伸手接住了。

江知寒这才向后退了两步，然后从兜里掏出一个白色的丝绒小盒子，打开了盒子。

盒子里正是那枚江母给洛欢的祖母绿的祖传戒指。

洛欢的呼吸顿住，她的眼眶忽然一热。

接着，江知寒在洛欢的注视下单腿着地，捧着那枚戒指，语气很郑重地问："欢欢，你愿意嫁给我吗？"

"我们都订婚了，你还问愿不愿意？"洛欢不禁咬了咬唇，声音里带着哽咽。

江知寒淡笑着："是，但是流程一个也不能少。"

"之前我太忙了，很多次想干这件事都被打断，现在我想郑重地问你一遍，你愿意吗？"

洛欢忍不住笑出声，眼睛还是红通通的，闪着晶莹的泪光，她得意地说道："我的大好青春全被你耽误了，我不答应还能怎么办？"

她朝他伸出了一只手。

江知寒笑着松了口气，说着"是"，伸手给她戴上戒指。

这时，周边忽然响起了起哄的口哨声与欢呼声。

洛欢吓了一跳。

她这才发现周围藏了那么多的学生，这下学生全跑出来了。

原来江知寒的名气太大，不到半天他回校的消息就传遍了全校，这玫瑰挺显眼的，于是一传十、十传百，过来的人不少。

"恭喜学长拿下喜欢的女孩子！"

"我们'狗粮'吃撑了！"

"亲一个！亲一个！亲一个！"

四周的人起哄得厉害。洛欢笑着流泪，主动踮起脚，而与此同时，江知寒也默契地低头，温柔地吻了下去。

四周的欢呼声响彻了整个校园。

她爱上他的那一瞬间，自此以后，她的眼睛里再也看不到别人了。

他也如此。

江知寒求婚的视频不仅传遍了校园网，而且在网上引起了热议。

主要是视频里的两个主人公的颜值太出众，加上男主人公是本校的风云人物，关于他的各种传说和爱情故事被各路校友们挖了个遍。

视频自然就火了。

神通广大的网友们还把两个人各个年纪的照片都挖了出来。

"这是什么神仙颜值小哥哥啊？他也太温柔、太仙了吧，完全长在我的审美点上！"

"人家从大一开始就蝉联 A 大'校草'，你们开玩笑呢！"

"关键他头脑厉害，家境也厉害，人家是天联集团的大公子！"

"这是在拍偶像剧吗？"

"女生也好美啊，我超喜欢这种可爱又有点儿媚的长相，她学生时期就好好看，他们太搭了！"

"我怎么感觉这个女生有点儿眼熟……"

"手动@楼上，人家是江北大学的'校花'，专业也厉害，比赛照片附上。"

这条回复下面也有好几个爆照的人。

"果然大帅哥和大美女就是养眼。"

网上热议不少，两位主人公却齐刷刷地神隐了，安心地过起他们的小日子。

5月底，江知寒抽空去医院看了一趟江伟。

江伟因为常年昏迷，各个器官已经严重萎缩，再也醒不过来了。而杨艳娇因为长期面对一个醒不过来的丈夫患上了妄想症，被送入精神医院治疗。

江知寒出来的时候是下午，他看到站在门口等他的人时，脚步一顿。

"怎么，你不认识我了？"洛欢走上前，笑着问。

江知寒清澈的眼睛上下打量她，他向后看了眼："你……没进去吧？"

洛欢知道江知寒是担心她想起以前那些不快乐的记忆，所以每次来看他们时，都不告诉她。

可她已经成长了。

"我们快结婚了。我是你的妻子，陪你是应该的啊。"洛欢笑得特别坦荡，"以前的事情已经过去了，你别担心我。"

江知寒听着她的话，伸手牵住了她的手。

"好，下次带你过来。"

"嗯。"

两个人的身影沐浴在金色的黄昏里。

6月，洛欢与江知寒正式结婚了。婚礼特别盛大，整个京都的名流前去参加，一些流传到网上的视频又引起了一番关注。

9月，江知寒正式大学毕业，在导师百般劝说下，报了本校的研究生。

他报到那天，是洛欢陪他去的。

重新站在A大的校园门口，洛欢朝江知寒晃了晃手里的A大研究生录取通知书，笑得挺得意。

多年前他们的约定，如今终于实现了。

番 外
婚后日记

洛欢上研究生的最后一年,各项成绩都不落于人后,想让 A 大全面发展的院长竭力挽留她,洛欢选择留在了 A 大,成为一名舞蹈学院的表演老师。

在其他同学还在纠结未来的时候,她早早完成了目标。

大学里有些老师很清闲,舞蹈老师就是如此。她每周上几节课,偶尔带学生出去参加比赛,剩余的时间可以自由分配。

洛欢闲不住,参加各种比赛和国家级别的活动,课余还入职了一家专业连锁舞蹈机构,虽然年纪不大,但获得的奖不少,年纪轻轻就已经是江北市舞蹈界中的翘楚,因而课时费用不低。

除了舞蹈,洛欢还考了几个感兴趣的证书,比如注会、CFA(特许金融分析师)、心理咨询和公共营养师证等。

她以此弥补高中时候错失的各种可能性。

洛欢每天跟个小陀螺似的忙着,偶尔比江知寒这个知名医生还要忙,还时不时带学生去外地参加比赛。

江知寒经常回到家里一个人煮饭、睡觉。

蒋音美有时看不过去,念叨着洛欢已经是结了婚的人了,别老瞎忙,要多关心关心自家老公,趁着年轻早点儿生个孩子让两家人抱。洛欢听得头大,每次这种时候总把电话推给江知寒,借口肚子疼让他去应对。

老爸老妈这些年退休了,也越发唠叨了起来。

江知寒很支持洛欢追求自己的事业，每次这种时候都会挡在她的面前，把所有的责任揽到自己的身上。

他觉得洛欢年纪还小，她不应该被困在家庭中。

蒋音美与洛国平还是很疼这个小女婿的，他年纪轻轻又有能力。他们还疼自己的女儿，所以即使心里对自家那个长不大的女儿有点儿无奈，但还是听了他的话。

江父江母那边自然也很希望小夫妻俩能早点儿有个孩子。但江知寒很有主见，说时间还早，即使心里很期望，也只好暂时按捺住，没敢催促洛欢。

他们这一拖就拖了好几年。

结婚这几年来，江知寒也尽到了一个丈夫的责任：在工作结束后尽量早点儿回家，不抽烟也不酗酒，不参与太多无意义的活动；上班前做好早餐跟午餐，如果实在太忙来不及，也会提前给洛欢点好干净的外卖送过去；叮嘱她早点儿休息，从没让洛欢为家庭的琐事烦恼过。

有时候他下班早，还会开车去江北大学接她放学。

每当这个时候，洛欢还没发现他，她那群学生就开始大呼小叫地起哄了。

"洛老师，您的老公来接您了！"

一群半大的孩子很兴奋。

洛欢管了几次都不管用，最后只能无奈地随他们去，然后在一众学生的注目中尽量端着老师的架子整理好东西下楼。

然后，她在自以为他们看不到的地方，朝不远处花坛旁边的高大英俊的身影扑去。

男人总会笑着适时地接住她。

她的身后又会爆发出一阵激动的尖叫声。

洛欢要羞死了，面红耳赤地下来，然后气呼呼地瞪着教学楼门后那些不知何时躲藏在那里的学生。

江知寒空闲时间多的时候，便会请这些学生一起吃饭。这也算是他替自家老婆获得学生好感的一个方法。

吃饭间，他们也会看到洛老师的老公很照顾她。他剥虾壳、拿饮料、取餐纸，动作熟稔，很显然是做过很多遍了，看向她的眼神也是专注和柔和的。

洛欢对这些也接受得很自然。

两个人之间的互动也让人心动到不行，羡煞了好多学生。

于是他们都知道了，他们的洛欢老师有一个又高又帅、有能力还特别爱她的老公。

他不会说太多的甜言蜜语，但总能在实际行动中表现出对洛欢的爱，可以说是把她宠得像个孩子。以至于洛欢即使结婚了，性子还跟大学时一样纯粹。

再加上她皮肤白，眼睛很大，长相显小，在学校里跟学生打成一片，经常带队参加比赛的时候，会被当地的工作人员误认为是比赛生。

蒋音美总说洛欢结婚后还没个定性，跟个小孩似的。

说起这个，洛欢还做了件好笑的事。

结婚后江知寒并没有对洛欢提什么要求。洛欢下班早的时候，有时去医院里找江知寒，有时江母叫他们过去吃饭，他们就会去江思遇的学校接弟弟一起去江母家。

许是之前与江知寒分开得太久，江母干脆让江父管着公司，自己迫不及待地带江思遇来这边定居。

江父想念老婆和儿子，干脆把公司的主业务放在江北，没多久也带着江爷爷跟着过来了。

周五这天洛欢没什么课，江母又叫他们过去吃饭。

江知寒还有一台手术，于是洛欢先去学校接江思遇一起过去。

江思遇这几年长高了不少，虽然脸上还带着婴儿肥，但隐约有了清俊小帅哥的影子，毕竟基因在那儿。即使还在上小学，但爱美之心人皆有之，据他们班主任说，每天放学想和江思遇一起走的小姑娘都能组成一个小排球队了。

洛欢听得咂舌。

这架势可比她当年还要猛啊。

洛欢打车到附小门口，等了十来分钟，直到门口的家长都走得差不多了，也不见江思遇出来。

洛欢觉得奇怪，给他的班主任打了电话，班主任说江思遇在帮她整理试卷，才出办公室不久。于是洛欢给出租车结了钱，去学校里接人。

之前她和江知寒给江思遇开过家长会，知道他的教室在哪儿，轻车熟路地走到了教学楼下。

她还没走近，在树荫里看到几个小学生时，脚步忽然一顿。

江思遇小小年纪被封为附小的小"校草"，喜欢他的人自然不少，欺负他的熊孩子也不少。

那边站了几个穿着校服的小学生，有两个女生，一个扎马尾，一个短发，穿着校服校裙，都低头揉着眼抽泣着，而江思遇正跟一个胖乎乎的小男孩说着什么。

他们像是在对峙。

那个小胖子一副无所谓的样子，校服拉链也敞着，嗓门儿很高地跟他叫嚷着。

"我就掀她们的裙子，怎么啦？谁让她们不好好穿裙子，不要脸！"

"是她们不检点先勾引我的，你有本事打我啊！"

…………

两个小姑娘被气得脸红红的，哭得更厉害了。

洛欢听不到江思遇在说什么，但这小家伙挺理智的，也没跟那个孩子吵，依旧理智地说着话。

小胖子依旧一副不在意的模样，岔着腿，鼻孔朝天，不耐烦地掏着耳朵。

洛欢站在那儿看了会儿，大致听明白了前因后果，然后走了过去。

"你有病啊？我又没脱你的裤子，你这么护着她们干什么？你喜欢她们？要不要我跟老师说啊？"

小胖子忽然伸手推了江思遇一把。

江思遇向后踉跄几步，被人一把扶住了。

他扭过头，那张白皙的小脸上露出意外的表情，声音稚嫩："小嫂子？"

洛欢扶着他站好，而后笑眯眯地看向那个准备要走的小胖子："是你掀女同学的裙子？"

"你……你是谁啊？"小胖子皱眉警惕地说道。

"我是他的小嫂子啊。"洛欢大方地报上名，而后和蔼地问，"你为什么要掀她们的裙子？"

小胖子许是被宠坏了，还感受不到危机到来，依旧一副嚣张的样子："我喜欢，怎么样？你管得着吗？"

说着，他还对那两个小姑娘流露出下流的表情来。

那两个小姑娘被气得不行，又不敢动。

洛欢笑着，"哦"了一声，忽然上前，在小胖子没防备的时候伸出了手。

"……"

那两个哽咽着的小姑娘顿了一下，嘴巴全张成了"O"形。

江思遇也愣了愣。

小胖子直接愣住了，在听到前面"咔嚓咔嚓"的拍照声音时才反应过来，感受到身下的凉意。

洛欢还贴心地给他留了个小裤衩。

"你……你干吗？！"看到面前正举着手机对他拍照的人，小胖子立马反应过来，"嗖"地提上裤子，颤抖着问道。

洛欢移开手机，无辜地眨了眨眼睛："我喜欢你呀，所以才会脱你的裤子。"

"你自己看看，是不是很可爱？要不要我把照片发给你的爸爸和妈妈，还有班主任，让全校看看……"

洛欢笑眯眯地说着。小胖子已经崩溃了，冲上前想夺走她的手机。

洛欢抬手一把摁住了他，眼底的笑意已经烟消云散，她说："小朋友，己所不欲，勿施于人，你不想被别人看你的照片的话以后就别再欺负别人，知道了吗？"

"知……知道了……"小胖子哭着点头，眼泪挂了满脸。

最后，洛欢一放开手，小胖子就大哭着绝尘而去。

那两个小姑娘看向洛欢的眼睛里全是崇拜。

洛欢收起手机，抬手摸了摸她们的头发说："你们早点儿回家吧，别让你们的家长等太久了。"

等她们走后，洛欢才低头看向江思遇，笑了："我们也走吧，妈妈说今天做好吃的。"

江思遇点了点头，仰起头看着她，认真地说："小嫂子，你真厉害。"

"你记住啊，对付那种小恶霸，有时候文明的方式不管用，就得以恶制恶才管用。"

"嗯。"

洛欢挺嘚瑟，向他传授着自己学生时代的经验之谈，正说着，脑子忽然晕了一下，步子踉跄了一下。

"小嫂子，你怎么了？"江思遇神情紧张地问。

洛欢晃了晃脑袋，抓了抓头发，不在意地朝他笑了笑："我没看清路……没事。"

江思遇半信半疑地看了她几秒，小手轻轻地牵住她的手，很警惕的样子。

他们到的时候，江母正跟保姆学做一道鲜香茅烤大虾，看到他们回来了，让他们去洗手吃饭。

江父跟江爷爷在客厅里下棋，见她来了也都笑了笑。江爷爷更是像没看见自家小孙子似的，朝她招招手，眼睛发亮："欢欢过来，你快帮爷爷看看棋局，你公公这会儿得意得不行，你帮爷爷杀杀他的锐气。"

为了投其所好，洛欢平时在家里没少缠着江知寒教她几着儿，长期下来棋艺还不错。

洛欢笑着应了一声，连忙跑了过去。

江思遇小同学轻叹了口气，放下书包，拿起茶几上的一个香蕉坐下来剥开吃。

洛欢在江知寒那儿任性随意，但到了公公婆婆家，即使公公婆婆都很开明地把她当女儿一样看待，洛欢还是挺懂规矩的，她不敢跟在自己家里一样。于是爷孙联手翻盘后，她就自觉地去厨房打算帮忙。

"你怎么进来了？厨房里味道重，你出去吃点儿水果，饭马上做好了。"

洛欢闻着没什么油烟味，咳了一声："没关系啊妈妈，反正我闲着也无聊。"

江母拗不过她，只好让她帮忙。

其间江母总忍不住悄悄地往洛欢的肚子上瞧几眼，看着洛欢欲言又止，等洛欢看过来时又立马移开目光，装作很忙的样子。

可爱的婆婆。

她以为做得很隐蔽，其实她的小动作都被洛欢看到了眼里。

其实这个……洛欢也控制不了。

为了不让婆婆失望，洛欢只好装作什么也没有看见。

开饭之前，江知寒总算从医院下班赶了回来。

晚饭的时候，江父、江母还有江爷爷看到江知寒给洛欢夹菜时很照顾她的样子，都流露出欣慰的神情。

饭后，江思遇每周五都被准许玩一个半小时的游戏，洛欢又是个游戏高手，于是两个人就钻进了楼上的房间打游戏。

这对小叔嫂关系处得相当好。

江知寒跟江父在书房里聊天儿。

江知寒出来以后，去江思遇的房间，只是还没走近，一道惊叫声忽然从门内传出来。

"小嫂子！"

深夜的急救室外围满了人。急诊科主任推开门走了过来，面对一大群围上来忧心忡忡的人笑了笑，温声说道："各位不用担心，洛小姐没什么大问题，只不过……恭喜你们啊，洛小姐怀孕了。"

站在最前面的人听到这句话，足足愣了好几秒。

还是江思遇略带稚气的声音打破了气氛。

"妈妈，我要当小叔叔了吗？"

江母反应过来，笑着红了眼眶，回过头去看江知寒："小寒，你要当爸爸了。"

所有人笑着看向了江知寒。

江知寒紧绷了一路的精神缓缓地放松下来。

医生确定洛欢没什么问题后，她就被转入了普通病房。

第二天，洛欢睡醒了，睁开眼的时候，窗外阳光明媚。

她刚动，放在被子里的手立刻被人握紧，她这才发现床边坐着人。

他往日清俊的脸有些疲倦，盯着她，嗓音低而温柔："你醒了，还有没有哪里不舒服？"

洛欢的眼睛清澈明亮，她问道："你怎么啦？"

他握着她的手又跟着紧了几分。

洛欢是最后一个知道自己怀孕的人，在愣了半天之后，很快接受了自己即将成为妈妈的事实。

这是她和江知寒的宝宝。

要当爸爸的江知寒调整了自己的工作状态，把更多的时间用来陪伴和照顾洛欢。

在照顾孕妇方面，蒋音美觉得自己比不上洛欢的老公。

小宝宝有些急躁，在预产期前一周就迫不及待地来到了这个世界上。

宝宝是个男孩，五斤半。

好在洛欢勤于锻炼，身体素质很好，宝宝没超重，洛欢没觉得很疼痛。在洛欢被推出来的那一刻，江知寒低头吻了吻她汗津津的小脸，嗓音低哑地说："以后我们不生了。"

洛欢"嗯"了一声，忍着腹部密密麻麻的些微疼痛，委屈地说道："可是我想要个小公主。"

小宝宝的名字全家争议颇多，最后被爸爸起名叫江忆年。

生下来就被妈妈"嫌弃"的小宝宝自出生以来被爸爸照顾得多，江知寒负责夜里喂奶、换尿布、哄睡，困得不行的洛欢只要配合就好。

所以小宝宝自然跟江知寒更亲近点儿，有时江知寒下班晚了，江忆年宁可扯着嗓子哭着不睡觉也要等爸爸回来。

　　洛欢无奈地叹气。

　　某个晚上，洗过澡之后的洛欢趴着看着被江知寒喂完饭睡得正香的白白胖胖的小人儿，伸手轻轻地碰了碰他肉乎乎的小胳膊，叫着他的小名："雪蛋，雪蛋子……"

　　"小雪蛋"不理她。

　　洛欢不甘心，又碰了碰他："忆年，小忆年啊……"

　　原本睡得很香的小宝宝像是梦到了什么香甜的东西，闭着眼睛咧开嘴笑起来，发出哼哼的声音。

　　洛欢惊喜地睁大了眼睛，扭头去看洗完澡出来、正靠在浴室门边擦头发的男人。男人看到她眼里的光亮，也轻轻地笑了。

　　几年之后的一个夏天，江知寒下了班，一家三口出门去江边散步，江知寒抱着江忆年，小忆年伸手努力地指着江边的摊位，奶音稚嫩，江知寒温声地解释着什么。街边的晚风轻轻地吹着，树梢响动。洛欢拿着小忆年的帽子，听着父子俩的对话声，眉眼柔和。

　　一家三口的身影融在夕阳的光里。

　　那年我抓住了你，你就是我的一辈子了。